SIMPLY UNFORGETTABLE
by Mary Balogh
translation by Yayoi Yamamoto

ただ忘れられなくて

メアリ・バログ

山本やよい[訳]

ヴィレッジブックス

ただ
忘れられ
なくて

おもな登場人物

フランシス・アラード	女学校の教師
ルシアス・マーシャル	シンクレア子爵
ガートルード・ドリスコル	フランシスの大伯母
マーサ・メルフォード	〃
ポーシャ・ハント	ルシアスの花嫁候補
クローディア・マーティン	フランシスが勤める学校の校長
スザンナ・オズボーン	フランシスの同僚の教師
アン・ジュウェル	〃
キャロライン	ルシアスの妹
エミリー	〃
エイミー	〃
オードリー・ブレイク	医師
エッジカム伯爵	ルシアスの祖父
マーガレット	ルシアスの姉

1

　クリスマス当日に雪が降ったことは一度もない。降るとすれば、人々が一族の集まりやハウス・パーティに出かけるための旅支度をしているクリスマス前の時期か、クリスマスのずっとあとの、日常生活にもどった人々にとって雪が単なる迷惑でしかない時期に限られていた。クリスマス当日に雪が降ることはけっしてなかった。雪が降れば、この祝日に絵のような美しさと魔法を添えてくれるだろうに。

　これがイギリスにおける暮らしの悲しい現実だった。

　今年も例外ではなかった。空は頑固に曇ったままで、どんよりと薄暗く、休暇のあいだじゅう悪天候がつづくことを予告していたし、大気は身を切るように冷たく、風が吹き荒れ、好天など望めそうもなかった。ところが、地面のほうも空と同じぐらい頑固で、くすんだ色をむきだしにしていた。

　率直にいうなら、ずいぶんと陰鬱《いんうつ》なクリスマスだった。

サマセット州ミクルディーンという村の近くに住む二人の大伯母のもとで休暇をすごすために、バースから一日がかりの長旅をしてきたフランシス・アラードは（バースのサットン通りとダニエル通りの角にあるミス・マーティンの女学校で教師をしているのだが）、田舎での日々を楽しみにしていた。青空のもと、すがすがしい冬の田園地帯へ長い散歩に出かけたり、やわらかな白い雪を踏んで、舞踏場になる〈集会場《アセンブリー・ルーム》〉や教会を訪ねたりすることを夢見ていた。

しかし、二、三度散歩に出てみたものの、風と、陽ざしのない冷えこみのため、早々に切りあげるしかなかったし、今年はみんな、隣人とパーティや舞踏会で顔を合わせるよりも、家族や友達と一緒にクリスマスをすごすほうがいいと思っているらしく、〈アセンブリー・ルーム〉の扉はぴったり閉ざされたままだった。

フランシスが軽い失望に襲われたことを認めなかったなら、自分に嘘をついていることになっただろう。

ミス・ガートルード・ドリスコルと、未亡人である姉のマーサ・メルフォード夫人というのがフランシスの二人の大伯母で、ウィムフォード・グレインジの敷地内にある〝寡婦の住居〟を住まいとしていて、クリフトン男爵家から、クリスマスの日は屋敷で一族とともにすごすよう招待を受けていた。二人にとって、男爵は甥《おい》の息子にあたり、それゆえ、フランシスの遠い縁続きでもあった。もちろん、フランシスも招待されていた。大伯母たちはまた、近隣の個人宅でのパーティにも招待されていた。しかし、二人はそのすべてに丁重な断り状を送り、自宅でゆっくりくつろいでいるときに悪天候のなかを出かけていくのは億劫《おっくう》だし、せっかく甥の娘が訪ねてきてくれて楽しい日々を送っているところなので、招待はすべて辞退したいと告げたのだった。男爵一家や隣人たちを訪ねるのは、一年のどの日でもできることだ。また、ガートルード大伯母は、はっきりした症状はまだ出ていないものの、なんとなく体調がすぐれず、自宅の炉辺から遠く離れたところへ出かけるのをためらっていた。

フランシスの希望は考慮してもらえなかった。

休暇が終わり、フランシスがこの家のおんぼろ自家用馬車に乗りこむ前に――ふだんは村の周辺の半径五マイルより遠くへは行ったことのない馬車なのに、大伯母たちがどうしてもそれで帰らせようとしたのだ――二人はフランシスを抱きしめ、涙ぐみ、別れのキスをしたが、そのときになってようやく、休暇のあいだずっと家にこもっていたのは自分たちのわがままだったかもしれない、フランシスはまだ二十三なのだから、一度か二度はパーティに連れていけば、若い人たちと楽しくすごせただろう、お婆さん二人と家に閉じこもったきりのクリスマスの退屈を紛らすことができただろう、と気がついた。

フランシスもお返しに大伯母たちを抱きしめ、涙ぐみ、学校で長い一学期を送ったあとのクリスマスを夢のように幸せにすごすには二人の大伯母がいるだけで充分だった、と答えた――ほぼ正直な意見だった。ただ、学校ですごした期間は一学期にとどまらなかった。去年の夏は休暇もとらず、ずっと学校に残っていた。ミス・マーティンが慈善事業で少女たちを何人かあずかっているため、学校が休みになるたびにその少女たちの世話をし、遊び相手になってやらなくてはならないのだ——それに、そのころのフランシスには、出かけなくてはならない場所もなかった。

クリスマスはたしかに、がっかりするほど退屈な休暇だった。しかし、目がまわるほど忙しかった学校生活のあとに訪れた静けさを、フランシスは心から楽しんだ。それに、大伯母たちのことが大好きだった。恐怖政治を逃れて亡命したフランス貴族の父親に連れられて、母のいない赤ん坊だったフランシスがイギリスに着いた瞬間から、この大伯母たちは両手と心を広げて彼女を受け入れてくれた。もちろん、フランシスには当時の記憶はないが、父親が彼女を手放す決心をしさえすれば、大伯母たちが自分を田舎へ連れ帰ったはずであることは知っていた。だが、父親はそうはしなかった。ロンドンで自分の手もとに置いて育て、乳母や家庭教師や声楽の教師を雇い、娘の楽しみや喜びを満たすために金で買えるかぎりのものをふんだんに買い与え、そのうえ、あふれるほどの愛をそそいだ。フランシスは幸福で安全で恵まれた幼女時代と少女時代を送った——ただし、十八の年に父親が急死するまでのことだったが。

しかし、フランシスの成長期には、二人の大伯母はすばらしい役割を果たしてくれた。休暇にはフランシスを田舎に呼んでくれたし、ときにはロンドンに出てきて、遊びに連れていったり、プレゼントを買ったり、氷菓やその他のおいしいものを食べさせたりしてくれた。フランシスは読み書きができるようになって以来、毎月のように大伯母たちと手紙のやりとりをしてきた。この二人のことが好きで好きでたまらなかった。二人の家でクリスマスをすごすことができて心から喜んでいた。

彼女のクリスマスに趣きを添えてくれるはずの雪は、当日は影も形もなかった。ところが、そのすこしあとで雪になった――しかも大雪に。

馬車がミクルディーンから八マイルか十マイルも行かないうちに、雪が降りはじめ、フランシスは馬車の屋根を叩いて、初老の御者に引き返すことを提案しようかとも考えた。だが、それほどひどい降りではなかったし、旅を遅らせたくないという思いもあった。降りはじめてから一時間のあいだは、どちらかというとみぞれに近かった。ところが、皮肉な世の常として、引き返すにはもう手遅れというときになって、雪片が大きくなり、厚みを増し、それまでは雪というより霜におおわれたような景色だった田園地帯が、驚くほど短時間のうちに、分厚い白い毛布の下に姿を消しはじめた。

馬車はたゆみなく進みつづけ、フランシスは自分にいいきかせた――神経質になるなんてばかげてるわ。道路はたぶん馬車のために安全に整備されてるはずよ。とくに、トマスのようにのろいペースで馬を走らせていれば大丈夫。じきに降りやんで溶けはじめるわ。イギリスの雪はいつもそうだもの。

フランシスはこれから始まる学期のことに思いを向け、上級クラスの合唱団のためにどんな曲を選ぼうかと考えた。明るくて、華やかで、エリザベス朝の雰囲気を持つものがいい。思いきって五分合唱の曲にしてみようか。少女たちは三部合唱をすでにマスターし、四部合唱でもなかなか健闘している。もっとも、曲の途中で音程が狂ってしまい、複雑な和音のなかで立ち往生して笑いころげることが何度もあるけれど。

そんなことを考えて、フランシスは微笑を浮かべた。たいてい、彼女も生徒と一緒に笑いころげる。嘆くよりも、そのほうがいい――それに、最終的にはレッスンの成果もあがる。やっぱり、五分合唱に挑戦してみよう。

それから三十分もたたないうちに、どちらを向いても白一色になってしまった。そして、学校のことにも、それ以外のいかなることにも、考えを向けられなくなってしまった。雪はしんしんと降りつづき、その白さが目に痛いほどで、馬車の窓から遠くを見ることは――たとえ見るものがあったとしても――できそうもなかった。窓ガラスに頰を押しつけて前方を見ようとしたが、道路と溝を見分けることも、その向こうの野原を見分けることもできなかった。それに、このあたりには生垣もなさそうだ。せめて生垣があれば、それが黒ずんだ縁どりとなって道路の位置を示してくれるだろうに。

パニックが彼女の胃を締めつけた。

トマスは高い御者台から道路を見ることができるかしら。でも、雪が目に吹きつけて、ろくに見えなくなってるにちがいない。それに、わたしの倍は凍えているにちがいない。フランシスはマーサ大伯母からクリスマスに贈られた毛皮のマフで手をすっぽりと包みこんだ。熱いお茶が飲めるなら、ひと財産はたいても惜しくないと思った。

雪が降ることを願うなんて、もうやめよう。〝願いごとをするときは気をつけよ、願いが叶うと大変なことになる〟と、かつていったのは、どこの賢人だっただろう。

フランシスはシートにもたれ、道を見つける仕事はトマスにまかせようと決めた。なんといっても、トマスは大昔から、あるいは、すくなくともフランシスの記憶にあるかぎりの昔から、大伯母たちの御者を務めてきたのだし、事故をおこしたという話は一度もきいたことがない。フランシスはあとにしてきた居心地のいい大伯母たちの住まいと、自分の目的地である騒がしい学校に、せつない思いを向けた。今日はクローディア・マーティンがわたしの帰りを待っている。アン・ジュウェルとスザンナ・オズボーン——この二人もやはり住込みの教師——もわたしの到着に目を光らせていることだろう。今夜はみんなでクローディアの私室に集まって、暖炉の前で心地よく腰をおろし、お茶を飲みながらクリスマスの土産話を交換することになっている。わたしは旅の途中で出合った吹雪のことを生々しく話してきかせよう。話に尾ひれをつけて、危険と恐怖を誇張して、みんなを大笑いさせてやろう。

しかし、いまはまだ笑う余裕もなかった。

そして、笑いは突然、月へ飛んでいくのと同じぐらいに、フランシスの思いから遠く離れてしまった。馬車の速度が落ち、グラッと揺れてすべった。フランシスは馬車がいまにも横転するものと覚悟して、片手をマフから抜き、頭上のすりきれた革紐《かわひも》をつかんだ。自分の一生が目の前に浮かんでくるのを待ち、主の祈りの最初の文句をつぶやいた。悲鳴をあげてトマスを驚かせ、馬車を制御する力を完全に失わせてしまうよりも、そのほうがいいと思ったのだ。雪の上を進んでいるのだから音などしないはずなのに、馬のひづめの音で鼓膜が破れそうだった。トマスが十人分ぐらいの声でわめき立てていた。

目をきつく閉じて最期が近づいてくるのを見ずにすませるのはやめにして、横の窓から外に目をやると、なんと、馬の姿が見えた。しかも、それは前方でこの馬車をひっぱっている馬ではなく、窓の横を走っていて、やがて、加速して前へ出ようとした。

フランシスは革紐をさらにきつく握りしめて身を乗りだした。わたしの馬じゃない。ひどいわ、誰かがこの馬車を追い越そうとしてる――こんな悪天候のなかで。

追い越しをかけようとしている馬車が視界に入ってきた。猫背の雪だるまみたいな御者が手綱の上に身を乗りだして、すさまじい悪態をついていた――たぶん、哀れなトマスに向かってだろう。

やがて、馬車が青い閃光《せんこう》のごとく通りすぎ、大外套《がいとう》の上にケープを何枚も重ねて山高帽をかぶった紳士の姿がちらっと見えた。紳士は片方の眉をあげ、傲慢《ごうまん》な軽蔑の表情で彼女のほうをふりかえった。

無礼な男ね、あんな軽蔑の目で見るなんて！

青い馬車は一瞬のうちに走り去り、フランシスの馬車はまたしても揺れてすべったが、ようやく体勢を立て直したらしく、のろのろと重たげに走りだした。

フランシスの恐怖は灼熱の怒りに変わった。怒りが渦巻いた。なんて無責任で、軽率で、自殺的で、殺人的で、愚かな行為なの！　冗談じゃないわ。窓に鼻を押しつけたって五ヤード以上先は見通せないし、五ヤード以内だって、降る雪で視界がぼやけてるのよ。なのに、あの猫背の口汚い御者と、傲慢そうに眉を吊りあげた、人を小バカにしたようなあの紳士ときたら、急ぐあまり追い越しをかけようとして、命と手足を——一人の分はもちろんのこと、このわたしとトマスの分までも——危険にさらそうとしたわけ？

しかし、いまはその怒りも薄れ、フランシスは不意にまた、白一色の海のなかに一人ぼっちであることを痛感した。パニックでふたたび胃の筋肉が締めつけられるのを感じて、わざと革紐を放してシートにもたれ、マフのなかでふたたびきちんと両手を重ねた。パニックをおこしてもなんにもならない。トマスがどこかへ無事に送り届けてくれる確率のほうがずっと高い。

かわいそうなトマス。そのどこかに到着したら、彼のために何か熱い飲みものを用意させよう——強くて熱い飲みもののほうがいいかもしれない。けっしてもう若くはないのだから。

フランシスはピアノの鍵盤を叩くような調子で左手の甲に右手の指を走らせて、ウィリアム・バード（一五四三〜一六二三年。オルガン奏者・作曲家）作曲のマドリガルのメロディを弾いた。それに合わせてハミングした。

そのとき、馬車がまたしても揺れてすべるのを感じ、あわてて革紐をつかんだ。前方へ目をやった。何かを見ようと思ったわけではないが、黒い影が目に入った。前方の道路をふさいでいるようだ。雪が降りしきるなかにちらっと見えた輪郭からすると、馬車と馬のようだ。もしかしたら、さっきの青い馬車かもしれない。

ところが、彼女の馬車をひいている馬は手綱をひかれて止まったのに、馬車そのものはす

ぐには停止しなかった。左へ軽く傾き、もとにもどり、つぎに右のほうへかなりすべった
――今度はそのまますべりつづけて道路の縁と思われるところまで行き、車輪のひとつが何かにひっかかった。馬車はきれいに半回転してゆるゆるとうしろへすべり、ついには後輪が雪だまりに深く埋もれてしまった。

フランシスはうしろへ傾いた姿勢のまま、突然自分にのしかかるような形になった向かいのシートをみつめた。左右の窓の外には深い雪しか見えなかった。

これが最悪の事態でないなら――不吉な冷静さのなかで、フランシスは思った――何をもって最悪の事態といえばいいの？

どこかからひどく騒々しい音がきこえてくるのに気づいた――馬の鼻息といななき、男たちの叫び。

フランシスが雪の繭から脱出するだけの気力をとりもどす暇もないうちに、馬車の扉が、男性的筋力とすさまじい男性的悪態という大きな助力を得て、外からひらかれ、分厚い高価な大外套と上等の革手袋に包まれた腕と手が伸びてきて、フランシスを助けだそうとした。その腕がトマスのものでないことはひと目でわかった。腕の向こうにある顔もトマスのものではなかった――ハシバミ色の目、角ばった顎、いらだち、渋面。

それはフランシスが十分足らず前に見た顔だった。

彼女がかなりの敵意を抱いた顔であり、人物であった。

フランシスは無言のまま、自分の手を男の手に乱暴にあずけた。精一杯の威厳を保って馬

車からおりるため、その支えにしようと思ったのだ。ところが、男は粗挽《あらび》き粉《こ》の袋を持ちあげるような調子で、うしろへ傾いたままの彼女を抱きあげて道路におろした。彼女のハーフブーツが深さ数インチの雪に埋もれて、たちまち見えなくなってしまった。冷たい風の凶暴さと、空から降ってくる雪の猛攻が肌に突き刺さった。

激怒したときは目の前に赤いものがちらつくといわれている。しかし、彼女の目に入ったのは白だけだった。

「あなたみたいな人は」馬のいななきや、トマスと猫背の雪だるまがかわしている活気あふれる派手な悪態を圧倒する声で、フランシスはいった。「縛り首や、磔《はりつけ》や、八つ裂きの刑にすべきだわ。生きたまま皮をはぐべきよ。煮えたぎった油につけるべきよ」

さきほど彼女をムッとさせた眉がふたたび吊りあがった。反対の眉も同様だった。

「だったら、お嬢さん、あなたは」表情に調和した歯切れのいい口調で、男はいった。「このような古い馬車で天下の公道に乗りだしたという不法妨害の罪により、暗い地下牢に閉じこめられるべきだ。その馬車はまぎれもない化石ですぞ。どこの博物館に寄贈したところで、こんな古代の乗物では来館者の興味を惹くことができないといって、突き返してくることでしょう」

「では、馬車が古くて、うちの御者が慎重だという理由から、このようなぞっとする状況のなかで追い越しをかけていくつもの命を危険にさらす権利が、あなたに与えられたとおっしゃいますの？」フランシスは修辞的な質問を投げかけて、相手と直接対決《トウ・トウ・トウ》をおこなった。もっとも、どちらの爪先《トゥ》も雪に埋もれて見えなくなっていたけれど。「兎と亀のお話を誰かからおききになったほうがいいかもしれませんわね」

「どういう意味です?」男は両方の眉を下げてから、また片方だけ吊りあげた。

「無謀なスピードは災いのもとだということです」フランシスはそういって、道路の前方を完全にふさいでいる青い馬車のほうを指さした――ただ、自分の目でじかに見てみると、馬車は道路からはずれていない様子だった。「結局、すこしも前に進んでないじゃありませんか」

「あなたがその目を、火と硫黄を放つ代わりに、ものを見るために使ってくれれば、道路があそこで湾曲していて、うちの御者がわが兎を前進させるためにせっせと雪かきしていることが見てとれるはずだ――このぼくだって、馬車を徐行から完全な停止へ持っていこうとしたおたくの御者の不手際に邪魔されるまでは、雪かきに協力していたんだ。ところが一方、おたくの亀ときたら、雪だまりに埋もれてしまって、当分のあいだどこへも行けそうにない。とにかく、今日はもう無理ですな」

フランシスは肩越しにふりかえった。突然、彼の言葉の正しさがうんざりするほど明らかになった。目に見えるのは馬車の前の部分だけで、それも空に向かって傾いていた。

「さて、競走はどちらの勝ちですかな?」男が彼女に尋ねた。

どうすればいいの? 彼女の足は濡れていて、マントの裾《すそ》は雪まみれ、大雪のなかに閉じこめられて、寒くて、みじめだった。おびえてもいた。

そして、激怒していた。

「こんなことになったのは、どなたの責任かしら」フランシスは男にきいた。「あなたが馬を暴走させなきゃ、こっちの馬車が雪だまりにつっこむこともなかったはずよ」

「暴走ねえ」男は懐疑と軽蔑の混ざりあった表情でフランシスを見て、肩越しにどなった。「ピーターズ！　こちらの権威がおっしゃるには、この古代の遺物を追い越したさいに、おまえが馬を暴走させたそうだ。吹雪のなかで暴走は禁物だと、口をすっぱくして注意しておいたはずだぞ。クビにしてやる！」

「雪かきをすませたいんで、ちっと時間をくださいよ、若さま。そのあとで、夕日に向かって歩き去りますから」御者がどなり返した。「どっちの方角なのか、誰かが教えてくれりゃあね」

「そこまでしなくていいよ」紳士はいった。「ぼくが自分で馬車を駆るはめになってしまう。クビは取り消しだ」

「考えときます、若さま」御者は叫んだ。「よし！　あとすこしだ」

そのあいだ、トマスのほうは、走行不能になった馬車から馬をはずすのに余念がなかった。

「おたくの馬車がカタツムリの這《は》う速度より多少なりとも機敏に動いてくれていれば」紳士はフランシスに注意をもどしていった。「道路で永遠のときをすごす代わりに日暮れまでには目的地に着きたいと願っている、まじめで責任感のある旅人に、無謀な危険を押しつけるようなことにはならなかったでしょう」

フランシスは紳士をにらみつけた。ケープを何枚も重ねた彼の大外套には冷気の入りこめる余地などなく、トップブーツのなかにはひとひらの雪も入っていないことに、一カ月分の給料を賭けてもいいと思った。

「やっとこさ走れるようになりましたぜ、若さま」御者が叫んだ。「あと一時間かそこら、そこに立って景色にみとれていたいとおっしゃるなら、話はべつだが」

「あなたのメイドはどこに？」紳士の目が細められた。

「おりません。見ればおわかりのはずよ。わたしは一人です」

フランシスは男の目がこちらの頭から爪先まで——というか、とにかく膝のすぐ下まで——這うのを意識した。学校に帰る日なので、きちんとした上等の服を着てはいたが、こういう上流の紳士から見れば、高価でもなく、流行のモードでもないことは明白だろう。

「一緒にきてもらうしかなさそうだ」ぶしつけに紳士はいった。

「とんでもない、おことわりします！」

「大いに結構」紳士は顔をそむけた。「高潔なる孤独のなかに残られるがいい」

フランシスは周囲を見まわした。今度は胃だけでなく膝までがパニックに襲われ、雪のなかに沈みこんで永遠に消えてしまいそうだった。

「ここはどこかしら。見当はつきます？」

「サマセット州のどこかでしょう。それ以外はさっぱりわからないが、過去の経験から学んだところによると、ほとんどの道路はかならずどこかへ通じているものだ。さて、最後のチャンスですよ、お嬢さん。悪鬼のごときぼくの連れになって大いなる未知の世界を探検したいですか。それとも、ここで一人で朽ち果てるほうを選びますか」

選択の余地のないことが、言葉にできないぐらいフランシスをいらだたせた。

二人の御者がふたたび言葉をかわしていた――あまり上品なやりとりではない。

「一時間か二時間かけて心を決めるといい」紳士はまたしても眉を吊りあげながら、皮肉たっぷりにいった。「急ぐ旅でもないから」

「トマスはどうなるの？」フランシスはきいた。

「トマスというのは月に住んでる男？　それとも、ひょっとしてあなたの御者かな。馬をひいて、ぼくらのあとからついてくればいい」

「だったら、ご一緒します」フランシスは彼をにらみつけてから、唇を固く閉じた。紳士は雪煙をまきあげながら、先に立って青い馬車のほうへ歩いていった。フランシスは車輪がつけた轍《わだち》のなかに足を置くようにしながら、用心深く彼のあとにつづいた。

困ったことになったわ！

ふたたび彼が手をさしだして、彼女が馬車に乗りこむのを助けてくれた。新しい豪華な馬車で――フランシスはそれに気づいてムッとした――シートはビロード張りだった。腰をおろすなり、ぐったりシートにもたれて、長旅のあいだもさぞ乗り心地がいいことだろうと痛感した。凍えそうな外の寒さに比べると、馬車のなかは暖かいといってもよかった。

「床にレンガが二個置いてある。どちらもまだ温もりが残ってるはずだ」扉のところから、紳士が彼女にいった。「その片方に足をのせて、膝掛けで身体を包むといい。ぼくはあなたの荷物を向こうからこっちの馬車に移すよう指図してくる」

言葉そのものは親切で思いやりにあふれていたかもしれない。だが、そっけない口調がその印象を裏切っていた。彼が馬車の扉を閉めたときの荒々しさも同じくだった。それにもかかわらず、フランシスは彼にいわれたとおりにした。歯が文字どおりガチガチ鳴っていた。もし指の感覚があったなら、もげて落ちてしまいそうな気がしたかもしれない――マフを自分の馬車に置いてきてしまったのだ。

この耐えがたい状況にいつまで耐えなくてはならないのかと心配になってきた。相手をひと目で憎んだり嫌ったりするというのは、ふだんの彼女からは考えられないことだ。だが、あの傲慢で、気むずかしくて、冷笑的で、無礼な紳士と顔をつきあわせてすごすことになるのかと思うと、たとえ半時間程度だとしても、心の底からぞっとした。彼のことを考えただけで身の毛がよだった。

最初の村にたどり着いたら、なんらかの交通手段を見つけることができるだろうか。たとえば、乗合馬車とか。しかし、その考えがひらめいた瞬間、愚かしさを悟った。どこかの村にたどり着けるだけでも幸運というものだ。村に着いたとき、そこに雪のかけらもないことを期待しようというの？

今夜はどこかで足止めを食うことになりそうだ――女性の連れはいないし、お金もあまりない。大伯母たちが押しつけようとしたお金を辞退したからだ。〝どこか〟というのがこの馬車でなければ、まだしも幸運というものだ。

それを思っただけで、フランシスがためいきをつくには充分だった。

しかし、どうやらそうなりそうな雲行きだった。ほんの二、三分前にも、道路がほとんど姿を消してしまっているように見えたではないか。

そこで、パニックを払いのけるために、かすかな温もりの残るレンガに両足をきちんとそろえてのせ、膝の上で両手をゆるく組んだ。

変わり者で無礼なピーターズの腕前にすべてを委ねることにしよう――あとでわかったことだが、ピーターズは猫背ではなかった。

なんだかすごい冒険になりそう、バースに着いたら、友人たちに話をしてハラハラドキドキさせてあげなきゃ――フランシスは思った。あの紳士をもっとよく見れば、長身で浅黒くてハンサムと形容できるかもしれない。諺《ことわざ》に出てくるような、輝く鎧《よろい》に身を固めた騎士。それをきいたら、スザンナの目は顔から飛びだし、アンの目はロマンチックなきらめきを宿してやわらぐことだろう。そして、クローディアは唇をすぼめ、疑わしげな顔をすることだろう。

でも、ああ、この状況では、ユーモアやロマンスを見つけるのはむずかしい。安全な学校にもどってから、この瞬間をふりかえってみても、それはきっと同じだろう。

2

日が暮れる前に雪になりそうだと母親が彼に警告した。妹たちも。祖父も。彼自身の思慮分別も。

しかし、彼が人の助言に——とくに、家族の助言に——耳を貸すことはめったになかったし、おのれの思慮分別に従うこともめったになかったため、こうして前代未聞の大雪に見舞われ、人里離れた粗末な田舎の宿で一夜を明かすしかないことをしぶしぶながら覚悟する結果になってしまった。いまのせめてもの願いは、納屋や、馬車のなか（もっと運が悪ければ）ではなく、ちゃんとした宿に泊まることだけだった。

おまけに、この旅が始まる前から、彼の心は重く沈んでいたのだった！

必要な処置をすべてすませて馬車に乗りこんだあとで、彼は連れの女性をしげしげとながめた。彼女はウールの膝掛けにくるまっていて、彼が二分ほど前にもう一台の馬車からとってきて渡しておいたマフも膝掛けの下に置かれていた。見ると、片方のレンガに両足がのっていた。だが、〝くるまっている〟というのは、彼女の姿勢を描写するのにふさわしい言葉ではないかもしれない。背筋をピンと伸ばし、敵意と、勝気そうな威厳と、傷ついたプライドとで全身をこわばらせていた。彼のほうには顔を向けようともしない。干しスモモにそっくりだと彼は思った。彼女の顔のうち、野暮ったい茶色のボンネットの縁からのぞいているのは、赤くなった鼻の先端だけだった。その鼻が、こんな窮地に陥ったのは彼の責任だといわんばかりに、怒りでわなわな震えていないのは、まことに意外なことであった。

「ルシアス・マーシャルです。よろしく」あまり優雅とはいえない口調で、彼はいった。

一瞬、彼女が返事をしてくれないような気がして、天井のパネルを叩いて馬車をふたたび停止させ、ピーターズと一緒に御者台にすわろうかと真剣に考えた。なかの氷柱のおかげで凍えてしまうよりも、外で雪の攻撃にさらされるほうがまだましだ。

「フランシス・アラードです」彼女がいった。

「ミス・アラード」会話をつづけなくてはという義務感から、彼はいった。「この先に宿が見つかったとき、食料品室に食材がぎっしり入っていればいいのだが。ビーフパイにジャガイモと野菜、エールの大ジョッキを存分に堪能したいものだ。食事の締めくくりとして、美味なるスエットプディングのカスタードソースがけがあれば、いうことなしだ。エールはジョッキに数杯は飲みたい。あなたは？」

「わたしはお茶が一杯あれば充分です」

それぐらい予測しておくべきだった。いやはや、あきれたね——お茶一杯とは！　そして、お茶を飲む合間に、せっせと編物をするにちがいない。

「あなたの行き先は？」ルシアスは尋ねた。

「バースです。そちらは？」

「ハンプシャー。野宿はもとより覚悟のうえだったが、目的地のもうすこし近くまで行けるものと思っていた。だが、そんなことはかまわない。不慮の出来事がなければ、あなたとお近づきになる喜びも、あなたにお見知りおきいただく喜びも、知らずにすんでしまったことでしょう」

そこで彼女が首をまわして、彼をじっとみつめた。彼の言葉のなかに皮肉をききとっていたことは、口をひらく前から明白だった。

「失礼ですけど、マーシャルさま、いまおっしゃった三つの経験がなくとも、わたしはとても幸せに過ごせたことでしょう」

こういえばああいう。口の達者な女だ。

ゆっくりと相手をながめる時間ができたいま、最初に受けた印象よりもずっと若い女であることに気づいて、ルシアスは驚いた。馬車を追い越したときと、路上でふたたび向かいあったときは、痩せこけた色黒の中年女性としか思えなかった。だが、まちがっていた。眉をひそめるのも、顔をしかめるのも、雪のまばゆさに目を細めるのもやめた彼女は、見たところ、まだ二十代の半ばのようだった。二十八という彼自身の年齢よりも下にちがいない。

それにしても、口うるさい女であることはたしかだ。おまけに痩せっぽちだ。いや、とてもほっそりしたタイプなのかもしれない——不恰好な冬のマントの上からでは、判断がつかないが。しかし、手首は細く、指は長くてすんなりしている。彼女にマフを渡したときに、ルシアスはそのことに気づいていた。顔もほっそりしていて、頬骨が高く、肌の色は先端が赤くなった鼻を除いて、かすかなオリーブ色を帯びている。黒い目、まつげ、髪、肌の色からすると、どこか外国の血が混じっているようだ——イタリアあたりか。地中海系であることはまちがいない。それが事実なら、癇癪《かんしゃく》持ちであることもうなずける。ボンネットの下に、真ん中できっちり分けた髪が左右になめらかになでつけられ、ボンネットのつばの内側に消えているのが見てとれた。

どこかの家庭教師という雰囲気だ。教え子も気の毒に！

「ひょっとして、今日は旅に出るのをやめるようにと警告を受けませんでしたか」

「いいえ。クリスマスのあいだじゅう、雪が降ることを願っていて、きっと降ると信じていました。今日はもう、雪を待つのをやめました。そしたら、案の定、ひどい雪」

彼女はそれ以上会話をつづけたい気分ではなさそうだった。つんとして顔を前方にもどし、彼の目に見えるのは鼻の先端だけになってしまった。彼のほうも、会話をつづける義務を——もしくは意欲を——もはや感じなくなった。

すくなくとも、こうなるように定められていたのなら、運命の女神のほうで、金髪に青い目にえくぼという、弱々しい嘆きの乙女を用意してくれればよかったのに！　人生はときとして、じつに不公平だ。最近はそんなふうに思うことが多くなってきた。ルシアスはクリスマスのあいだじゅう黒雲のごとく自分にのしかかっていた暗い気分の元凶へ思いを向けた。

祖父が死にかけている。いや、明日をも知れぬ命とか、死の床で衰弱しつつあるというわけではなく、十二月上旬にロンドンへ診察を受けにいったときに医師団から告げられた診断についても、深刻に受け止めているわけではない。しかし、実のところは、心臓が急速に弱っていて手の施しようがないと、医師団にいわれたのだった。

「古くなったから、新しいのと交換しなきゃならんそうだ」みんなから催促されて診断結果をしぶしぶ告げたあとで、祖父はそういって、ぶっきらぼうな笑い声をあげた。嫁と孫娘たちはすすり泣き、悲しげな様子だったし、ルシアスはわざと客間の暗がりに立ち、感情をあらわにすれば自分自身も部屋のみんなも当惑すると思って、それを抑えるために猛烈なしかめっ面をしていた。「わしの残りの部分も同じだ」

当の老人以外は誰も笑わなかった。

「ヤブ医者どもがいいたかったのは」祖父は皮肉っぽくつけくわえた。「身辺整理をおこなって、いつ造物主に会ってもいいように準備をしておけということだったのさ」

ルシアスはこの十年間、都会で遊び暮らすのに忙しくて、祖父とも、あとの家族とも疎遠になっていた。キャヴェンディッシュ広場に一族の館があり、ロンドンが社交シーズンに入ると、彼の母と姉妹たちがいつもここを住まいとしているのだが、彼はそこを避けて、セント・ジェイムズ通りに部屋を借りているほどだった。

しかし、衝撃の知らせを受けたとたん、ルシアスは自分がどんなに祖父――サマセット州バークレイ・コートのエッジカム伯爵――を愛していたかを悟った。そして、そう悟ると同時に、家族全員を愛していることにも気がついた。自分がいかに家族をないがしろにしていたかを自覚するには、このような衝撃が必要だったのだ。

罪悪感と悲しみだけでも、彼のクリスマスに深い憂鬱を投げかけるには充分だっただろう。ところが、さらに厄介なことが持ちあがった。

彼は伯爵の跡を継がねばならない立場にあった。シンクレア子爵ルシアス・マーシャルとして。

それ自体は憂鬱な事実ではない。生まれ育ったバークレイの領地と、現在の住まいであるハンプシャー州クリーヴ・アビーの領地と（ロンドンにいるときと、友人たちとどこかよそへ出かけているときはべつだが）、その他の領地と、それに付随する莫大な財産を相続することを、彼がいやがっているとしたら――たとえ、祖父の命が消えることがその前提条件だとしても――変人呼ばわりしなくてはならないだろう。それに、しかるべき時期がきたら貴族院議員になり、その肩に政界の重荷を負わねばならないことも、いやだとは思っていなかった。数年前に父親が亡くなって以来、定められたコースに従って人生を歩むならいずれは自分が財産を相続することになるのだと自覚して、そのために勉学に励み、準備を重ねてきた。それに、遊蕩《ゆうとう》生活もしばらくすれば飽きがくる。政治の世界に身を置けば、もっと建設的で有意義な人生を送ることができるだろう。

じつをいうと、彼の心を悩ませているのは、母親も、他家に嫁いだ姉とその夫であるテイト卿も――もっとも、卿の心のなかは誰にもわからないが――未婚の妹三人も、そして、彼の祖父も、近く伯爵になろうという男はその前に結婚する必要があるとの意見を持っているということだった。言葉を換えれば、伯爵には伯爵夫人が必要なのだ。

ルシアスには花嫁が必要なのだ。

それは、彼自身を除く誰の目にも明白なことだった。もっとも、彼自身も内心ではわかっているのだが。義務を無視して、ときにはそこから逃げだして、人生の大部分を送ってきた彼ではあるが、義務のなんたるかは心得ている。しかし、これまでは好きなように生きる自由を与えられていた。彼の暮らしぶりをとやかくいう者はいなかった。悪習にどっぷり染まりさえしなければ、ふつうの若者が放蕩に耽《ふけ》るのは当然のことと思われていて、彼も当然のことをやってきたまでだった。

ところが、いまやすべてが変わろうとしている。哲学的に考えるなら、いずれは義務がほとんどの若者に追いつくということを認めるしかないだろう――それが人生というものだ。義務はいまようやく、彼に追いついたのだ。

クリスマス休暇のあいだじゅう、親戚の全員が、一人で、ときには二人がかりで、〝気のおけない雑談〟という楽しげな呼び方をしている会話に彼をひきずりこみ、結婚というテーマについてそれぞれに訓戒を垂れたのだった。

彼にとって、こんなに楽しいクリスマスの雑談は生まれて初めてのことだった！　これからもこんなことがつづくのかと思うとうんざりだった。

全員がいわんとしているのは、もちろん、ぐずぐずせずに花嫁をもらえということだった。

理想の花嫁と呼びうる女性がいるのなら。たしかに、その候補はいた。

ポーシャ・ハントこそ、まさに理想の花嫁候補だった。彼女のなかに欠点を見いだすのは不可能に近いことであった。

ポーシャの母親の説明によると、適齢期をすぎた二十三まで彼女が一人でいるのは、いつか子爵夫人になり、当然ながらいずれは伯爵夫人になることを夢見ているからだという。そして、未来の伯爵の母親になることを。

あの人ならすばらしい奥さんになるわ――ルシアスの姉のマーガレット（レディ・ティト）は彼に請けあった――だって、分別があるし、まじめだし、未来の伯爵夫人として必要な教養をすべて備えているもの。

あの人は最高級のダイヤモンドよ――妹のキャロラインとエミリーはそう指摘した――二人が陳腐な表現を選んだにせよ、それはきわめて的確な比喩《ひゆ》だった。ポーシャほど美しく、エレガントで、洗練されていて、高い教養を身につけた女性はどこにもいない。

ミス・ポーシャ・ハントはボルダーストン男爵夫妻の令嬢で、ゴッズワージー侯爵の孫娘にあたるのだぞ――祖父も彼にいってきかせた――ゴッズワージーはわしのもっとも古い親友の一人だ。願ってもない良縁だ。いやいや、孫のおまえに不当な圧力をかけようなどとは思っていない。

「花嫁はあくまでもおまえ一人の考えで選ぶがよい、ルシアス」祖父はいった。「だが、ほかに好きな相手がいないなら、ミス・ハントのことを真剣に考えてみてはどうかね。死ぬ前に、おまえがあの令嬢と結婚するところを見ることができれば、わしの心臓にもいいと思う」

不当な圧力はかけないだと？　よくいうよ！

末の妹のエイミーだけは反対の声をあげた。もっとも、それは完璧な花嫁候補に対する疑問の声にすぎず、二、三カ月以内にそのような女性を見つけなくてはならないという状況に反対しているのではなかったが。

「だめよ、ルース」ある日、二人だけで遠乗りに出かけたときに、エイミーはいった。「ミス・ハントってすっごく退屈なんだから。去年の夏なんか、あたしを今年社交界にデビューさせるのはやめたほうがいいって、お母さまに助言したのよ。あたし、六月で十八になるっていうのに。理由はね、エミリーお姉さまが腕の骨を折ったために去年デビューできなくて、今年に延びたからだっていうの。ミス・ハントはお兄さまと結婚したがってて、そしたらあたしのお義姉《ねえ》さまになるんだから、あたしの味方をしてくれてもいいのにね。なのに、例のすごく恩着せがましい微笑を浮かべて、こういったのよ――来年は一族の関心があなただけに集中するから、きっとうれしいでしょうねって」

問題は、彼がポーシャをずっと昔から知っているという点にあった――彼女の一家は頻繁にバークレイ・コートに泊まりにきていたし、彼の祖父母がゴッズワージー侯爵を訪問するときはルシアスを一緒に連れていき、ボルダーストン夫妻のほうも娘を連れて滞在していた。いずれ縁組をという両家の思惑がいつも露骨に出ていた。また、彼のほうも、ポーシャが社交界にデビューしたあと、ほかの縁談をすべてことわって自分の申込みを待っていてほしいと積極的に頼むことこそしなかったものの、待つことをやめさせようともしなかった。ロマンチックな恋を夢見る男ではなかったし、いずれ結婚しなくてはならないことをつねに自覚していたので、たぶんポーシャと結婚することになるだろうと思っていた。しかし、未来の漠然たる可能性としてとらえているのと、それが実現する（しかも近々）という見込みに直面するのとは、まったくべつのことだった。

じつをいうと、休暇のあいだじゅう、漠然たるパニックが絶えず彼に襲いかかっていた。ポーシャとベッドをともにする自分の姿を想像しようとするときが、とくにひどかった。くわばらくわばら！　彼女のことだから、ベッドのなかでも礼儀作法にうるさいに決まっている。

また、もうひとつ、彼の気分をさらに暗くしている小さな事実があった。クリスマスの夜、ほかの者がみな寝室へひきとったあとに読書室で祖父とすわっていたとき、ルシアスはワッセル酒（香料や焼きリンゴ入りのワイン）を何杯か飲んで気分がほぐれ、ひどく感傷的になった勢いで、この春の社交シーズンに入ったら、真剣な目で周囲を見まわして花嫁を選び、夏が終わる前に結婚すると祖父に約束している自分の声を、はっきりと耳にしたのだ。

ポーシャ・ハントと結婚すると約束したわけではなかったが、彼女の名前が出るのは当然のことだった。

「ミス・ハントも今年はおまえとロンドンで会うことができて喜ぶだろう」と、祖父はいった――なんとも奇妙な発言だった。ルシアスはいつもロンドンで暮らしているのだから。しかし、老人が意味したのは、もちろん、ふだんのルシアスが疫病のごとく避けている舞踏会や夜会やその他のくだらない社交行事の場へ、彼がダンスの相手として同行することを、ポーシャが喜ぶだろうということだった。

彼の運命は尽きた。それを否定しようとしても無駄だった。自由《フリー》な――気苦労のない《ケアフリー》――男としてロンドンで遊び暮らせる日々も残りわずかになってしまった。彼はクリスマスのすこし前からずっと、首にかけられた縄がきつく締まっていくのを感じていた。

「おたくのあの御者、銃殺隊の前にひきだすべきだわ」ミス・フランシス・アラードが、あのなんとも魅力的な貴婦人が不意にきつい声でいって、それと同時に、片手でルシアスの袖を万力のごとくつかんだ。「スピードの出しすぎよ」

大雪のなかを、馬車はたしかにすべるように走っていた。ルシアスは思った――ピーターズのやつ、久しぶりのスリルを大いに楽しんでることだろう。

「そうおっしゃるのは、おそらく、あなたの御者が痛風にかかった八十代の老人の歩調の半分のスピードで馬車を走らせるよう、訓練されているせいでしょう。おや、どうしたんだろう」

　彼が窓の外をのぞくと、馬車がすべったのは停止しようとしているためであることが見てとれた。宿屋らしきものに到着したのだ。もっとも、最初にちらっと見えた様子から判断するなら、決定的にみすぼらしい部類に入る宿であった。上流の旅行者が宿泊する場所というよりも、近くにあるにちがいない村の飲んべえ連中の集会所のような雰囲気だが、古い諺にもあるように、物乞いには選ぶ権利がない。

　宿屋にはまた、人の気配がなかった。玄関前の雪かきがされていない。建物の裏にある厩《うまや》は扉を閉ざしている。どの窓を見ても灯りがともっていない。煙突から煙が立ちのぼるという心なごむ光景も見られない。

　それゆえ、ピーターズが何やらわかりにくいことをわめいたあとで、ドアが細めにひらき、無精髭の顎と大きなナイトキャップ（午後も半ばだというのに）の完備した頭がのぞいて何かをわめき返してきたときには、思わず胸をなでおろした。

「戦いに乗りだすときがきたぞ」ルシアスはつぶやくと、馬車の扉をあけて、膝まで積もった雪のなかに飛びだした。「何事だ？」

　宿の男のきわめてお粗末かつ胡散《うさん》臭い氏素性に関する悪態を御者台からならべたてている最中のピーターズを、ルシアスはさえぎった。

「パーカーさんと奥さんが留守にしてて、まだ帰ってねえんだよ」男はどなった。「ここには泊められねえ」

留守中のパーカー夫婦と無精髭を生やした礼儀知らずの田舎者に関して、ピーターズが自発的に意見を述べはじめたが、ルシアスが片手をあげて黙らせた。

「ここから五百ヤード以内にべつの宿屋があるといってくれ」ルシアスはいった。

「フン、ひとつもねえよ。けど、おいらにゃ関係ねえこった」男はそういいながら、ドアをしめようとした。

「ならば、気の毒だが、きみは今夜、泊まり客を迎えることになる。その格好で仕事をするほうが好きだというのでなければ、着替えをして、ブーツをはいてきてくれ。なかに運んでほしい荷物と世話の必要な馬が待っているし、馬はあとでさらにふえるからな。さ、しゃんとしろ」

ルシアスはふりむいて、ミス・アラードが馬車からおりるのに手を貸そうとした。

「ようやくホッとしましたわ。あなたの不機嫌がほかの人に向けられるのを見て」

「ぼくを怒らせないほうがいい」ルシアスは警告した。「さあ、ぼくの肩に腕をまわして。宿まで運んであげよう。ちゃんとしたブーツをはくだけの分別が、けさのあなたにはなかったようだから」

フランシスは怒りの表情で彼をにらみつけた。赤くなった鼻の先が今回はまちがいなく震えたように、彼には思われた。

「恐れ入ります、マーシャルさま。でも、自分の二本の足で歩いて宿に入ることにいたします」

「お好きなように」ルシアスは肩をすくめて答え、ステップがおろされるのも待たずに彼女が馬車から飛びおり、ほぼ膝のあたりまで雪に埋まってしまったのを見て、いい気味だと思った。

一フィート以上積もった雪のなかを、馬車から数ヤード先の建物まで品よく歩いていくのはきわめて困難なことであり、彼は唇をすぼめてそれを見守ったが、フランシスは果敢に挑戦した。もっとも、最後はよたよた歩きにならざるをえず、ナイトキャップをかぶった宿の留守番役があけっぱなしにしておいたドアにたどり着く直前に、優美とはいいがたい格好で足をすべらせて、転倒を避けるために両腕をばたつかせる結果になってしまったが。

ルシアスは意地の悪い喜びに包まれて、彼女の背後でニッと笑った。

「とんでもねえ女を拾っちまいましたね、若さま」ピーターズがいった。

「ぼくの耳に届くところで貴婦人の噂《うわさ》をするときは、言葉を慎んでもらいたい」ルシアスはピーターズにきびしい視線を向けていった。

「合点です、若さま」ピーターズは叱責《しっせき》などどこ吹く風で、雪のなかに飛びおりた。

「どうやらエールが飲めそうだ」マーシャル氏がいった。「それから、あなたもお茶を飲むことができるでしょう。火をおこすことができて、台所のどこかにお茶の葉が隠されていればね。だが、ビーフパイはあきらめるとしよう――スエットプディングも」

二人が立っているのはみすぼらしい陰気な宿の酒場の真ん中で、暖炉に火が入っていないため、馬車のなかより暖かいといえる状態ではなかった。さきほどドアをひらき、悪天候なのに一同を宿に入れようとしなかった召使いが、フランシスの旅行カバンを持ってよたよたやってくると、大きな雪のかたまりがついたままのカバンを、ドアを一歩入ったところにおろした。

「こんなことがパーカーの旦那と奥さんの耳に入ったら、なんていわれるかわかりゃしねえ」召使いは暗い声でぶつくさいった。

「きっと、思いもかけない商売ができたといってきみを褒めちぎり、給金を二倍にしてくれるだろう」マーシャル氏は彼にいった。「休暇のあいだ、ずっと一人で留守番してたのかね」

「そうだ。けど、旦那さんたちが出かけたのはボクシング・デーのつぎの日だったし、明日にはもどってくることになってる。留守のあいだ誰も入れちゃなんねえって、きびしく命令されてんだ。給金のこたぁ知らねえけどよ、おら、奥さんの口やかましいのはよぅく知ってる。あんたを泊めるわけにゃいかねえ。おことわりだ」

「きみ、名前は？」マーシャル氏がきいた。

「ウォリー」

「〝ウォリーです〟といえ」

「ウォリーです」男は不機嫌にくりかえした。「泊めるわけにいかねえんだよ、旦那。客室の用意はできてねえし、火もねえし、メシ作る料理人もいやしねえ」

これ以上はないというぐらいみじめな気分に陥っていたフランシスにも、それは痛いほど明白だった。ひとつだけ慰められるのは——本当にひとつきりだが——とりあえず死なずにすみ、足の下に固い床があるという事実だった。

「ここの暖炉に薪《まき》が準備されているではないか」マーシャル氏がいった。「ぼくが外に出て残りの荷物を運びこむから、きみはそのあいだに火をおこしてくれ。いや、その前に、ご婦人にショールか毛布を出してあげてくれ。そうすれば、火がつくまでのあいだ、すこしは暖かくしていられる。そのあとで、客室を二つ用意する仕事にかかってくれ。食事については——」

「わたしが台所に入って調べてみるわ」フランシスがいった。「これものみたいに扱っていただく必要はありません。そんなか弱い人間じゃありませんもの。ウォリー、ここの暖炉に火をおこす仕事が終わったら、わたしと一緒にきて、五人の胃袋を——あなた自身も含めて——満足させられる食事を用意するために、必要な材料を見つけるのを手伝ってちょうだい」

マーシャル氏が両方の眉を吊りあげて彼女を見た。

「きみが料理を？」

「おいしいものを作るためには、材料と調理器具とこんろが必要よ。でも、やかんでお湯を沸かすぐらいのことなら、わたしにもできます」

フランシスは彼の目に浮かんだ光を見て、ほんの一瞬、愉快がっているのかもしれないと思った。

「さっきはきみの耳に届かなかったかもしれないけど、ビーフパイなんだよ。タマネギをどっさり使った、肉汁たっぷりのやつ――それも、ダマになってない肉汁」

「ポーチドエッグで我慢していただくしかなさそうね。卵があればだけど」

「目下のところ、なかなか価値のある代用品のようだ」

「卵ならあるぜ」膝をついて酒場の暖炉に火をおこす仕事にとりかかりながら、あいかわらず不機嫌な声でウォリーがいった。「おいらが食っていいことになってんだが、どう料理すりゃいいのかわかんなくてよ」

「では、期待するとしよう」マーシャル氏はいった。「ポーチドエッグを約束してくれたミス・アラードがちゃんと作り方を知っていて、好き勝手なホラを吹いているのではないことを」

フランシスは返事をする気にもなれなかった。台所へ通じていると思われるドアを押しひらき、一方、彼のほうは、御者の荷おろしを手伝うために雪の戸外へもどっていった。

宿の建物は冷え冷えとしていて陰気だった。どの窓も小さく、外はまばゆい白さだというのに、光はほとんど射しこんでいなかった。彼女の足はブーツのなかで濡れて冷えきっていた。宿は汚くはないのだが、光り輝くほど清潔ともいいがたかった。凍えずにすむように、マントもボンネットも脱がないでおいた。だらしない格好のものぐさな召使い以外に、彼女の世話をしてくれる人間はいない。温かな食事を――いや、冷たい食事すら――用意してくれる人間もいない。そして、怒りっぽい礼儀知らずの紳士一人と、偏屈な男の召使い三人とともに、ここですごすことになってしまった。

どう考えても、見通しは暗かった。

予定では、今日学校にもどることになっていた。生徒たちは新学期を迎えるために、あさってもどってくる。その翌朝から始まる授業の準備をすべて整えておくためには、やっておかねばならない仕事が山のようにある。クリスマスのあいだは仕事をしないことに決めていたのだ。上級クラスのフランス語の作文の山が採点を待っているし、下級クラスの提出した短編小説（こちらは英語）がさらに大きな山を作っている。

このような成り行きから遅れが生じてしまったのは、〝困った〟ではすまされないことだ。とんでもない惨事だった。

しかし、まず台所を見まわし、つぎに、引出しや戸棚や食糧貯蔵室を、最初はおずおずと、やがて、しだいに大胆さを増しながら探検し、最後にウォリーを捜しにいって、台所まで連れてきて、火床の灰を掻きだし新たな薪を置いて火をおこすよう命じながら、いまの状況に立ち向かうための健全な方法は現実主義しかないと判断した。

無事に学校にもどって、平安な日々のなかで今日という日をふりかえったときには、おそらく、災難というより冒険のイメージのほうが強くなることだろう。思い出のなかに滑稽《こっけい》な要素すら見つかるかもしれない。そのような結末を想像するのは、いまはむずかしいが、第一級の冒険とみなしてもいいような気がした。

あとは、連れの男性が、きらめく鎧に身を包んだ、ハンサムで、にこやかで、魅力的な騎士であれば……。

もっとも、いまの連れが三つのなかのひとつにあてはまることは、彼女も認めざるをえなかった。彼女が受けた第一印象は一点だけまちがっていた。並外れた大男ではあるが、顔立ちはハンサムだった。もっとも、顔をしかめ、嘲笑を浮かべ、片方の眉を吊りあげることで、男前を台無しにしてしまうのが好きなようではあるが。

彼女にポーチドエッグが作れるかどうか、彼は疑っている様子だった。ビーフパイにいたっては、彼女が耳にしたこともない料理であるかのような言い方をした。フン！　あとで彼に詫びを入れさせることができたら、どんなに胸がスッとするだろう。よし、ぜったい詫びを入れさせてやる！　昔はよく、台所で何時間もすごして、料理番のやることをながめ、お許しが出たときには手伝いをして、父親と家じゅうの者をおもしろがらせたものだった。フランシスにとっては昔から、これがすばらしく心安らぐ余暇の使い方だった。

食糧貯蔵室で見つけたパンを調べてみると、そのままでは古すぎて食べられないが、トーストすれば食欲をそそりそうだとわかった。楔形《くさび》のチーズもあり、誰かが気を利かせて包んでおいてくれたおかげで、食べるには申し分のない状態だった。また、蓋《ふた》つきの皿にはバターが入っていた。

ウォリーを外の井戸へやって水を汲んでこさせ、やかんにその水を入れて火にかけた。ようやく火がパチパチいいはじめたところなので、湯を沸かすには時間がかかるだろうが、待つだけの価値はある。待つあいだ、宿にはたぶん、男四人の喉の渇きを充分に癒せるだけのエールが置いてあるだろう。はっきりいって、宿屋の留守番役として残って以来、ウォリーはたぶんエール以外のものをほとんど口にしていないだろうというのが、フランシスの推測だった。皿が使われた形跡も、料理を作った形跡もない。ひどいものぐさなので、暖をとるために火をおこすことすらせず、たぶんぬくぬくとベッドにもぐりこんでいるだけだったのだろう。

フランシスが酒場にひきかえすと、そこにマーシャル氏がいた。暖炉に火が燃えているおかげで、前より明るい雰囲気になっていたが、室内の醜悪さは何をもってしても救いようがなく、彼はいま、テーブルと椅子を火の近くへ運んでいる最中だった。彼女に気づいて身体をおこした。

さっき別れたあとで、彼が大外套と山高帽を脱いでいたので、フランシスは思わず立ち止まって息を呑んだ。大柄な紳士であることはひと目見たときからわかっていた。また、がっしりした男性だとも思っていた。しかし、濃い緑色の極上の生地で一流の職人が仕立てた上着に、小鹿色のチョッキとズボン、乾いたヘシアン・ブーツ、白いシャツ、小粋に結んだクラヴァットという装いで彼が目の前に立ったいま、じつはがっしりタイプではなく、つくべき場所に筋肉がついて隆々としているだけであることが見てとれた。その力強い腿は、馬の鞍《くら》にまたがって多くの時間をすごす男であることを物語っていた。また、山高帽をとったあとの髪は、フランシスが想像していたよりも豊かで波打っていた。短くこざっぱりした髪型だった。

文字どおりの伊達男《だておとこ》であった。

たしかに、息を呑むほどゴージャスな男だわ——フランシスは腹立たしげにそう思いながら、学校の女生徒たちが憧れの青年の噂をしてはクスクス笑ったり、せつなげに吐息をついたりするのを耳にするたびに、それを面白がっていたことをちらっと思いだした。なのに、いまはその自分が立ちつくし、呆然とみとれている。

性格の悪い紳士は容姿も醜くなきゃいけないのに。

フランシスは進みでて、テーブルに盆を置いた。

「まだお茶の時間ですけど、わたしと同じく、今日はお昼をおとりになれなかったでしょ。夕食の支度にかかるころには、台所の火も熱くなってると思いますけど、いまはとりあえず、チーズトーストとピクルスで我慢してくださいな。台所のテーブルにも召使い用のセッティングをして、ウォリーを厩へ走らせ、トマスとおたくの御者を呼んでこさせることにしました」

「ウォリーに走ることができるなら」両手をこすりあわせ、空腹そうな目を盆に向けながら、マーシャル氏がいった。「ぼくはチーズトーストのほかに、自分の帽子も食べてみせよう」

フランシスは酒場でマーシャル氏と席をともにすべきか、台所に残って一人でお茶を飲むべきか、さきほどまで迷っていた。希望としては台所に残りたくてたまらなかったが、そんなことをすればそれが前例となり、召使いの階級に身を落としてしまうことになると、プライドが彼女に告げた。あの男のことだから、わたしを喜んで召使い扱いするに決まっている。わたしは学校の教師かもしれないけど、誰の召使いでもない――もちろん、彼の召使いになるなんてとんでもない。

そういうわけで、フランシスはここで、宿の酒場で、怒りっぽくて、傲慢で、ハンサムで、じつに男性的なルシアス・マーシャル氏と二人きりになったのだった。それだけでも、育ちのいい若い女性を憂鬱にさせるには充分だった。

フランシスはようやくマントとボンネットをとり、木の台にのせた。できれば髪に櫛《くし》を入れたいところだったが、ドアのすぐ内側に置いてあった旅行カバンも手提げ袋も消えていた。仕方がないので手で髪をなでつけてから、火の近くへ動かされたテーブルの席にすわった。

「まあ、暖かい」火の熱を感じながら、彼女はいった。台所の暖炉はこれよりはるかに大きくて、熱がまわるのに時間がかかるため、まだ暖をとるところまで行っていなかったのだ。

「とってもいい気持ち」

彼はフランシスの向かいにすわり、目を細めて彼女をみつめていた。

「あててみせようか。きみはスペイン人？　イタリア人？　ギリシャ人？」

「イギリス人よ」フランシスはきっぱりいった。「でも、母はイタリア人だったの。残念ながら、母のことは覚えてないけど。わたしが赤ちゃんのときに亡くなったから。でも、わたし、母にそっくりなんですって。父がいつもそういってたわ」

「過去形？」

「ええ」

彼はいまなおフランシスをみつめていた。フランシスはその視線にどぎまぎしたが、もちろん、彼にそれを悟られまいとした。自分の皿に食べものをすこしとり、トーストをひと口かじった。

「お茶の支度にはまだしばらくかかりそうよ。でも、どうせ、エールをお飲みになるほうがいいんでしょ。気の毒なウォリーを煩わせなくても、ここにもすこしはエールが置いてあるかもしれないわ。ウォリーは忙しい午後をすごしたんですもの」

「しかし、ウォリーに得意分野が、それも情熱を燃やせる分野がひとつあるとすれば、それは酒だ。すでに、あそこのカウンターの奥にある棚のガイドを買って出てくれた」

「まあ」

「そして、ぼくはすでに何種類か試飲させてもらった」彼はつけくわえた。

フランシスは返事をしようともしなかった。トーストをもうすこし食べた。

「二階には部屋が四つある。いや、大きな空室も勘定に入れれば五つだな。あれはたぶん、村の〈集会室《アセンブリー・ルーム》〉だと思う。小さなほうの部屋のひとつは、留守にしているパーカーと、毒舌の持ち主である奥方のものと思われる。それから、ひとつはただの納戸で、ベッドかどうか判断のつかない家具がひとつだけ入っている。確認のために腰をおろしたり横になったりするのは省略しておいた。あと二つの部屋は広義に解釈すれば客室と呼ぶことができるかもしれない。奥方の部屋の外に置いてある大きなチェストから、ぼくがシーツやその他の寝具をくすねてきて、二つのベッドの用意をしておいたからね。今夜、遅い時間に、ウォリーに命じて——やつがそれまでおきていられればの話だが——部屋に火を入れさせておくよ。そうすれば、きみも心地よく床につくことができる」

「あなたがベッドの用意を？」今度はフランシスが眉を吊りあげる番だった。「さぞかし見ものだったでしょうね」

「口の悪い人だな、ミス・アラード。きみのベッドの下でネズミが一匹か二匹巣を作っているのを見たような気もするが、今夜はとにかく、正直者の眠りをむさぼることができるにちがいない」

やがて、テーブルの向かいにすわった彼をみつめ、辛辣《しんらつ》な返答を考えようとしていた最中に、フランシスは不意に強烈な現実を意識し、まるで誰かからみぞおちにパンチを食らったような感覚に陥った。留守中の宿の亭主が——いや、もっと的確にいうなら、宿のおかみが——あと数時間以内に帰ってこなかったら、今夜は付添いの女性もいないまま、ルシアス・マーシャル氏——ぞっとするような男ではあるが、同時にぞっとするほど魅力的でもある男——のすぐそばの部屋で眠ることになるのだ。

フランシスはうなだれて立ちあがり、膝の裏で椅子をうしろへ押しやった。

「やかんのお湯が沸いたかどうか見てきます」といった。

「どうしたんだい、ミス・アラード。捨てゼリフはぼくに譲ってくれるの？」

ええ、そうよ。
台所へ急ぐあいだに、急に頬が火照ってきて、やかんのお湯を沸かせるほどになった。

3

まったく癪《しゃく》にさわる――一人残されたルシアスは立ちあがり、もっとエールはないかと探しにいきながら思った。

彼女が着ていたのはマントよりやや薄い色合いの、じつに野暮ったい茶色のドレスだった。ハイウェスト、ハイネック、長袖。こんなに色気のないドレスはどこにもないだろう。そのドレスを、痩《や》せっぽちといってもいいほど細くて背の高い身体にまとっていた。こんなに肉感的でない身体というのも、どこにもないだろう。髪はボンネットに隠れていたときから彼が想像していたとおりのスタイルだった。真ん中できちんと分けて、うしろへなでつけ、うなじでシンプルなシニョンに結うという、まったく飾りけのないスタイル。ボンネットで髪がつぶれてしまうから仕方がないとしても、けさの彼女が男性の想像力を刺激するために小さなカールや巻毛でその髪型に華やぎを添えようと努力しただろうとは、とうてい思えない。髪の色は濃い茶色、黒といってもいいかもしれない。顔は面長でほっそり。高い頬骨。鼻筋の通った鼻。特徴のない唇。目は黒っぽくて、まつげが濃い。お高くとまっていて、野暮ったい感じ。外見も——行動も——典型的な家庭教師のものだ。

ところが、彼が受けたこの印象は完全な誤りだった。ミス・フランシス・アラードは、彼にはいまだ解明できないなんらかの理由によって——たぶん、個々の要素というより、それらが合体して醸しだす雰囲気のせいだろう——すばらしく華麗だった。

もっとも、華麗といっても、その物腰には、彼をわずかでも惹きつけるものはまったくなかった。なのに、明日まで、彼女とともにここに足止めされることになってしまった。彼女が台所に一人でいてくれれば、当人もそのほうが楽なようだし、彼としては大歓迎だった。お茶を飲み、テーブルを片づけたあと、彼女は一度も酒場に姿を見せなかった。幸い、彼女のほうも彼に対して同じぐらい強い反感を持っているらしく、顔を合わせないようにしている様子だった。

ところが、半時間もすると、ルシアスは退屈してきた。ピーターズともう一人の御者が殴りあいを始めているかどうか見るために、厩まで出かけてみようかと思った。しかし、殴りあいになっていたら、仲裁に入らなくてはならない。厩の代わりに、台所へぶらっと行ってみた——そして、ドアを一歩入ったところで、思いもかけない光景と匂いに襲われて、あわてて足を止めた。

「おやまあ！　まさか、ビーフパイに挑戦してるんじゃあるまいな」

フランシスは台所の中央に置かれた大きな木のテーブルの前に立ち、袖を肘の上までまくりあげ、大判のエプロンを巻きつけて、練り粉の生地らしきものを（疑わしいが）延ばしていた。

「してるのよ」肉と香草の煮えるおいしそうな匂いを吸いこんでいる彼に、フランシスは答えた。「こんな簡単なお食事を用意することもできない女だと思ってらしたの？　あなたが消化不良をおこしたりしないよう、気をつけますからね」

「おみそれしました」ぶっきらぼうに彼はいった。ただし、本心からの言葉だった。ポーチドエッグは、彼のお気に入りディナー献立リストの上位に入る料理ではなかった。

フランシスの頰に小麦粉の汚れがついていた——そしてどちらの頰も紅潮していた。エプロンが——たぶん、豊満なパーカーのおかみさんのものだろう——身体の半分を隠していた。しかし、なぜか前より魅力的だった。人間らしく見えた。

ルシアスは手を伸ばし、その手を彼女が叩こうとして失敗したすぐあとに、テーブルから生地の屑《くず》をつまみあげて口に放りこんだ。

「せっかく苦労してこしらえた生地をあなたが食べてしまうのなら」フランシスはつんとしていった。「手間なんかかけるんじゃなかったわ」

「さようですか、マダム」ルシアスは両方の眉を吊りあげた。すくなくともこの二十年のあいだ、指をぴしゃっと叩かれそうになったことは一度もなかった。「では、あなたに敬意を表して、夕食のあとで手つかずのビーフパイをお返しすることにしよう。いかがかな」

フランシスは一瞬彼をにらみつけ、そして……いきなり笑いだした。

な、なんなんだ！　勝手にしろ！　突然、彼女がとても人間っぽい感じになり、くらくらするほど魅力的に見えてきた。

「わたしったら、バカなことをいってしまったわ」フランシスは謝った。笑ったせいで、いまも目がきらめき、唇の端がキュッとあがっていて、特徴のない唇ではないことが見てとれた。「お手伝いにきてくださったの？　ジャガイモの皮むきをしてもらおうかしら」

ルシアスは女の子にぼうっとなった男子生徒みたいに、彼女をみつめたままだった。やがて、彼女の言葉の残響が耳に届いた。

「ジャガイモの皮むき？」彼は顔をしかめた。「どうやってやるんだね」

フランシスはエプロンで手を拭いて、食糧貯蔵室と思われるところに姿を消し、ジャガイモの入ったバケツを持って出てくると、それを彼の足もとに置いた。引出しからナイフをとり、柄を彼のほうに向けてさしだした。

「たぶん、頭のいい方だから、むき方はご自分で工夫できるでしょ」

見た目ほど簡単なことではなかった。なめらかで汚れのないジャガイモにするために皮を分厚くむきすぎると、ひどく小さくなってしまい、山のような皮が残される。むいた皮が薄すぎると、ジャガイモの芽をえぐりだしたり、傷んだ部分をとりのぞいたりするのに、一個につき一分かそこら時間がかかってしまう。

いまの自分を見たら、屋敷の料理番も下働きの連中もみな卒中の発作をおこすことだろうと彼は思った。母親も、姉妹たちも。友達連中は発作をおこしたりしないだろうが、きっとテーブルの下にもぐりこんで、腹をかかえて笑いころげることだろう。おいおい、シンクレア子爵が、究極の伊達男が、ご馳走のお返しに歌をうたってるぜ――ちがうよ、ジャガイモの皮むきをしてるんだ。そのほうがよけい悪い！

ルシアスは皮むきをしながら、視線の半分以上をミス・フランシス・アラードに向けていた。彼女はほっそりした手と長い指を巧みに使って、深皿に練り粉の生地を貼りつけ、つぎに、火の上でコトコト煮えていたおいしそうな匂いのする肉と野菜と肉汁をそこに入れ、最後に生地で蓋をしてから、親指の腹を使って縁を皿に押しつけ、フォークで何カ所か穴をあけた。

「それはなんのため？」ジャガイモの芽をえぐりだしてから、ナイフをパイのほうに向けて、ルシアスが尋ねた。「沸騰した中身がこぼれてしまうんじゃないの？」

「蒸気を逃がす穴をあけておかないと」腰をかがめてパイをオーブンに入れながら、彼女は説明した。「蓋にしたパイ皮が破裂して、わたしたち、その蓋とパイの中身の半分をオーブンの天井からこそげとってお皿に移す羽目になってしまうわ。〝あなたの〟お皿にっていうべきね。わたしは深皿に残った分をいただくから」

蓋が破裂といえば……。

オーブンの前でかがみこんだ自分の姿がどんなに魅惑的か、彼女はたぶん気づいていないのだろう。ふっくらと丸みを帯びた尻がドレスの生地に押しつけられている――スタイルが悪くないことを示す何よりの証拠だ。もちろん、出会って以来、彼女のほうから彼を誘惑するような素振りを見せたことは一度もなかった。それどころか、ルシアスの記憶が正しければ、彼女が彼に向かってまず口にしたのは、彼こそありとあらゆる残忍な拷問を受けるにふさわしい人物だということだった。

　しかし――彼はまたしても自分の誤りに気づいた。初めて会ったときの彼女は干からびたガミガミ女という印象だった。つぎに、華麗ではあるが魅力のない女だと思った。ところが、いまの彼は、いつなんどき頭の蓋が破裂するかわからない気分にさせられている。

「これだけ皮むきをすれば満足してもらえるかな」彼はいらいらしながらきいた。

　フランシスは身体をおこし、わずかに首をかしげてみつめた。

「一連隊の兵士すべては無理としても、半数に食べさせるなら、これで充分ね。こんなことなさったの、生まれて初めてでしょ?」

「ふしぎなことに、ミス・アラード、たしかに生まれて初めてであることを認めても、男として恥だという気はしない――願わくは、これが最後であってほしいものだが。こんなにたくさんの皿を誰が洗うんだね」

　愚かな質問をしてしまった。

「わたしよ。手伝いを申しでてくれる人がいなければ。トマスに頼むのはたぶん無理でしょう。それから、ウォリーは髭を剃《そ》りにいかせました。髭剃りをすませるのに、たぶん一時間かそこらかかるでしょう。となると、残るはあなたの御者か、あるいは……」彼女は眉を吊りあげた。

どうしてこんなばかげた罠《わな》に自分からはまってしまったんだ？　この女、まさか本気で手伝いを期待してるわけじゃ……いや、もちろんちがうさ。彼女の目にはあからさまな嘲笑《ちょうしょう》が浮かんでいた。

「ぼくにお望みなのは皿洗い？　それとも、皿拭き？」彼は無愛想にきいた。

「拭くほうをお願いするわ。水のなかに長いこと手をつけていたら、紳士にふさわしい手が荒れてしまいますもの」

「うちの従僕が嘆くことだろう」彼はうなずいた。「従僕はきのう、ひと足先に帰宅したんだ。これから先は二度とぼくのそばを離れないというだろうな」

刻一刻と妙な日になりつつある——ジャガイモが鍋《なべ》のなかで楽しげに煮え、オーブンから漂ってくる匂いのせいでディナーまでのおあずけに胃袋が抗議をしてグーッと鳴るなかで、二人して皿洗いと皿拭きにとりかかりながら、彼は思った。これまでの経験とは似ても似つかない一日だ。

これまでは最高級の宿にしか泊まったことがなかった。従僕を連れずに旅をしたこともめったになかったが、従僕のジェフリーズが風邪をひいてしまったため、帰りの馬車のなかで洟《はな》をすする哀れな音をずっときかされることを思っただけで、ルシアスは耐えられなかったのだ。台所に足を踏み入れたのは子供のころ以来だった。幼いころは、おいしいものをつまみ食いしたくて台所にこっそり入りこんだことがよくあった。人生を快適にしてくれるものが彼は大好きだった。だが、雨の日に馬で出かけることになって、そうしたものをあきらめざるをえなくなったときには、自ら進んであきらめ、楽しいと思える行動、価値があると思える行動に移ることにしていた。

ピーターズが古ぼけた馬車を追い越して以来——馬車のあまりの古さに、ルシアスは吹雪によって過去の時代へ吹き飛ばされたのではないかと思ったほどだが——今日という日は災難の連続だった。しかも、いい方向へは進んでいなかった。

なのに、それを楽しむ気分になってきたのは妙なことだ。

「たぶん、気づいてらっしゃらないでしょうけど」最後の皿を拭き終えて湿った布巾をその上に放り投げた彼に、フランシスはいった。「ディナーがすんだら、また最初から皿洗いをしなきゃいけないのよ」

ルシアスは信じられないという顔で彼女を見た。

「ミス・アラード」酒場へ逃げもどる前に、彼はいった。「召使いがなんのためにいるのか、誰もきみに教えてくれなかったの？」

食事を終え、マーシャル氏がウォリーと二人の御者に皿洗いを命じるころには、フランシスはぐったり疲れていた。とても奇妙な長い一日だった。しかも、冬の宵の暗さゆえ、じっさいより遅い時刻になっているような気がした。酒場の窓をガタガタ鳴らし、煙突のなかでうなりをあげる風や、暖炉の熱とパチパチはぜる音には、催眠効果があった。彼女がゆっくり飲んでいるお茶も同様だった。

フランシスはすわって火をみつめ、お茶を飲みながら、ぴかぴかに磨きあげられたしなやかなマーシャル氏のヘシアン・ブーツを目の端でみつめていた。ブーツはくるぶしで交差して、ゆったりとくつろいだ格好で暖炉の前に伸ばされ、その格好がなぜかこれまでの倍も彼を男っぽく見せていた。

じっさい、危険なまでに男っぽかった。

「そろそろ失礼してベッドに入らせていただくわ」という言葉を、彼女はどうしても口にできなかった。いずれは立ちあがって、二階へ、彼のとなりの部屋へ行くといわねばならない。さきほど気づいたことだが、ドアには錠もない。といっても、彼が自分に惹かれているとはフランシスも思っていない。しかし、それでも……。

マーシャル氏が満足げな吐息を漏らした。

「あのビーフパイにはひとつだけ欠点がある、ミス・アラード。あれ以外のビーフパイが食べられなくなってしまった」

助けてくれる人もなしに一人で料理をしたことはこれまで一度もなかったし、この数年間まったく料理をしていなかったことを考えれば、今夜のビーフパイは上出来だった。しかし、褒め言葉には驚かされた。彼は人を手放しで褒めるようなタイプには見えなかった。

「ジャガイモもけっこうおいしかったわ」そう答えると、思いがけないことに彼が爆笑した。

もちろん、二人の出会いは最悪だった。しかし、自分の悪意をぶつけ、相手の悪意をひきだしたいがために、あらわな敵意を示しつづけたところで、なんの意味もない。そうでしょう？　暗黙の了解のもとに、二人は武器を置き、しぶしぶながら一種の平和協定を結ぶことにした。

しかし、なんとふしぎなことだろう——椅子にのんびりもたれてくつろいでいる、とてもハンサムで男性的な紳士と二人でこうやってすわっているというのは。宿の二階で二人きりになり、何フィートも離れていない場所で夜をすごすことになるなんて。幻想や白昼夢に登場するような出来事だ。しかし、そうした幻想が現実になってしまうと、あまり心地よいものとはいえない。

この三年間、フランシスが一緒に暮らし、つきあってきたのは、ミス・マーティンの学校に勤めている初老の用務員、キーブル氏をべつにすれば、あとは女性ばかりだった。

「きみの家はバースだっけ？」マーシャル氏が彼女にきいた。

「ええ。学校で住込みの教師をしているの」

「ほう。先生だったのか」

それは彼も推測していた。しかし、驚くほどの推測ではない。どう見ても上流の貴婦人という感じではない。そうだろう？　旅をするのに使っている自家用馬車だって、みすぼらしい。

「女学校なの。名門校よ。九年前にミス・マーティンが学校を始めたの。生徒はほんのすこしだし、予算もごくわずかだった。でも、すばらしい教師だという評判と、後援者の援助のおかげで——それがどんな方なのか、いまだにミス・マーティンはご存じないんだけど——おとなりの家を買いとって学校を広げ、授業料を払ってくれる生徒だけじゃなくて、慈善のための生徒も受け入れられるようになったのよ。そして、前より多くの教師を雇えるようになった。わたしは三年前からそこで教えているの」

彼はグラスについだポートワインを軽く飲んだ。

「で、そういう学校では生徒に何を教えるの?」と彼女にきいた。「きみは何を教えてるの?」

「音楽と、フランス語と、書くこと」フランシスはいった。「あ、作文よ。お習字じゃなくて——それはスザンナ・オズボーンの担当。学校では、若い淑女として身につけなくてはならないことを、ひととおり少女たちに教えているの。たとえば、ダンス、絵、歌、それから、礼儀作法や立居振舞。でも、学問も教えているわ。ミス・マーティンがつねにその点を強調してらっしゃるから。だって、女性の頭脳はけっして男性に劣るものではないという固い信念をお持ちですもの」

「ほう、立派なことだ」

フランシスはキッと首をまわして彼を見たが、いまの言葉が皮肉だったのかどうか、どうにも判断がつきかねた。彼は椅子の高い背に頭をもたせかけていた。眠そうだった。カールした短い髪はいくらか乱れていた。フランシスは奇妙な震えを下腹部にかすかに感じた。

「わたし、あの学校で教えるのが好きなの。人生を有意義に送っているという充実感があるんですもの」

「じゃ、三年前より昔は、何も有意義なことをしていなかったの？」彼が首をまわしてフランシスを見た。

彼女の心は父親が亡くなったあとの二年間にひきもどされ、一瞬、涙が出そうになった。しかし、その悲惨な苦難の歳月のための涙はとっくに流し尽くしていた。それに、保護と援助を求めて大伯母たちの家へみじめに逃げこむ代わりに、教職につこうと決めた自分の選択を後悔したことは、一度もなかった。過去にもどることができるなら、最初からまた同じことをするだろう。

自立というのは、女性にとってすばらしいものだ。

「三年前のわたしは幸せじゃなかったわ。でも、いまは幸せよ」

「へえ、そう？」彼の目がフランシスの顔を、首を、肩を、さらには胸までも物憂げにみつめて、彼女をどぎまぎさせた。「そういえるのは幸運なことだ」

「じゃ、あなたは幸せではないの？」

「幸せねえ」彼の眉が吊りあがり、露骨な侮蔑を示した。「愚かな言葉だ。この世には享楽と官能の満足があり、その反対側に位置するものもある。ぼくは前者を求め、後者はなるべく避けることにしている。それがぼくの人生哲学といってもいいだろう。そして、みんなが自分に正直になるなら、大部分の人間の人生哲学でもある」

「思慮に欠けることをいってしまったわ。言葉の使い方がまちがってたわ。自分の人生に〝満足してる〟っていうべきだった。わたしはより大きな安らぎを得るために、あなたがいまおっしゃった極端なものは両方とも避けることにしているの。それがわたしの人生哲学であり、多くの人たちもそれが賢明な生き方であることを悟ってきたはずだと、わたしは信じているの」

「うんざりするほど退屈な生き方でもある」

そして、その瞬間、ルシアスは彼女のなかに震え以上のものをひきおこす行動に出た。彼女は一瞬息を呑み、思わずあえぎを漏らしそうになった。

彼がにっこり笑い――そして、まばゆいばかりにハンサムな男であることを立証したのだ。

フランシスは返事をしようと焦ったが、何ひとつ言葉が見つからず、ついには、無言で彼の目をみつめて、頰がカッと熱くなるのを感じるだけとなった。

彼も同じく無言でみつめ返し、微笑は薄れていった。

「そろそろ」フランシスはようやく声が出せるようになった。「ベッドへ行く時間だわ」

口に出した言葉を撤回したいと彼女が願ったことがあるとすれば、いまがまさにそのときだった。そして、足もとに黒い穴が口をあけて自分を丸ごと呑みこんでくれるよう願ったことがあるとすれば、いまがそのときだった。

ぎごちないひとときが流れて、フランシスは彼から目をそらすことができず、彼のほうも目をそらそうとしなかった。二人のあいだの空気が煮えたぎっているように感じられた。やがて、彼が口をひらいた。

「たぶん、一人でという意味なんだろうね、ミス・アラード。おっしゃるとおりだ——ベッドへ行く時間だ。これ以上ここにすわっていたら、二人とも居眠りを始めて、火が消えてしまってから、痙攣《けいれん》した首と凍えた爪先をかかえて目をさますことになる。先に二階へ行っててくれ。ぼくが火に灰をかぶせて、火除けの金網を置いておくから。台所の火も調べておこう。もっとも、あとしばらくは、ピーターズとおたくのトマスがあそこでカード遊びをしながら、暗い声でぶつぶついいあっていることだろうが」

ルシアスは立ちあがり、そういいながら早くも火のほうへ身をかがめていた。膝が身体を支えてくれるかどうか心配しながら、フランシスは椅子から立ちあがった。なんてバカなことをいってしまったんだろう!　やっぱり台所にひっこんでいればよかった。

「おやすみなさい、マーシャルさま」彼の背中に向かって、フランシスはいった。

彼は身体をおこして彼女のほうを向き、片方の眉をからかうように吊りあげた。

「まだそこにいたの?　おやすみ、ミス・アラード」

フランシスは逃げだした。途中で足を止めたのは、カウンターのロウソクを一本つかんだときだけだった。急いで二階の部屋に入り、暖炉に火が入っているのを見てびっくりした。ウォリーに命じて火を入れさせておこうと、さきほどマーシャル氏がいっていたが、じっさいに命令するところは耳にしていなかった。服を脱ぎ、室内は寒くはなかったけれど、寝支度を手早く整えて布団の下にもぐりこみ、自分の思考を閉めだそうとするかのように頭の上まで布団をひっぱりあげた。

しかし、思考のほかに、さまざまな感覚も渦巻いていた。それらは人生に静かな満足を得ている人間の持つべき感覚ではなかった。乳房がどぎまぎするほど固くなっていた。下腹部が脈打っていた。腿の内側が疼《うず》いていた。そして、フランシスもこれらの徴候が何を意味するのかわからないほど世間知らずではなかった。

ろくに知りもしない男――また、知ったところで好きになれそうもない男を、自分は求めている。二、三時間のあいだ軽蔑すらしていた男なのに。なんてはしたない！

フランシスは布団をかぶったまま、階段をのぼってきてとなりの部屋に入る彼の足音がきこえないかと耳をすませた。

しかし、長いこと寝つけなかったのに、彼が二階にくる音はきこえなかった。

翌朝ルシアスが目をさまし、寝室の窓に暖かな息を吐きかけて作った小さな丸形から外をのぞいてみると、雪はすでにやんでいた。しかし、夜のうちにどっさり積もり、風に吹き寄せられて大きな雪だまりができていた。それに加えて、あいかわらずどんより曇っているし、彼の部屋の室温を判断材料にするなら、当分のあいだ雪は溶けそうにない。

外はまだ暗くて、遠くまではっきり見通すのは無理だったが、それでも、今日の旅立ちをあきらめるしかないことはうんざりするほど明白だった。

憂鬱と不機嫌がふたたび心のなかに広がるのを待ち受けたが、クリスマス前から絶えて感じたことのなかった陽気な気分に包まれている自分に気づいて、ルシアスは驚いた。もちろん、彼の人生の新たな状況に変化が生じたわけではないが、運命の女神がこの小さな休息を与えてくれたのだ。自分の暮らしを改善し、理想の孫、息子、兄、花婿となるための計画を推し進めようとしても、今日一日は何もできそうにない。せめて、今日という日が与えてくれるものを楽しんでもいいではないか。

従僕も連れずに、宿とは名ばかりの粗末な田舎家に閉じこめられ、ふだんの彼が当然と思っている贅沢《ぜいたく》の大部分を奪いとられているなかで、こんな思いを抱くというのは妙なことだった。

洗面台の水差しに前夜から用意されていた冷たい水を使って髭を剃り、服を着替え、トップブーツをはいて、大外套と帽子をつけた。手袋を片手に持って階段をおりていった。あたりはまだ暗かった。充分に予想していたことだが、ウォリーはまだベッドのなかだった。御者たちもたぶんそうだろう。真夜中をかなりすぎてから、ルシアスが二階へあがってももう大丈夫だろうと思ったときも——彼自身の心の平安にとってという意味——御者たちはカード遊びをやりながら、たがいの正直さに関するどす黒い疑惑を口にしあっていた。彼女が〝ベッドへ行く時間だわ〟といったときは、ほんの一瞬——またしても！——頭の蓋が破裂するような気がした。

ろくに睡眠をとっていないにもかかわらず、けさの彼はエネルギーを持て余していた。遠乗りが早朝のお気に入りの運動なのだが、いまは無理だし、代わりにボクシングかフェンシングをやりたいところだが、それも無理なので、玄関前の雪かきをしようと決め、手袋をはめながら、夜明けを目前にした薄明かりのなかに出ていき、スコップと箒《ほうき》を探しに裏の厩までよたよた歩いた。ピーターズが早くも厩で馬の世話をしていたので、彼に手伝わせて、必要な品々を見つけだした。

「ここが終わったら、あっしがやりますよ、若さま」ピーターズがいった。「またいまいましい皿洗いをさせられるより、そのほうが楽だからね。けど、自分で何かやりたいと若さまがうずうずしとられる気持ちは、ようくわかります。さ、どうぞ、どうぞ」

「大いに感謝するよ」ルシアスはそっけなくいった。

スコップを手にして、雪かきにとりかかった。

夜明けの光のなかで、宿からすこし離れたところに村があるのが見えた——きっとあのあたりにあるにちがいないと、彼も思っていたのだ——しかし、宿と村をつなぐ道路が雪の下に完全に埋もれているため、どこにその道路があるのかさっぱりわからない。宿の亭主の帰宅予定を、エールを飲みたがっている連中が知っているとしても、今日は誰も訪ねてきそうにない。パーカー夫婦が帰宅できる見込みはなおさらなさそうだ。

どっちみち、ミス・アラードの料理のほうが自分の好みに合いそうな気もした。ビーフパイが彼女の唯一の得意料理であり、ほかのものは何も作れないというのでないかぎりは。だが、彼の希望をいえば、もう一度ビーフパイを作ってもらいたいぐらいだった。

一時間もすると、雪をどけて玄関から厩までの道を作り、さらにもうひとつ、玄関から道路とおぼしきところまでの道を作った。呼吸が荒くなり、身体が温まり、気分爽快《そうかい》になってきた。雪かきをしているあいだに、太陽がのぼっていた。すくなくとも、彼はそう推測した――空は曇ったままだし、ときたま雪がちらちら舞っている。しかし、とりあえず、あたりは明るくなっていた。

ルシアスはスコップにもたれて、新鮮な空気を深々と吸いこんだ。田舎の小さな宿に一日じゅう閉じこめられたままでは消費しきれないほどのエネルギーが、まだ残っていた。宿の建物に沿って雪かきを始め、途中でふと気づくと台所の窓のところにきていた。身体をおこして、なかをのぞいてみた。

フランシス・アラードがすでにおきて、火のそばで忙しそうに立ち働いていた。彼女自身が薪を組んで火をおこしたのかどうか、彼にはわからなかったが、火はしばらく前から燃えている様子だった。

きのうと同じようなドレスを着ていたが、今日はクリーム色で、きのうのドレスよりも似合っていた。髪はひと筋の乱れもなくきっちり結ってあった。今日もまた大判のエプロンをつけている。やかんの口から湯気が立ちのぼっているのが見えた。かまどの上で何かが調理されていた。テーブルには泡立てた卵らしきものの入ったボウルがのっていた。

彼は突然、空腹で飢え死にしそうなことに気づいた。

同時に、この家庭的な情景に妙に魅了され——すくなからず官能を刺激された。女が腰をかがめ、向きを変え、食事の支度に没頭している光景には、どこかなまめかしいものがある。

それは彼がこれ以上追ってはならない考えだった。彼女は学校の教師であり、道徳にうるさいにちがいない。

言葉を換えれば、ぜったいに近づいてはならない女性なのだ。

フランシスが彼の視線を感じたかのように火の前でふりむき、彼に見られていたことを知った。つぎの瞬間——なんとまあ！——笑顔になった。まだ早朝だというのに、まばゆいばかりの美しさだった。その笑顔は破壊的な凶器であり、いまの状況なら、たとえそれが彼に向けられたものではなかったとしても、ルシアスは充分幸せだっただろう。

彼女がルシアスを手招きして、こしらえている料理を指さした。

数分後、大外套の雪を払い、ブーツをはき替えてから、彼が台所に入っていくと、細長いテーブルに二人分の席が用意されていた。

「ここで食べることに、べつに反対なさらないだろうと思って」フランシスは首をまわし、入ってきた彼に会釈してから、火の上で調理中のスクランブルエッグに注意をもどした。「ちょっと前にウォリーをおこして、水を汲みにいかせたの。そしたら、彼、トマスとピーターズと一緒に朝ごはんを食べる権利ができたと思ったみたい。ただし、いまは酒場の暖炉に火を入れる仕事をしてもらってますけど。わたしたちも食事は台所でとったほうが快適ね」

「あいつら、もう食事をすませたの？」両手をこすりあわせ、ベーコンとフライドポテトとコーヒーの混ざりあった匂いを吸いこみながら、ルシアスはきいた。

「あなたもお呼びしようかと思ったんだけど、外で楽しそうにしてらしたから」

「なるほど」

フランシスは皿にたっぷり盛った料理を彼の前に置き、自分の前にはもうすこし控えめな皿を置いた。エプロンをはずして席についた。

「ここの火は」コーヒーをつぐためにふたたび立ちあがりながら、彼はいった。「たぶん、きみが自分でおこしたんだろうね」

「そうよ」彼女は答えた。「ふしぎな冒険だと思わない？」

彼が笑いだしたので、フランシスはキッと彼をにらんでから、うつむいて自分の皿に視線をもどした。

「これまでに宿の台所を切りまわしたことはあった？」ルシアスは尋ねた。「四人の男どもの食欲を一手にひきうけたことは？」

「一度もないわ。あなたは田舎の宿の雪かきをしたことがあった？」

「まいったな！　一度もない」

今度は二人とも笑いだした。

「たしかにふしぎな冒険だ」彼は同意した。「きみ、きのういってたよね。クリスマスのあいだじゅう、雪が降るよう願ってたって。雪が降ったら何をするつもりだったの？」

「驚嘆と畏敬をこめて雪景色をながめてたでしょうね。クリスマスの雪なんて、とっても珍しいんですもの。それから、村の人たちと一緒にキャロルを歌いながらご近所を歩くつもりでいたの。でも、今年はキャロルがなかったの。それから、雪のなかを〈アセンブリー・ルーム〉まで出かけてクリスマスのダンスパーティに出る用意もしてたのよ。だけど、それもなし」

「なんとも覇気のない村だねえ。誰もが家に閉じこもって、鴨《かも》とプディングを腹に詰めこんでたのかな」

「たぶんね。それに、大伯母たちはパーティの招待を受けても、姪と一緒に楽しくすごすために家にこもっていたくて、招待をおことわりしてしまったの」

「姪は村のダンスパーティで跳ねまわることを望んでただろうに」彼はいった。「つまらないクリスマスをすごしたものだ。心からの同情を捧げよう」

「かわいそうでしょ」フランシスもうなずいたが、その目には楽しげなきらめきが宿っていた。

「雪が降ったらやろうと思ってたことはそれだけ？」彼がきいた。「そんなんじゃ、雪を待つだけの価値があるとはいえないな。そう思わない？」

「あら、だって」フランシスは礼儀作法のルールをすべて無視して、片方の肘をテーブルにつき、顎を手にのせた。「大伯母たちが雪合戦に参加するなんてことはありえないし、一人で雪合戦をするわけにもいかないでしょ。雪だるまだって作りたかったわ。二年前の冬に雪が降ったときは、ミス・マーティンが午後の授業を中止にして、生徒たちを学校の向こうの野原へ連れてって、雪だるまコンテストをやったのよ。すごく楽しかったわ」

「きみが優勝したの？」

「本当ならね」ふたたびナイフとフォークを手にしながら、彼女はいった。「わたしの雪だるまが群を抜いて立派だったんですもの。ところが、ほかの教師たちがこれは賞の対象にならないっていいだしたのよ。あんまりでしょ。わたし、その場で学校をやめようかと思ったぐらい。ところが、辞職するって脅したとたん、十人以上の生徒たちに雪のなかへころがされてしまって、ミス・マーティンときたら、わざとよそを向いたきり、校長の権威を発揮することも、わたしの救出に駆けつけることもしなかったのよ」

なんとも楽しそうな学校だと、ルシアスは思った。自分のかつての教師たちを雪のなかにころがす光景など、とくに校長の見ている前となれば、想像もできない。

ミス・フランシス・アラードは、彼がきのう受けた印象とちがって、けっして怒りっぽい干しスモモみたいな女性ではなかった。それに、正直に認めなくてはならないが、二人の立場が逆だったなら、彼のほうがもっとつむじを曲げて、誰かを煮えたぎった油に漬けてやりたいという残虐な夢を抱いたにちがいない。といっても、もちろん、彼にせよ、ピーターズにせよ、いかなる道路でいかなる状況にあっても、ほかの馬車に追い越されるようなことはぜったいにないだろうが。

「けさのコンテストでは、教師も賞の対象からはずされてはおりませんぞ」彼はいった。

「おやまあ」フランシスは眉を吊りあげて彼を見た。

「宿の横手でやろう」彼は村と反対側のほうを指さした。「きみを手伝って皿洗いをすませたらすぐに。ただし、問題がひとつある。ちゃんとしたブーツをお持ちかな」

「ええ、持ってますとも。ブーツも持たない者がクリスマスの雪に憧れるとお思い？　雪だるまコンテストに挑戦しようとおっしゃるの？　あなたの負けよ」

「やってみよう。このジャガイモ、すばらしくおいしいけど、何が入ってるの？」

「わたしだけの秘密の香草があれこれ」

彼は食事を終えると、皿を洗うために集め、一方、フランシスのほうは新たなパンだねを作る作業にとりかかった――わたしが外でコンテストに勝利しているあいだに、パンだねが発酵してふくらむ予定なの、と彼にいった。

焼きたてのパン！　満腹だというのに、よだれが出てきた。

彼はなんと――恐るべきことに！――皿拭きまでやってしまった。

雪が降らなければ、いまごろは旅の終わりにさしかかっていたことだろう。午後には自宅に着いていたことだろう――クリーヴ・アビーにある屋敷の、いつもの静かな安らぎの場に。そのあとは、ロンドンとその無数の喜びのなかへ早々ともどっていったことだろう――もっとも、ああ、それも社交シーズンが始まるまでの話だが。だが、いまは代わりにここで足止めを食い、雪だるま作りをして無為な一日の退屈をまぎらそうとしている。

ただし、彼はもはや退屈してはいなかった――じつをいうと、ベッドを出て以来、退屈など忘れてしまっていた。

最後に雪だるまを作ったり、雪のなかではしゃいだりしたのがいつのことだったか考えてみたが、思いだせなかった。

4

あのやり方はまちがってるわ――彼のほうをこっそり見ながら、フランシスは思った――あんなに背が高くて細い雪だるまを作るなんて。初心者がよくやるミスね。見た目はわたしの雪だるまよりずっと大きいけど、頭をのせるときに苦労するに決まっている。たとえ、あれに見合った頭をあの高さまで持ちあげることができたとしても、固定するのは無理で、ころがり落ちてしまい、彼の努力は水の泡になってしまう。そしたら、文句なしにわたしの勝ち。

彼のに比べると、フランシスの雪だるまは頑丈でずんぐりしていた。背丈よりも幅のほうが大きかった。そして――

「こんなデブでは、どこの玄関も通れないな」一瞬、自分の作業の手を止めて、マーシャル氏が感想を述べた。「横向きになっても無理だ。この太りようじゃ、充分な幅のあるベッドも、頑丈なベッドも見つかりそうにない。これから一年のあいだ、食事のときはパンもジャガイモも抜きにしよう。嘆かわしき肥満体だ」

「抱きしめたくなるほどかわいいわ」フランシスはそういって、首をかしげ、未完成の製作物を点検した。「性格もいいし。わたしがいままで見てきたような痩せこけた雪だるまとはちがうのよ。風に吹かれたとたん、崩れてしまうようなタイプではないわ。この雪だるまは――」

「首がない。ぼくのもだけど。悪口の応酬はあとにして、作業にもどるとしよう」

真ん丸な頭を肩の上にのせると、彼女の哀れな雪だるまはよけいデブに見えた。頭が小さすぎる。雪をすこし貼りつけてみたが、雪はかたまりのままはがれて肩に落ちてしまったので、あとは、台所から持ってきた石炭のなかからいちばん大きなのを二個選ぶことで満足するしかなかった。おかげで、目だけは感情のこもった大きなものにすることができた。もうすこし小さな石炭で鼻を作り、太いニンジンをパイプ代わりに使い、さらに小さな石炭何個かをコートのボタンにした。人差し指で、笑みを浮かべた大きな口をニンジンのまわりに描いた。

「すくなくとも」一歩下がって、フランシスはいった。「この雪だるまにはユーモアのセンスがあるわ。それに、頭もちゃんとついてるし」

彼は雪の上でこしらえた巨大な頭を、薄笑いとともに見おろした。水差しの取っ手が耳代わり、ソーセージの巻毛までついている。

「コンテストはまだ終わってないよ。時間制限なんかないんだもの。そうだろ？　人を小バカにして笑うのはまだ早い。きみはあとできっと、バツの悪い思いをすることになる」

フランシスは彼が意外にも重力の法則に無知ではないことを知った。頭がころがり落ちるのを防ぐために、雪だるまの肩の細工にしばらく時間をかけ、支えのくぼみをこしらえた。もちろん、頭をそこにのせる仕事がまだ残っている。

身をかがめて頭を持ちあげようとする彼を、フランシスは薄笑いを浮かべて見守った。

しかし、彼女はルシアスのずば抜けた長身と、腕の筋肉の強靭《きょうじん》さを計算に入れていなかった。彼女には不可能と思えたことも、彼にとっては朝飯前だった。その腕力はたいしたもので、頭をしかるべき場所におろす前に、きちんと直角に置けるよう胴体の上でしばし手を止めるという芸当までやってのけた。好みに合った石炭とニンジンを選んで、所定の位置にはめこんだ。もっともニンジンは鼻として使われたが。つぎに、大外套のポケットのひとつに手を入れて、ピンクとオレンジの縞模様というなんとも悪趣味な細長い毛糸のマフラーをとりだし、雪だるまの首に巻きつけた。

「祖父の領地にある教会の牧師の奥さんがクリスマスに贈ってくれたんだ」ルシアスはいった。「村のおおかたの意見によると、その奥さんは色覚異常だそうだ。みんなの意見はきっと正しいにちがいない。だって、趣味がよくないというよりは、そのほうが親切だものね」ルシアスは一歩下がってフランシスの横に立った。二人でそれぞれの作品をながめた。

「マフラーと巻毛と傾いた口のおかげで、意地悪でユーモアを解さないという印象がやわらいだわね」フランシスは寛大な意見を述べた。「耳もかわいいし。あら、そのあばた、そばかすのつもりね。すてきな工夫だわ。けっこう気に入ったわ」

「そして、ぼくも黒いコートのボタンをつけたタック坊主に好感を持ったと白状しなきゃならない。なかなか愉快な雪だるまだ。ただ、こんなにニタニタしてるやつが、どうやってパイプを支えてるのか理解できないが」

「歯よ」

「なるほど。お利口だ。審査員を呼ぶのを忘れてしまった」

「それから、優勝者に贈るトロフィーを用意するのも」

彼がフランシスのほうを向いて笑いかけようとしたとき、フランシスは初めて、彼の片腕が友達どうしのように気軽な感じで自分の肩を抱いていることに気づいた。彼のほうもたったいま気づいたらしい。二人の顔の上で笑みが凍りつき、不意にフランシスの膝から力が抜けた。

ルシアスは腕を放すと、咳払いをして、ゆっくりと雪だるまに近づいた。

「コンテストは引分けにしたほうがいいかもしれないね。どう？でないと、また喧嘩《けんか》になってしまって、きみがぼくの存在に終止符を打つために、身の毛のよだつような計画を立てはじめるだろうから。それとも、どうしてもぼくを優勝者にしたい？」

「とんでもない。わたしの雪だるまのほうがあなたのより頑丈よ。自然の猛威に対しても、こっちのほうがずっと長く耐えていけるわ」

「せっかく寛大にも引分けを提案したのに、ずいぶんと挑発的な意見だな」ルシアスはそういうなり、身をかがめて向きを変え、警告もなしに彼女に雪玉を投げつけた。雪玉はフランシスの胸に命中し、砕け散った雪が顔に飛んだ。

「もうっ！」カンカンになって彼女はわめいた。「卑怯者《ひきょう》！」

そして、手袋をはめた手で雪をどっさりすくって、彼に投げ返した。雪は彼の帽子の脇にぶつかり、帽子は斜めにずれてしまった。

雪合戦が始まった。

合戦の嵐は数分間吹き荒れて、たまたまこれを見ていた者がいたなら、宿の横に雪だるまが四体立っているとしか思えない光景になってきた。ただし、そのうち二体は動いていて、笑いころげていた。また、その片方――背が高くて幅の広いほう――が不意にもう一方に向かって突進し、ぐいぐい後退させたものだから、彼女はとうとうやわらかな雪だまりに背中から倒れこみ、彼の重みで雪のなかに深く沈みこんでしまった。そして、手首をきつくつかまれて、頭の左右で釘付けにされた。

「やめた、やめた！」笑いながら、彼は宣言した。「あの最後の雪玉が目に入ってしまったぞ」

まばたきして、まつげの雪をふり払った。

「じゃ、負けを認めるのね」フランシスは笑って彼を見あげた。

「負けを認める？」彼の眉が吊りあがった。「失礼だが、雪のなかでどっちがどっちを押さえこんでるのかな」

「でも、たったいま〝やめた、やめた〟っておっしゃったのはどなた？」フランシスは彼に向かって眉を動かしてみせた。

「敵軍の全滅とともに戦いを終了させたのと同じ人物さ」ルシアスは彼女に笑いかけた。

フランシスは突然、彼が自分にのしかかっていることに気づいた。彼の温かな息が顔にかかるのを感じた。わずか数インチのところにあるハシバミ色の彼の目をのぞきこむと、その目も鬱屈したものを湛えて彼女の目をみつめ返していた。彼の口に視線を落とした瞬間、向こうの目も自分の口を見ていることに気づいた。

彼女のふしぎな冒険はきわどい領域へ危険なまでに近づいていた――そして、おそらくは、めくるめく領域へ。

彼の唇に自分の唇を軽くなでられて、フランシスは十二月の雪のなかではなく、八月の熱い太陽の下に横たわっているような気がしてきた。

こんなに男っぽい男に会ったのは初めて――いえ、この思いをこれ以上追うことは許されない。分析することも許されない。

「いけない、パンのことを思いだしたわ」フランシスはいった。その声は自分の耳に愕然《がくぜん》とするほど正常に響いた。「ふくらみすぎて台所の天井まで届いてなければいいけど。ドアを通り抜けてパンだねの救出に駆けつけられたら、それだけで幸運だと思わなきゃね」

鬱屈した彼の目がたぶん一秒ほど彼女をみつめ、やがて口の片端が吊りあがって、微笑らしきものを浮かべた。いや、ただの嘲《あざけ》りだったのかもしれない。彼は手を突いておきあがり、身体の雪を払い、彼女を助けおこすために手をさしのべた。フランシスは手袋をはめた手をはたいてから、マントをふったが、思ったとおり、襟の内側にも外側に負けないぐらい雪がついていた。

「ああ、最高に楽しかったわ」彼のほうを見ないようにして、フランシスはいった。

「ほんとだね」彼もうなずいた。「だけど、もし幸運の女神と顔を合わせることがあったら、きいてみるよ。どうしてとりすました学校教師とこんなところで足止めを食わなきゃいけないのかって。さあ、ミス・アラード。走って。スープに焼きたてのパンがついてこなかったら、ぼくはひどく機嫌を損ねるからね」

フランシスはほんの一瞬、〝とりすました〟という言葉を使った彼に文句をいうために、その場に残ろうかと考えた。だが、そんな愚かなことをすれば、その形容詞が自分にあてはまらないことを身をもって立証しなければならなくなるかもしれない。

その場から逃げだしたが、彼女にもプライドがあるので、走りはしなかった。

フランシスの一部は自分にひどくいらだっていた。どうしてあの瞬間の緊張をこわしてしまったの？　一度ぐらい熱いキスをしたからって、なんの害があるというの？　キスをされたのはずっと昔のことだし、こんなチャンスは二度とないかもしれない――だって、もう二十三なのよ。

だが、考えようによっては、まだ二十三ともいえる。

キスのどこが悪いの？

だが、彼女ももう世間知らずの少女ではなかった。キスの及ぼす害についてはいやというほど知っていた。おたがい、一度きりのキスで満足することはない。そして、いまの状況では障害になるものが何もないから、もっと多くを求めようとするだろう。

そのあともさらに……。

ああ、どうしよう、彼の唇に軽く触れられただけで、頭がぼうっとなって、全身の骨と器官から力が抜けてしまった。

フランシスはマントを脱いでから急いで台所に入り、パン焼きとスープ作りにせかせかとりかかった。

昼食の席での会話は不自然で、やけに明るく、うわすべりだった――とにかく、彼女のほうはそうだった。ルシアスは寡黙になっていた。しかし、パンは軽く焼きあがっていて、彼がこれまでに食べたなかで最高のものだったし、スープは二杯でも三杯でもお代わりしたいぐらいだったが、いくらそのおいしさだけに集中しようと思っても、それができない自分にルシアスは気づいていた。

かなわぬ肉欲に心を乱されていたのだった。

そして、軽い女遊びを楽しむにはうってつけの状況なのに、相手の女がうってつけのタイプではないという運命を、彼は呪った。これが女優か陽気な未亡人なら……いや、教師以外ならなんだっていい。華麗ではあるが、それと同時に、つんとしていてお上品(雪だるまを作ったり、雪玉を投げたりして、一時的にわれを忘れているときだけはべつだが）な教師以外なら。

フランシスがいくつもの空虚な話題をとりあげて明るくしゃべりつづけているあいだ、彼はポーシャ・ハントのことを考えようとした。ポーシャの顔を思い浮かべようとし、大きな成功を収めすぎてしまった。彼女の目に浮かんだ表情が、〝わたくし、すべての殿方と獣のような欲望を軽蔑しておりますけど、あなたの欲望だけは、わたくしにわからないようにしてくださるなら、大目に見ることにしますわ〟と彼に語りかけていた。

自分はもしかしたら、ポーシャに不当な仕打ちをしているのかもしれない。彼女は完璧な貴婦人だ。それは事実だ。あの完璧さの下に魅惑的な女がひそんでいるという可能性もなくはない。答えはもうじきわかるだろう。

だが、この冒険（フランシス・アラード流にいうなら）は、すぐに終わってしまう。すでに太陽が雲間から顔をのぞかせ、酒場の窓の外にある樋《とい》から水がしたたり落ちている。ここですごせる時間は今日しかない。

そして、今夜……。

今夜は酒場で寝ることにしよう。酒場を出て階段まで行き、二階の部屋へ足を向けるようなことは、ぜったいにしないでおこう。死んだときには、この徳行ゆえに天国へまっすぐに導かれ、永遠にハープを奏でながら、愚かにも自分を退屈させることになるだろう。

くそったれ！　干しスモモみたいなガミガミ女という、きのうの自分が受けた印象を、あの女はどうして崩さずにいてくれなかったんだ？――あれからまだ二十四時間もたっていないのに。あるいは、戸外での彼女は、ぼくの唇が触れる瞬間まで、なぜあんなによく笑う生き生きした女だったんだ？　なんでそういう両面を持っていて男を惑わせるんだ？

ルシアスはウォリーとトマスに皿洗いを命じた。ピーターズが馬車の手入れに追われていたからだ。だが、そうはいっても、ピーターズが裏口から姿を消すさいに、えこひいきだとかなんとかいうトマスのぼやきを止めることはできなかった。ルシアスはふたたびブーツをはき、大外套を着て、午後のほとんどを戸外ですごした。最初は馬車置場に入りこんで自分が役に立たないことを自覚し、そのあとで薪割りをすることにした。薪の山がかなり減っているような気がしたからだ。むろん、ウォリーを外にひっぱりだして薪割りをやらせるという手もあった。ふつうの状況ならルシアスもそうしていただろう。だが、今日は外にいる口実ができて喜んでいた。エネルギーを消費するチャンスにもなったので、喜びは二倍になった。今夜から明日の朝までに必要と思われるよりはるかに大量の薪を用意した。これだけあれば、一週間以上にわたってパーカー夫婦の爪先を温めることができるだろう。

　宿にもどると、フランシスがお茶の支度をして待っていた。焼きたてのパン、その横にチーズとピクルス、オーブンから出したばかりのまだ温かなスグリのケーキ。〝男の心臓《ハート》をとらえるにはまず胃袋から〟といったのは誰だったろう。もっとも、影響を受けた器官は、正確にいうと心臓ではなかったが、彼女が料理上手であることだけはたしかだった。

「決心したぞ」食べ終えたところで、彼はいった。「きみをうちの料理人として雇うのはやめておこう。いまでさえ、ぼくは大きいからね——いや、きのうより大きくなってるから」

フランシスは微笑したが、何も答えなかった。そして、盆を台所へ運ぼうとする彼女を手伝うために彼が立ちあがると、動かなくてもいいといった。あなたは午後からずっと忙しく働いてらしたんですもの。

彼女が読書をしていたらしいことに、彼は気づいた。暖炉のそばの小卓に、彼女の本がページをひらいたまま伏せてあった。ことあろうに、ヴォルテールの『カンディド』だった。手にとってみて、彼女がフランス語で読んでいたことを知った。そういえば、フランス語を教えているといってなかったっけ？　フランス語と、音楽と、書くこと。

お上品でまじめな教師だ。すごいインテリでもあるのはまちがいない。これらの事実を何度も自分にいってきかせれば、最後にはたぶん、それを動かしがたい現実として受け入れて、のぼせあがった頭を冷やすことができるだろう。

インテリ女とベッドをともにしたいなんて、誰が思う？

ウォリーが薪を足しにやってきて、ルシアスはほどなく椅子のなかで居眠りを始めた。フランシス・アラードがようやくもどってきたのはディナーのときで、子鴨肉のローストと、根菜貯蔵室で見つけたジャガイモやその他の野菜のオーブン焼きを運んできた。

「今夜はジャガイモの手伝いもさぼってしまった」ルシアスはいった。「食事するお許しをいただけるとは驚きだな」

「わたしだって薪割りのお手伝いをしなかったけど、こうして火の前にすわってるわ」

おやおや、二人はまともな喧嘩もできなくなってしまった。

「『カンディド』だね」本のほうへうなずいてみせながら、彼はいった。「読むのはフランス語のものばかり？」

「フランス語で書かれたものは、そのまま読むほうが好きだわ。翻訳だと、いくら翻訳者が仕事熱心で高い教育を受けた人でも、多くのものが失われてしまうんですもの。著者の声の何かが失われてしまう」

うん、たしかにそれはまちがいない。彼女はインテリだ。ルシアスは彼女に惹かれる気持ちが薄れていくのを感じとろうと努力した。彼女に惹かれたのは、こんなところで足止めを食ってしまい、そばにいる女が彼女一人だったからだと自分にいいきかせた。ふつうの状況だったら、こんな女、目につくこともないだろう。

二人は食事のあいだ、ひどくぎごちなくなることも、ひどく無口になることもなしに会話をつづけたが、食事がすんで、二人で皿洗いと皿拭きをしているうちに、彼の心に憂鬱なものが忍びこんできた。それはクリスマスのあいだじゅう、そして、ついきのうまで彼を苦しめていた暗黒の気分とは異なるものだったが、それでも……憂鬱なことには変わりなかった。明日になれば、二人は別れ、もう二度と会うことはない。来週のいまごろは、彼女は単なる思い出になっているだろう。来月のいまごろは、彼女のことをすべて忘れてしまっているだろう。

あーあ！　そのあと、ぼくは髪を伸ばし、派手な色のクラヴァットを巻き、センチな詩を朗読し、堕落のなかへ沈みこんでいくんだ。

ルシアスは拭いたばかりの重い壺を置いて、咳払いをした。しかし、彼女が顔をあげて眉をひそめときには——彼女の頰もかすかに赤らんでいた——彼は何もいえなかった。

フランシスが先に立って酒場にもどり、いつもの椅子に腰をおろした。彼は暖炉の前に立ち、両手を背中で組んで、火をじっとみつめた。やがて、誘惑に抗しきれなくなった。といっても、頑強に抵抗したわけではない。頑強な抵抗はあとのためにとっておこう。

いや、抵抗できないかもしれない。

「ところで」彼はいった。「クリスマスのあいだ、ダンスをする機会は一度もなかったの？」

「そうなのよ、残念ながら」フランシスは低くクスッと笑った。「優雅なワルツのステップで村の人たちを感心させようと思って、すごくはりきってたのに。ダンス教師のハッカビー先生が生徒たちにステップを教えるよう、強くおっしゃったの。二、三年以内に大流行するのはまちがいないといって。でね、実演の相手にわたしをお選びになったの。わたしが暇を持て余してるとでもお思いになったのかしら。でも、ステップを習ってからは、愚痴はいわないことにしたわ。夢のようにすてきなんですもの。ただ、クリスマスのあいだは、わたしの踊りで誰かをうっとりさせるチャンスに恵まれなかったの。かわいそうでしょ！」

彼女の声はユーモアに満ちていて軽やかだった。だが、ルシアスはその言葉から、そして、午前中に彼女がいっていたことから、退屈でつまらないクリスマスだったようだという印象を受けた。老女二人だけを相手にすごした孤独なクリスマス。

しかし、彼はすでに誘惑に屈していたため、さらに話を進める喜びを拒むことができなくなっていた。

肩越しにふりかえって彼女を見た。

「ぼくをうっとりさせてほしいな」

「えっ？」フランシスはぽかんと彼を見あげた。もっとも、頰にかすかな血の色がのぼっていたけれど。

「うっとりさせてほしい」彼はくりかえした。「ぼくとワルツを踊ってほしいんだ。雪のなかをよたよた歩いて村の〈アセンブリー・ルーム〉へ出かける必要はない。二階の部屋がきみを待ってるんだから」

「ええっ？」彼女は笑いだした。

「さあ、ワルツを踊ろう。贅沢な部屋もフロアも二人だけのものだ」

「でも、音楽がないわ」フランシスは抵抗した。

「たしか、きみは音楽の先生のはずだが」

「二階にはピアノもスピネット（チェンバロの一種）もなかったわ。でも、どちらかがあるとしても、演奏とダンスを同時にやるのは無理よ。そうでしょ？」

「きみには声があるんじゃないの？　歌うことはできないの？　あるいは、ハミングとか」

フランシスは笑いだした。「冗談はおやめになって！　それに、二階は寒いわ。火もないんですもの」

「じゃ、いまは寒い？」

彼は不意に、酒場の火で骨の髄まで焼かれているような気がしてきた。彼女と熱っぽく視線をからみあわせ、向こうも同じように感じていることを知った。

「いいえ」かすれ声で返事がきた。彼女が咳払いをした。「いいえ」

「よし、決まりだ」ルシアスはくるっと向きを変え、片脚をひいて優雅にお辞儀をしてから、てのひらを上にして片手をさしだした。「わたしと踊っていただけませんか、お嬢さん」

「冗談はおやめになって！」フランシスはふたたびいったが、両頬が真っ赤に染まり、目が大きく輝いていた。ルシアスは彼女が誘いに乗ったことを知った。

彼女がルシアスに手をあずけ、彼の指がその手を握りしめた。

よし、すくなくとも、二人でワルツを踊ることだけはできる。

すくなくとも！

そして、来年のいまごろになっても、彼はたぶんフランシスのことを覚えているだろう。

5

ルシアスはロウソクを二本立てた背の高い燭台を持って、階段をのぼっていった。一方、フランシスのほうはロウソクを一本持って、旅行カバンに入れてあるショールを見つけるために自分の部屋にもどった。ショールをはおってから、そのロウソクを手にして〈アセンブリー・ルーム〉に入っていった。

あまり大きいとはいえない部屋の両側に、ルシアスが彼のロウソクを置いていた。彼女の手からロウソクを受けとると、ドアと向かいあった暖炉まで大股で歩いて、マントルピースにそれを置いた。彼も急いで自分の部屋に寄ってきたにちがいない。ヘシアン・ブーツの代わりに靴をはいていた。

とんでもなく愚かなことだわ――彼女は思った。ほんとにダンスをするつもり？　人もいない、音楽もない、暖かくもないというのに？

いいや、充分に暖かい。それに、愚かさはときとして、すばらしく気分を浮き立たせてくれる。フランシスがショールの端をつかみ、心臓の鼓動を静めようとしているところに、部屋を横切って彼がもどってきた。食い入るように彼女をみつめ、ひどく危険な雰囲気を漂わせている。階下でやってみせた驚くほど芝居がかった優雅なお辞儀をくりかえし、片方の眉を吊りあげた。

「お嬢さん、踊っていただけますか」

「喜んで」フランシスは膝をかがめて低くお辞儀をすると、彼の手に自分の手をのせ、彼の温かな指にふたたび強く包みこまれるのを感じた。

二人の口調も物腰もうわついていて、まるで愉快な悪ふざけをしているかのようだった。心のなかは正反対だった。

ひどく罪深いことのような気がした。

ううん、気にすることないわ。二人でダンスをするだけなんだから。

ルシアスは彼女をフロアの中央へいざない、向かいあって立った。

「白状すると、ぼくのワルツの経験はかなり限られている。ええっと、右手はたしかここだよね」

フランシスの目をみつめたまま、ルシアスは彼女の背に手をすべらせ、腰にあてがった。フランシスはウールのドレスとシュミーズを通して、その手の温もりを感じた。ふたたび心臓がドキドキしはじめた。

「そして、わたしの左手はここ」フランシスは自分の肩より数インチ高い彼のがっしりした肩に手を置いた。膝の力が抜けていった。

「それから――」ルシアスが左手をあげ、両方の眉を吊りあげた。

「こうね」フランシスがてのひらを合わせ、彼の親指と人差し指のあいだに自分の指を巻きつけると同時に、彼の指がフランシスの手の甲をおおった。

吸いこむ空気は冷えきっていても、ショールがまったくの邪魔物であることに、フランシスは不意に気づいた。上等な仕立ての上着と、パリッとしたシャツと、上品に結んだクラヴァットに包まれた彼の広い胸が、自分の乳房からわずか数インチしか離れていないことを、痛いほど意識した。そして、彼の顔が、温かな息を感じとれるほど近くにあることも。

フランシスの視線が彼の視線とからみあった。

一部の人々がいまだにワルツをはしたない踊りだと思っているのも、当然のことかもしれない。学校でこんなふうに感じたことは一度もなかったのに。しかも、まだダンスを始めてもいないのに。

「音楽は？」彼の声は低く、かすれてさえいた。

「あら、困ったわ」息切れせずにちゃんと歌えるだろうか。

しかし、神経が昂ぶっているなかで歌った経験が、彼女には何度かあった。こういう種類の昂ぶりでなかったことは事実だが、それでも……。喉ではなく、横隔膜の奥深くで呼吸するのがコツだ。そこに空気をためておいて、ゆっくり吐きだす。喉からだと、空気がいっきにヒューッと吐きだされてしまう。

あとはワルツのメロディを思いだすことができさえすれば。どんな曲でもいい――ウィリアム・バードのマドリガル以外ならなんでも。

フランシスは目を閉じて、緊張をいくらかほぐし、ワルツのリズムを、そして、ハッカビー先生とワルツを踊ったときの喜びを思いだそうとした。口うるさい男性で、いつも鈴蘭《すずらん》の香りをプンプンさせているけれど、すばらしくダンスがうまい。

しばらく小声で低くハミングしてから、目をひらき、マーシャル氏に微笑して、それまでより大きく安定した声で、各小節の最初の音を強調しながらハミングしはじめた。

彼の右手がフランシスの背中で軽くリズムを刻み、やがて、その手にかすかに力が入ると同時に、彼女をリードしてワルツのステップを踏みはじめた――最初はためらいがちな小さいステップだったが、やがて自信を深めていき、一分ほどたったころには、二人でリズムに乗って長く優雅に動き、旋回していた。フランシスはロウソクがたったの三本ではなく十本以上もあるような気がしてきた。

笑いだした。

彼も笑った。

つぎの瞬間、当然ながらステップを踏みそこねた。彼女のハミングが一時的に止まってしまったからだ。

フランシスはふたたびハミングを始めた。

ほどなくわかったことだが、〝ぼくのワルツの経験はかなり限られている〟といった彼の言葉は謙遜《けんそん》だったにちがいない――あるいは、真っ赤な嘘というべきか。そのほうが的確な表現だ。ルシアスはダンスというものをじつによく知っていた。それだけではない。リズムと優美さに対する鋭い感覚を持っていて、左手で彼女の手をしっかり握って高く掲げ、右手を腰にあてがって、自信たっぷりに彼女をリードしながら小さな複雑なターンや大きなターンをくりかえし、そのあまりのうまさに、フランシスは自分の足がひとりでに動いているような、木の床にはほとんど触れていないような気がしたほどだった。

フランシスは思った――きらびやかな夜会服をまとった人々でいっぱいの、フルオーケストラの演奏が流れる、暖房が効いていて、まばゆい灯りに照らされた〈アセンブリー・ルーム〉で踊ったとしても、こんなに気分が浮き立つことはなかったかもしれない。

曲が終わりに近づくころ、フランシスは息を切らしていた。頬が紅潮し、口もとがほころび、幸せに包まれ、ダンスが終わるのを残念がっていることを、痛いほど意識した。彼の目が奇妙な光でぎらついていて、彼女の目をまっすぐみつめていた。唇を一文字に結んでいるため、顎が角ばっていて、とても横柄な感じだった。

フランシスは彼の身体の熱と、ひどく男っぽいコロンの香りを感じた。

「さあ、これでもう、クリスマスの季節に一度もパーティに出なかっただの、ダンスをしなかっただのとはいわせないよ。あるいは、ワルツを踊らなかったとも」

「まあ。もう自己憐憫《れんびん》に浸ってはいけないの?」

「だめだめ。もっとも、ぼくがダンスの先生の水準に達していなかったら、話はべつだけど」

「あら、ハッカビー先生よりずっとお上手よ」

「お世辞をいっても」彼は両方の眉を吊りあげていった。「なんにも出ないよ、ミス・アラード。乱れた呼吸は整った？　パーティのときは、たしか何曲も踊るものじゃなかったかな。つぎの曲もきみと踊るつもりでいたんだが。今度はもうすこしスローな曲にしたらどうだろう」

フランシスは不意に、この冒険が終わりに近づいていることを悟って愕然とした。明日のいまごろはもう、この宿を出ているだろう。わたしは学校にもどり、彼は……本来の目的地へ向かう。ハンプシャーのどこかだと、彼がいっていた。

二度と会うことはないだろう。

でも、もう一曲ワルツを踊ることができる——これが最後。そこではっきりと悟った。わたしはこれから長いあいだ、たぶん生涯にわたって、今日の、そして今夜の思い出を胸に抱いて生きていくことだろう。しばらくはつらい思い出になるかもしれない、でも、ずっと先まで行けば、なつかしく思いだせるようになるにちがいない——そんな気がした。

フランシスはべつのワルツのメロディを思い浮かべた。さっきよりスローテンポで、ハッカビー先生がレッスンの最初に使った曲だったが、まず軽くハミングしてから「ラララ」と歌いだした瞬間、初めて、痛切なまでに美しく、忘れがたく、息を呑むほどロマンチックな曲であることを知った。

わたしったら、担任している女生徒たちの誰にも負けないおバカさんだわ――フランシスは思った。彼にのぼせあがってしまった。

今回のワルツを、彼女は目を閉じたままで踊った。ステップは前よりゆったりと長くなり、ターンは大きくなり、やがて、彼の右手が背中の上のほうへすべっていって自分を抱き寄せ、自分が彼の肩に大胆に手をかけてうなじへまわしたことが、ごく自然なことに感じられるようになった。彼の上着の、ちょうど心臓をおおったあたりの温かな布地の上に右手を置き、彼のてのひらと指に支えられているだけで、心が安らいだ。頬と頬を寄せ、音楽のボリュームを低いハミングまで落として、うっとりする気分に浸った。

乳房が彼の胸をかすめ、やがてしっかりとその胸に押しつけられた。下腹部に時計の鎖の感触と彼の体温が伝わってきた。踊りつづけるなかで、太腿どうしが触れあった。

やがて、二人は踊りを中断し、彼女はハミングを中断した。

それはこの世でいちばん自然なことのように思われた。きのうのことは運命の定めであり、今夜のこともやはり運命なのだと思われた。フランシスが現実にそんな愚かなことを考えたわけではないが、肌でそれを感じとった。ここが自分のいるべき場所であり、つねにいた場所であり、これからもずっといる場所なのだと思った。彼女のなかの健全で現実的な部分が声をかぎりにわめき立てていたが、そんなものは気にならなかった。耳をふさいだ。残りの生涯は健全さに捧げるつもりだった。だが、いま、この瞬間の彼女は、健全さよりはるかに深遠なものを見いだしていた。自分自身を見いだしていた。これまでずっと夢に見て、探し求めて、その存在を疑っていたものを、ようやく見いだしたのだった。

「フランシス」ルシアスが耳もとで低くささやいた。

彼の口をついて出た名前の親密な響きに、フランシスは背筋をぞくっとさせ、爪先まで熱くなるのを感じた。

「はい」彼女は顔をひいて彼に笑いかけ、彼のうなじに置いていた手をあげて短い巻毛に指をからめた。その瞬間、彼の目に宿っていた奇妙な強い光がなんなのかを知った。だが、それはもちろん、かつての彼女が知っていたものだ。男の欲望だ。生々しい、むきだしの欲望。

やがて、彼が顔を近づけてきて、目を閉じ、唇を重ねた。

キスなら前にもされたことがあった。愛を捧げたつもりの男にキスされたのだ。だが、こんなキスではなかった。そう、まるっきりちがっていた。彼の腕が彼女にまわされ、片手の指がうなじのシニョンを包み、反対の手がウェストの下で広がって愛しげに彼女を抱きしめた。彼の唇が重ねられ、彼女の唇をくすぐるようにひらかせて、さらに濃厚な愛撫に移った。フランシスが唇をひらくと、彼の舌が押し入り、彼女の舌にからみつき、口蓋《こうがい》をなでた。

フランシスは強靭な筋肉に包まれた彼の身体に腕をまわして、頭のてっぺんの髪から足の爪にいたるまで火のように熱く燃えている女体を彼にあずけた。彼をさらに抱き寄せることができれば、喜んでそうしていただろう。彼が男女のことに関して経験豊富な達人であることは、疑いの余地なく確信できた。ふしぎなことに、それを知っても警戒する気持ちはおきなかった。ひたすら胸がときめいた。

「ルシアス」

彼はうつむいて、フランシスの鎖骨のくぼみに鼻をすり寄せていた。ショールの下に着ているウールのドレスの上から、両手が乳房を包みこんでもみしだき、欲望の疼きを誘った。顔をあげると、彼の髪はかすかに乱れ、ハシバミ色の目には熱い欲望がたぎっていた。

「きみがほしい」唇に触れながら、彼はいった。「ベッドできみを抱きたい。このドレスの下にもぐりこみたい」

フランシスは思考力をなくすほど陶然としていたわけではないので、この露骨な言葉をきいてビクッとした。究極の決断をする瞬間がきた。それはわかっていた。彼は無理強《じ》いするような男ではない――それもわかっていた。ありとあらゆる危険や道徳上の問題を考えると、先へ進むのがためらわれた。しかも、考えてみれば、彼は未知の人間といってもいい。彼のことはほとんど知らない。ゆうべから必死に抵抗をつづけてきた誘惑にここで負けてしまったら、きっと後悔するだろう。

しかし、彼に返事をするまでの数秒のあいだに、この冒険を最高の結末まで持っていく勇気がなかったなら、やはり一生後悔することになるだろうと気づいていた。自分が望みさえすれば、ルシアス・マーシャルと一夜をすごすことができる。逆に、一人ぼっちのベッドで貞淑な女として寝返りばかり打ちながら一夜をすごし、彼を拒んだことを生涯後悔しつづけることもできる。

しかも、いまになって拒むのは、男をからかっただけのようなものだ。ここまできた以上――ここまで深入りした以上――軽いキスだけのつもりだったのにというふりではすまされない。

「ええ」喉の奥で声がひっかかって、他人の声のような気がした。「わたしもそう望んでるわ」

言葉を口にし、自分の欲望を認め、自分の意志で選択をおこなったのは、心安らぐことであった。

狂気の沙汰。

彼がふたたびフランシスを抱き寄せ、唇を重ねてきた。

「すてきな夜をすごそう」と約束した。「忘れられない夜になるよ、フランシス」

彼女のほうも、一瞬たりともそれを疑ってはいなかった。

彼女の部屋へ行ったとき、二人はロウソクを持っていかなかった。しかし、ウォリーがめずらしくも気を利かせたようで、命じられもしないのに火を入れてくれていた。火は暖炉のなかで暖かく燃え、その明かりが壁と天井に――そしてベッドに――ちらちら揺れていた。しかし、〈アセンブリー・ルーム〉は凍えるように寒かったにちがいないと彼がようやく気づいたのは、この部屋に足を踏み入れ、背後のドアを閉めたときだった。

フランシスが彼と向きあった。黒い瞳を欲望に潤ませ、下唇を軽く嚙んでいた。腕をあげて彼の首に巻きつけると、彼はその下に腕をくぐらせて上へ持っていき、いかにも教師らしくうなじで上品に結ってあるシニョンに手をやった。顔をうつむけて、彼女の唇に軽く触れた。彼女は下唇を嚙むのをやめて、両方の唇をそっとさしだし、くちづけを受けながらひらいた。

これは断じて誘惑ではない——ルシアスは自分にいいきかせた——誘惑のまねごとですらない。向こうも強く望んでいるのだ。また、退屈な夜の暇つぶしに、誘いに乗ってきた女と遊びで寝るわけでもない。ルシアスは彼女にのぼせあがっていた。ただし、強烈に惹かれている理由を言葉にしろといわれたら、途方に暮れたことだろう。ふだんなら、浅黒い女も、背の高い女も、彼の好みではなかった。金色の巻毛の小柄な女を崇めていた。そして、ふっくら丸みを帯びた、やわらかな女らしい女が好みだった。〝イギリスのバラ〟と形容される色白の女が好みだった。フランシス・アラードはそのどれにもあてはまらない。

しかし、ルシアスはほかのどんな女にも感じたことのない情熱を彼女に感じていた。

彼の指が器用にヘアピンをはずすと、フランシスの肩に髪が流れ落ちた。ボリュームがあり、火明かりを受けてなめらかな光沢を放ち、ほぼ腰に届くぐらい長かった。その髪がほっそりした顔をふちどって、彼女をルネサンス絵画の聖母のように見せていた。その瞬間、これ以上美しく、これ以上魅力的な女を想像することは、彼にはできなくなった。彼女の髪に指をさしいれて巻きつけた。こうすれば、彼女の頭のうしろに手をあてがい、こちらを見あげる彼女の顔を支えることができる。

「みごとな髪だ。なのに、きみは無慈悲にもその髪を牢獄に閉じこめている。それは男に対する罪だ」

「わたしは教師なのよ」彼の顎に唇をあて、顎の先端に向かって羽根のように軽く唇をすべらせながら、フランシスはいった。

「今夜はちがう」ルシアスは顔をかがめ、ふたたび彼女と唇を重ねた。「今夜、きみはぼくの女だ」彼女の下唇を自分の口に吸いこんだ。

フランシスは顔をひいてルシアスの目をのぞきこんだ。彼女自身の目も欲望に燃えていた。

「そして、今夜、あなたはわたしの男よ」

ああ。ルシアスは自分が硬くなり、勃起するのを感じた。

「そう、今夜」といいながら、閉じた彼女のまぶたにキスをして、ふたたび唇にキスをして、鎖骨のくぼみにもキスをした。「今夜はずっと、フランシス」

彼女のショールをつかんで脇へ放り投げてから、ドレスの背中をひらいた。フランシスの指が彼の髪にきつくからまった瞬間、彼は彼女の震えを感じた。だが、寒さのせいでないことはたしかだった。

ルシアスはやわらかなウール地のドレスのなかにまず片手を入れ、つぎに反対の手も入れた。彼女の肌は温かくなめらかで、欲望に軽く汗ばんでいた。ドレスを肩からはずし、袖を脱がせてやると、ドレスはそれ自体の重みで床にすべり落ちた。その下にシュミーズを着ていたが、コルセットはなかった——〈アセンブリー・ルーム〉で乳房を包みこむまで、ルシアスが彼女のことを胸の小さな女だと思っていたのは、たぶんそのせいだったのだろう。肉感的ではないが、ドキッとするほど女らしい胸だった。ルシアスは彼女をすこし離して、その身体を見おろした。

手足が長く、ほっそりしていて、均整のとれた身体だった。豊かな黒っぽい髪を垂らすと、前よりも若々しく見えた。

ルシアスはゆっくりと息を吸いこんだ。

「ベッドにすわろう」といって、そちらを向き、布団をめくった。

彼女が腰をおろすと、ルシアスはそのむきだしの肩に両手を置いて、頭をかがめ、肩と首の境目にあるくぼみに唇をつけた。せっけんと女の匂いがなまめかしく香った。

ルシアスは彼女の前に片膝をつき、立てた膝に彼女の片方の足をのせてから、ストッキングをおろして爪先からはずした。身をかがめ、彼女の膝の内側に唇をつけ、形のよいふくらはぎからかかとへ、足の甲へと、唇を這わせていった。

「ああ、すてきよ」前と同じ低くかすれた声で、彼女はいった。

ルシアスは顔をあげて彼女に笑いかけた。だが、フランシスはうしろに両手をついて身体を支え、頭をのけぞらせ、目を閉じていた。みごとな髪はベッドに流れ落ち、白いシーツの上に広がっていた。

ルシアスは反対側のストッキングも同じやり方で脱がせた。

　彼が服を脱ぐために立ちあがると、フランシスはベッドに横たわった。しかし、目を閉じもしなければ、顔をそむけもしなかった。腕を左右にゆるく広げ、顔を半分彼のほうに向け、片方の脚はまっすぐ伸ばし、反対の脚は軽く曲げて足の裏をマットレスにつけていた。彼にとって、一刻も早く彼女とひとつになりたくて服をひきちぎりそうになるのを抑えるのは、むずかしいことだった。しかし、身体にぴったり合った上着をわざとゆっくり脱いで床に落とし、つぎにチョッキを脱いだ。クラヴァットをほどいて、服の山の上に落とした。そして、シャツを頭から脱いで、それも床に落とした。

　火明かりのなかに、彼女の胸がシュミーズの上からでもわかるぐらい上下しているのが見えた。唇がひらいていた。

　ルシアスはゆっくりと彼女に微笑みかけ、石炭を足すために暖炉まで行き、それからベッドにもどって残りの衣類を脱いだ。

　フランシスが腕を交差させてシュミーズを頭から脱ぎ、ベッドの端から放り投げるのを見て、彼はふたたび微笑した。これで問題がひとつ解決した。二人で布団のなかにもぐりこむまで最後の慎みの砦を脱がせずにおくほうがいいのかどうか、ずっと迷っていたのだ。

　痩せっぽちで魅力のない女だと思っていたのがついきのうのことだったとは、なんともふしぎだった。今夜の彼女はあらゆる点で完璧に美しく、思わず息を呑むほどだった。フランシスが彼のほうへ腕をさしのべた。

「ベッドがちょっと狭いわね」

「けど、これ以上広いベッドがどうして必要なの？」ルシアスはそういいながら、彼女の腕のなかに身を投げかけ、片腕をその下にまわして、くちづけをした。「きっと半分は使わずにすんでしまうよ」

「さっきワルツを踊ったときにおっしゃった言葉を借りて」長い指を彼の髪にからませながら、フランシスはいった。「白状しなきゃいけないけど、こういうことに関するわたしの経験はひどく限られているの」

「あるいは、まったく存在しないとか？」ルシアスは彼女の鼻のてっぺんにキスして、目をのぞきこんだ。

「そんなところかしら」彼女は認めた。

「ぼくだって、ジャガイモの皮むきの経験はまったくなかったよ」耳たぶに鼻をすり寄せながら、彼はいった。

「でも、できあがったジャガイモはおいしかったわ」彼女はいった。

彼女が身を震わせるのを感じた。

「まさにそのとおり」ルシアスは彼女の耳にそっと息を吹きかけた。

フランシスがふたたび彼の唇を自分の唇にひき寄せると、たちまち、二人のワルツを中断させてこの瞬間へと運んできた情熱がよみがえり、炎の勢いが二倍になった。彼は重ねた唇をひらいて、熱い口のなかへ舌を深くさし入れながら、片手を女の身体に這わせて、愛撫し、じらし、刺激した。彼女もほっそりした長い指で彼に触れた。最初はおずおずと遠慮がちだったのが、やがて、大胆に、執拗《しつよう》に、むさぼるような動きになった。

息をはずませて熱く激しい前戯をつづけながら、二人は愛の行為へ移っていった。彼の唇が乳首を包みこんで吸い、片手が太腿のあいだにすべりこみ、熱く濡れた女の欲望の芯を見つけだし、指でまさぐり、さすり、軽く爪を立てた。彼女が仰向けになり、そこに彼がおおいかぶさって、けっして軽いとはいえない体重で彼女をベッドに押さえつけた。なだめすかして脚を広げさせる必要はなかった。筋肉の発達した細い脚があがって、彼の尻をはさみ、彼自身の脚にからみついた。ルシアスは女の身体の下へ手をすべらせて、体勢を整え、硬くなったものをできるかぎりゆっくり押し入れた。

しかし、男を知らない身体はどうしてもそれを受け入れようとしなかった。押しもどそうとするので、彼はその障壁を突き破り、強引に女体の奥深くまで自分を埋めこんだ。フランシスの手が彼の尻をつかんで必死にひき寄せた。空気を求めてあえいでいた。

彼女のなかは狭くて、熱くて、濡れていた。彼の全身を血がドクドク駆けめぐり、耳のなかで心臓が太鼓のごとく切迫した鼓動を打っていた。彼は女のなかに入ったまま静止して、必死に自分を抑えようとした。

「楽にして」彼女の口に口を近づけながら、彼はささやいた。「身体の力を抜くんだ。いい気持ちにさせてあげる、フランシス。初めて女を抱いた学生みたいにすぐ終わってしまうようなまねはしないから」

驚いたことに――そして、うれしいことに――フランシスは笑いだした。ルシアスは彼女の身体に歓びの震えが走り、身体の奥の筋肉が自分を締めつけてくるのを感じた。

「すごくいい。ああ、ルシアス、いいわ」

ルシアスは唇を重ねて彼女を黙らせた。しかし、ひとつになれた興奮がやや静まってきていたので、彼女のなかでゆっくり大きく動けるようになり、彼女のほうは目を閉じて頭をのけぞらせ、筋肉のこわばりをゆるめていた。彼が五、六分ほど動きつづけると、彼女の秘部が潤い、なめらかさを増し、やがて音と快感が混ざりあって、彼を我慢の限界へ押しやった。

しかし、ルシアスはまだリズムを変えようとしなかった。歓喜の一瞬を待つのがくらくらするほど楽しかったし、また、ベッドでの彼女は色っぽくて、感度がよくて、情熱的だった。それから一分たったころには、彼と一緒に動きはじめていて、身体の奥の筋肉が彼のピストン運動のリズムをとらえ、締めつけた。尻がゆっくりとくねって、苦痛と紙一重ともいえる絶妙な快感を生みだした。

彼がこれまでに買った高級娼婦のなかには、これほど巧みでない女たちもいた。

やがて、ついに彼女の自制心がはじけ飛んで、突かれるたびに低くうめき、乱れたリズムで発作的に筋肉を痙攣させた。ルシアスは彼女の身体がカッと熱くなり、汗で肌がすべるのを感じた。呼吸が荒くなるのがきこえた。腕と腿が彼にからみついてきた。

彼はさらに速く、さらに深く突き入れた。

処女が初体験で絶頂に達することはありえない。そもそも、女がのぼりつめること自体が稀有《けう》である。ルシアスはこの両方の意見を耳にしている——もちろん、ほかの男たちから。フランシス・アラードはそのすべてが誤りであることを立証した。

彼女は不意にめくるめく絶頂に達して、全身の筋肉をこわばらせたあと、歓喜の叫びをあげ、動きを止めた彼の腕のなかで身を震わせた。彼女が官能の波にのってのぼりつめ、身を震わせながら波の反対側へ落ちていったのは、彼を妙に感動させる贈物だった。こんな体験は彼もめったにしたことがなかった。そのふりをしようと四苦八苦する女がおおぜいいることなら、知っているが。

ルシアスは組み敷かれたままの彼女が静かになるまで待ってから、今度は自分の歓びをきわめようとして、何度も何度も挿入をくりかえし、ついに男の精を解き放つ至福の瞬間に達した。

彼女の顔の横で吐息をついて、従順で温かな女の身体にぐったりと体重をあずけた。しばらくして彼女の上から身体をずらし、両腕にしっかり抱きしめながら、ルシアスは思った——最初の瞬間から予測のつかなかった奇妙な冒険（彼女の表現を借りるなら）の最後を飾るのに、まことにふさわしいひとときだ。

もっとも、これが最後だという思いに浸ることを、彼の心は避けようとした。

そのことは明日の朝になってから考えよう。

フランシスはルシアス・マーシャルにメロメロになっている自分に気がついた。こともあろうに、きのうは気むずかしい陰険な紳士だと思っていた相手に。彼の肩に顔をつけたまま微笑した。思わずクスッと笑いそうになった。

もちろん、知性のある女性なので、これが恋とは呼べないことはわかっていた。ときたま耳にしたり、本で読んだりするような、すばらしい永遠のロマンスとは種類がちがう。とにかく、出会ったばかりだし、彼のことは何も知らない。彼のほうはこちらの身の上についていくつか詳細をききだしたくせに、自分のこととなるとほとんど語っていない。二人が今夜共有しているのは純粋に肉体的なものだけだ。まったくの肉欲だけだ。フランシスはそれに関してなんの幻想も抱いていなかった。それを認めることを恥じてもいなかった。あとで恥ずかしくなるかもしれないが、いまはちがう。いまはこの状況を嬉々として受け入れていた。

狭いベッドに彼と手足をからみあわせて横たわり、眠るまいと努力しつづけるフランシスの横で彼が眠りこんでいるあいだ、彼女は知性よりも感情を優先させてあれこれ考えていた。

そして、この瞬間を大事にしよう、愛しあった悦びに浸ろう、想像もできなかったほどなまめかしい愛の行為を体験した悦びに浸ろうと、必死になった。

愛の行為は苦痛を伴うものだと思っていた。彼が初めて入ってきて、彼女のなかで動きはじめてから一分か二分のあいだは、たしかにそうだった。ひどい羞恥《しゅうち》を伴うものだとも思っていた。現実に何をするかを考えたら、どうしてそれを否定できよう。しかし、最終的には、そのどちらでもなかった。

これまでのどんな体験よりもはるかにすばらしかった。そして、すばらしさはいまもつづいていた。温かくて快適だった。自分にまわされた彼の力強い腕と、自分の脚のあいだに割りこんだ彼の力強い片脚を感じることができた。たくましい筋肉におおわれた身体が自分の身体に密着し、うっすら胸毛の生えた彼の胸に自分の乳房が押しつけられているのを感じることができた。彼のコロン、汗、男の匂いを嗅ぐことができた。どんな香料であろうと、女を蕩《とろ》けさせる力はこの半分もないだろう。

妙なことを考えるものね！

彼に身体をすり寄せ、顎の下の温かなくぼみに頭をくっつけて、彼から眠そうな抗議のつぶやきをひきだしながら、彼女は思った――この人と比較できる男性があらわれることはけっしてないでしょうね。ありがたいことだわ。結婚の機会は――いや、ゆきずりの情事の機会ですら――女教師の人生に頻繁に訪れるものではない。かつては玉の輿に乗って幸せな妻になるチャンスもあったが、その日々は遠くへ消えてしまった。

フランシスは眠るまいとしていた。疲れていないからではなく、この夜を生涯つづく夜にしたいと思っているからだった。明日はバースのダニエル通りで自分のベッドにもどっているのだと思うたびに、胃の下あたりにパニックの疼きを感じた。

眠らずにいれば、たぶん、夜は永遠に終わらないだろう。

なんて愚かなことを！

しかし、眠気を誘う幸福感をひと皮むけば、その下には、悲しみが――悲惨なわびしい苦しみがやってくるという思いが――ひそんでいた。

それについては、明日になって選択の余地がなくなったときに考えることにしよう。

「寒い？」低い眠そうな声が彼女に尋ねた。

火はしばらく前に消えてしまっていたが、こうしてベッドに入っていれば、これ以上は望めないほどの心地よさだった。

「ううん」

「残念だな。寒ければ、温めてあげる方法を考えようと思ってたのに」

「凍えそうよ」彼女はそう答えて、クスッと小さく笑った。

「とんでもない嘘つきだね。だけど、その心意気は好きだよ。さて、きみを――そして、ぼく自身を――温める方法を考えなくては。ほら、ぼくも震えてるのがわかるだろ。何か提案してくれない？」

フランシスは温かなくぼみから頭を離して、彼の唇にキスをした。すてきな唇で、幅が広く、ひきしまっていて、その奥にはあらゆる種類の快楽があった。

「ん……」彼はつぶやいた。「考えてみて」

わたしを惹きつけたのは肉体的な魅力だけじゃないわ――彼女は思った――もちろん、計り知れない魅力がこの肉体にはあるけれど。だが、彼女は今日、彼のなかにウィットとユーモアと知性を見いだし、その結果、男として憧れると同時に、人間として好感を持てるようになった。状況がちがっていたなら、もっと時間があったなら、いい友達になれただろう。しかし、時間は——とにかく長い時間は——いまの二人に与えられていないものだった。夜が明けるまでの時間しかない。

フランシスはもっと濃厚なキスをしようと思い、肘を突いて身体をおこしたが、不意に二つの力強い手が彼女の腰をつかんで身体ごと持ちあげた。それと同時に、彼のほうは仰向けになってベッドの真ん中へ身体をずらし、彼女を自分の上におろした。

「このほうがいい。これできみはすてきな暖かい毛布になった」布団を二人の頭の上までひっぱりあげると、ゆっくり時間をかけて丹念なキスを始めた。舌をからめあい、彼女の口のなかをまさぐり、やがて、性行為をまねた動きに変わっていった。

そうとも、夜が明けるまで、時間はまだまだ残っている。

フランシスは顔をひいて、彼の首の脇に唇と歯を軽くすり寄せながら、肩の上で両手を広げた。そうすれば自分の身体を持ちあげて、乳房と乳首で彼の胸をなでることができる。

「あ……」

「きみはぼくの口から言葉を奪ってしまった」

フランシスは脚を大きく広げて彼の身体にまたがり、前よりも自由に動ける姿勢をとってから、彼にさわり、愛撫し、てのひらと指と爪と唇と歯と舌で男の身体を探検した。ルシアスはじっと横になったまま彼女の愛撫に身をまかせ、しばらくは、悦びのこもった低い小さなうめきだけで応えていた。やがて、フランシスは彼が大きく硬くなって自分の腹部にあったのを感じ、彼をなでさすり、やがて、やがて、室内で十以上もの火が燃えはじめたような感覚に包まれた。

自分が彼を支配しているのだと感じた。ふたたび愛の行為が始まることを、それを自分がリードすることを予感するのは、妖《あや》しいまでに刺激的なことだった。

しかし、結局は彼が主導権をとり、フランシスの尻に広げた手をあてると、硬く勃起したものの上に彼女をまたがらせ、そのまま下へひき寄せた。もっとも、この最後の動作は不要だった。彼女のほうから身体を沈めてきて、やがて、彼のものをふたたび深くくわえこんだ。

くらくらしそうな快感が彼女を満たした。

フランシスは彼の上で身をかがめ、流れ落ちる髪で二人の身体を包んで、窓からさしこむかすかな光のなかにおぼろげに浮かびあがった彼の目をのぞきこんだ。体重の一部をふたたび自分の膝に移して、彼の胸の上で手を広げ、動きはじめた。身体を浮かしては沈め、ふたたび濃厚な愛のリズムを刻みはじめた。

「あ……それ」彼がささやいた。「もっとやって、フランシス」

ゾクッとするほどエロチックなイメージだった。しかし、彼女は何度も何度も腰を上下させ、ついにはそれ以上動けなくなって、彼の手に身を委ねた。ルシアスは彼女の尻に手をまわすと、その身体を支えておいて下から強烈に突きあげ、そこで静止した。それと同時に、彼女の身体の中心部で何かが炸裂《さくれつ》してえもいわれぬ快感となって花ひらき――やがて、完璧な安らぎが訪れた。

フランシスは彼が果てるまでその場で膝をついていたが、あとは脚を彼の両脇に伸ばしておおいかぶさり、そのあいだに彼が暖かな布団をひき寄せて彼女にかぶせ、自分の腕で彼女を包みこんだ。

いまもまだひとつになったままだった。

うとうとしながら、フランシスは思った――これがきっと幸せというものね。満足ではなくて、幸せ。

でも、明日になったら……。

だが、幸いなことに、彼女は眠りに落ちていた。

6

翌朝、ルシアスが一階におりていくと、夜明けまでまだかなりあるというのに、ピーターズもトマスもすでに外へ出ていた。二人はルシアスがみずから厩へ足を運んだしばらくあとにもどってくると、雪がずいぶん溶けたので、細心の注意を払いさえすれば道路を走ることもできるとの知らせを伝えた。ただ、ミス・アラードの馬車はいまも雪だまりに埋もれたままだという。雪のなかからひっぱりだして、乾燥させ、点検をおこなって安全に走れるかどうか確認するには、手伝いの者を頼む必要があるし、ほぼ一日つぶれてしまうとのことだった。

「しかしね、若さま、この三十年間、あの馬車が安全に走れる状態だったことは一度もなかったといっていいでしょうよ」ピーターズはひと言つけくわえずにはいられなかった。

トマスのほうは、厚かましい若い者が——波風を立てないために名前は伏せておくが——無茶な追い越しさえかけなければ、そして、そのあと道路の真ん中で停止していなければ、自分の馬車は無事だっただろう、といった意味のことを不機嫌そうにつぶやいた。また、自分が若かったころは、馬車は長持ちするように作られていたのだとつけくわえた。

ピーターズがそれに反駁《はんばく》して、トマスの馬車が後退しているも同然ののろさでなかったなら、そして、そんなにのろのろ走っていたくせに、雪だまりに突っこむことなくほかの馬車の背後で停止することができなかったのなら、そんな御者は——名前は伏せておくが——早くクビにすべきだといった。

ルシアスは仲裁しようともせずに、口論中の二人をその場に残して宿にもどり、台所へ行った。フランシスがそこにいて、かいがいしく朝食の支度をしていた。

ゆうべのことが鳩尾《みぞおち》へのパンチのごとく彼を襲った。あのほっそりした身体を腕に抱いてから、それほど時間はたっていない。

「きみが望むなら」彼女の馬車に関する悪い知らせを伝えたあとで、ルシアスはいった。「もう一日、二人でここに残ってもいいんだよ。明日までにはきっと、雪のなかから馬車を救いだして、走れる状態にできるだろうから」

その提案はもちろん魅力的だった——ただ、ここにじっとしていても、二人の存在は今日のうちに世間に知られてしまうだろう。村人たちがエールを飲みにくるだろう。パーカー夫婦が休暇からもどってくるだろう。きのうの孤立の魅力を、あるいはゆうべの陶酔を呼びもどすことはできない。

逃れられない世の定めとして、時間は先へ進んでいく。

フランシスはためらったが、彼女が心のなかで同じことを何度も考え、同じ結論に達しているのが、ルシアスには手にとるようにわかった。

「いいえ」フランシスはいった。「今日じゅうに学校に着いていなくては。生徒たちが今日もどってきて、明日から授業が始まるんですもの。それまでに準備しておかなきゃいけないことがどっさりあるの。村のどこかに乗合馬車の停車場がないかどうか調べてみるわ」

彼女がこちらの目を見ていないことにルシアスは気づいた。しかし、頬がピンクに染まり、唇はやわらかそうでわずかに腫《は》れあがり、物腰全体に温かさと女らしさがにじみでていた。まさしく、前夜、奔放《ほんぽう》に淫《みだ》らに愛された女そのものであった。

その姿を見て、ルシアスはふたたび硬くなってきたのを感じた。だが、悲しいかな、ゆうべのことはもう終わったのだ。やってはいけないことだった。もっとも、そうしたいがために、彼のほうで骨折ったのだが。その成果を〝楽しんだ〟と表現するのは控えめすぎるだろう。

とにかく、先へ進むときがきていた。

「乗合馬車はないよ。ウォリーにきいてみたんだ。だが、トマスをここに残して、明日になってからあっちの村へ帰らせればいいというのなら、きみ一人で朝のうちにぼくと出発したらどう？　バースまで送っていくよ」

フランシスはそこで視線をあげ、頬をいっそう赤らめた。

「いいえ、そんな厚かましいお願いはできないわ。バースじゃ、ずいぶん遠まわりになるでしょう」

たしかにそうだった。それに、ゆうべの時間を呼びもどすことができないなら、この出会いが自然な終わりを迎えるのを先延ばしにしたくはなかった。この朝、キスをして、陽気に別れの言葉をかわし、それぞれの道へ去っていけるなら、それがいちばんいいことだ。一時間かそこらで、すべてが終わっているだろう。

「そんなに遠まわりじゃないさ。それに、きみのほうから頼んだわけでもない。そうだろ？　きみが学校に無事に到着するのを見届けないと、こっちの気がすまないんだ、フランシス」

「わたしの馬車があんなことになって、責任を感じてらっしゃるから？」

「とんでもない！　トマスがぼくの召使いだったら、うちの庭園の奥のほうにある花壇へ追いやって土掘りの仕事をさせるだろうな。そこなら、花をひっこ抜いて雑草を残しておいたって、誰も気づきゃしないもの。馬車を巧みに走らせる能力がトマスにあったとしても、きっと二十年以上も前のことだろうね」

「トマスは大伯母たちに忠実に仕えてくれてるのよ。あなたにそんなことという権利は——」

ルシアスは片手をあげてさえぎり、つかつかと彼女に近づいて、唇に熱いキスをした。

「激論を再開するのは大歓迎だよ。きみなら相手にとって不足はない。だけど、できれば楽しい旅のひとときを無駄にしたくないんだ。自分の手できみをバースに送り届けたい。そうすれば、無事に到着したかどうか気を揉《も》まずにすむもの」

道路は通行可能になっているかもしれないが、危険であることは疑いがなかった。降雪、溶けかけた雪、ぬかるみ――そのどれかにかならず出合うだろう。旅が終わるまでに三つすべてに出合う危険もある――馬車を走らせるのは大変だ。初老のトマスを御者として、彼よりもさらに古い馬車で彼女が一人旅をするとなれば、ルシアスとしては心配で仕方がない。明日になっても、道路は最高の状態とはいえないだろう。

まさか!――不意に彼は思った。女に恋をしたことなんて一度もなかったのに。恋に落ちるなど愚かとしかいいようがない。

自分にふさわしい女性にまじめに求婚するつもりだと、祖父にも約束したばかりだ――そして、彼の世界にふさわしい女性といえば、貴族の家柄に生まれ、ゆりかごのときからエッジカム伯爵夫人という地位にふさわしい貴婦人となるべく育てられてきた女性である。あらゆる点で完璧な女性。

ポーシャ・ハントのような女性。

音楽とフランス語を教えているバースの教師ではない。

苛酷な現実だが、現実であることはたしかだった。それが彼の世界のしきたりなのだ。

「じゃ、お言葉に甘えることにするわ」朝食の支度を終えるために向きを変えながら、フランシスはいった。「助かります」

ゆけさの彼女は冷静でよそよそしかった――ピンクに染まった頬と腫れた唇をのぞいて。ゆうべのことを後悔しているのだろうかと、ルシアスは心配になったが、彼女には何も尋ねなかった。すんだことを悔いていても仕方がない。そうだろう? それに、ああやっていたあいだ、彼女はもちろん後悔してはいなかった。飢えと熱い火照りのなかで愛をかわしていた――いや、そんなことはこれ以上考えないほうがいい。

村を通る乗合馬車があればいいのにと、ルシアスはつくづく思った。彼女から早く離れる必要があった。

しかし、それから一時間もしないうちに、食事と皿洗いをすませ、トマスに金と指示を与え、ウォリーに宿賃をたっぷり渡して、ルシアスの馬車はフランシス・アラードを乗せて、バースめざして出発した。

もちろん、誰が金を払うかで口論があった。彼が勝ったが、譲歩するのは彼女にとって苦痛であり、屈辱ですらあったにちがいない。彼の推測が正しければ――それは確信に近かったが――彼女の手提げに大金は入っていないはずだった。プライドを傷つけられたにちがいない。最初の一マイルか二マイルのあいだ、彼女はぎごちなく沈黙したまま腰をおろし、横の窓から外をながめていた。

ルシアスはきのうの体験をくりかえしたいと、ふたたび願っている自分に気がついた――何から何まで同じにしたい。ただし、午後の時間だけはべつだ。きのうの午後は、出会った瞬間から運命によって定められていたであろうことを避けるために、彼女から離れてすごすという無駄な努力をしてしまった。きのうの朝のように、遊ぶという単純な喜びだけを目的に、雪のなかで遊びまわったのは、何年ぶりかのことだったにちがいない。自分から進んでダンスをしたのも何年かぶりだ。じつのところ、自分がそんなことをするとは、ゆうべまで思ってもいなかった。奔放なセックスを存分に楽しんだ一夜が明けて、彼はいまも気分がほぐれ、満ち足りていた。

くそっ、だが、彼女に別れを告げる準備はまだできていない。

いや、どうして別れを告げなきゃいけない？　社交シーズンが本格的に始まるのは復活祭がすんでからだ。それまでは、約束を守りたくとも、実行できることはあまりない。また、母親や姉や妹たちは彼がポーシャ・ハントと将来を約束したものと思っているようだが、まだそこまでいっていない。それどころか、彼女の前でも、父親であるボルダーストン男爵の前でも、それから、レディ・ボルダーストンの前ではとくに、いかなる約束もしないよう、結婚の申込みにとられかねない言葉はいっさい口にしないよう、つねに細心の注意を払ってきた。自分の祖父に対しても、彼女を花嫁にするという約束すらしていない。

ゆえに、名誉を汚すわけではない。いまの段階ではまだ。ゆうべのことにしても、誰かに対する裏切りではないのだ。

どうして別れを告げなきゃいけない？

もちろん、彼の屁理屈だった。それはわかっていた。彼とフランシス・アラードには、はっきりいって未来はない。だが、彼はその未来を工夫しようと知恵を絞りつづけた。ほしいものが手に入らないという経験を、彼はほとんどしたことがなかった。

どうして村を通る乗合馬車がないの？

あるいは、大伯母の馬車の用意ができるのを明日まで一人で待つことにすると、どうしていえなかったの？　しかし、彼のことだから、フランシスを宿に一人残していくのを潔しとしなかっただろう。また、正直にいうなら、フランシスのほうも、一人残されて、彼の馬車が宿を出て視界から消えていくのを見送ることには耐えられなかっただろう。宿の空虚さと静けさが耐えきれなくなっていただろう。

だが、バースに着けばそれが現実になる。そう思っただけで、胃が不快にざわめきだし、フランシスは朝食を抜けばよかったと後悔した。

いちばんいい解決法は、いうまでもなく、朝食のあとで別れを告げてべつべつの馬車で出発することだっただろう——しばらくは同じ方角へ走りつづける。だが、まもなく、彼の馬車がスピードをあげたことだろう。とりあえず、それは選択肢からはずされた。

ああ、別れを告げる簡単な方法はどこにもない。

わたしったら、ゆうべはいったいどうしてしまったの？　あんな誘惑に負けそうになったことは一度もなかったのに。

知らない男に身をまかせてしまった。男と愛しあい、同じベッドで朝まですごした。三回も結ばれた。三回目は、彼がおきてズボンだけをはき、残りの衣類をかかえて部屋を出ていく直前のことで、熱くて、あわただしくて、すばらしかった。

だが、これからは、すくなからぬ感情面の後遺症に苦しまなくてはならない。彼のそばにいてさえ、苦しみはすでに始まっていた。馬車の座席で彼の身体を身近に感じることができた。右側に彼の体温を感じることができた。しかし、これが最後だ。まもなく——汚れなき白というより今日はむしろ灰色に見える雪野原を越えて、のろのろした陰鬱《いんうつ》なこの旅が終わりになれば——まもなく、二人は別れを告げ、彼女が彼に会うことはもう二度とないだろう。

そして、憂鬱と悲しみだけではまだ足りないとでもいうように、ぬかるんだ路面で車輪がすべるたびに、彼女は不安に包まれた——最初の二、三マイルを行くあいだ、絶えずそれがくりかえされたので、ルシアスはとうとう彼女の膝掛けの下に手をすべりこませて、彼女の右手をマフからひきだし、しっかり握って指をからみあわせた。

その温かな自信に満ちた手に包まれて、フランシスは泣きたくなった。

「ピーターズは最高に従順な召使いとはいいがたいが、ぼくが知っているなかではもっとも腕のいい御者なんだ。あの男になら安心して命をあずけられるし、現にそうしている」

「でも」彼女はいった。「馬車がグラッと揺れて、うしろ向きにすべったと思ったら、道路からはずれ、気がついたら雪のなかに埋もれていたという感触が、当分のあいだ、わたしの悪夢のなかによみがえってきそうなの」

「でも、そういう目にあわなければ、ぼくと出会うこともなかっただろ」

彼がこちらを見おろしていることはわかっていたが、彼女のほうは、首をまわして彼の表情を見ようとはしなかった。彼は最初の日にも、まったく同じことをいったが——まだ一昨日のことなの？——あのときは、とげとげしい皮肉がこもっていた。

「そうね。会えなかったかもしれない。なんて恐ろしいことでしょう」

「ほら、やっぱり」ルシアスはクスッと笑った。「意地悪な返事をしようとするあまり、きみは一瞬、不安を忘れていた。それとも、いまの返事は本気だったの？」

彼女もつられて笑いだした。

それ以後、フランシスの不安は消え去り、彼がけさ台所に入ってきて以来二人のあいだにあったわだかまりも消えていった。二人は手を握りつづけていた。しばらくすると、フランシスは彼の大外套《がいとう》のずっしりしたケープに肩をもたせかけている自分に気がついた。その下から、彼の腕の温もりと力強さが伝わってきた。

数日以内に、生徒たちにエッセイを――いえ、短編小説を――書かせることにしようかと、彼女は思った。生徒たちが予期しているような〝クリスマスをどう過ごしたか〟という退屈なものではなく、もっと独創的なものにしよう――〝クリスマス休暇が終わって、一人で学校にもどってくる途中、吹雪にあって、誰もいない宿にもう一人の連れと閉じこめられたと仮定しましょう。さあ、お話を書いてみてね……〟

マージョリー・フィリップスはインク壺にペン先を浸し、何もいわずにノートの上にかがみこみ、ぎっしり文字の詰まった原稿を十ページ以上走り書きするまで顔をあげないだろう。ジョイ・デントンもほぼ同じようにするだろう。サラ・ポンズは手をあげて、クリスマス前に学校を離れなかったのだから、クリスマスのあとで学校にもどってくることもないはずだと、アラード先生に訴えるだろう。残りの生徒たちは眉をしかめて、乏しい、あるいはまったく存在しない想像力のもとで、行間を広くとり大きな幅の広い文字をならべて物語を一ページ分水増ししたら先生にばれてしまうかしら、と考えることだろう。そんなことを思って、フランシスは柔和な笑みを浮かべた。彼女にとっては、どの少女もとても大切だった。

しかし、一日がかりの長い馬車の旅のあいだ、そうそう簡単に気が紛れるわけではなかった。

馬を交換するために二、三度休憩をとり、そのうち一度はまる一時間かけて食事をしたが、それ以外の時間は馬車の座席にならんですわり、あまり言葉をかわすこともなく、手を握りあい、腿と腕をくっつけあっていた。ときおり、フランシスの頭が横にかしいでルシアスの肩にもたれかかった。途中でうたた寝してしまい、ふと目をさますと、彼もフランシスの頭のてっぺんに頬をつけて眠りこんでいた。

フランシスはまたしても泣きたくなった。涙をこらえようとすると、胸がこわばり、ズキンと疼いた。

それからしばらくして、バースまでもうそれほど遠くないと思われるころ、ルシアスが彼女の肩に腕をまわして、自分のほうを向かせ、親指と人差し指で彼女の顎をはさんで持ちあげ、唇を重ねてきた。

冷えた空気とは対照的に、彼の口はドキッとするほど温かかった。フランシスは思わず低くうめいて、彼の首に腕を巻きつけ、思いの丈をこめてキスを返した。

「フランシス」長い長い時間のあとで、ルシアスがささやいた。「フランシス、きみをどうすればいい？」

フランシスは彼から身を離して、座席にすわりなおし、彼に用心深い目を向けた。

「ぼくが思うに、バースに着いたときにさよならをいう必要が本当にあるのかどうか、それぞれの心に問いかけるべきじゃないだろうか」

それはまさに、フランシスが一日じゅう耳にしたいと願っていた言葉だったので、苦しいまでの期待に胸がふくらんだ。

「わたしはバースの学校で教えているのよ。あなたにはよその土地での生活があるし」

「教職なんて忘れろよ。代わりに、ぼくと一緒にきてほしい」彼の目には無謀な光が宿っていた。

「あなたと一緒に？」彼女は眉をひそめた。心臓の鼓動が速くなり、息もできないほどだった。「どこへ？」

「どこでも二人の好きなところへ。広い世界が待っている。一緒に行こうよ」

フランシスは座席の隅に肩をもたせかけて、二人のあいだに距離を置き、冷静に考えようとした。

広い世界が待っている。

なんて無謀なことを。

「わたし、あなたのことは名前以外に何も知らないのよ」

だが、彼女の一部は——彼に劣らず無謀で、ゆうべ、後先も考えずに彼とワルツを踊ってベッドをともにした彼女の一部は——「ええ、ええ」と叫んで、彼が選んだ場所ならどこへでも、必要とあらば地球の果てでもいいから、逃げていきたがっていた。正直なところ、地球の果てのほうが好ましいことだろう。

「その名前だって、全部は教えてないけどね」ルシアスは片手を大仰にふって、軽くお辞儀をしてみせた。「シンクレア子爵ルシアス・マーシャルというんだ。どうぞよろしく、フランシス。自宅はハンプシャーのクリーヴ・アビーだが、ほとんどロンドンで過ごしている。一緒にそこにきてほしい。ぼくは大金持ちだ。きみにサテンのドレスを着せて、宝石で飾ってあげよう。何ひとつ不自由のない生活をさせてあげる。学校の仕事なんて生涯やらなくていいんだよ」

シンクレア子爵……クリーヴ・アビー……ロンドン……金持ち……サテンと宝石。

すわったまま愕然と彼をみつめるうちに、最初の陶酔感は薄れてゆき、それとともに、ゆうべから——いや、ひょっとするとそれ以前から——彼女を包んでいたロマンチックな夢も消え去った。

ルシアスというのは、誰も知らないところへ二人で姿を消して、〝いついつまでも幸せに暮らしました〟といえるような、名もなき紳士ではなかったのだ——もっとも、それも実現不可能な子供っぽい夢ではあるが。名もなき人間、あるいは、それに近い人間などどこにもいない。どういう人間であれ、家族と、経歴と、いずれかの土地での暮らしを持っている。

お伽話《とぎばなし》の王子さまとはわけがちがう。それに〝いついつまでも幸せに暮らしました〟などということはありえない。

だが、現実は彼女の予想もしくは推測よりもはるかに悪かった。ルシアスはクリーヴ・アビーのシンクレア子爵、そして、大金持ち……。

「シンクレア子爵」フランシスはつぶやいた。

「だが、ルシアス・マーシャルでもある。二人は同じ人物なんだ」

そう。

だが、ちがう。

叶わぬ夢は消え、フランシスは彼の真実の姿を見た——衝動的で向こう見ずな貴族、冷たい現実など意に介さず、自分の思いどおりにふるまうことに慣れている男——女のことならばとくに。

でも、たぶん、現実が彼に冷たかったことは一度もないのだろう。

「仕事のことなんか忘れるんだ」彼が説得しようとした。「ぼくと一緒にロンドンにきてくれ」

「でも、わたし、教えることを楽しんでるの」

「じゃ、囚人どもも監獄生活を楽しんでることだろう」

その言葉にフランシスはムッとして眉をひそめた。わずか二日前に傲慢《ごうまん》で高飛車な態度に出て彼女を激怒させたのと同じ男であることを、あらためて思い知らされた。

「その比較は侮辱だわ」

しかし、ルシアスは彼女の両手をとり、まず片方のてのひらに、つぎに反対のてのひらに唇をつけた。

「きみと口論するのはぜったいにおことわりだ。一緒にきてくれ。おたがいに希望してないことをどうしてやらなきゃいけない？　やりたいようにやってどこが悪い？　きみに別れを告げることはまだできない、フランシス。きみだって同じだろ」

「でも、来週や、来月や、来年になっても、そういえる？」

ルシアスは眉を吊りあげ、鋭い目で彼女の顔を見あげた。

「それでためらってるのかい」ときいた。「ぼくがきみを愛人にするつもりだと思ってるの？」

彼がそのつもりでいることを彼女は見抜いていた。

「じゃ、これは結婚の申込みなの？」フランシスは声に苦々しさが混じるのを抑えることができなかった。

ルシアスは不可解な表情を浮かべて彼女をみつめた。ずいぶん長い時間に思われた。

「じつをいうと」ようやく彼はいった。「どういうつもりなのか自分でもよくわからない。ただ、別れを告げるのが耐えられない。それだけのことなんだ。一緒にロンドンにきてほしい。そしたら、住むところと、コンパニオンとして住みこんでくれる立派な女性を見つけてあげよう。ぼくたちは――」

フランシスはしばし目を閉じて、彼の声の響きを払いのけた。熟慮の末の意見でないことは明らかだった。でも、もちろん、彼にはそんな必要はない。三年間にわたって人生の錨《いかり》となり、生きる意味を与えてくれたものをすべて捨てるよう頼まれているのは、彼ではないのだから。彼自身の人生はこれまでと同じようにつづいていくだろう。ちがうのは、新しい愛人ができたことだけ――もちろん、彼がフランシスに求めているのは、愛人になることなのだ。こちらが結婚のことを口にしたとき、彼は耳にしたこともない言葉をきいたかのように唖然《あぜん》としていた。

「一緒には行けないわ」

だが、そういいながらも、たったひとつの事実――何があってもロンドンにはもどれないという事実――さえなければ、彼の誘いに応じていたかもしれないと、フランシスにはわかっていた。でも、約束がある……。

いや、ほかにもまだあった。「きみにサテンのドレスを着せ、宝石で飾ってあげよう」といったときのルシアスの口調が、これまでに出会ったほかの男たちとそっくりだったので、彼に別れを告げずにすむ方法があるなら藁《わら》にでもすがりつきたいという切なる想いに負けてしまった場合に自分を待ちうけているであろう未来の惨めさを、まぶしいぐらい鮮明に目にせずにはいられなかったのだ。

彼に二度と会えないと思っただけで耐えられなかった。

ルシアスが彼女の手を痛いぐらい握りしめた。「じゃ、ぼくがバースにとどまろう」

一瞬、彼が犠牲を払う側になろうといってくれたことに、フランシスの心ははずんだ――だが、ほんの一瞬のことだった。うまくいくはずがない。彼はクリーヴ・アビーのシンクレア子爵なのだ。上流社会の裕福な貴族なのだ。ほとんどロンドンで暮らしている。彼をいつまでもひきとめておけるどんな魅力がバースにあるだろう。彼がバースにとどまるとしても、避けられぬ別れを先延ばしにするだけのことにすぎない。二人の関係からは何も生まれない。それに、彼にとって満足な関係はバースには存在しない。性的な関係を持つのは無理だ（ほかのどんな関係も彼を満足させることはできないだろう）。なにしろ、こっちは教師なのだから！

二人には未来などありえない。世の中にはそういう苛酷な現実もあって、人はそれを受け入れるしかないのだ。

フランシスは彼に握られたままの手をみつめて、首をふった。

「いいえ。そんなことしないほうがいいわ」

「どうしてだめなんだ！」ルシアスは声を荒らげ、苛立ちもあらわに叫んだ――自分がほしいと思ったものを拒絶されることに慣れていない男の声だった。

フランシスは手をひっこめようとしたが、ルシアスが放そうとせず、彼女の指を強く握りしめた。痛いほどだった。

「この二日間、とっても楽しかったわ。すくなくとも、きのうはね。でも、そろそろふだんの生活にもどらなきゃ、マーシャルさま――シンクレア子爵さま。二人ともね。わたし、あなたの愛人になる気はないし、あなたのほうは、わたしと結婚する気はない――さらにいえば、わたしもあなたと結婚する気はない。だから、どちらの人生にとっても楽しい幕間劇にすぎなかったものを延長しようとしても、なんの意味もないのよ」

「〝楽しい〟だと」ルシアスの声はいまや苛立ちを超えていた。雷鳴のようだった。「ぼくらはまる一日、べったり一緒に過ごして、夜もベッドで一緒だった。それを〝楽しかった〟のひと言ですませる気か、フランシス」

「ええ」彼女は落ち着いた声を保っていた。「楽しかったんですもの。でも、もう一度くりかえせるものではないのよ。お別れするときがきたのよ」

ルシアスは長いあいだ彼女をみつめていたが、やがて手を放した。彼の目から表情が消え、思考や感情を読みとることができなくなった。彼の表情もまた、べつの変化を見せていた。唇の両端が吊りあがっていたが、微笑のせいではなかった。片方の眉があがっていた。彼はすでに、シニカルな嘲笑という仮面の陰に姿を消していた。遠くへ去ってしまったも同然だった。

「さてさて、ミス・アラード、ぼくはきみのことを最初から正しく見抜いていたようだ。ぼくが女性に拒まれるなんて、めったにあることじゃない。ぼくの愛の行為が〝楽しかった〟などという生ぬるい褒め言葉で片づけられてしまうのも、めったにあることじゃない。ねえ、ぼくらの交際をつづけていこうという気は、まったくないの？　よし、わかった。お望みどおりにいたしましょう、お嬢さん」

この短い演説のあいだに、彼は、ひと晩じゅうフランシスを抱きしめ、愛をかわしたルシアス・マーシャルとは似ても似つかない、冷たく傲慢な貴族に変わってしまっていた。わたしの言い方が悪かったんだわ――フランシスは気づいた。

しかし、基本的には同じことをいわなくてはならないのだから、ほかにどんな言い方ができただろう。彼の愛の行為はくらくらするほどすごかった、胸がはりさけそうな気がする、彼を失ったことを一生涯嘆き悲しむだろうなどといっても、なんにもならない。

どっちみち、こうしたことは十中八九、真実とはいえない。今日は真実であっても、明日になれば真実味が薄れ、来週になればさらに薄れていく。時間の経過とともに色褪《いろあ》せていくのは、強烈な感情の宿命なのだ。彼女自身の過去の経験がそれを教えてくれた。

無言のまま、ならんですわっているうちに、とうとう――それは永遠にも思われ、あまりに早すぎるようにも思われたのだが――バースの街に入っていた。

「さてと」彼がいった。ごくふつうの声だったので、フランシスはまたしても胸を締めつけられた。「きみを無事に学校まで送り届けると約束したよね」

「ええ、そうよ。そうですとも」フランシスは明るい微笑を浮かべたが、ルシアスは彼女のほうを見ようとしなかった。「ありがとう。わざわざ遠まわりしてくださって、言葉にできないぐらい感謝してるわ」

「明日、教師の数が一人足りないなんてことにならなくて、ミス・マーティンも胸をなでおろすことだろう」

「ええ、ほんと」フランシスは微笑していた。「今夜はとても忙しくなりそうよ。明日の授業の準備をしなきゃいけないし、誰もがわたしにクリスマスの話をしたがって大騒ぎだろうから」

「そして、きみは仕事にもどることができて満足なんだね」厳密にいうと、それは質問ではなかった。

「ええ、そうよ。そうですとも」彼女は自信たっぷりに答えた。「休暇はいつも大歓迎だし、いつも楽しいけど、わたしは教えることが好きだし、学校には仲のいい友人がたくさんいますもの」

「友人はつねに大切なものだ」

「ええ、そうよ。そうですとも」フランシスは明るく同意した。

こうして、二人が一緒に過ごす最後の数分は、肌を触れあうことも、目をみつめあうこともなく、快活で堅苦しくて無意味なおしゃべりのうちにすぎていった。

馬車はシドニー・プレースに入ると、シドニー・ガーデンズの横を通ってサットン通りに入り、つぎにダニエル通りへ曲がった。そこで、ピーターズがべつの馬車の前にまわって停止した。そちらの馬車では、少女を含む数人の乗客と山のような荷物を、ミス・マーティンの学校となっている背の高い堂々たる二軒の建物の外におろしている最中だった。

「ハナ・スワンだわ」フランシスはつぶやいた。「下級生の一人なの」彼が興味を持つと思っているかのようだった。

ルシアスはポケットのひとつに手を入れて名刺をとりだした。二つに折ってフランシスのてのひらに押しつけ、指に握らせてから、その手を唇に持っていった。

「ぼくが馬車から出ないほうが、きみも助かるだろ。じゃ、ついにお別れだね、フランシス。だけど、もしぼくが必要になったら、その名刺に書いてあるロンドンの住所に連絡してくれればいい。すぐに駆けつけるからね」

フランシスの目はそれまでずっと、彼の大外套の襟もとを留めているボタンに据えられていた。しかし、いま、その目をあげて彼の目をのぞきこんだ——きびしい真剣な表情を浮かべたハシバミ色の目を。その意味するところは、もちろん、まちがえようがなかった。彼の顎もきびしくひきしめられ、ひどく角ばっていた。

「さようなら、ルシアス」

すでにピーターズが扉をひらき、ステップをおろしていた。

「あっちの馬車にあれ以上荷物が積んであったら」ピーターズはその馬車のほうにぐいっと頭を向けて、雑談のような口調でいった。「スプリングが道路をこすっちまいますよ。あれっ、馬車んなかにお残りで、若さま？　怠け者だから足も動かしたくない？　けっこうですよ。さ、お手をどうぞ、お嬢さん。水たまりに気をつけて」

フランシスはさっと向きを変え、急いで歩道におり立った。たちまちのうちに、屋根から荷物をおろして整理して学校に運びこもうとして大騒ぎの、もう一台の馬車の喧騒《けんそう》に呑みこまれてしまった。

うなだれたまま、うしろをふりかえることなく、フランシスは急ぎ足で喧騒の横を通りすぎた。

7

学校の玄関を一歩入ると、ハナ・スワンが玄関ホールに立ち、両親が娘に別れを告げたり最後の訓戒を垂れたりしている最中で、ひどい騒々しさだったが、用務員をしている初老のキーブルがその合間を縫ってフランシスに会釈し、ウィンクしながら、「先生のなかには、定められた期限より一瞬でも早く学校にもどってくるのを避けるためなら、どんな手間だっていとわない人もいるもんだ」と低くつぶやいてみせた。また、クローディア・マーティンはフランシスの腕を軽く叩いて、彼女の帰りを歓迎し、無事な姿を見てホッとしたといい、あとでゆっくり話をしようと約束した。

しかし、それ以上に熱狂的な歓迎がフランシスを待ち受けていた。階段をのぼりきらないうちに、ハナを迎えにおりてきた下級生二人と鉢合わせしてしまい、少女たちはまるまる一分のあいだ息も継がずに笑いころげながらさえずりつづけ、クリスマスに関して、フランシスにはほとんど理解できないことを何やら話してくれた。そして、フランシスが二階の自室に着いてドアをしめ、左手でボンネットのリボンをほどいてベッドに放り投げ、ふくらんだ頬から空気を吐きだしたとたん、申しわけ程度のノックにつづいてふたたびドアがひらき、スザンナ・オズボーンが喜びにあふれた顔でフランシスを抱きしめようとして、せかせか入ってきた。

「もうっ、ひどいわ！」スザンナは叫んだ。「あなたのおかげで、アンもあたしも二晩眠れなかったのよ。ミス・マーティンもさすがに心配だったみたい。もっとも、ミス・マーティンのことだから、あなたみたいに思慮深い人が危険なことをするはずはないって主張なさるでしょうけど。みんな、あなたが雪のなかで氷柱になってるとこを想像してたのよ。無事にもどってきてくれて、ほんとにホッとしたわ」

スザンナは、学校に住みこんでいる四人の教師のなかで最年少である。小柄で、鳶《とび》色の髪に緑の目、うっとりするほど愛らしく活気にあふれているので、教師とは思えないほど若く見える——じつをいうと、いまは補助教員にすぎず、ミス・マーティンの女学校で生徒として六年間学んだあとで、二年前に教師になったばかりだった。しかし、小柄な体格と幼い顔立ちにもかかわらず、かつて生徒仲間であった少女たちの敬意と従順さをかちとるという困難な課題に成功を収めていた。

フランシスもお返しにスザンナを抱きしめて笑いだした。しかし、何をいう暇もないうちに、またしても教師の一人アン・ジュウェルに抱きしめられた。

「わたしもスザンナに保証したのよ。クローディアと同じように。あなたみたいに思慮深い人があんな荒れ模様のときに大伯母さまのお家を出るわけがないって。わたしたちの意見が当たっててよかったわ、フランシス。でも、もちろん、死ぬほど心配したのよ」

アンは教職員からも生徒からも慕われている。金髪、ブルーの目、美人、しかも、おだやかな性格で、気さくで、身分が低く頭脳も顔立ちも最低レベルという生徒にまで思いやりを持っている。いや、とくにそういう生徒に対してというべきか。アンに贔屓《ひいき》の生徒がいるとすれば、少女たちの半数を占めている慈善事業の生徒の場合が多かった。しかし、もっといい家柄に生まれた少女のなかには、ミス・ジュウェルが——〝ミス〟の部分をかなり強調して——学校で幼い息子と同居しているという事実を述べる機会があればぜったいに逃さない者も何人かいた。

フランシスも、スザンナも、デイヴィッド・ジュウェルという存在の背後にどんな事情があるのか、くわしくは知らなかった。クローディア・マーティンだけは、もちろん知っているようだが。四人は親しい友達だが、友達どうしでも秘密を持つ権利はある。そして、デイヴィッドにはつきっきりの子守り女がいて、個人的に勉強をみてくれる教師も何人かいて、生徒たちにかわいがられ、教職員に甘やかされていた。それにもかかわらず、性格のいい子で、美術の教師をしているアプトン氏の意見によると、偉大な芸術的才能と可能性に恵まれているという。

「ごめんなさい」フランシスはいった。「ごらんのとおり、無事そのものよ。でも、予定より二日遅れてしまったから、今日これから片づけなきゃいけない仕事の量を考えただけでうんざり。もちろん、けさ早くまで大伯母さまの家でおとなしくしてたから、そんなに心配してくれなくてもよかったのよ。大伯母さまたち、自家用の馬車を用意して、御者にここまで送らせてくださったの」

友達どうしでも、ときには嘘をつく権利もある。

真実を話すことはフランシスには耐えられなかった。話の最後まできたときに彼女たちの目に浮かぶにちがいない同情の色が、耐えられなかった。

「仕事のことはひとまず忘れて」アンがきっぱりいった。「みんなでお茶を飲みましょうよ、フランシス。大変な一日だったでしょうから、あなたも心を休めなきゃ。道路状態はまだ最高じゃなかったと思うし、その心配から気を紛らそうにも、一人旅ではどうしようもないものね。でも、もう心配いらないわ。無事に帰ってきたんですもの。クローディアがお茶の用意をしてくれてるの。十分後にお部屋でお茶にしましょうって。スザンナとわたしは献身的にふるまおうと決心し、暖炉のそばの椅子をあなたと奪いあうのをやめることにしたのよ」

二人が笑い声をあげ、フランシスも明るい微笑を浮かべた。

「その点については、もちろん反論いたしません。それに、お茶も大歓迎。髪を梳《と》かして手と顔を洗いたいから、十分だけ時間をくれる？」

アンがドアをあけた。

「生徒たちもこれで全員到着よ」といった。「いつものように、ハナ・スワンが最後だったの。寮母さんが全員を自分の翼でしっかり庇護してるわ。だから、わたしたち、これから一時間はゆっくりできるわよ」

「フランシスのクリスマスの話をすべてきかせてちょうだい」スザンナがいった。「こまかい点までひとつ残らず。休暇中に出会った紳士一人一人の外見も含めてね」

「だめよ、ハンサムな人だけにしましょ、スザンナ」アンがいった。「それから、結婚してない人だけ。それ以外は興味ないわ」

「あら、それだと一時間は長すぎるわ——わたしが早口でしゃべったら」フランシスはいった。

二人は楽しげに笑いながら部屋を出ていった。

フランシスはくずれるようにベッドにすわりこんだ。二人があと一分でも長居していたら、この脚で身体を支えつづけることはできなかったにちがいない。目をきつく閉じた。いまにもヒステリーの発作をおこしそうだった。もっとも、プライドが高すぎて、そんなみっともないまねはできるはずもないが。いまの彼女がこの世で何よりも望んでいるのは、ベッドにもぐりこんで、一生涯、身体を丸めたまま横になっていることだった。

窓から外をのぞけば、下の通りはからっぽにちがいない。

彼は去ってしまった。

永遠に。

こちらが選んだことだ。

一緒に連れていってくれたかもしれない。あるいは、バースに残ってくれたかもしれない。

　フランシスは膝の上でこぶしを固めて、パニックをおこすまいとした。馬車が永遠に消えてしまう前に追いつけるのではないかという期待を抱いて階段を駆けおり、外に飛びだしたい、という愚かな衝動を抑えつけようとした。

　望みはない――無理な相談だ。彼はルシアス・マーシャルというただの紳士ではない。シンクレア子爵という肩書きを持っている。ほとんどの時間をロンドンですごしている。あの街へはもどれない。上流社会に入ることも二度とできない――たとえ彼に頼まれたとしても。もちろん、彼がそんなことを頼んでくる気遣いはない。しばらくのあいだフランシスを愛人にして、やがて飽きがくる。たぶん、現実にそうなることだろう。二人のあいだにおきたこの二日間の出来事は、結局、人もうらやむロマンスではなかったのだ。

　自分の判断が正しかったことに、フランシスはなんの疑いも持っていなかった。しかし、正しい判断をしてこんなにわびしい気分になったのは初めてのことだった。

　〝じゃ、ついにお別れだね、フランシス〟

　彼女は唾を呑みこんだ。一度。二度。

　そのとき、ルシアスの最後の言葉が耳のなかに響いた。

　〝だけど、もしぼくが必要になったら、その名刺に書いてあるロンドンの住所に連絡してくれればいい。すぐに駆けつけるからね〟

　フランシスは目をひらき、彼に渡された名刺を右手で握りしめたままだったことに気づいた。手をひらいて、二つに折りたたまれた名刺を見おろした。片側がわずかにひらき、向こうを向いていた。

終わったのだ。おたがいに別れを告げたのだ。こちらが彼の助けを必要とすれば、ふたたびきてくれるだろう——それはつまり、子供ができたことがわかればという意味だ。

でも、終わってしまった。

フランシスは慎重な手つきで名刺をもう一度折りたたんでからちぎり、さらにまたちぎり、何度もそれをくりかえしてから、こまかくした紙を暖炉の奥に投げこんだ。せっかちなことをしてしまったと思った。でも、すでに彼を遠ざけてしまったのだ。いまさら助けを求めることはできない。

「さよなら、ルシアス」そっとつぶやいてから、きっぱりした態度で洗面台のほうを向き、冷たい水を洗面器にそそいだ。

十分後にお茶だと、アンとスザンナがいっていた。クローディア・マーティンの部屋へ行くころには、人前に出られる顔になっているだろう。

そして、クリスマスの愉快な逸話で完全武装していることだろう。

誰も真実を知ることはないだろう。

疑いを持つ者すらいないだろう。

ルシアスは翌週をクリーヴ・アビーで過ごしてから、予定より早くロンドンへ発った。なぜか心が落ち着かず、自分の思考と向きあって――いや、もっと正確にいうなら、自分の感情と向きあって――田舎で過ごすことができなくなったのだ。

ここでいう感情とは怒りが大部分で、いらいらしているときに顔をのぞかせた。女とのつきあいで、ふるほうよりふられる側に立つというのは、彼にとって初めての体験だった。また、屈辱的な体験でもあり、それゆえ魂を鍛えてくれるはずだった。だが、魂などくそくらえだ！　体験から善なるものが生まれるという考えそのものが、彼の機嫌をいっそう悪くさせていた。

愛しく思いはじめたばかりのベッドの相手を失って、どこが善だというのだ？

フランシス・アラードが二人の情事の芽生えを摘みとったのはきわめて正しいことだったが、それも彼の苛立ちを解消してはくれなかった。一緒にロンドンにきてほしいと頼んだときのルシアスは、どういう立場に彼女を置くのかまでは考えていなかった。だが、妻にするはずはない。そうだろう？　なにしろ、夏が終わるまでに自分にふさわしい花嫁を見つけて式を挙げると約束したばかりだし、バースからきた学校教師を祖父や母親が花嫁候補として温かく迎えてくれるとは思えなかった。

彼は昔から衝動的で、向こう見ずでさえあった。だが、今回だけは、彼女がこちらの提案を受け入れていたなら、自分が困った立場に追いやられていただろうということを、心の一部で悟っていた。心を入れ換え、責任感のある立派な男になることを祖父に約束しただけでなく、自分自身にも誓ったのだ。ああ、気が滅入る。新しい愛人にうつつを抜かしている場合ではない。春のあいだに、妻とすべき女性に求婚しなくてはならない。フランシスが彼についてくれれば、愛人という扱いになっただろう。それは否定しようがない。長きにわたって彼女をそばに置いておくことはできない。心を入れ換えるということには、生涯ただ一人の女性を――妻となる女性を――愛しつづけることも含まれている。

お別れするときがきたのよ――フランシスはいった――この二日間、とっても楽しかったわ。でも、そろそろふだんの生活にもどらなきゃ。

楽しかった！

ルシアスがロンドンにもどり、無数の友人や知人と一緒にクラブで過ごしたり、その他典型的な男性の楽しみを追求したりという、慣れ親しんだ日常にどっぷり浸かるようになったあとも、しばらくは、この〝楽しい〟という言葉が選ばれたことが心の傷となっていた。

ぼくの愛の行為を、彼女は〝楽しかった〟といった。男を泣かせ、髪をかきむしらせ、恋人としての自信をすべて失わせるには、そのひと言で充分だ。

フランシスが拒絶してくれて、彼は助かったのだ。本当のところはそうなのだ。それが事実であるだけに、不機嫌が、歓迎したくない頭痛のごとく彼に貼りついていた。

しかし、ルシアスはもともと、いつまでも思い悩むタイプではなかった。それに、都会生活の持つおなじみの楽しみに加えて、彼の心を占めている事柄がいくつもあった。

たとえば、いまの彼はキャヴェンディッシュ広場のマーシャル館で暮らしていて、彼の到着後ほどなく母親と姉妹たちもここにやってきた。長期にわたってふたたび家族の一員となり、きたるべき社交シーズン（今年はそこで積極的な役割りを果たすよう約束させられた）に向けての家族の希望や恐れや不安をともに味わうという珍しい経験をしていた。エミリーが社交界にデビューすることになっていて、そのためと、女王に拝謁するために、それにふさわしい衣装を用意する必要があった。そして、彼は妻となる女性に求婚する必要があった。

そして、復活祭がすんだらすぐ、ポーシャ・ハントがロンドンにやってくる予定になっていた。ある朝、レディ・ボルダーストンからの手紙を読んだあとで、朝食をとりながら母親が彼にそのことを指摘した――まるで、彼が忘れてしまっているかのように。

「午前中にあちらへお返事を書こうと思ってるの」母親は彼にいった。「そして、こうお知らせするつもりよ、ルシアス。あなたがすでに街にきていて、今年はマーシャル館で暮らし、妹たちを数多くの社交行事に連れていくつもりでいることを」

要するに、彼の母親は、息子がようやく嫁をもらう気になったと、ポーシャの母親に伝えたいのだ。シンクレア子爵のような評判を持つ男だったら、足枷《あしかせ》を探すことを真剣に考えていないかぎり、舞踏会、夜会、ヴェネツィア風の朝食会といった社交の場への出席をどうして計画したりするだろう。

となると、ボルダーストン夫妻とポーシャは――それから、ポーシャの祖父であるゴッズワージー侯爵も――婚約に漕ぎつけることを大いに期待してロンドンにやってくるだろう。ルシアスはそれを疑っていなかった。社交界はそうやって動いていくのだ。直接的な言葉はいっさい口にされないまま、膨大な言葉がかわされ、膨大な手筈が整えられる——とくに女性たちによって。直接的な言葉は、ルシアスが婚姻にあたっての財産契約について話しあうためにボルダーストン家を訪問し、ポーシャ自身に正式な申込みをするときに、彼の口から出ることになる。

この先に待ち受けているもののことを考えただけで、彼の額に冷や汗が噴きだすには充分だった。

とはいえ、ポーシャに再会したときには、心地よい驚きに包まれるかもしれない。彼女と会話らしい会話をかわしてから二年ほどになるはずだと気がついた。ふたたび顔を合わせれば、自分の義務と避けられない将来に心の焦点を合わせる助けになるかもしれない。なんといっても、男はいずれ結婚しなくてはならないのだから。それが自分の義務であり、その時期がめぐってきたのなら、結婚相手として非の打ちどころのない、幼いときから知っている女性と結婚するのがいちばんだ。諺《ことわざ》にもあるように、未知の悪魔より、顔見知りの悪魔のほうがまだましだ……。

いやいや、ポーシャと悪魔を比較しているわけではない。彼女ならどこへ出しても恥ずかしくない完璧な花嫁になるだろう。いまから五年かけて国じゅう隈《くま》なく探し歩いたところで、これ以上の女性は見つからないだろう。しかも、五年もかけている暇はない。今年の暮れよりもずっと前に結婚することを約束してしまったのだから。

ポーシャがロンドンにやってくるのを心待ちにしてもいいような心境になってきた。

しかし、この春はほかにも例年とちがう点があった。ルシアスは祖父の健康が心配でならず、バークレイ・コートから手紙がくるたびに、飛びつくようにして読んでいた。ボルダーストン一家が到着する予定の一週間ほど前に届いた手紙に、祖父である伯爵がバースへ一週間ほど湯治に出かける手筈を整えたと書いてあった。過去においても、バースの温泉水はつねに祖父の健康に役立ってきたので、ふたたび同じ効果が得られるかどうか試してみたいというのだった。ホテルに泊まるのはやめて、ブロック通りにすでに家が借りてあった。

レディ・シンクレアは舅《しゅうと》の健康を心の底から案じてはいたものの、この時期にロンドンを離れることは不可能だった。エミリーが近々宮廷へ伺《し》候《こう》することになっていて、その大切な日がくるまでに準備しておくべきことが山のようにたまっていた。また、エミリーより二歳上のキャロラインもロンドンを離れるわけにはいかなかった。三度目の社交シーズンを迎えようとしているのに、未婚のままだったからだ。もっとも、サー・ヘンリー・コバムが一カ月以内に正式な申込みにやってきて、キャロラインに求婚するだろうと、誰もが予測しているが。エイミーは祖父の世話をするために喜んでバースへついていくといったが、まだ若すぎるので、一人で行かせるわけにはいかなかった。

となると、残るはルシアスだけだ。彼にとってはもちろん、ロンドンに残っているほうが望ましかった。しかし、祖父のことが心配でならなかったし、祖父の健康がクリスマス以後深刻な衰えを見せてはいないことを自分の目でたしかめたかった。どっちみち、ロンドンを一週間か二週間留守にしたところで、たいした害はないだろう。社交シーズンが本格的に始まる前にもどってこれるだろう。もどってからでも、求婚に使える時間は充分すぎるぐらいある。

クリスマスからすでに三カ月近くたっていて、ルシアスはフランシス・アラードのことをほぼ忘れ去り、ともに過ごした一夜のことをときたまなつかしく思いだす程度になっていた。それでも、バースへ行けば、ふたたび彼女の近くに身を置くことになるという事実をまったく意識しないわけではなかった。ただ、くよくよ考えこんだりはしなかった。ばったり会うことはたぶんないだろうし、もちろん、彼のほうから積極的に動く気もない。フランシスはすでに過去の人で、ずっとそこにとどまるだろう。はっきりいって、過去のごく小さな片隅を占めているにすぎない。

彼の乗った馬車が、ロンドンから延びている道路のはるか下の盆地に広がった、どこもかしこも白く輝いているバースの街が見えるところまでやってきたとき、不意に襲いかかってきた思い出の強烈さに、ルシアスはいささか面食らった。前回この道路を通ったときに――馬車で逆方向へ走っていたときに――感じた苦悩がまざまざとよみがえってきて、いまでもその痛みが感じられるような気がするほどだった。馬車をもどして、一緒にきてほしいと彼女に頼みたい――必要ならば膝を突いてでも――という嵐のような衝動が思いだされた。

そのようにバツの悪い屈辱的なことをしていたかもしれないと思っただけで、彼の全身に震えが走った。こちらを低く見下した女にもう一度会おうという気など、もちろんなかった。

末の妹のエイミーが彼と一緒の馬車に乗っていた。十七歳というむずかしい年齢だった。クリスマスのあとは勉強から解放され、家族のみんなと春の初めにロンドンに出てくることができたが、彼女の胸に芽生えていたわくわくする期待はどれもすぐに砕かれてしまった。彼女を社交界に今年デビューさせることを、母親が頑として許可しなかったのだ。今年はエミリーの番だし、キャロラインが未婚のままだからだ。哀れなエイミーは姉たちの毎日をもうじき明るくするであろう華やかな楽しみの数々からほとんど締めだされてしまいそうだと知り、がっくりしていたので、兄と一緒にバースへ行けるチャンスに一も二もなく飛びついた。

目の前に広がった景色に妹が歓声をあげるのを耳にし、バースの有名な建造物を指さして妹に教えるうちに、ルシアスの気分も軽くなってきた。じっさい、妹が一緒にきてくれたおかげで旅が活気づいた。ルシアスも本音をいえば、家族と身近な関係にもどったことがけっこううれしくて、なぜあんなにも長いあいだ家族と距離を置くことに汲々としてきたのかと、ふしぎに思いはじめていた。

たぶん、もはや思慮に欠ける若者ではなくなったからだろう。若いころの放蕩三昧《ほうとうざんまい》を卒業し、愛情による結びつきの価値を理解するようになったのだろう。

ルシアスは馬車のなかで渋い顔をした。本当にそんな退屈などん底へ身を落としてしまったんだろうか。

二月に入ってかなりになるまで、ルシアスは手紙を待ちつづけていたが、彼女からは何もいってこなかった。〝彼女〟というのはフランシス・アラード。ルシアスは突然、ふたたび彼女のことを考えていた——意に染まぬことではあったが。

しかし、たとえ偶然にせよ、彼女と出会う可能性はほとんどない。彼女が住込みの教師をしている学校は、川を渡り、シドニー・ガーデンズまで行った先にあるのだし、授業に追われて忙しくしていることだろう。ルシアスのほうは、高級住宅地であるブロック通りに滞在し、つきあう相手は上流の滞在客や住人にかぎられる。二人の道が交差することはまずありえない。

ブロック通りに到着したあとは、自分の注意のすべてを祖父に向けるために、彼女のことを考えるのはきっぱりやめにした。祖父は弱っているように見受けられたが、いつもどおり陽気にふるまい、バースの空気とバースの水がすでに効果をもたらしていると主張した。腰をおろしたまま、目を輝かせて、エイミーが熱っぽく語る旅の様子や、とある宿屋で休憩をとったときにルシアスの妻にまちがえられたという興味深い逸話に耳を傾けていた。「奥方さま」と呼ばれたという。

ルシアスはお茶のあと、祖父が休息をとっているあいだに、ブロック通りの先にあるロイヤル・クレセントを見てこようと思い、エイミーを連れて短い散歩に出かけた。エイミーが歓声をあげ、クレセントみたいに豪華な建築物は見たことがないと断言する声に、ルシアスはいかにも甘い兄らしく楽しげに耳を傾けた。

しかし、その夜、夕食がすんでから、祖父が暖炉のそばで本を読み、エイミーが小さなライティング・デスクの前にすわって母親と姉たちに手紙を書いているあいだ、ルシアスは居間の窓辺にたたずみ、何ヤードも離れていないところにある〝ザ・サーカス〟という名の円形の通りに面してならんだ壮麗な建物をながめていた。ふと気づくと、フランシスがいまもミス・マーティンの女学校で教えているのなら、一マイルも離れていないところにいるわけだと考えていた。その思いにとまどった――彼女との距離がわずか一マイルしかないということより、そんなことを考えた自分に、そして、彼女のことを考えた自分にとまどったのだ。

窓辺にきっぱり背を向けた。

「感傷に浸っておるのかね、ルシアス」本を膝に置きながら、祖父が尋ねた。

「ぼくが？」ルシアスは手紙を書いているエイミーの肩に軽く手をのせた。「とんでもない。こうしておじいさまのそばにいられて喜んでいるんです。夕食をたっぷり召しあがったのも、エイミーやぼくと一緒にここで一時間ほど過ごしてくださったのも、うれしいことでした」

「わしはまた」もじゃもじゃの白い眉の下から目をきらめかせて彼をみつめながら、祖父はいった。「おまえが誰かの美しい瞳を見たくて胸を焦がしているのかと思っておった」

黒と見紛うほどに濃い茶色の瞳。怒りの火花を散らすことも、楽しげなきらめきを宿すことも、官能の翳《かげ》りを見せることもできる、表情豊かな大きな瞳。

「胸を焦がしている？」ルシアスは眉を吊りあげた。「このぼくが？」

「おじいさま、ミス・ハントのことをおっしゃってるんでしょ。ちがう?」銀のインク入れに羽根ペンの先を浸しながら、エイミーがいった。「あんな青い目って見たことないわ。すてきな目だっていう人もいるかもしれないけど、あたしはたとえ地味なグレイの目でも、笑うことのできる目が好きだわ。ミス・ハントはぜったい笑わないのよ——笑ったりしたら威厳にかかわる、貴婦人らしくないって思ってるのかも。あたし、ルースがあの方と結婚しないよう、心から願ってるのよ」

「ルシアスのことだから、そのときがくれば正しい選択をするだろう」祖父はいった。「だが、ミス・ハントの青い瞳と金色の髪と真っ白な肌をルシアスが賛美しなかったら、それこそ変人というべきだ、エイミー。それに、ミス・ハントは洗練された貴婦人だ。彼女を孫娘と呼べるなら、わしにとってこんな誇らしいことはない」

ルシアスは妹の肩をぎゅっとつかんでから、椅子を暖炉の反対側へ持っていった。祖父のいうとおりだ。ポーシャは美女だ。しかも、エレガントで、洗練されていて、非の打ちどころがない。噂《うわさ》によると——いいかえれば、母が彼にそういったのだが——この二、三年、家柄のいい求婚者たちを無数にはねつけてきたという。

ルシアスはポーシャを待っているのだ。

彼はポーシャのすくなからぬ魅力に心を集中させ、またしても首にかかった縄が締まるのを感じた。

8

翌日は寒くて風が吹き荒れ、のんびり散歩するには不向きだったが、翌々日は申し分のない春の一日で、人々は陽気に誘われて戸外の空気を吸いに出かけ、夏の訪れもそう遠くないと自分たちの心にいいきかせた。雲ひとつない空から太陽が微笑みかけ、空気は新鮮でとても暖かく、ごくかすかに風がそよいでいた。

エッジカム伯爵は早朝に保養会館《ポンプ・ルーム》へ出かけて温泉水を飲み、そのあと自宅にもどって朝刊片手に休息をとったおかげで、午後からは孫たちとロイヤル・クレセントへ新鮮な大気を浴びに出かけられるまでになっていた。毎日、天候さえ許せば、上流の人々がこのあたりをそぞろ歩いて、朝からたまっていた噂話を交換し、見たり見られたりしている。ロンドンのハイドパークに上流階級が集まる時間帯とほぼ同じ役割を果たしている。もっとも、こちらのほうが文句なしに小規模ではあるけれど。

大きく湾曲したクレセントの前の石畳をゆっくり歩いてから、その下に広がる芝生へおりていくぐらいでは、とうてい満足な運動とはいえず、ルシアスはロンドンのクラブや遊びや知人をなつかしく思いだしたが、本心をいうなら、ありあまったエネルギーの捌《は》け口は早起きして丘陵地帯へ遠乗りに出かけるぐらいにとどめておき、ここで一週間ほどおとなしくすごそうと決めていた。祖父の機嫌がよく、クリスマスのときに比べると体調もいくらか上向きの様子なので、ルシアスは喜んでいた。また、目下ルシアスの腕にもたれるようにして歩いているエイミーは、社交界にデビューする前の若い貴婦人にロンドンが与えるきびしい社会的制約から解き放たれて、環境が変わった喜びに目を輝かせていた。

レナルズ夫人やアボッツフォード夫人とおしゃべりに興じていたとき、半分うんざりしつつも礼儀正しい笑みを絶やさぬまま顔をあげてクレセントのほうを見たルシアスは、おそろいの濃紺の服を着た女学生が長い列を作ってブロック通りを歩いてくることに、ぼんやり気づいた。たぶん、ザ・サーカスの建築物に感嘆の目を向けてから、その姉妹篇ともいうべきロイヤル・クレセントで同じことをするためにやってくるのだろう。教師と思われる女性が引率していて、きびきびした歩調で先頭を歩き、まるで、うしろに二列につづくアヒルの子たちのために水を切って進む親アヒルのように見えた。

……教師と思われる女性。

ルシアスはその女性をもっとよく見ようとして目を細めた。しかし、一行はまだはるか彼方なので、一人一人の顔立ちをはっきり見分けるのは不可能だった。それに、そんな都合のいい偶然があるだろうか……。

「でね、夏のあいだそちらで暮らすことに、宅も同意してくれましたの」レナルズ夫人がいっていた。「もちろん、娘のベッツィも連れてまいりますわ。七月の海辺で過ごす一カ月、まさに理想的でございましょ」

「海水浴は健康にきわめていいともいわれておりますしな」伯爵はいった。

レナルズ夫人はお上品な金切り声らしきものをあげた。「海水浴ですって、伯爵さま」と叫んだ。「まあ、そんなことおっしゃらないで。年端もゆかぬ者の感受性にとって、それ以上衝撃的なものはありませんことよ。わたくし、移動更衣車の半径半マイル以内にはベッツィを近づけないよう、目を光らせるつもりでおります」

「あら、わたくしはいまのご意見に大賛成でしてよ、エッジカム伯爵さま」アボッツフォード夫人がいった。「二年前の夏、ライム・リージスで過ごしましたときは、ローズもアルジャーノンも――うちの娘と息子ですの、おわかりいただけるでしょうけど――海水浴を楽しみまして、夏休みのあいだじゅう、それは元気にすごすことができました。女性は殿方ときちんと隔てられていますから、バーバラ、はしたないまねをする人などどこにもいませんでしたよ」

ルシアスは祖父と愉快そうな薄笑いをかわした。

「そうだわ、忘れないうちに、エッジカム伯爵さま」レナルズ夫人がいった。「お願いがございますの……」

女学生の列がブロック通りとクレセントの角までやってきて、教師が全員を停止させ、目の前に大きな弧を描いている壮麗な建物を指さした。ほっそりした腕がそちらを示した。ほっそりした手がしきりに動いた。

教師はルシアスに背中を向けていた。小鹿色のドレスの上に茶色の短い上着を着ていた。ボンネットも茶色だった。彼の立っているところからでは、顔も髪も見えなかった。

だが、それにもかかわらず、彼の口のなかが突然からからに渇いた。

教師が誰であるのか、疑いの余地はなかった。

偶然というのはおこりうるものだ。

「ねえ、一緒にいらしてくださいますわね、シンクレア子爵さま」レナルズ夫人がいっていた。

「ねえ、イエスっていって。お願い、ルース」エイミーが彼の袖をつかみ、嘆願するように見あげていた。「そしたら、あたしも行けるから」

「えっ？」ルシアスはビクッとし、まごついた表情で一方の女性からもう一方へ視線を移した。この二人、いったいなんの話をしてたんだ？　「まことに申しわけありません。ぼうっとしておりました」

「明日の夜、わが家でささやかな夜会を予定しておりまして、光栄にもエッジカム卿がご出席くださることになりましたの」レナルズ夫人が説明した。「もちろん、子爵さまがなじんでおられるロンドンの集まりに比べれば、お恥ずかしいものですけど、お招きしているのは上流の方ばかりですし、客間ですばらしい演奏会をひらきます。音楽に興味のない方のためには、カードルームも用意してございますのよ。宅がいつもうるさく申しますので。ぜひお出ましくださいませ。エイミーお嬢さまもご一緒に」

「光栄です」ルシアスはそう答えてお辞儀をした。「エイミーもきっと同じ思いでしょう」

やれやれ！　夜会だと。バースで。人生はどうなってしまうんだ。

妹は興奮のあまり、彼の横で跳びはねんばかりだった。バースの夜会など、ほとんどの人間の社交予定表のなかで高い評価を受けてはいないし、ルシアスにとってはまちがいなく最低ランク扱いだが、母親や姉たちがこの春にロンドンで出席の準備を進めている社交行事のほぼすべてから締めだされてしまった少女にとっては、まさに憧れの催しであった。

ルシアスは愛情のこもった楽しげな笑顔で妹を見おろしていたことだろう――もしも、彼の注意の半分がよそへそれていなかったなら。そして、彼の心臓が誰かに金槌《かなづち》で叩かれたかのように胸のなかでドクドクいいはじめていなかったなら。

くそっ、だが、こちらが望んでこんな事態を招いたわけではない。彼女の顔など二度と見たくないと思った。なのに、ルシアスはふたたび視線をあげて、三カ月前に苦言とともに彼を追い払っておきながら、彼の記憶のなかに居すわり、その後も長いあいだ消え去ることを拒みつづけている女性を、もう一度だけ見ようとした。

行儀よく二列にならんだ少女たちがクレセントに沿って歩いてきて、途中でふたたび立ち止まった。教師がふたたび口をひらき、建物のほうを向いて両腕で大きな半円を描きながら、熱心に耳を傾けている生徒たちに何か説明しはじめた。

その女性は芝生のほうへは一度も顔を向けなかった。だが、その必要はなかった。ルシアスには鮮明にわかっていた。世の中には証拠を目にする必要がないものもある。

「招待客のなかに、爵位をお持ちの紳士が二人も!」アボッツフォード夫人がいっていた。「あなた、女主人役《ホステス》を務めるバースじゅうの女性から羨望の的にされてよ、バーバラ。これでパーティの成功はまちがいなしね。もちろん、もとから成功しないわけはなかったでしょうけど」

「そのご意見に全面的に賛成です」伯爵がいった。「レナルズ夫人はつねに、すばらしい女主人という評判を得ておられます。わたしもバースにくると、夫人にご招待いただくのをいつも楽しみにしております」

教師が向きを変えた。少女たちもそれにならい、教師は片方の腕で大きな弧を描いて、眼下に広がる街のみごとな景色を、そして、その彼方の丘陵地帯をさし示した。

フランシス!

まだ距離がありすぎて顔をはっきり見ることはできなかったが、その顔が生き生きした活気にあふれていることだけは見てとれた。引率してきた少女たちに何かを教えるのに夢中のようで、いかにも楽しげだった。

彼の見るかぎりでは、憔悴《しょうすい》してもいないし、悲嘆に暮れてもいなかった。

やれやれ、自分はそんな姿の彼女を期待していたのだろうか――男に恋焦がれるあまり、見る影もなくやつれてしまった姿を?

彼女はまた、周囲にほかの人々がいてもまったく意識していない様子だった。クレセントの前やその下に広がる芝生をそぞろ歩く上流階級の人々には目も向けなかった。それでも、ルシアスは食い入るように彼女をみつめたあとで、太陽のまぶしい光を遮ろうとするかのように帽子のつばを下げ、背後の景色を楽しもうとするかのように身体を半分ひねった。

「バースの美しさにはいつも驚かされます」と、間の抜けたことをいった。

レナルズ夫人もアボッツフォード夫人もバースの住人なので、能弁なる熱意をこめてその話題をとりあげ、エイミーはきのうの午後のミルサム通りでの買物がいかに楽しかったかを夫人たちに話し、いまかぶっているボンネットもそのとき兄に買ってもらったのだといった。

夫人たちはお世辞をふんだんにならべて、そのボンネットを褒めちぎった。

ルシアスがつぎに首をまわして様子をうかがうと、女生徒たちはすでにクレセントの前を通りすぎ、モールバラ・ビルディングズの前に出て、きびきびした足どりで丘を下っていくところだった。

くそっ――ルシアスは冒瀆《ぼうとく》の言葉をつぶやいた――ぼくとしたことが、あんな女から本当に身を隠そうとしてたんだろうか。ある日、ぼくを煮えたぎった油に放りこみたいといったと思ったら、つぎの日はぼくと寝て、その翌日には、ぼくの愛の行為を〝楽しかった〟のひと言で片づけたあと、きっぱりと最後の別れを告げた、しがない教師から？　卑屈な臆病者みたいに帽子の陰に隠れようとしてたんだろうか。

本当のことをいうと、彼はひどく動揺していた。自分がこの芝生ではなく通りに立っていて彼女と顔を合わせたなら、どうなっていただろうと思った。どぎまぎして口ごもり、とんでもない間抜け面をさらしていただろうか。それとも、彼女を冷たくみつめ、眉を吊りあげて、記憶のなかから彼女の名前を捜しだそうとするふりをしただろうか。

後者でありますようにと、切実に願った。

やがて、少女たちがモールバラ・レーンへ消えていくなかで、ルシアスは、彼女のほうはどんな態度をとっただろうと考えている自分に気がついた。頬を赤らめ、落ち着きを失っただろうか。眉を吊りあげ、彼を半分忘れてしまったふりをしただろうか。

フン！　たぶん、すっかり忘れていることだろう。

顔を合わせずにすんだのは大いにけっこうなことだった。自尊心を傷つけられて、二度と立ち直れなかったかもしれない。祖父とエイミーと二人の淑女が彼の屈辱を目撃しただろう。二列にならんだ女生徒たちもしかり。この一幕を食い入るようにみつめて、これから一週間、あるいは、一カ月間、寮でクスクス、キャーキャー笑いつづけたことだろう。

彼に残された手段は、どこかで拳銃を見つけて脳みそを吹き飛ばすことだけになっていただろう。

突然、ミス・フランシス・アラードに対して新たな苛立ちを覚え、ひどい不快感に包まれた。まるで、彼女がこちらを見ていながら気づいてくれなかったかのように。

もしかすると——歯ぎしりしながら、ルシアスは思った——自分に謙虚さを教えるために、意地悪な運命の女神が彼女をぼくの人生に送りこんできたのかもしれない。ぼくよりも教職のほうを好んでいるこの教師を。

レナルズ夫人とアボッツフォード夫人が暇《いとま》を告げていた。ルシアスは帽子のつばに手をかけて挨拶し、祖父の顔をじっとのぞきこんだ。

「午後の散歩はこれで充分だと思いますよ、おじいさま。そろそろお茶の時間だから帰りましょう」

「いや、エイミーはもうしばらく外にいたいかもしれん」伯爵はいった。

しかし、エイミーは祖父に明るい笑顔を見せ、ルシアスと片方の腕を組んだまま、反対の手で祖父の腕をとった。

「おじいさまと一緒に、お茶を飲みに喜んで帰ることにするわ。わくわくするような午後だったわ。ね？　十人以上の人たちとおしゃべりしたわね、きっと。それに、明日の夜会に招待してもらったし。今夜、お母さまとキャロラインとエミリーに手紙を書くときは、いわなきゃいけないことがどっさりあるわ。何を着ていけばいいのかわからない」

「ぼくが思うに」ルシアスはおおげさにためいきをついてみせた。「明日もまた、ミルサム通りへ買物に出かけることになりそうだね」

「金はわしが出してあげるから、既製品のドレスを買うといい」伯爵がいった。「ドレスに合う小物もすべて。だが、品物を選ぶときは、ルシアスの趣味の良さを信頼するのだよ。非の打ちどころがないからね」

ルシアスは歩きながら、無意識のうちにフランシス・アラードの思い出に翻弄されていた。親指の腹でビーフパイの縁を押さえつけ、パイ皮が蒸気で破裂しないようにポツポツと穴をあけ、それから、熱いオーブンにかがみこんでパイをなかに入れていたっけ。なぜいまだに、穴のあいていないパイ皮におおわれて熱いオーブンの真ん中に置かれているビーフパイの中身になったような気分がつづいているのか、彼には謎だった。ひどく不快であることはいうまでもない。

よりにもよって、フランシスはなぜ今日という日に、生徒たちをクレセントに連れてくることにしたのだろう。

いや、もっと的確にいうなら、彼はなぜよりにもよって今日という日に、祖父と妹のお供をしてここまで出かけることにしたのだろう。

一夜かぎりの相手だった女に、三カ月もたってから心を乱されるというのは、情けないほど女々しいことに思われた。

「ああ、ルース」彼の腕をぎゅっとつかんで、エイミーがいった。「バースってほんとにすてきなとこねえ」

「まったく不公平だわ」スザンナ・オズボーンが嘆いた。「あたし、下級生と一緒に外で一時間ほどゲームをしただけなのに、頬はロブスターみたいだし、鼻はサクランボ、おまけにそばかすがふえてしまった。ところが、フランシスは中級クラスの生徒を連れて午後からずっと歩きまわったおかげで、ブロンズ色の肌になって、とってもきれい。まだ夏になってもいないのに」

「ブロンズ色もロブスターの色と同様、貴婦人にふさわしい色とはいえませんよ」せっせと手を動かして編んでいる最中のタッチング・レースから顔をあげて、ミス・マーティンがいった。「生徒たちには、何をおいても陽ざしから肌を守らなくてはいけないって教えてるでしょ、スザンナ。あなたがクラスの子たちと遊ぶのに忙しくて、自分の肌を守るのを忘れてしまったのなら、同情なんかしませんからね——わたしが窓から外を見るたびに、あなたが遊びに夢中になってるのが見えたわよ。自分からゲームに参加してたじゃない。フランシスについては——そうね、外見と肌の色に関するかぎり、どんなルールにも縛られない例外的な存在だわ。イタリア人の血のせいね。わたしたち哀れなイギリスの人間は黙って不公平に耐えるしかないのよ」

しかし、そうした言葉にもかかわらず、部屋の向こうの年若い教師をみつめるミス・マーティンの目にはきらめきが宿っていた。その教師は椅子にすわって身を乗りだし、スリッパをはいた足をスツールにのせ、ほっそりした腕で膝を抱き、よく日焼けした顔を輝かせていた。

「それに」子供用のシャツの背中にできたほころびを繕《つくろ》いながら、アン・ジュウェルがいった。「あなたはわたしがこれまで見てきたどんなロブスターにも似てないわよ、スザンナ。バラ色で、若さと健康にあふれてて、最高にきれいだわ。もっとも、そのお鼻だけは闇のなかでのろしのように光るでしょうけど」

みんなが哀れなスザンナを笑うと、スザンナは苦笑いしながらいまいましい鼻にそっとさわり、しわを寄せ、それから一緒になって笑いころげた。

彼女たち四人はミス・マーティンの部屋でくつろいでいた。夜、生徒たちが寮にもどって寮母の手に委ねられ、アンがデイヴィッドを寝かしつけたあとで、よくこうして集まるのだった。

「あなたの散歩は教育に役立ったかしら、フランシス」あいかわらず目をきらめかせながら、ミス・マーティンが尋ねた。「生徒たちは作文の材料をあなたの期待どおりに手に入れた？」

フランシスはクスッと笑った。「みんな、とても熱心でしたわ。でも、ザ・サーカスや、クレセントや、アパー・アセンブリー・ルームズの建築がどこまで生徒たちの心に残っているかとなると、疑問ですね。途中ですれちがった上流の人々のことだったら、ごく小さな点に至るまで描写できるに決まってますけど——その人がたまたま男性で、二十一歳以下だった場合はとくに。でも、ここに帰ってくる途中、パルティニー橋を渡っていたときに、生徒全員をとても誇らしく思いました。若い男の子の一団がそこを闊歩《かっぽ》していて、からかいの言葉を投げてきたんです。一人など生意気にも片眼鏡を使ってましたわ。うちの生徒は全員、つんと上を向いて、男の子など目に入らないという顔で通りすぎていきました」

アンもスザンナもつられて笑いだした。

「まあ、優秀な生徒たちねえ」ミス・マーティンは満足げにつぶやき、うつむいてレース作りにもどった。

「もちろん」フランシスはつけくわえた。「ローラ・プレースを渡って、声の届かない安全な場所まで行ったあとは、グレート・パルティニー通りを歩きながら、あの若い男の子たちのことをひそひそ話したり、クスッと笑ったりして、せっかくのお行儀も台無しになってしまいましたけど。今日の外出でもっとも強く記憶に残るのは、この件かもしれませんわ」

「でも、当然よね」アンがいった。「それ以外のことが期待できて、フランシス？　みんな、十四か十五なのよ。年齢相応の反応だわ」

「そのとおりよ、アン」ミス・マーティンがいった。「大人がやんちゃな子供を叱《しか》りつけて年齢にふさわしい行動をとらせようとするなんて、ばかげてますよ。子供というのは、十のうち九まで、やんちゃなことをするものだわ」

「明日の夜は何を着ていくの、フランシス？」アンがきいた。

「象牙色の絹ね、たぶん」フランシスは答えた。「持ってる服のなかでは、あれがいちばん上等なの」

「あら、でも、もちろん」スザンナがみんなにお茶のお代わりをつぐために立ちあがりながら、いたずらっぽく笑った。「フランシスは恋人も持ってるしね」

「フランシスが」レースからふたたび顔をあげて、ミス・マーティンがいった。「レナルズ夫人の夜会に招かれたのは、ブレイクさんとはなんの関係もないことよ、スザンナ。その声ゆえに招待されたの。天使のような声なんですもの。きっと、ベッツィ・レナルズがお母さんにその話をして、レナルズ夫人が賢明にも、明日の夜の集まりでそのすぐれた才能を披露することになっている招待客のリストにフランシスを加えたのでしょう」

しかし、スザンナはもっとからかわずにはいられなかった。

「でも、フランシスをエスコートするのはブレイクさんなんでしょ。だったら、フランシスには恋人がいることになるわ。どう思う、アン？」

アンは針を持つ手をシャツの上で止めたまま、二人に順に微笑みかけた。

「わたしにいわせれば、フランシスのお相手は崇拝者にして恋人志願者ね。そして、フランシスのほうは、ブレイクさんを後者の資格で受け入れるかどうか、まだ決めてないんじゃないかしら」

「やめたほうがいいと思うわ」ミス・マーティンがつけくわえた。「フランス語と音楽の先生を失うことには、わたしは断固反対。ただし、理由によっては――ちゃんとした理由でなきゃだめよ――犠牲を払うようにという説得に応じてもいいとは思うけど」

オーブリー・ブレイク氏は医者で、ミス・マーティンの学校の生徒に医者が必要になると、往診にきてくれる。まじめで、誠実で、ハンサムな三十代の男性で、一カ月ぐらい前からフランシスに関心を示しはじめている。ある土曜の午後、ミルサム通りで買物中の彼女にばったり出会い、学校まで送らせてほしい、買った品を運ばせてほしい（小さな軽い品だったが）といいはった。

フランシスの三人の友達は、彼女からあとで、その軽い品が新しいストッキングであることを彼に知られたらどうしようと思い、恥ずかしさのあまり消えてしまいたかった、ときかされて、お腹をかかえて笑いころげた。

また、自宅通学の生徒の一人が熱を出したため、フランシスが早めに家まで送っていき、生徒の容態についての報告を学校へ持ち帰るために、往診を頼まれたブレイク氏がやってくるまでその家で待っていたことがあった。そのときも、彼はフランシスを学校まで送っていくといってきかなかった。

そして今度は、フランシスがレナルズ家の夜会に招かれて歌うことになっているという噂を耳にし、彼自身も招待されていたので、学校を訪ね、礼儀を尽くしてミス・マーティンの許可をもらってから、キーブルに頼んでフランシスを来客用の応接室に呼んでもらい、夜会のときのエスコート役を務める光栄を賜《たまわ》りたいと彼女に頼みこんだ。

たとえフランシスがことわる気でいたとしても、ノーというのはむずかしかっただろう。だが、正直なところ、ありがたかった。夜の外出になるため、ミス・マーティンがメイドの一人を一緒に行かせると主張したにちがいない。しかし、そんな迷惑はかけられない。それに、夜のパーティの場に一人で入っていくには、かなりの気丈さが必要だ。

「教師には恋人を見つける時間なんかないと思うわ」フランシスはいった。「それに、たとえその教師に時間があったとしても、ブレイクさんを選ぶかどうかわからないわね。その教師の趣味からすると、ちょっとまじめすぎるんじゃないかしら。でも、ハンサムだし、申し分のない紳士だし、尊敬に値する職業についてらっしゃるし、もし、その教師がブレイクさんを恋人にしようと決心したら、かならず仲良しの友人たちに報告するだろうし、雇い主には、結婚という怠惰な至福の世界へ旅立つときが迫っていることをお知らせすると思うわ」

フランシスはカップを唇に持っていきながら笑った。

「でも、あたしだったら、ただの医者はおことわりよ」ふたたび腰をおろし、前のように膝を抱きながら、スザンナがいった。「あたしの心をつかむには、公爵じゃなきゃだめ。それ以外はいらないわ。あ、王子さまでもいいかしら」

スザンナは十二歳のときに、慈善対象の生徒としてこの学校に入った。その前は年齢を偽っていて、小間使いの仕事につくために十五歳だといっていたが、雇ってくれるところはなく、二日後に、ロンドンでミス・マーティンの代理人をやっているハチャード氏に見いだされ、入学を勧められた。二年前、ミス・マーティンから補助教員にとりたてられた。十二歳になるまでの彼女の経歴については、フランシスはまったく知らない。

「いいえ、公爵はだめよ、スザンナ」ミス・マーティンがきっぱりといった。

フランシスとアンは愉快そうに視線をかわした。スザンナは自分の微笑を隠すために膝に額をのせた。三人とも、ミス・マーティンが公爵という人種を毛嫌いしていることを知っている。かつてビューカッスル公爵に雇われて、その妹レディ・フライヤ・ベドウィンの家庭教師になったことがあるのだ。彼女の前に家庭教師をしていた女性たちと同じく、ミス・マーティンもその仕事が――というより、生徒が――手に負えないことを知って、短期間でやめてしまった。しかし、前任の女性たちとちがって、公爵が渡そうとした金も、よそで働くための推薦状も、受けとろうとしなかった。代わりに、勝ち誇った思いと身のまわりの品をお供に、リンゼイ館の車寄せを堂々と歩いて出てきたのだった。

学校を設立したあと、その経営に苦労していたとき、匿名の慈善家から財政援助の申し出があった。しかし、ミス・マーティンはそれを受け入れる前に、その慈善家がビューカッスル公爵ではないことを聖書にかけて誓うよう、ハチャード氏に命じた。

「王子さまにしてちょうだい」いま、ミス・マーティンはそうつけくわえた。「花婿が公爵だったら、わたし、あなたの結婚式にはぜったい出ませんからね」

アンはシャツの繕いを終えた。シャツをたたみ、はさみと針と糸を集めて立ちあがった。

「そろそろデイヴィッドの様子を見にいかなきゃ。ぐっすり眠ってるかどうかたしかめたいの。もっとも、今日の午後、草地を走りまわってたから、熟睡してるにちがいないけど。お茶をごちそうさま、クローディア。おやすみなさい、みなさん」

しかし、あとの者も立ちあがった。学校の仕事は早朝に始まって遅くまでつづき、一日じゅう目がまわるほど忙しい。みんなで深夜までおしゃべりすることはめったにない。

ベッドに入る支度をしながら、フランシスは明日の夜のことを考えた。人前で歌うのは三年ぶりだが、歌うというのは、フランシスが熱い期待のなかで楽しみにしていることだった。もちろん、いざそのときがきたら、あがってしまうかもしれないが、それは自然なことだ。そんなことで歌に悪影響があってなるものか。

ただ、明日の夜については、べつの面でいささか神経質になっていた。こちらがすこしでもその気を見せれば、ブレイク氏は本気で求婚してくるだろう。まだ向こうから求婚を口にしたことはないが、女の本能が、そうにちがいないと告げていた。すくなくとも十歳は年上にちがいないが、夫の候補としては申し分ない。しかも、ハンサムで、知性があって、人当たりがよく、誰からも尊敬されている。

フランシスが結婚の機会に恵まれることはそう多くないだろう。彼につれなくするのは愚かだ。教える仕事は大好きだし、生活に必要な最低限の出費をまかなえるだけの給料はもらっている。学校は彼女に家庭と友情を与えてくれた。だが、まだ二十三だし、かつての生活は天と地ほどもちがっていた。現在の暮らしが生涯つづいても充分に幸せだと、自分に思いこませることはできない。

彼女にも欲求がある。無視するのはとても困難な基本的な欲求が。

ブレイク氏こそ、申し分のない夫を手に入れる唯一のチャンスかもしれない。もちろん、ことはそれほど簡単ではない。過去のさまざまなことを彼に説明しなくてはならないし、そのなかには彼女の不名誉になりかねないものもある。すべてを打ち明けたら、向こうはフランシスへの関心をなくしてしまうかもしれない。あるいは、そうはならないかもしれない。じっさいに試してみないかぎり、答えは出ないだろう。

ベッドに入る支度ができたのでロウソクを吹き消し、いつものようにカーテンをあけて仰向けに横たわり、闇をみつめて何個かの星を見つけた。

妊娠していなかったことを知ったとき、フランシスは泣いた。安堵《あんど》の涙――もちろん！

――そして、悲しみの涙。

三カ月たっても、鬱々とした気分はまだ晴れていなかった。あの男と寝たからよ――自分にいいきかせた――処女をあげたからよ。もちろん、気分を一新し、彼を忘れてしまうのはむずかしい。簡単に忘れてしまうほうがどうかしている。

しかし、自分の心を厳密に分析してみて、それだけではないことを知った。ルシアス・マーシャルを思いだすときはたいてい、あのことと同時に、その他のさまざまな光景が浮かんでくる。ジャガイモの皮をむいている姿、雪かきをしている姿、皿拭きをしている姿、耳の突きでた雪だるまの頭を持ちあげ、くぼみを作っておいた胴体にのせようとしている姿、ワルツを踊っている姿、そして……そう、もちろん、彼女の思いはつねに、ワルツのあとの出来事にもどっていく。

さらには、腹立たしげな顔、侮蔑の表情、傲慢な態度、フランシスを馬車から無遠慮にひきずりだしたあとで、雪におおわれた道路で対決するがごとく向きあった姿までが思いださされた。

ひとつの星をじっとみつめて、あれは何千マイル、いや、何百万マイル離れているのだろうと考えながら、ルシアス・マーシャルとのことがなかったなら、今回のブレイク氏の件に関して、自分の将来をもっとはっきり見通すことができただろうにと思った――もちろん、告白すべきことも減っただろう。しかし、彼女には、二人の男の相違が――というより、もっと正確にいうなら——二人に対する自分の反応の相違が痛いほど意識された。

ブレイク氏に対しては、なんの魔法も存在しない。

とはいえ、彼は堅実な頼りになる男性で、たぶん、安定した将来を与えてくれるだろう。

それに、彼が求婚を決意してもなお魔法が存在しないのかどうか、いまはまだ判断できない。そうでしょ？

気のあるそぶりを見せなくては——目を閉じながら、フランシスは決心した。

そう、実行することにしよう。

ふたたび目をひらき、さっきの星に焦点を合わせた。

「ルシアス」とささやいた。「いくらあなたに恋焦がれても、なんにもならなくて、あなたはあの星と同じぐらい遠い人になってしまった。でも、これで終わりよ。あなたのことは二度と考えないことにするわ」

それはきわめて分別のある決断だった。

フランシスはそのことを考えながら、寝つかれぬまま夜の半分を過ごした。

9

翌日の夜、約束の時刻の五分前にブレイク氏がすでに到着したことを知らせようとして、フランシスの部屋までやってきたのは、キーブルではなくミス・マーティン自身だった。

「好都合なことに」フランシスの全身にざっと目を走らせるミス・マーティンに、彼女はいった。「象牙色の絹を着る機会なんてめったにないから、数年前のものだと気づく人はそう多くないと思いますわ」

「それに、とてもクラシックなデザインだから」高いウェストラインと、短い袖と、控えめな襟ぐりを点検しながら、ミス・マーティンはいった。「流行遅れなんて感じはまったくないわ。すてきよ。あなたの髪も。でも、いつものようにきっちり結ってあるのね。もちろん、そのすばらしい美貌を隠すことはできないけど。わたしに虚栄心というものが与えられていたら、ひどくうらやんだことでしょうね。いえ、嫉妬したでしょう」

フランシスは笑いだし、茶色のケープに手を伸ばした。

「だめ、だめ」ミス・マーティンがいった。「わたしのペーズリー模様のショールをしていきなさい、フランシス。ほら、こうして腕にかけて持ってきたから。それと、出かける前にもうひと言。ゆうべいったことは冗談ですからね。もちろん、うちの先生たちは一人だって失いたくないわ。みんな、とても気が合ってるし、学校に住みこんでくれているあなたたち三人のことが、わたしは大好きよ。でも、ブレイクさんとのおつきあいを真剣に考えるつもりなら——」

「まあ、クローディアったら」フランシスはふたたび笑いだし、ミス・マーティンを手早く抱きしめた。「なんておバカさんなの。わたしが正式な招待客にもなっていないパーティに、あの方が一緒に行ってくださるだけ。それだけのことですわ」

「さあねえ」ミス・マーティンはいった。「あなた、今夜のブレイクさんがどんな目をしてるか、まだ知らないでしょ、フランシス」

しかし、数分後に一階へおりていき、陰険なしかめっ面をしたキーブルが学校の敷居をまたいだ男性全般に向けるいつもの疑惑とともに領土を守っている前で、廊下を行ったりきたりしているブレイク氏を見つけたとき、フランシスもその目を見ることになった。黒の夜会服を着こみ、黒いシルクハットを手にしたブレイク氏の姿は、まことに立派だった。そして、顔をあげ、階段をおりてくるフランシスを見た瞬間、彼の目には称賛のきらめきが、そして何かそれ以上のものが浮かんだ。

「いつものことながら、ミス・アラード」彼はいった。「すばらしくエレガントですよ」

「恐れ入ります」

玄関先で馬車を待たせてあったので、二人はあっというまに、クイーン・アン広場に面したレナルズ邸に到着した。パーティに出るのは久しぶりのことなので、フランシスは妙な気がした。ブレイク氏のエスコートにあらためて深い感謝の念を覚えた。バースはもはや上流の保養地ではないといわれているが、屋敷はすでに招待客でいっぱいだった。レナルズ夫人はエッジカム伯爵が二人の孫とともに出席してくれたことを、到着した客の一人一人にさも得意げに伝えていた。

伯爵一行はきっとカードルームのほうね――客間でしばらくすごしたのちに、フランシスはそう結論した。ほかの客から丁重なお辞儀を受けている身分の高そうな人物は、客間には一人も見あたらなかった。さらにいうなら、バースで知りあったわずかな人々をのぞいて、フランシスに見覚えのある客は一人もいなかった――ゆえに、誰も彼女の存在に気づいていなかった。ロンドンでのかつての知人たちに顔を見られ、気づかれるのではないかと、多少びくびくしていたのだ。過去の知人たちの誰にも自分の行き先を知られずにいるほうが、フランシスにとってはずっと好ましかった。

これまでのところは、誰にも知られていない。

フランシスが到着したしばらくあとに音楽会が始まり、彼女はほかの人々の演奏を楽しむためにブレイク氏の横に腰をおろした。ただし、プログラムの一曲目だけは手伝いを買って出た。ピアノの練習曲で、演奏は十三歳になるこの家の娘でミス・マーティンの通学生でもあるベッツィ・レナルズ。フランシスはこの子に音楽のレッスンをしているので、楽譜を置くのを手伝い、あがっていた少女がようやく落ち着いて演奏に入れるようになるまで励ましの言葉をささやきかけた。

演奏は天才的とまではいかずとも、まずまずの出来で、フランシスは演奏を終えたベッツィに温かな笑顔を見せて立ちあがり、ベッドへ追いやられる前の彼女を抱きしめた。

フランシス自身の出番はそれから一時間近くあとだった。じつをいうと、今宵最後の出演だった。彼女の歌がすんでから夕食が供されることになっていた。

「おそらく、ミス・アラード」レナルズ夫人がフランシスを紹介するために立ちあがったとき、ブレイク氏が彼女に身を寄せてささやいた。「あなたが最後になったのは、あなたの歌が最高だという期待があったからですよ」

ブレイク氏が彼女の歌を聴いたことは一度もなかった。部屋に集まったほかの人々も同様で、例外は伴奏をつとめることになっているダンス教師のハッカビー氏ただ一人だった。しかし、フランシスはブレイク氏に感謝の笑みを送った。いつものように緊張で胃がこわばっていた。

彼女の選曲は大胆で、このパーティにふさわしいとはいえなかったかもしれない。しかし、ヘンデルの《メサイア》に入っている〝わたしは知っている。わたしを贖《あがな》う方は生きておられることを〟は昔から大好きな曲だったし、レナルズ夫人からは好きな曲を選ぶようにといわれていた。

フランシスは礼儀正しいまばらな拍手に応えて立ちあがり、客間の中央に進みでて、ピアノの横に立った。しばらく時間をかけて、ゆっくりと息を吸ったり吐いたりして呼吸を整え、どんな形で曲に入っていくかを考えるあいだ、しばし目を閉じた。

やがて、ハッカビー氏にうなずきかけ、前奏に耳を傾けてから、歌いはじめた。とたんに緊張は消え去り、それとともに、聴衆と周囲の環境と自分自身を意識する心も消えていった。

音楽がそれ自身の存在を主張しはじめた。

ルシアスは客間でアボッツフォード夫人とその娘にエイミーを託してから――二人ともエイミーを温かく仲間に入れてくれた――夜のほとんどの時間をカードルームですごした。もっとも、ゲームに加わったのは一度か二度だけだったが。あとの時間は立ったまま、祖父のゲームを見守ったり、ほかの部屋から入ってきた顔見知りの客と言葉をかわしたりして、自分が死ぬほど退屈していることは考えないようにしていた。

音楽会が始まったとき、バースの夜会で供される程度のものは最高でも無味乾燥にちがいないと思いつつ、ルシアスはもともとが音楽好きなので、客間へ行ってみるつもりでいた。ところが、レナルズ氏につかまってしまい、きわめて英国的かつ貴族的なスポーツである狩猟のすばらしさと、それに反対する者たちの邪悪さについて（ルシアスが推測するに、その連中は祖国に対する言語道断の裏切り者とみなされているようだ）、長々と退屈な議論をきかされるはめになった。ルシアスは祖父が疲れた様子を見せはしないかと見守り、心の半分では、それらしき様子を期待していた。彼のなかのロンドン的な部分は、夜のこんな早い時間に帰宅させられるなどとんでもないと思っていたが、バース的な部分は、ブロック通りの家の居間で椅子にすわって足をあげ、本を読みたいという思いに焦がれていた。

本を読む？　バカな！

もちろん、そんなことになったらエイミーががっくり落ちこむだろう。

しかしながら、エッジカム伯爵はカード遊びに夢中になっている様子だった。勝ち負けがちょうど半々ずつといったところだ。といっても、賭け金はたいして高くなかったが。バースでは昔から儀典長がギャンブル熱にいい顔をしなかったので、高い金を賭けることはめったにない。

音楽はカードルームにいてもはっきりきこえた。最初はたどたどしいピアノの練習曲で、レナルズ氏の説明によると、彼の娘が弾いているとのことだった。だが、自慢げな親の役をやるために客間へ移ろうとする様子はなく、演奏に耳を傾けるために話を中断することすらなかった。そのあとに、バイオリン・ソナタ、テノールの独唱、弦楽四重奏、ふたたびピアノの演奏。こちらの演奏はレナルズ家の娘のときよりしっかりしていて、技巧も上だった。

ルシアスは音楽にできるかぎり注意を向けた。幸い、二分もたたないうちに、レナルズの話に半分だけ耳を傾けていれば話の要点を逃す危険はないことがはっきりした。

やがて、ソプラノの独唱が始まった。ルシアスは最初――ほんの一瞬であったが――その独唱に注意を向けるのをやめようとした。ソプラノの女性というのはとかく金切り声になりがちなので、彼の好みではなかった。しかも、このソプラノはきわめて世俗的なパーティの席に神聖な曲を選ぶというミスを犯していた。

しかしながら、その一瞬のあいだに、ルシアスはこのソプラノが平均よりはるかに上であることを知った。そして、つぎの瞬間には、注意のすべてをその女性と歌声に向け、レナルズ氏には勝手にしゃべらせておくことにした。

「わたしは知っている。わたしを贖う方は生きておられ」その女性は歌っていた。「ついには地の上に立たれるであろうことを」

さらに、そのすぐあとには、カードルームにいたほかのおおぜいの客や、さらには、勝負をしていた二、三人の者までが顔をあげ、歌に聴き入っていた。会話が完全にやんだわけではなかったが、話す声がうんと低くなった。

しかし、ルシアスはそのことに気づきもしなかった。歌声が彼のすべてをとらえていた。豊かで、力強くて、高慢なところはまったくなかった。声の質は完全なコントラルトだったが、もっとも高い音域へ移るさいには、金切り声をあげることも、無理な発声をすることもなく、楽々と飛翔することができた。鐘のように清らかで、しかも、人間らしい情感にあふれた声だった。

「わたしはこの身をもって神を仰ぎ見るであろう」

疑いなく、彼がこれまで聴いたなかで最高にすばらしい声だった。

ルシアスは目を閉じた。苦しいほどの精神集中によって、眉間にしわが刻まれていた。ついには、レナルズも——たぶん聞き手を失ったことに気づいたのだろう——静かになった。

「なぜならば、実際、キリストは死者の中から復活し」喜びにあふれ、誇りに満ちた歌声がつづき、ルシアスの魂を奪った。

ルシアスは生唾を呑みこんだ。

「眠りについている人たちの初穂となられたからです」

袖に何かが触れるのを感じて目をひらくと、祖父が横にきていた。二人は言葉をかわすこともなく、一緒に客間へ向かった。

「なぜならば、キリストは復活し」歌声はクライマックスに向かって高まっていった。「なぜならば、キリストは死者のなかから復活し」

二人はドアのところにたどり着き、ならんで立ち止まり、部屋をのぞいた。

その女性は部屋の中央に立っていた。長身で、肌が浅黒く、ほっそりしていて、威厳があり、腕を両脇にたらして、頭を高くあげていた。古典的な美しさだが、聴衆を魅了するのに使っているのは歌声だけだった。

「眠りについている人たちの——」女性は高い音域を保ったまま、その声の響きと誇らしげな歓呼のつぶやきを長びかせ、やがてそれらは消えていった。「初穂となられたからです」

ピアノが最後の旋律を奏でるあいだ、彼女は頭を高くあげ、目を閉じて立っていた。聴衆はみな、筋肉ひとつ動かさなかった。

短い静寂があった。

やがて、割れるような拍手。

「すばらしい」伯爵がつぶやき、拍手に加わった。

しかし、ルシアスは呆然と立ちつくすだけだった。

そんな！　まさか！

フランシス・アラード。

彼女が目をひらき、微笑し、拍手に応えて頭を下げた。頬がピンクに染まり、目が輝き、天井のシャンデリアの光を受けて、なめらかな黒っぽい髪がきらめいていた。その目が聴衆を見渡して、ドアのところまできて、そして……。

そして、戸口に立って呆然とみつめているルシアスに釘付けになった。

彼女の微笑は薄れはしなかった。むしろ、そのまま凍りついてしまった。

そのわずかな一瞬に、全世界が回転を止めてしまったかに思われた。

やがて、彼女はさらに視線を移し、最後に聴衆のすべてに笑顔で感謝を伝えた。それから、部屋の向こう側にある空いた椅子のほうへ行った。そのそばには、両手を胸で組んだエイミーがすわっていた。フランシスが近づくと、一人の紳士が立ちあがり、お辞儀をして、彼女が腰をおろす前に椅子の位置を直した。彼女のほうに顔を寄せて何やら話しかけた。

「ほんとに、ほんとに、みごとでしたわ、アラード先生」レナルズ夫人が心からうれしそうにいっていた。「じっくり考えたうえで、プログラムの最後に歌っていただくことにしましたのよ。うちのベッツィが申しましたとおり、うっとりするような歌声でしたわ。でも、みなさま、一時間もじっとおすわりになったあとですから、そろそろお食事をと思っておられることでしょう。ダイニングルームのほうですぐにお食事にいたしましょう」

「ルシアス」誰もがもぞもぞ動きはじめ、室内が会話のざわめきに包まれたところで、祖父がルシアスの肩に手を置いていった。「あれだけの感動を与えてくれる歌声をきいたことはめったにない。いったい誰だね。有名な歌い手だとしても、覚えのない名前だ。ミス・アレンだったかね？」

「アラードです」ルシアスはいった。

「ミス・アラードのところへ賛辞を贈りにいこう」伯爵はいった。「食事に同席してほしいと頼まねば」

彼女はふたたび立ちあがっていた。何人かの客が周囲に集まり、言葉をかわそうとしていた。彼女のほうは明るい微笑を顔に貼りつけていた。わざとこちらを見ないようにしていることに、ルシアスは気がついた。お上品な笑みを浮かべたレナルズ夫人がすでにフランシスのそばにいて、二人が近づいてくるのを目にした。

「まあ、エッジカム卿」誰もが一歩下がって道をあけずにいられなくなるような声で、夫人はいった。「ミス・アラードをご紹介させていただいてよろしいでしょうか。神々しいまでの歌声じゃございませんこと？　ミス・マーティンの学校で音楽を教えてらっしゃいますのよ。すばらしい名門校ですわ。うちのベッツィもそこに通っております」

フランシスは伯爵に視線を据えたまま、膝をかがめてお辞儀をした。

「初めまして」と小さな声でいった。

「アラード先生」レナルズ夫人がつづけていった。このように高名な客たちを自宅に迎えることができて、まさに得意満面だった。「ご紹介しますわ。エッジカム伯爵とお孫さんのシンクレア子爵、それから、同じくお孫さんのエイミー・マーシャル嬢です」

エイミーが自分の横にきて腕をとったことに、ルシアスは気がついた。

フランシスが彼のほうを向き、ふたたび視線をからみあわせた。

「初めまして」彼女がいった。

「ミス・アラードですね」ルシアスはお辞儀をした。

フランシスの目がエイミーに移った。「ミス・マーシャル？」

「あたし、涙が出そうになりました、ミス・アラード」エイミーはいった。「あたしもあんなふうに歌えたらいいのに」

ルシアスは誰かから下腹にパンチを食らったような気がした。

しかし、ぜったいに確実なことがひとつあった。フランシスが彼にどんな感情を持っているにせよ、彼のことを忘れていないのはまちがいない。

「ミス・マーティンの学校は名門校かもしれぬが」祖父がいっていた。「いったいなぜ教師になられたのですか、ミス・アラード。その歌声で世界を魅了なさるのが本当でしょうに」

祖父に視線をもどしたとき、フランシスの頬はいっそう紅潮した。

「身に余るお言葉でございます、伯爵さま。でも、教師がわたくしの選んだ職業です。大きな満足を得ています」

「わたしにとっては」伯爵は彼女にやさしい笑顔を見せていった。「あなたがエイミー、シンクレア、わたしとともに夕食の席についてくださることが大きな満足になりましょう、ミス・アラード」

フランシスはほんの一瞬ためらった。

「恐れ入ります。せっかくのお誘いですが、わたくし、ブレイクさまやそのお知りあいと同じ席につくことを、すでに約束しておりますので」

「でも、アラード先生」ギョッとした声で、レナルズ夫人が反論した。「ブレイクさまならきっと、エッジカム伯爵さまのために、半時間のあいだ先生との同席を喜んで放棄なさるはずですわ」

夫人に名前を出された紳士は眉をひそめたが、その要求を受け入れることを示す準備として、女主人のほうに軽く会釈をした。ところが、先に口をひらいたのはフランシスだった。

「いえ、わたくし、ブレイクさまとの同席を放棄する気はございません」

「きわめて正しいご判断だ」伯爵は低くクスッと笑った。「お目にかかれて光栄でした。ご迷惑でなければ、明日、ブロック通りでお茶をご一緒していただけませんかな。うちの孫が馬車でお迎えにあがります。行ってくれるね、ルシアス」

ルシアスはものいわぬ物体か間抜けな少年のごとく、目をみはって立ちつくすだけだったが、ここでようやく頭を下げた。彼にしろ、フランシスにしろ、すでに顔見知りであることを打ち明けるという分別ある行動をとるにはもはや手遅れであることが痛感された。

くそっ、なぜ、彼女に会って驚くとか、彼女に会って喜ぶとか、彼女に会って不機嫌になるという単純な反応ができなかったんだ。なぜまた、ショックで呆然としてしまい、自分の世界や自分の衝動を律することのできない男みたいに、ふらついてしまったんだ。

だが、ああ――あの歌声！

フランシスは何かいいたげに息を吸ったが、どうやら考えを変えたようだった。

「ありがとうございます」ルシアスのほうを見ずに微笑した。「喜んでうかがいます、伯爵さま」

なんてことを！　ルシアスはひどく渋い顔になったが、彼に注意を向けている者は一人もいなかった。

「わあ、あたしもすごく楽しみ」エイミーが手を叩きながら、うれしそうに叫んだ。「あたしが女主人としておもてなしするのね。だって、ブロック通りのお家にはおじいさまとルースしかいないんですもの」

やがて、ほかの人々もフランシス・アラードの注意を惹こうとしはじめたので、ルシアスとしては、祖父が見るからに疲れているようだといって、エイミーの失望の表情を無視し、一刻もぐずぐずすることなく馬車を玄関先にまわしてもらうしかなかった。

馬車がくるまでの時間がひどく長く感じられた。

「記憶のなかでもう一度あの声を聴くことができればいいのに」ブロック通りにもどる短い時間のあいだ、馬車の座席にもたれて伯爵はいった。クッションに頭をもたせかけ、深いためいきをつき、それ以上会話をつづける気はなさそうだった。

エイミーも同じようにしていた。いや、パーティのすべてを思い返していたのかもしれない。帰る前に夕食の席につくという楽しみを奪われはしたものの、見るからにパーティを楽しんでいた様子だった。黙ってすわったまま、唇に夢見るような微笑を浮かべて外の闇をみつめていた。

ルシアスは隅の席にすわり、沈黙のなかで動揺に襲われていた。クリスマス後のすくなくとも一カ月のあいだ、彼女のことを思いだしては失恋した女々しい詩人みたいにためいきをついていただけでも、充分に情けないことだった。きのうクレセントで彼女を見かけたあと、ほとんど眠れぬ一夜をすごしたのは、さらに情けないことだった。もっとも、たまにうとうとしたにちがいない。でなければ、夢のなかに彼女があれほど鮮明に登場することはなかっただろうから。今夜出席したパーティで——しかも、あんな形で——彼女に出会ったのは、それこそ最高に情けないことだった。

あの歌声!

クソッ、なんという声だろう。ルシアスが知っていた彼女の個性に、美しい肉体のなかに住んでいる魂の才能と美に、新たな広がりが加わった。彼女にはこちらの知らない部分がまだまだあるにちがいないと、彼は悟った。もっと知りたいという焦燥が彼を満たした。

思慕の念がよみがえるという困った事態になってしまった——それだけは否定しようがない。すこしもうれしいとは思わなかった。そもそも、彼女を忘れ去るだけでもずいぶん長くかかったというのに。

しかも癪《しゃく》にさわることに、今夜の彼女はルシアスの記憶にあるよりはるかに美しかった。生まれつきのオリーブがかった肌の色は、たぶん太陽にあたったせいだろうが、以前より浅黒くなっていた。肌との対比で、目は前より豊かな褐色を帯び、歯は真っ白に見えた。髪形は以前と同じだが、クリスマスのあとのときは地味としか思えなかったそのスタイルが、今夜はエレガントに見え、みごとなきらめきを放っていた。ほっそりした体型も記憶にあるとおりだが、今夜はシンプルなデザインの象牙色の絹のドレスと王侯貴族のごとき物腰のおかげで、うっとりするほど女っぽく見えた。

一緒にいた男性は求婚者だろうか。それとも、婚約者？　頭がかなり薄くなってるじゃないか、まったく。しかも、夕食のときに彼女と同席するのを、しぶしぶではあったが、あきらめようとした。ぼくだったら、フランシスが同席を約束してくれて、誰かがその座を奪おうとしたら、おとなしく追従するのではなく、殴りあいか夜明けの決闘を申しでたことだろう。

「今夜は王族のごときもてなしを受けたといわねばならんな」馬車がガタンと揺れて停止すると、祖父はいった。「ぐっすり眠れることだろう。ひとつだけ悔やまれるのは、エイミー、おまえと同じように客間にすわってあの最後の独唱をすべて聴きたかったのに、それができなかったことだ。アラード嬢は稀《まれ》に見る天分の持ち主だ。しかも、美貌の女性でもある」

「は、はあ……」ルシアスはもごもごいった。

「なんてすてきな夜だったんでしょう」ルシアスの手で歩道におろしてもらいながら、エイミーが満足げな吐息を洩らしていった。「そして、明日はおじいさまのお茶の席であたしが女主人の役をつとめるんだわ。ミス・アラードがいらっしゃるのを、ルースも楽しみにしてるんじゃない？」

「もちろんさ」ルシアスはそっけなく答えた。

もちろん、フランシスがレナルズ家の今夜の夜会にきていたことを責めるわけにはいかない。もっとも、最初は責める気持ちしかなかったのだが——教師は学校の塀のなかでおとなしくしてればいいんだ。そうすれば、捨てられた男どもが思いもよらないときに女と鉢合わせ、などという危険を冒さずにすむんだから。

だが、彼女がお茶の招待を受けたことは責めてもいいはずだ。明らかに選択の余地があったのだから。イエスということもできたし、ノーということもできたはずだ。

彼女はイエスといった。いやな女だ。

ルシアスは危険なまでにいらだっていた。なのに、ロンドンのクラブ〈ホワイツ〉や、その他の紳士の溜まり場へ逃げこんで、騒音と賭博と酒で不機嫌をまぎらすこともできないのだ。

10

「よしよし、無事にお帰りでしたな、先生」フランシスが学校のドアをノックすると、玄関ホールで帰りを待ちつづけていたのではないかと思いたくなるほどのすばやさで、キーブルが彼女を迎え入れ、父親そこのけの心配そうな口調でいった。「先生方の誰かが暗くなってからお出かけになると、こっちは心配でたまりません。マーティン先生がお部屋にきてほしいとおっしゃっておいでです」

「ありがとう」フランシスは彼のあとから階段をのぼっていった。そうすれば、彼がドアをあけて、王族のお成りのごとく彼女の帰りを告げることができる。

友人たちが自分の帰りを待っているだろうと予測してはいたが、それでも、心が重く沈んだ。自分の部屋まで這《は》っていって、一人でこっそり傷をなめたくてならなかった。シンクレア子爵ルシアス・マーシャルのことは二度と考えないでおこうという、自由を得るための大胆な決心をしたのは、ついゆうべのことではなかったか。だが、運命の皮肉なめぐりあわせによって今夜彼に再会するなどと、どうして予測できただろう。バースでパーティに出たことは一度もなかった。こちらにきてから、人前で歌ったことは、学校以外の場所では一度もなかった。

皮肉なだけではない。残酷だ。偶然に彼を見たとき、わたしは……。

「どうだった？」フランシスがミス・マーティンの部屋に入ったとたん、スザンナがさっと立ちあがり、うずうずした表情で目を輝かせて彼女をみつめた。「大成功を収めたかどうか尋ねる必要があって？　成功しないはずないわよね」

「あなたにふさわしい扱いをしてもらった？」温かな微笑を浮かべてアンがきいた。「みんな、拍手喝采してくれた？」

「こっちにきて、独唱の様子をきかせてちょうだい」ミス・マーティンがいった。「そうそう、すわる前に自分でお茶をついでね」

「あたしがやります」スザンナがいった。「すわって、フランシス、すわって。あたしがバースのもっとも新しい有名人の侍女をやるから。明日からあなたはスターよ。たぶんあちこちから招待状が舞いこむわ」

「そして、ここの仕事をさぼるの？」フランシスは手近の椅子にぐったりすわりこみ、スザンナの手からお茶のカップを受けとった。「そんなことしないわ。すばらしい一夜だったけど、わたしは教師をやっててとても幸せなの。選んだ曲がちょっと心配だったけど、温かく迎えてもらえたわ。みなさん、喜んでらしたようよ。レナルズ夫人もわたしに失望なさった様子はなかったわ」

「失望ですって？」アンが笑いだした。「そんなわけないじゃない。あの夫人、誰よりも先にあなたを見いだしたのがうれしくて、いまごろきっと祝杯をあげてるわよ。わたしもあなたの歌を聴きたかったわ、フランシス。みんなが聴きたがってたわ。今夜はみんなであなたのことばかり考えてたのよ」

「ところで、ブレイクさんはエスコート役として申し分なかったでしょうね」ミス・マーテインがきいた。

「完璧でしたわ」フランシスは応えた。「ひと晩じゅうそばにいてくださって、それはそれは親切にしてくださいました。いまだって、キーブルさんがわたしを玄関に入れてくれるまで、馬車の外で見送ってくださったんですよ」

「今夜のブレイクさん、颯爽《さっそう》としてらしたわね」スザンナが目を輝かせていった。「あたしたち、アンの部屋の窓から、あなたが出かけていくのを二人でのぞいて見てたの――まるで女学生みたいに」

「ねえ、夜会はどんなだった？」アンがきいた。「話してちょうだい、フランシス」

「ベッツィ・レナルズのピアノが上手だったわ」フランシスは彼女たちに報告した。「プログラムの最初だったから、かなりあがってたみたい。かわいそうに。でも、いつもとちがって、音をまちがえることも、弾いてる途中でテンポが大幅に落ちることもなかったわ。すてきなコンサートで、そのあと、お夕食が出たの。みなさん、とっても優しくしてくださったわ」

「お客さまはたくさんだった？」スザンナがきいた。クローディア・マーティンのほうをいたずらっぽく盗み見て、あとの二人にウィンクしてみせた。「公爵はきてた？　もしきてたら、あたし、うらやましくて死んじゃいそう」

「公爵はいなかったわ」フランシスはためらった。「伯爵がお一人だけ。とても親切な方。明日お茶にきてくださいって」

「その伯爵が？」クローディア・マーティンが鋭い声でいった。「お茶をいただくのは公の場所なんでしょうね、フランシス」

「伯爵？」スザンナが笑い声をあげた。「うっとりするほどハンサムな人だといいなあ」

「なんてすてきなの」アンがいった。「でも、あなたなら招待されて当然よ、フランシス」

「ブロック通りのお家なんです」フランシスはクローディアにいった。「お孫さん二人も一緒なのよ、スザンナ」

「それをきいて安心しました」クローディアはいった。「その孫が幼児でなければの話だけど」

「あら」スザンナが渋い顔をした。「熱いロマンスの夢は消滅か。でも、孫のいる男性にだってハンサムな人はいるわ——そして、恋多き人だって」

「お孫さんは幼児じゃないわ」フランシスはいった。「ミス・マーシャルは若い美人のお嬢さん。うちの上級生と比べて、そんなに年上じゃないと思うわ——いえ、同年代かもしれない。もう一人はシンクレア子爵、明日、馬車で迎えにきて、ブロック通りまで連れてってくださるんですって」

そのことを考えただけで手が震え、お茶が受け皿にすこしこぼれてしまった。

「シンクレア子爵なんて肩書きのある方なら、きっとおじいさまの跡継ぎね」スザンナがいった。「あたしの夢は復活するかもしれない。その人、うっとりするほどハンサムなの、フランシス？」

「さあ、どうかしら」フランシスは口の両端を無理に吊りあげて笑顔を作った。「気がつかなかったわ」

「気がつかなかった？」スザンナは目で天井を仰いだ。「あなたったら、今夜出かけてくとき、目をどこに置き忘れていったの？　でも、きっとハンサムな人よね。それに、きっとあなたにメロメロになるわよ、フランシス。まだなっていないとすれば。そして、あなたをさらっていって、あなたはいつの日か伯爵夫人になる……ねえ、どこの伯爵さまなの？」

「どこだったかしら」フランシスはさっと立ちあがり、カップと濡れた受け皿を横のテーブルに置いた。「思いだせないわ。ごめんなさい。めまぐるしい一夜だったから、すっかり疲れてしまって、頭がちゃんと働かないの。それに、明日はお茶に出かける暇なんかないわ。午前中に作文がドサッと提出されることになってるし、夜は生徒たちの宿題の監督をしなきゃいけない。上級クラスのフランス語の試験問題も作らなきゃいけない。そうだ、合唱団の練習もあるのよ。使いの人を出して、うかがえませんっておことわりするわ」

「でも、行く約束をしたんでしょ」アンがきいた。

フランシスは途方に暮れた顔を彼女に向けた。

「ええ」と答えた。「でも、本当のことなんだから、おことわりしても失礼にはならないでしょ。ただ、ブロック通りのどの家に使いの人をやればいいのかわからない」

そう気づいたとたん、パニックの波が全身を駆け抜けて宙返りをしたため、フランシスは椅子にぐったりすわりこんで両手で顔をおおった。ヒステリーがおきそうなのを必死にこらえた。

「フランシス」スザンナが肝をつぶした。「意地悪するつもりじゃなかったのよ。からかってただけ。ね、許して」

「ごめんなさい」手をおろして、フランシスはいった。「怒ってやしないわ、スザンナ。疲れただけなの」

「作文の採点と試験の問題作りなら、宿題の監督をするあいだにやれるわ」アンがいった。「ううん、こうしましょ。宿題の監督はわたしが代わってあげる。アプトン先生がデイヴィッドに絵を教えるために、明日きてくださることになってるから。そうすれば、お茶に出かける時間も、仕事を片づける時間もできるわ。あなたが合唱団の練習を一回ぐらい抜けたって、クローディアはとやかくいわないはずよ」

「いいませんとも」クローディアはいった。「でも、単に疲れてるとか、明日の予定がぎっしりとかいうだけではなさそうね。お招きを受けたのを重荷に感じてるんじゃなくて、フランシス？　何か特別な理由でもあるの？」彼女は二人の椅子のあいだのスペースに身を乗りだし、思いやりにあふれたしぐさでフランシスの腕に手をかけた。

その手の感触がきっかけだった。フランシスの胸から感情がほとばしりでて、つぎつぎと言葉に変わっていった。

「シンクレア子爵には前に会ったことがあるの」早口でフランシスはいった。「できれば、二度と会いたくなかった」この一時間半のあいだ心の奥に閉じこめておくしかなかった生々しい苦悩が、喉と胸にひっかかっていた。

「ああ、かわいそうなフランシス」アンがいった。「過去からあらわれた人なの？　その人がバースにやってきたなんて、運の悪いこと。あなたがここにいることを向こうは知らなかったんでしょ」

「遠い昔のことじゃないのよ」フランシスはいった。「クリスマスのあとで雪が降って、わたしが学校にもどるのが遅れたときのこと、覚えてる？　あのときは、大伯母さまの家に残ってたような言い方をしたけど、じつはそうじゃなかったの。こっちに向かって出発したあとで雪が降りはじめたの。シンクレア子爵の馬車が追い越しをかけてきて、そのあと、前方にあった雪だまりのために急停止したものだから、わたしの馬車が雪に埋もれてしまった。子爵はわたしを連れていちばん近くの宿屋まで行き、翌日は二人で顔を突きあわせてすごすことになり、道路が通れるようになるとすぐに、わたしをここまで送り届けてくれたの。だから、わたしがバースに住んでることは、向こうも知ってたのよ」

しかし、とにかく彼はまたここにやってきた。だが、訪ねてきてはくれなかった――くるわけがない。今夜の出会いはまったくの偶然だった。彼の態度ときたら、客間の戸口に立つその姿にこちらが初めて気づいたときにしろ――衝撃の一瞬だった！――伯爵とともに近づいてきたときにしろ、こわばっていて、愛想のかけらもなかった。それどころか、きわめて不愉快そうだった。

不愉快な顔をする権利なんてないのに。わたしがバースに住んでいることは前からわかってたくせに。

「お詫びしなきゃ」フランシスはあらためていった。「ずっと隠しごとをしてて、いまになって打ち明けるなんてね。あの時点では些細な出来事だったから、わざわざ話す必要もないと思ったの。今夜、思いがけなく再会して、いささかショックだったの。それだけのことなのよ。ほんとにごめんなさい。みなさんの夜は楽しかった？」

しかし、みんなから真剣な顔でみつめられて、フランシスは一瞬たりとも彼女たちを欺くことはできなかったのだと悟った。なんて愚かなことをいってしまったんだろう――〝些細な出来事だったから、わざわざ話す必要もないと思った〟なんて。

「ほんとはとっても静かな夜になるはずだったんだけど」アンがいった。「ミリアム・フィッチとアナベル・ハンコックが就寝時間の直前にまた喧嘩《けんか》を始めて、寮母さんが仕方なくクローディアを呼びにきたのよ」

「でも、流血沙汰にはならなかったわ」ミス・マーティンがあとをつづけながら、フランシスの腕を軽く叩き、手を放した。「だから文句はいえないわね。さて、フランシス、明日の放課後用の仕事を何か見つけてほしい？　伯爵とお孫さんたちのところへお茶に出かけたいといわれても、そんな時間はあげられませんって、きびしくいい渡してもらいたい？　わたし、その気になればすごい暴君になれるのよ。みなさんもよくご存じのように」

「いいえ」フランシスはためいきをついた。「うかがいますってお返事してしまったし、いまになって人に尻拭いを頼むのは卑怯《ひきょう》よね、クローディア。行ってきます。たいしたことじゃないんだから」

フランシスはふたたび立ちあがり、みんなにおやすみをいった。たしかに疲れはてていた。もっとも、眠れるかどうかは疑問だが。友人たちの前で心の重荷をおろしたことを——というか、半分だけおろしたことを——後悔していた。とんでもないバカ女だと思われたにちがいない。

苦悩でいっぱいの彼女の心をさらに悩ませたのは、夕食のときにブレイク氏と同席すると彼女がいいはったのを、向こうが誤解していることだった——誤解されても仕方ないが。彼は学校に帰る馬車のなかでフランシスの手をとり、唇に持っていった。今宵のエスコート役に選んでもらったことを、誇らしく、また満足に思っているといった。幸い、それ以上熱っぽい発言はなかったが——行動もなかった！——それだけでもフランシスの心はひどく乱された。

彼女はけっして男に思わせぶりな態度をとるような女ではないが、いくら無意識とはいえ、今夜はそれに近いことをしてしまった。

アンが階段の途中で追いついて、フランシスの腕をとり、握りしめた。

「かわいそうなフランシス。今夜はさぞショックだったでしょうね。もちろん、クリスマスのあとのことを黙ってたのは、シンクレア子爵があなたにとって、自分では認めたくないほど大きな意味を持っているという証拠じゃないかしら。いまだって認めなくていいのよ。わたしたち、友達なんだから、あなたが秘密を打ち明けずにいられなくなれば、喜んできいてあげるし、黙ってるほうがよければ、そっとしといてあげる。誰だって秘密を持ってるし、必要としてる。でも、明日になれば、すこしは亡霊を追い払うことができるかもしれないわ」

「たぶんね」フランシスは同意した。「ありがとう、アン。三年以上も前に教訓を学んだはずなのに――わたしがここにくる前に何があったのか、まだ全部は話してなかったわね。でも、教訓は身についてなかったみたい。女ってなぜ、愚かにもすぐ恋に落ちてしまうのかしら」

「人にあげる愛をいっぱい持ってるからよ」アンはいった。「愛することが女の本能だからよ。自分が産んだ痩せっぽちのおチビさんにまでたちまち恋をしてしまうんでなきゃ、子育てなんかできないわ。男に恋をするのは女の一般的症状にすぎないのよ。女は哀れな生きものだけど、もしちがう生き方ができるとしても、わたしはこのままでいると思うわ。あなたは？」

アンはデイヴィッドの父親を愛していたのだろうか——フランシスはちらっと思った。アンの過去にも、こちらが知らない恐ろしい悲劇があったのだろうか。きっとそうにちがいない。

「さあ、わからないわ」思わず笑いながら、フランシスは答えた。「あなたとちがって、目のなかに入れても痛くない息子を持ったことがないから、アン。ときどき、人生が——むなしく思えるのよ。あら、恩知らずなことをいってしまった。この家庭とこの職業があり、あなたとスザンナとクローディアがいるというのに」

「それから、ブレイクさんも」アンがいった。

「ええ、ブレイクさんも」

二人は低く笑って、おやすみをいいあった。

ようやく部屋にもどったフランシスは、しめたドアに背中をもたせかけた。目を閉じたが、熱い涙がにじんで頬を伝い落ちるのを止めることはできなかった。

今夜は正直いって幸せだった——ただの満足や感謝や喜びではなく、幸福に包まれていた。ブレイク氏は夜会のあいだじゅう思いやりにあふれていたが、鼻につくほどではなかった。愛想がよくておもしろい話し相手だった。フランシスは彼のことを恋人候補として真剣に考え、彼をふるなんて愚かきわまりないことだと思った。ふたたび男性と出かけて、好意やさらには崇拝の念までも持たれていると感じるのは、うれしいことだった。それはつまり、何年も前の出来事と同じく、クリスマスのあとの小さな事件をようやく置き去りにできたということだった。輝かしい未来に目を向けはじめたということだった。

しかも、また歌うことができた。幸福感を生みだしたのはそれだった。夜会にそぐわない曲を選んだかもしれないということは気にならなかった。大事なのは、自分の歌いたい曲を選んだということで、独唱するときのつねとして歌うことに没頭してはいたけれど、率直にいって、選曲をまちがえてはいなかったことに気づいてもいた。聴衆の好意的な反応を感じとり、力と喜びにあふれた、目に見えない、歌い手と聴衆を結びつけることのできる絆《きずな》を生みだすという、ほぼ忘れかけていた興奮に浸ることができた。歌を終え、最後の音節のあとに訪れた一瞬の静寂のなかで、フランシスは幸福に包まれた——そう、その瞬間、幸福に包まれたのだった。

やがて、目をひらき、聴衆を笑顔で見渡し、そして……。

気がつくと、ルシアス・マーシャルに視線を奪われていた。

最初に感じたのは単純な衝撃だった。つぎの瞬間、幸福から悲嘆のどん底へいっきに突き落とされた。そして、いまは疲れはてていた。

彼がそばにいてくれることをもはや望まなくなったときに、彼はもどってきた。いまだから正直に認めることができるが、彼が去ってから何日も、何週間も、もどってきてくれることを願いつづけていたのだ。

わたしったら、なんて愚かで、理性のない女だったの!

ようやくもどってきたのに、彼は訪ねてきてもくれなかった。今夜の偶然の再会がなかったなら、彼はこの町にきていたことをフランシスに知らせぬまま、ふたたび去っていたにちがいない。

彼が会おうともしなかったことに、フランシスは傷ついていた。

ハートの問題には、良識なるものは存在しないらしい。

翌日の午後、ルシアスがミス・マーティンの学校のドアをノックすると、年をとった猫背の用務員がなかに入れてくれた。その用務員は古びてテカテカになった黒い上着と、歩くたびにギシギシ鳴るブーツという装いで、ここの敷居をまたいだ男はすべて厳重な監視が必要な敵であるということを、意地悪そうな横目で、言葉に負けないぐらいはっきりと語っていた。

ルシアスは片方の眉を雄弁に吊りあげながら、さほどみすぼらしくない応接室へ案内され、子爵の到着を用務員がミス・アラードに知らせにいくあいだ、ドアのしまった室内に閉じこめられた。ところが、最初にやってきたのは彼女ではなかった。べつの女性だった――中ぐらいの背丈、ぴんと伸びた背筋、きびしい表情。ルシアスは自己紹介を受ける前からすでに、彼女がこちらの予想より若くて、自分より一歳か二歳ぐらい上にすぎないという事実にもかかわらず、ミス・マーティンその人にちがいないと見抜いていた。

「ミス・アラードはあと五分ぐらいでまいります」自分の名前を名乗ったあとで、彼女は説明した。「上級クラスの合唱団の指導をしておりますので」

「ほう、そうですか」ルシアスはそっけなくいった。「あのようにすばらしい声楽家を教師に迎えることができて、あなたは幸運な方ですね」

フランシスが彼と一緒に逃げるよりも女学校で教えるほうを選んだことが、彼女を忘れ去るまでの一カ月のあいだ、ルシアスを——というか、彼のプライドを——傷つけていた。しかし、ゆうべの夜会以来、あれだけみごとな声の持ち主であれば、指をパチンと鳴らしただけで声楽家として華々しい成功を収めることができるだろうに、なぜまた教える仕事を選んだのかと、彼はなおさら頭を悩ませていた。どうにも理解できなかった。彼女という人間が理解できなかった。そして、彼女のことがわからない、理解できないという事実ゆえに、昨夜はほとんど眠れず、いらいらしつづけていた。彼女についてはほんのわずかしか知らないのに、ほかの女のときとちがって、またもや忘れられなくなってしまった。

「そして、わたくし以上にその事実を痛感している人間はおりません、シンクレア卿」腰のところで両手を重ねて、ミス・マーティンはいった。「あなたのおじいさままでいらっしゃる伯爵さまほどのお方に、ミス・アラードの才能を認めていただけたのは、まことに光栄でございますし、伯爵さまがお茶にご招待くださったことも、わたくしは喜んでおります。ただ、ミス・アラードには学校の仕事がございますので、五時半までには帰していただきとう存じます」

この女校長、ガミガミ女になるまでに——ルシアスは思った——ずいぶん修羅場をくぐり抜けてきたんだろうな。生徒たちは——それに教師たちも——きっと、この校長を恐れてるにちがいない。やれやれ、もうじき四時十五分前じゃないか。

「五時半より一分たりとも遅れずに、ミス・アラードをお帰しいたします」眉を吊りあげ、冷たい傲慢な目で相手をみつめて、ルシアスはいった。しかし、ミス・マーティンのほうは、たとえ怖気づいたとしても、顔にはいっさい出さなかった。

「メイドを一人つけてやればいいのですが」彼女はいった。「そういうわけにもまいりません」

やれやれ！

「わたしが紳士の名誉を重んじる人間であることを信じていただくしかありません」ルシアスは彼女にそっけなくいった。

彼女はこっちに好感を持っていないし——信頼してもいない。それは明白だった。理由のほうはあまり明白ではなかった。クリスマスのあとの出来事を知っているのだろうか。それとも、すべての男に不信の念を抱いているだけだろうか。できれば後者であってほしいものだ。

フランシスがぼくを捨てて選んだのがこれだったのか。それだけでも、男を深酒に走らせるには充分だ。だが、彼女はこれを選ぶために声楽家の道まで捨ててしまったのだ。

突然、ドアがひらいて、フランシス本人が部屋に入ってきた。ロイヤル・クレセントのときと同じく、小鹿色のドレスに茶色の短い上着をはおり、飾りのない茶色のボンネットをかぶっていた。また、こわばった表情を浮かべていて、まるで恐ろしい試練を前にして身構えているかのようだった。それどころか、クリスマスのすぐあとで彼が傾いた馬車のなかからひっぱりだして雪道におろしてやったときとそっくりの、干しスモモみたいなガミガミ女の顔にもどっていた。ちがうのは、今日は鼻の先端が赤くなっていないことと、口から火と硫黄を吐いていないことだけだった。

彼女からこうむる迷惑の半分でも予測できたなら、あのとき、雪に膝まで埋もれた彼女を置き去りにして、あとは本人の勝手にさせておいただろう。

「ミス・アラード？」ルシアスは彼女に向かってこのうえなく優雅なお辞儀をした。

「シンクレア卿」彼女は壁にとまったハエを見るような冷たい無関心な目をしたまま、膝を折って挨拶した。

「さきほどシンクレア子爵に申しあげたのよ」ミス・マーティンがいった。「五時半きっかりにあなたをここに帰していただきたいって、フランシス」

彼女の視線が揺らいだ。たぶん驚いたせいだろう。

「遅れないようにします」フランシスは約束し、ルシアスがついてくる準備をしたかどうかたしかめようともせず、部屋を出るために向きを変えた。

一分か二分後、二人は彼の馬車にならんですわっていた。馬車はサットン通りを抜けてから、大きな弧を描いてグレート・パルティニー通りに入った。フランシスは頭上の革紐《かわひも》をしっかりつかんでいた。たぶん、横揺れした拍子にうっかり彼の腕に触れてしまうのを避けるためだろう。

ルシアスはひどくいらだっていた。

「お茶の時間が待ちきれないとき、ぼくは女教師をむさぼり食うことにしてるんだ」

フランシスは理解できないという顔を彼に向けた。

「で、それはどういう意味でしょう？」

「ぼくからそれ以上離れてすわろうとしたら、馬車の横に穴があいてしまう。警告しておくが、そんなことになれば、ぼくは不愉快な思いをすることになるだろう。だが、ぼくが襲いかかる決心をした場合には、悲鳴をあげればいい。ピーターズが助けにきてくれるから。きみの悲鳴で鼓膜が破れてしまうのを阻止するためだけだとしても」

フランシスは革紐を放した。もっとも、顔をそむけ、横の窓から外をみつめたままではあったが。

「遊びにいこうと思えば、イギリスにはいいところがたくさんあるのに、どうしてバースを選ばなきゃいけなかったんですの？」

「ぼくが選んだんじゃない。祖父が健康のために選んだんだ。祖父はひどく弱っていて、温泉水が身体にいいと思いこんでいる。ぼくは祖父の付き添いとしてやってきたんだ。きみに会うためにわざわざきたとでも思ったのかい、フランシス。引越しをするために？　きみの寝室の窓の下に立って、失恋のバラードを歌うために？　そりゃきみの妄想だ」

「わたしの名前をずいぶん自由に口になさるのね」フランシスはいった。

「きみの名前――？　そういうふざけた返事はご遠慮いただきたいですな、お嬢さん」ルシアスはいいかえした。

まっすぐ延びるグレート・パルティニー通りを馬車で進みながら、ルシアスは彼女の横顔を――というか、ボンネットの縁からのぞく部分を――みつめ、この女はなぜこうも不機嫌なのかといぶかった。ぼくが彼女を苦しめるためにバースにきたなどと、まさか本気で思いこんでいるわけではあるまい。それに、今日の午後のお茶に招待したのはぼくではない――招待を受けたのもぼくではない。クリスマスのあとで相手を捨てたのもぼくではない。その逆だった。

ミス・マーティンと同じく、フランシスの姿勢も堅苦しくて、背筋がピンと伸びていた。民衆を見渡して手をふる女王のごとく、窓の外をみつめつづけていた。

「どうして怒ってるんだい」ルシアスは彼女にきいた。

「怒ってる？」フランシスは彼のほうに顔をもどした。鼻孔がふくらみ、目が燃えている。「怒ってなんかいないわ。どうして怒らなきゃいけないの？　シンクレア子爵、あなたはわたしをエッジカム伯爵のお宅へ案内するために遣わされた使者にすぎないのよ。そうでしょ？　伯爵さまがご親切に招待してくださったので、わたしは喜んでおうかがいするのよ」

喜んでねえ……よくいうよ！

「数多くの女を知ったにもかかわらず、ぼくはいまもって女心を理解するに至っていない。三カ月前、ぼくたちの関係を持続し発展させるチャンスをさしだされたのに、きみはそれを拒否した――ぼくの記憶が正しければ、にべもなく。ところが、フランシス、いまのきみの態度を見ていると、ぼくに不満を持っているとしか思えない。ひょっとして、何かできみを傷つけてしまったんだろうか」

彼女の頬に血の色がのぼり、黒っぽい目がギラッと光った——馬車が菱形のローラ・プレースに入り、中央の噴水のところをまわったので、ふたたび革紐をつかんだ。

「何バカなことをおっしゃってるの？」彼女は叫んだ。「どうすればわたしを傷つけられるというの？」

「男と女では反応がちがうと思うんだ……きみとぼくが持ったような、そのう……関係に対して」ルシアスはいった。「男はその瞬間を楽しんで、あとは忘れてしまえる。一方、女はそれに心を奪われる傾向がある。きみを傷つけようなんてつもりは、もちろんなかったんだが」

だが、くそっ——ルシアスはいらいらしながら思った——あの瞬間をまだ忘れていない。そうだろう？

「あら、傷つけてなんかいらっしゃらないわ」両側に店のならんだパルティニー橋を馬車でガラガラと渡るあいだに、フランシスは強烈な怒りをこめていった。「なんて厚かましい方なの、シンクレア卿！　わたしに胸のはりさける思いをさせたと想像なさってるなんて、ずいぶん……傲慢だこと！」

「フランシス、ぼくらはあの夜、ベッドとそれ以上に多くのものをともにしたんだよ。そのつんとした教師の声で、ぼくのことを赤の他人みたいに〝シンクレア卿〟と呼びかけるなんて、ずいぶん愚かなことをするものだね」

「あの一夜は例外として――あんなことすべきじゃなかったし、あれ以来ずっと後悔してるけど――わたしはたしかにつんとした女よ。それに、教師であることを誇りにしています。これがわたしの選んだ道なの――残りの生涯もずっと」

フランシスはまたしてもつんと顔をそらしてしまった。

「それじゃ、ゆうべ抵抗もせずにきみを祖父とぼくに譲り渡そうとした、頭の薄くなりかけたあの紳士は、きみの婚約者ではないんだね」

彼女が憤然として鋭く息を呑むのがきこえた。

「ブレイクさんがわたしにとってどういう方なのか――あるいは、どういう方でないのか――あなたには関係のないことよ」

ルシアスは彼女のボンネットの後部をにらみつけた。まったく、つんとしてて、干からびてて、怒りっぽくて、いうことが矛盾だらけだ。どういうわけで自分の記憶と感情のなかに彼女がいすわってしまったのか、ルシアスには理解できなかった。記憶と感情の両方から早く追いだすことができれば、楽になれるのに。

精魂を傾けて努力すれば、春のあいだにポーシャ・ハントと肉体関係を持つこともできるだろう。しかし、ああ、たとえ可能だとしても――彼から見てかなり疑問ではあるが――ポーシャの反感を買うかもしれない！

「プロの歌手になるべきなのに、なぜまた教師などという職業を選んだの？」唐突に彼はきいた。ゆうべ、客間のドアまで行ったときには、歌が終わりかけていたので、フランシスとあの歌い手が同一人物であることをルシアスはいまだに信じられずにいるのだった。

「言葉に気をつけていただきたいわ、シンクレア卿」

ルシアスは自分でも驚いたことに——彼女も驚いたようだが——はじけるような短い笑い声をあげた。

「どうやら、いまの返事がぼくの質問に対する答えになったようだ。あれだけみごとに歌えるってことを、クリスマスのあとのときは黙ってたじゃないか」

「どうしてそんなこと話さなきゃいけないの?」彼のほうを向いて、フランシスはきいた。「こういえばよかったの? 〝あ、話のついでですけど、マーシャルさま、わたしの歌をお聴きになったら感動なさるかもしれませんわ〟って? それとも、特別に耳ざわりなアリアであなたをおこしてあげるべきだったかしら」

あの二日目の朝にベッドで自分の腕に抱かれていた彼女が、そうやって自分をおこす姿を想像して、ルシアスはクスッと笑った。フランシスも同じ思いなのかどうか、彼にはわからなかったが、何を考えていたにせよ、彼女の目が不意に楽しげにきらめき、唇が震え、ついこらえきれずに、ククッという笑い声が口を突いて出た。

「もしかすると」彼はいった。「それでまた官能を刺激されてたかもしれない」

そのとたん、つんとすました教師がまた顔を出し、座席にもたれて、まっすぐ前方へ目を向けた。

一瞬――くそったれ！――ルシアスはまたしても彼女に心を奪われた。

「祖父がきみに会うのをとても楽しみにしている」一時的な沈黙ののちに、彼はいった。

「それから、妹は興奮にわれを忘れている。まだ社交界にデビューしていないので、客をもてなすチャンスも、女主人の役をつとめるチャンスもほとんどないんだ」

「じゃ、妹さんにもてなしていただくことにするわ。わたし、若い女の子の扱いには慣れてますから。不安定な面も、溌剌《はつらつ》とした面も、よくわかってます。こちらは気さくなお客を演じることにするわ」

馬車が坂をゆっくりのぼりはじめると、二人の会話が途切れた。

ブロック通りで停止したあと、馬車からおりる彼女を助けようとしてルシアスが手をさしだすと、彼女がそこに自分の手をあずけた――三カ月前に学校の外でルシアスが彼女の手に名刺を押しつけて以来、初めての肌の触れあいだった。ルシアスはふたたび、華奢《きゃしゃ》な彼女の手を、長くほっそりした芸術家の指を、自分の肌で感じとった。彼女と彼自身の手袋で隔てられていてさえ、なつかしさに胸が締めつけられた。

祖父の執事が玄関ドアをあけて支えているあいだに、フランシスが先に立って家に入っていった。

ルシアスは彼女の背中をにらみつけて、あとにつづいた。

11

馬車に揺られて行くのはフランシスにとって耐えがたい試練で、シンクレア子爵ルシアス・マーシャルと二人で前回この同じ馬車に乗ったときのことが思いだされた。あのときは道中のほとんどの時間、ルシアスの腕に抱かれていた。唇を重ねあった。おたがいの腕にもたれてうたた寝をした。

今日のフランシスは、彼の肉体を苦しいまでに意識していた。彼に触れないよう、ひどく神経を使った――だが、ブロック通りの家の表で馬車からおりる彼女のためにルシアスが手をさしだしたときには、もはや接触を避けることはできなかった。

家に入り、ボンネットと手袋と短い上着を執事に渡してから、執事に案内されて階段をのぼっていくあいだ、フランシスは傷つき、屈辱を噛みしめていた。

〝ひょっとして、何かできみを傷つけてしまったんだろうか〟

その傲慢な口調に、彼女の怒りはいまも煮えたぎっていた。

〝男はその瞬間を楽しんで、あとは忘れてしまえる。一方、女はそれに心を奪われる傾向がある〟

くやしいが、たしかに真実かもしれない。彼の態度と口調からすると、二人のあいだにあんなことがあっても、彼がみじんも苦しんでこなかったことは明らかだ。その瞬間を楽しんで、あとは忘れてしまったのだ。わたしのほうはあれ以来、傷ついた心と闘いつづけてきたというのに。

〝数多くの女を知ったにもかかわらず……〟

わたしはそのなかの一人にすぎなかったのだ。彼に乞われるままに一緒にロンドンへ行っていたら、どれぐらいで飽きられていただろう。とっくの昔にそうなっていたにちがいない。

でも――フランシスは思った――わたしが今日の午後ここにきたのは、この人とはなんの関係もないことよ。表の通りに面した居心地のよさそうな居間に通された瞬間、肩にぐっと力を入れて、最高の礼儀作法を披露した。エッジカム伯爵が面やつれした細い顔に歓迎の笑みを浮かべて暖炉のそばの椅子から立ちあがり、ミス・マーシャルが両手を広げ、頬を赤く染め、うれしそうに微笑しながら、急ぎ足で彼女のほうにやってきた。

「ミス・アラード」フランシスの手を両手で包みこんで、エイミーはいった。「お越しいただけて、すごくうれしく思っています。よかったら、おじいさまの横におかけください。すぐにお茶の用意をいたします」

「うれしいわ」フランシスは少女に温かな笑みを見せた。少女は精一杯行儀よくふるまっているが、心の半分は興奮にたかぶり、あと半分はヘマをしないかとおびえている様子だ。兄と同じ茶色の髪にハシバミ色の目をした愛らしい少女だ。ただし、顔はハート型で、頬の線がふっくらしていて、小さなとがった顎をしている。

伯爵がフランシスに愛想よく微笑みかけ、近づいた彼女に右手をさしだした。彼女の手を唇に持っていった。

「ミス・アラード、おいでいただけて光栄です。学校で大事な用がおありなのを邪魔したのでなければいいが」

「いえ」フランシスは伯爵の横の椅子にすわった。「午後の練習がないのを知って、下級クラスの合唱団はきっと大喜びしていますわ、伯爵さま」

「すると、合唱団の指導をし、音楽を教え、ピアノのレッスンもしておられるわけか。だが、歌う機会はどの程度おありかな、ミス・アラード」

伯爵がふたたび腰をおろし、シンクレア子爵がべつの椅子にすわり、メイドと執事がお茶のセットを運んでくるなかでミス・マーシャルがパタパタ動きまわっているあいだに、フランシスは答えた。「ゆうべのように学校以外の場所で歌ったのは、数年ぶりのことでございます。聴衆がさほど多くなかったので、それほどあがらずにすみましたわ」

「だが、音楽界にとっては悲劇でしたぞ」伯爵はいった。「聴衆があのように少人数ではなあ。ミス・アラード、あなたの声は、単なる美声もしくはすぐれた声というにとどまらない。偉大な声、わしが八十年にわたって聴いてきたなかで最高にすばらしい声のひとつだ。いや——〝ひとつ〟はよけいですな。最高にすばらしい声だ」

このように惜しみなく、見るからに誠意のこもった称賛を浴びせられて、輝くような喜びを感じない人間はいない。

「光栄に存じます、伯爵さま」フランシスは顔が赤くなるのを感じた。

茶器セットのすぐうしろにすわっているミス・マーシャルのそばのテーブルに、上品なサンドイッチの皿が置かれた。クロテッド・クリームと苺《いちご》ジャムを塗ったスコーンも一緒だった。また、かわいいケーキののった皿もあった。最高級の磁器のカップに少女がお茶をつぎ、一人一人のところへ運んでから、サンドイッチを勧めた。

「しかし、このようなことは以前にもいわれておいででしょうな」伯爵はいった。「たぶん、何度も」

そう。ときには、こちらがその意見を尊重している相手からいわれたこともあった。やがて、父の死後は、芸術家としての彼女の魂など一顧だにせず、名声と財産のみを約束した者たちから、そういわれるようになった。しかし、さまざまな理由から——そこには若さゆえの虚栄心も含まれていた——フランシスはそれを信じ、連中が自分の代理人をすることを認め、それゆえ危うく自分の身を滅ぼしそうになった。そして、歌が原因でチャールズを失い、きわめて愚かな行動に走ってしまった。多くのものが破壊された——たとえば、少女時代の夢のすべてが。ミス・マーティンの学校で教師を募集しているという広告を目にして、応募し、面接を受けるためにハチャード氏の手でバースに送りこまれたのは、わずか三年前のことだった。だが、さまざまな災難にあったのはほかの誰でもなく、この自分なのだということが、ときたま信じられなくなるほどだった。三年の長きにわたって、人前で歌ったことはゆうべまで一度もなかった。

「みなさま、いつも親切に褒めてくださいましたわ」

「親切ねえ」伯爵は皿から小さなサンドイッチをとりながら、しわがれ声で笑った。「偉大な才能を前にした者がそれを崇め奉るというのは、親切とは次元のちがうことですぞ、ミス・アラード。ここがロンドンならどんなにいいだろう。うちの屋敷の夜会に多数の客を招き、みなの前であなたに歌っていただきたいものだ。わしは芸術家のパトロンとして知られた人間ではないが、その必要はないだろう。あなたの才能が雄弁な代弁者となり、歌手としての将来は約束されたも同然だ。わしはそれを確信している。あなたは世界じゅうをまわり、行く先々で聴衆をうっとりさせることだろう」

フランシスは唇をなめ、皿にとったサンドイッチをもてあそんだ。

「でも、ここはロンドンじゃないんですよ、おじいさま」シンクレア子爵がいった。「それに、ミス・アラードはいまの生活に満足しきっておられるようです。そうではありませんか、ミス・アラード」

フランシスは目をあげ、彼が祖父に瓜二つであることに気づいた。顎の角ばった顔がそっくりだ。ただ、伯爵の顔が老齢ゆえにたるんできて、にこやかな優しさにあふれているのに対して、子爵の顔は尊大で、頑固で、きびしさすら感じられる。彼は目をぎらつかせ、片方の眉を吊りあげて、彼女をみつめていた。声の調子がぶっきらぼうだった。もっとも、それに気づいたのはフランシス一人だっただろうが。

「自分自身の喜びのために、そして、ほかの方たちに喜んでもらうために歌うのは好きです。でも、名声を求めようとは思いません。教師である以上、生徒のためにはもちろんのこと、雇用主や生徒の親御さんたちのためにも、いい授業をしなくてはなりませんが、それでもなお、この職業には大きな自由がございます。歌手になった場合——いえ、その点に関しては、ほかの分野の芸人も同様と存じますが——はたして同じことがいえますかどうか……。マネージャーが必要になりますが、そのマネージャーにとって、こちらは市場価値のある商品にすぎません。重要視されるのは、お金と、名声と、イメージと、しかるべき人々の前に出ること……そのような環境に置かれたら、誠実にふるまうことも、芸術に対する自分の理想を守っていくことも、むずかしくなると存じます」

フランシスの言葉は苦い体験から出たものだった。

二人とも熱心な目で彼女を見ていた。シンクレア子爵のほうは身体のあらゆる輪郭に嘲《あざけ》りをにじませていた。

以前、彼から〝つんとしている〟といわれた。そんな言葉に傷つくなんて愚かだった。わたしはたしかにつんとしている。ちっとも恥ずかしいことじゃない。自分から進んでそういう態度を身につけてきたのだから。ふと見ると、彼の手が皿の縁をいじっていた——力強くて器用そうな手。薪《まき》を割り、ジャガイモの皮をむき、雪だるまの頭を作り、ワルツを踊りながらわたしの腰を支え、そして、わたしの身体を愛撫し……。

ミス・マーシャルがスコーンを勧めるために立ちあがった。

「いや、そんなことはない」伯爵はいった。「芸術に対して同じ見解を持つ人間をマネージャーになさればいい、ミス・アラード。だが、ご家族はどうなんです？　歌の道へ進むよう勧めてはくれなかったのですか。どのようなお家柄か、お尋ねしてもかまいませんかな。アラードという苗字は耳にしたことがないが」

「父はフランス人でした。わたしがまだ赤ん坊のときに、恐怖政治から逃げだすために国を離れ、わたしを連れてイギリスにまいりました。母はすでに他界しておりました。父も五年前に亡くなりました」

「それは大変でしたな。若くして一人にされてしまったわけだ。このイギリスにほかのご親戚は？」

「かわいがってくれたのは二人の大伯母だけでした。祖母の姉たちで、先代のクリフトン男爵の娘にあたります」

「ウィムフォード・グレインジの？」伯爵は眉を吊りあげた。「では、そのお一人はメルフォード夫人ですな。あの方はかつて、わたしの亡き妻ととても親しくしておられた。社交界へのデビューも一緒だった。そうか、あなたがその姪御さんなのか。ウィムフォード・グレインジはバークレイ・コートにあるわが家から距離にして二十マイルも離れておらぬ。どちらもサマセット州だ」

だからこそ、当然のことながら、クリスマスのあとでフランシスとルシアス・マーシャルが同じ道を馬車で行くことになったのだ。フランシスは彼に目を向けず、彼は何もコメントしなかった。

「メルフォード夫人にはこの二、三年お目にかかっていない」伯爵はいった。「だが、現在のクリフトン男爵はなぜ、あなたを歌の道へ進ませるための尽力をなさらなかったのだろう」

「遠い親戚にすぎませんもの、伯爵さま」フランシスはいった。去年のクリスマスは彼に会うことすらなかった。

「なるほど」伯爵はうなずいた。「しかし、ご家族のことや、あなたの才能のことばかり話題にして、ご迷惑だったかもしれませんな。べつの話をしましょう。少女のための学校という概念は興味深いものだ。人口の半分にあたる女性に教育を授けたところで無駄なだけだ、あるいは、少女が必要とするわずかな教育は家庭教師から個人的に受けるのがいちばんだというのが、世間一般の意見ですからな。あなたはたぶん、どちらの意見にも反対しておいででしょうが」

伯爵の目は白い眉の下できらめいていた。巧みに話題を変えて、フランシスから反応をひきだすことまちがいなしの話題を選んだのだ。もちろん、伯爵の狙いどおりになり、少女を自宅から離れた学校へやって勉強させることや、数学や歴史といった科目を教えることの長所について、二人は活発な議論を戦わせた。これはまた、ミス・マーシャルが喜んで参加したがる話題でもあった。彼女はフランシスにこういった――学校へ行ければすごく楽しいだろうなって、いつも思ってたけど、あたしもお姉さまたちの家庭教師について勉強することになったので、おうちに残ったのよ。

「といっても、その家庭教師がいい先生じゃなかったって意味ではないのよ、ミス・アラード。だけど、あなたからピアノのレッスンを受けて、あなたの合唱団で歌うことができたら、とってもすてきだったでしょうね。学校の生徒さん、幸運な方たちだわ」

フランシスはシンクレア子爵のほうを見ないようにしていたし、彼も会話にはあまり加わらなかったが、彼のすわっている椅子のあたりから嘲笑が流れてくるのが感じとれるような気がした。

「まあ、うれしいわ」フランシスは笑顔で少女にいった。「でも、ほかの先生たちもすばらしいのよ。ミス・マーティンは最高の先生しか選ばないことにしてらっしゃるの。あら、こんなことといったら、自慢になってしまうわね」

「あなたのレッスンを受けてみたい」ミス・マーシャルはいった。「同い年の女の子たちとお友達になりたい」

話題はやがて音楽にもどったが、話題の中心になったのはもはやフランシス個人のことではなかった。好きな作曲家や曲目、好きな楽器を比べあった。伯爵は何年も前にウィーンやパリやローマで有名な音楽家の演奏を聴いたときのことを話してきかせた。

「わしの若いころは、大陸がまだ受け入れてくれておりましてな。ヨーロッパ大陸がまだ受け入れてくれておりましてな。じつに楽しいときを過ごしたものだった、ミス・アラード。なのに、フランスの連中のおかげで、とくにナポレオン・ボナパルトのおかげで、それができなくなってしまった。ルシアスはその楽しみを経験できなかった。ルシアスの父親も」

「祖父をこの話題にひきこむのは、暇な時間が二、三時間あるときにすべきですよ、ミス・アラード」シンクレア子爵がいった。嘲弄の言葉だったが、フランシスには愛情に満ちた言い方に思われた。彼も多少はこまやかな神経を持っているのかもしれない。

「パリをごらんになりましたの？」彼女は伯爵にきいた。「どんな印象をお受けになりました？」

エッジカム伯爵は大喜びで過去の話を始めた。旅行の話や、出会った場所と人々の話でみんなを大いに楽しませてくれたので、シンクレア子爵が立ちあがり、そろそろミス・アラードを学校に送り届ける時間だといったときには、フランシスは驚きの顔をあげた。

この一時間のあいだ、彼女はすっかりくつろいで、お茶のひとときを積極的に楽しみはじめていた。ゆうべのアンの言葉が正しかったのかもしれない。すこしは亡霊を追い払うことができたかもしれない。今日はシンクレア子爵のもうひとつの面を見た——初めて出会ったときに目にして、翌日と翌々日はほとんど忘れてしまっていた、傲慢で、嘲笑的で、不愉快な面を。自分が何から離れていったかをはっきり自覚できたのは、喜ばしいことというべきだろう。

こんな男についていっても、幸せにはなれなかったに決まっている。ただ、彼はその一方で、祖父の面倒をみるためにバースまで付き添い、妹を一緒に連れてきた男でもあった。ああ、人生にはときとして混乱させられる。人間の性格にひとつの面しかなければ、好きになるのも、嫌いになるのも、はるかに簡単だろうに。

伯爵とミス・マーシャルもフランシスとともに立ちあがった。伯爵が彼女の手をとり、ふたたび唇に持っていった。

「光栄であり、喜びでありました、ミス・アラード。死ぬ前にもう一度あなたの歌を聴く機会がほしいと、切に望んでおります。それがわが最大の願いのひとつになることでしょう」

「恐れ入ります。おやさしくていらっしゃいますのね」愛情に近いものを感じながら、フランシスは伯爵に微笑した。

ミス・マーシャルはフランシスを抱きしめた。

「とっても楽しかったです」活気に満ちた別れの挨拶に彼女の若さがあふれていた。

「ええ、ほんと」フランシスは温かな笑顔を見せた。「それに、女主人をつとめた方から王族のごとく歓待していただいたし。すばらしいおもてなしにお礼を申しあげなきゃ」

しかし、フランシスが先に立って部屋を出ようとした瞬間、少女は衝動的に兄のほうを向いた。

「ルース、三日後の夜にアパー・ルームズでひらかれる舞踏会に、あたしもおじいさまたちにくっついていけることになったら、付添いとして年上のレディを見つけなきゃって、お兄さま、おっしゃってたでしょ。ミス・アラードをお誘いしましょうよ。ね、お願い、いいでしょ」

フランシスが困惑の目で少女を見ると、少女は胸の前で両手を握りしめ、嘆願するような目で兄をみつめていた。

わたしのいる前で頼むなんて、ほんとに世間知らずな子ね！

「年上？」シンクレア子爵は片方の眉を吊りあげた。

「だって、そうだもの」少女はいった。「〝年寄り〟っていったわけじゃないのよ。〝年上〟なだけ。それに、学校の先生なんだし」

「すばらしい提案だ、エイミー」伯爵がいった。「わしが自分で思いつけばよかった。ミス・アラード、頼みをきいていただけませんかな。もっとも、バースにお住まいのあなたにとって、このような舞踏会に出るのはたいして楽しくもないでしょうが」

「いいえ、一度も出たことがございません」フランシスはいった。

「えっ？　一度も？　では、われわれの特別なお客さまとして、今回はぜひご出席いただきたい」伯爵はいった。

「お願い、いいでしょ、ミス・アラード」ミス・マーシャルは叫んだ。「キャロラインも、エミリーも――姉たちですけど――あたしが手紙を書いて、行けることになったって知らせたら、きっとうらやましがって死んでしまうわ」

ミス・マーシャルの横に立つシンクレア子爵の無言の姿を、フランシスは痛いほど意識した。下唇を噛んで、そちらを向き、彼を見あげた。ミス・マーシャルを傷つけずに辞退するにはどうすればいいのだろう。少女は社交界への正式デビューの前にパーティに出る許可をもらいたくて、見るからにうずうずしている。

彼は助けの手をさしのべてはくれなかった。だが、身内の面前でそんなことをしたら、へソ曲がりだと思われてしまうだろう。

「ぼくからもお願いします、ミス・アラード」彼はそっけなくいった。「われわれの願いをおききください」

厄介なのは、アパー・ルームズで踊ることができたらさぞ楽しいだろうと、フランシスがいつも思っていたことだった。アパー・ルームズを見たことはあるが、それは生徒たちを引率して社会見学に出かけたとき一度きりだった。かつての彼女はロンドンの舞踏会に出席し、いつも心ゆくまで楽しんだものだった。

しかし、この舞踏会にどうして出られよう。

だが、どうして出ずにすませられよう。いまや、三人すべてから招待されているのに。

「ありがとうございます。光栄ですわ」

ミス・マーシャルは手を叩き、伯爵はお辞儀をし、シンクレア子爵はそれ以上何もいわずに片手をフランシスの腰のくびれにしっかりあてがい、手の熱さでそこに焼け焦げを作ってしまいそうに感じながら、彼女を部屋の外へ案内した。

学校にもどる馬車のなかで、二人はならんですわったきり、言葉をかわそうともしなかった。ひどく気まずい雰囲気だった。フランシスは途中で一度、自分が舞踏会へ行っては迷惑ではないかと彼に尋ねそうになったが、彼にしてみれば迷惑に決まっている——フランシスと同じように。ことわりの手紙を彼に託したほうがいいのかどうか、尋ねてみようかとも思った。でも、なぜそこまでしなくてはならないの？　正式な招待を受けたというのに。たとえ、ミス・マーシャルが事前に兄にこっそり相談することもなく、衝動的に口走ったことだったとしても。

それに、もし迷惑なら、あるいは、彼がこちらの心変わりを願っているのなら、口に出していえばいいのだ。向こうから先にいわせることにしよう。

でも——フランシスはここで気づいた——心臓がいまにも破裂してしまいそう。この先また彼に会ったりしたら、心臓のためにならないに決まっている。いまでさえ、これから何日ものあいだ眠れぬ夜を悶々とすごすことは確実なのに。信じられない、横で黙りこくってるこの男と現実に愛をかわしたなんて。あの親密な夜のことは、あらゆるこまかい点まで鮮明に思いだすことができる。

そして、翌日のみじめな別れの場面も。

馬車は五時半きっかりに学校の外で停まった。ピーターズが馬車の扉をあけてステップをおろし、シンクレア子爵が先におりてから、フランシスに手を貸して歩道におろした。学校の玄関まで送っていくと、キーブルがすでにドアをひらいて待っていた。

「では、三日後の夜、アパー・アセンブリー・ルームズへ出かけるためにお迎えにあがります」シンクレア子爵はいった。

「ええ、よろしくお願いします」

「なんでしたら」フランシスには、彼の目が熱っぽく自分をみつめているように思われた。「また二人で踊りませんか、ミス・アラード」

「ええ」フランシスは向きを変えてそそくさと学校に入り、自分の部屋へあがった。千々に乱れた心を落ち着かせ、夕食前に作文の採点をすこしやってしまうつもりだった。

〝お迎えにあがります……〟

〝なんでしたら、また二人で踊りませんか……〟

人生はじつに不公平だ。ゆうべ、幸福な思いに包まれたばかりだというのに。それが、いまは……。

いまは、自分のすべてが——身体や頭や感情のあらゆる部分が——大混乱に見舞われている。

四ページの作文を読むのに神経を集中したが、やがて、ただの一語も頭に入っていないことに気づいた。

自分にきびしくいいきかせた——教師だってことを思いだしたほうがいいわよ。それこそが彼女の人生の中核をなす、とても大切な役割りだった。

わたしは教師。

最初からもう一度読みはじめた。

12

従僕を下がらせてしばらくしてから、ルシアスは鏡に映った自分の姿に眉をひそめた。身だしなみにはいつも細心の注意を払っている。なんといっても、つねに流行のものを身につけ、一分の隙もなく着こなすことが、紳士たるものの条件のひとつなのだ。とくに、伊達男《だておとこ》と評判の紳士にとっては。しかし、申し分なくみごとに結ばれたクラヴァットを哀れなジェフリーズに命じて三本もとりかえさせ、ようやく満足したのが四本目だったとは、いったいどういうことだろう。

おしゃれしか眼中にない男になってしまったのだろうか。

出かける先はバースの夜会にすぎないのに、まったくもう。カールトン館の舞踏会じゃないんだぞ！　五十歳以下の参加者が十人ほどいたら、それだけでも幸運だと思わなくては。たぶん、長い退屈な夜になるだろう。それなのに、いまの自分は、いつも以上に身だしなみに神経を使っている。

自分が、ルシアス・マーシャルが、シンクレア子爵ともあろう者が、退屈な集まりに現実に出かけていこうとしているのが、彼にはとうてい信じられなかった。ロンドンにいるときですら、舞踏会や大夜会にはめったに出たことがない。もっとも、いうまでもなく、この春は顔を出すしかないだろうが。今夜の集まりは、きたるべき事態に備えるための下稽古のつもりでいればいいのだ。

ひそめた眉は渋面に変わり、ルシアスは鏡から顔をそむけた。

彼が階下におりていくと、祖父と一緒に徒歩でアパー・ルームズへ出かけるまでまだ三十分もあるというのに、エイミーがすでにドレスに着替えて、居間のなかを行ったりきたりしていた。朝から興奮の熱に浮かされていて、何も手につかない様子だ。

「ほう、今夜はとびきりかわいいね」エイミーがスカートの裾《すそ》をつまんで目の前でくるっとまわってみせたので、頭のてっぺんから足の先まで点検の視線を走らせたあとで、ルシアスはいった。淡いブルーのモスリンのドレス――二日前に彼が見立ててやったもの――も、丹念にカールさせて結いあげた髪も、合格点だった。メイドがいいセンスをしていて、じっさいの年齢より大人びて見えないように気をつけてくれた。エイミーにはキャロラインのような背丈や優雅さも、エミリーのようなえくぼや自然にカールした髪もないが、三人のなかでいちばんの美人になるかもしれないと、ルシアスは思った。もちろん、姉のマーガレットも花の盛りのころは美貌の令嬢だった。三十代に入って三人の子の母となったいまも、きりっとした美しさを湛えている。

「じゃ、これでいい？」エイミーは頬を染め、目を輝かせて、兄を見た。

「すばらしいよ」ルシアスはいった。「今夜、男どもがおまえのところに殺到したら、ぼくが片眼鏡をふりまわして追い払ってやる」

「まあ、ルースったら」エイミーはうれしそうに笑いころげた。「あたしの横に立ってるあいだは、あんまり恐ろしい顔をしないでね。でないと、あたしにダンスを申しこむ勇気のある人がいなくなってしまうもの。でも、お兄さま、とってもダンディよ」

「光栄です、お嬢さん」ルシアスはふざけてお辞儀をしてみせた。「おじいさまと家を出たら、ゆっくり歩くんだよ、エイミー。興奮のあまり小走りになって、おじいさまが必死にあとを追いかけるなんてことにならないように。いいね？」

エイミーはたちまちまじめな顔になった。「大丈夫よ、ご心配なく。温泉水がおじいさまの身体に効いてるような気がするんだけど、お兄さまもそう思わない？　最近のおじいさま、すごくお元気そうよ」

「たしかに」ルシアスは同意した。もっとも、健康をとりもどすことは二度とないだろうと、おたがいにわかってはいたけれど。

「出かけるのが待ちきれない」胸の前で手を握りしめて、エイミーはいった。「ミス・アラードにまたお目にかかるのも待ちきれない。とっても気立てがよくて、あたしのことを一人前の大人として扱ってくださるんですもの。それに、お洋服は最新流行のものじゃないけど、きれいな方だし。あたし、あの黒っぽいきれいな髪と目に憧れてるの。ねえ、おじいさまの支度はいつできるのかしら」

「おじいさまが約束なさった時刻ぴったりに」ルシアスは妹にそういいながら、大股で窓辺まで行った。「いつも時間に几帳面な人だというのは、おまえも知ってるだろ。さてと、こっちも時間を几帳面に守るつもりなら、そろそろ出かけないと。ピーターズが外に馬車を停めて待っている」

二分後、ルシアスはふたたびミス・マーティンの学校へ向かっていた。けさ、母親とキャロラインから手紙が届いた。二人が熱心に伝えたがっているニュースのなかでとくに目立っていたのは、ゴッズワージー侯爵がボルダーストン卿夫妻とともに——そして、もちろんポーシャを連れて——社交シーズンを迎えるロンドンに到着したという事実だった。母親がキャロラインとエミリーを連れて二人の貴婦人を訪問した。ミス・ハントがすばらしく美しかったと、手紙に書いてあった。レディ・ボルダーストンはルシアスのことを尋ね、近々彼に会えるのを楽しみにしているといったそうだ。

ポーシャ・ハントは昔からすばらしい美人だから、そんなものはニュースともいえない。たとえ髪の毛一本であっても乱している彼女を見た記憶は、ルシアスにはない——子供のころからそうだった。

馬車が学校の玄関の前で停まり、ルシアスはお忍びで出かけてきたような気分で歩道におり立った——愛人を舞踏会に連れていくという雰囲気か。

ノックに応えて用務員がドアをあけたとたん、ルシアスの目に奇妙な光景が飛びこんできた。玄関ホールの真ん中にフランシス・アラードが立っていた。銀色のラメを織りこんだグレイのモスリンのドレスを着て、胸の下に銀色の絹のサッシュベルトを結び、ドレスの裾には同じ色の絹のリボンが二列に縫いつけられている。べつの女性がそばの床に膝をつき、針と糸を手にして、ほつれかけているリボンの一部を縫いつけていた。三人目の女性がてのひらにピンを二、三本のせて、もう一人のほうへ身を寄せていた。ミス・マーティンはペーズリー模様のショールをフランシスの肩にかけて、形を整えていた。

ルシアスが入っていくと、お針子二人が頬を赤く染めた笑顔で同時に彼のほうを向いた。フランシスは下唇を嚙み、いささかきまり悪そうな顔になったが、やがて一緒になって笑いだした。

「いやだわ」といった。

楽しげなその表情があまりに愛らしかったので、ルシアスは腹にパンチを受けたようなショックを感じ、一瞬、息ができなくなった。

「またしても、約束の時刻より五分早くお着きになる紳士の登場ね」ミス・マーティンが辛《しん》辣《らつ》にいった。

「まことに申しわけありません」ルシアスは眉を吊りあげた。「外にもどって、五分たつまで歩道でお待ちしたほうがよろしいでしょうか」

ふたたび全員が笑いころげた――ミス・マーティンですら苦笑を浮かべた。

「いえ、いいえ、支度ができました」糸が切られ、裾のリボンがきちんとついたところで、フランシスがいった。「ミス・マーティンにはお会いになりましたわね、シンクレア子爵。同僚の教師たちを紹介させていただけます？　ミス・ジュウェルとミス・オズボーンです」

二人のお針子のほうを身ぶりで示した。どちらも若くて美人だった。顔にありありと興味を浮かべて彼を見ていた。

「ミス・ジュウェル？」ルシアスは金髪で青い目の教師に向かってお辞儀をした。「ミス・オズボーン？」今度は、鳶《とび》色の髪をした小柄な美女に向かってお辞儀をした。

二人はお返しに膝を折って挨拶した。

ルシアスは不意に気がついた——仲間の一人が夜の外出をするというのは、全員にとって一大事件にちがいない。異質な世界を不本意ながら垣間見る機会を与えられたような気がした。その世界では、夜ごとパーティや舞踏会や夜会に出かけて遊び暮らすのが女の人生ではない。だが、この教師たちはいずれも若くて器量よしだ。堅苦しくて気むずかしそうなミス・マーティンですら、器量の悪い部類には入っていない。

だが、フランシスはなぜまたこのなかの一人になることを選んだのだろう。そんな必要はないのに。

用務員がこの聖なる女性の領土に自分以外の男が侵入してきたことを憤るかのように、むっつり黙りこんだ険悪な顔でドアをあけて支えたので、ルシアスはフランシスのあとから歩道に出て、彼女が馬車に乗るのに手を貸した。

「お天気でよかったわね」馬車がガタンと揺れて走りだすと、フランシスは明るい声でいった。

「じゃ、雨だったらキャンセルするつもりだったのかい」

「いえ、とんでもない」フランシスは両手でショールの端を押さえた。

「では、礼儀正しい会話をしようとしただけ？」

「退屈させたのなら謝ります」フランシスの声にはかすかな困惑があった。「何もいわなければよかったのね。向こうに着くまで黙ってることにするわ」

「ふだんの娯楽というと、どういうことをするの？」フランシスがいまの言葉を行動に移して――というか、何も行動しなくなって――一分ほどたったところで、ルシアスが彼女に尋ねた。「きみとほかの先生たち。バースに住んでいながら、社交の場に出たことがない。毎晩、生徒を寝かしつけてから、みんなで集まって、編み棒を動かしながらおしゃべりするのかな」

「もしそうだとしても、シンクレア卿、わたしたちのことは心配していただかなくてけっこうよ。みんな、とても幸せにしていますから」

「きみは以前にもそういった。それから、その言葉を〝満足している〟に替えた。満足だけで充分なのかい、フランシス」

ルシアスは彼女が返事をしてくれないかもしれないと思った。黄昏《たそがれ》のかすかな光のなかで彼女をみつめた。今夜の彼女はボンネットをかぶっていない。黒っぽい髪はなめらかに梳《と》かしつけられ、うなじでカールさせてある。手のこんだカールではないが、いつものシニョンよりはるかに似合っている。今夜の彼女はみな、ごてごてと飾りすぎに見えるだろう。これに比べれば、アパー・ルームズに集まってくるほかの女はみな、ごてごてと飾りすぎに見えるだろう。

「ええ、そうよ。幸福にはつねに不幸がつきまとうし、興奮には落胆がつきまとう。でも、満足はいつも変わらず身近にあって、心の落ち着きと魂の安らぎをもたらしてくれるわ」

「いやはや！　それ以上に退屈なものがあるだろうか。きみは臆病者だね、フランシス」

彼女は憤慨に満ちた大きな目を彼に向けた。

「臆病者？　自分の職業も、安定した暮らしも、未来も、友達も捨てて、あなたと一緒にロンドンへ行くのを拒んだことを、臆病だとおっしゃるの？」

「ひどく臆病だ」

「臆病が健全であることを意味するのなら、ええ、そうよ、あなたの定義に従えばわたしは臆病者です、シンクレア卿。その事実を詫びるつもりはありません」

「幸せになれたかもしれないのに。人生のチャンスがつかめたかもしれないのに。そして、ほどなく、ぼくがきみの才能を発見したことだろう。ここではとうてい望みえないほど多くの聴衆の前で歌うこともできただろう。そのような声をしていながら、名声を夢見たことがないとはいわせないぞ」

「そして、富もね」フランシスはとがった声でいった。「名声に富はつきものだと思いますわ、シンクレア卿。あなたはたぶん、わたしを幸せにしてくださったでしょう。歌手の道へ進もうとするわたしのために後援者となり、しかるべき人々にひき合わせてくださったことでしょう」

「当然じゃないか。きみの才能をぼく一人で独占しようとは思わないもの」

「すると」フランシスの声はなんらかの感情で震えていた。怒りにちがいないとルシアスは思った。「女というのは、殿方の助けと干渉がないことには、自分の心を知ることも、人生のなかに求める満足を――さらには幸せですら――見つけることもできないというわけなのね。そうおっしゃりたいんでしょ、シンクレア卿」

「男女一般の話をしているつもりはなかったんだが……。ぼくはきみの話をしてたんだ。それに、きみのことをとてもよく知ってるから、静かな満足を求めるタイプじゃないことぐらいお見通しだ。そういうタイプだと思いこんでるなんて、きみも愚かな人だね。情熱ではちきれそうになっている――ひと言つけ足すなら、性的な情熱ばかりではない」

「なんて失礼な！」フランシスは叫んだ。「わたしのことなど何も知らないくせに！」

「お言葉だが、ちゃんと知ってますよ。肉体的な意味でね。きみの性的情熱の能力に関して結論を出すには、ひと晩で充分だった。ぼくはきみと話をし――口論してきた――今宵も含めて何度かね。きみと一緒に笑い、遊んだ。そして、これがもっとも重要だと思うが、きみが歌うのを聴いた。ほら、きみのことをこんなによく知ってるじゃないか」

「歌はなんの関係も――」

「いや、あるとも。非凡な才能を心ゆくまで披露し、その過程で自己を忘れてしまう者は、自分自身をさらけだすしかない運命なのだ。そこから生まれるのが絵であれ、詩であれ、歌であれ、身を隠すことは許されない。レナルズ家の夜会で歌ったときのきみは、美しい声以上のものをさらけだしていたんだ、フランシス。きみ自身をさらけだしていた。きみが燃えるような情熱を秘めた女であることを見抜けないのは、薄のろだけだ」

ふしぎだった。ルシアスは前からこのようなことを考えていたわけではなかった。しかし、自分が真実を語っていることはわかっていた。

「わたしはいまのままで充分に満足しています」膝の上に手を伏せ、広げた指をみつめながら、フランシスは頑固にいった。

「ああ、そうだろうとも。ひどい臆病者だからな。議論をあきらめて、陳腐なセリフですまそうとする。議論しても勝てっこないからだ。しかも、ぬけぬけと嘘をついている」

「ずいぶん失礼な方ね。好き勝手にお話しになる許可をさしあげた覚えはありません、シンクレア卿」

「そうかもしれないね。きみがくれたのは身体だけだ」

フランシスはハッと息を呑んだ。しかし、ふたたびゆっくり息を吐きだし、返事はしないことにした。

馬車で通りすぎていく町の目印の数々も、ルシアスの目に入ってはいなかった。しかし、突然、アパー・アセンブリー・ルームズが近くなってきたことに気づいた。ああ、やれやれだ。くそ、口論なんかするつもりじゃなかったのに。向こうが明るい声でばかげた天気の話なんか始めてこっちをいらいらさせなければ、口論にはならなかっただろうに。

あれじゃ、まるで、礼儀正しい他人どうしみたいじゃないか。

早くバースを離れて、結婚することに本腰を入れたほうが、みんなも喜ぶだろう。ポーシャ・ハントがロンドンでぼくを待っている。ポーシャの母親も、ぼくの母親も、家族もみんな。

バース、ロンドン。ロンドン、バース……ちくしょう、悪魔と青い深海のどちらかを選べというようなものだ！

この十年ほどのあいだ完璧な満足を与えてくれていた、おなじみの生活は、どこへ行ってしまったんだ？

しかし、馬車をおりて、フランシスに手を貸すためにふりむいた瞬間、自分のまちがいに気づいた。

満足？

この十年、自分は満足していただろうか。

満足していた？

フランシスはこの三日のあいだに、舞踏会に出られないという言い訳の手紙をミス・エイミー・マーシャルに宛てて十回以上も書きそうになった。学校の仕事が山のようにたまっている——授業の準備、答案の採点——それから、音楽の個人レッスンの時間をやりくりしなくてはならないし、下級クラスと上級クラスの合唱団の指導や、マドリガルの合唱団のレッスンもある。

おきている時間のほとんどを、教師としての生活が占めている。ところが、こうした責任ある態度を支持してくれるはずの友人たちが、今回だけは味方につこうとしなかった。

「ミス・マーシャルのために顔を出して、楽しんでくるべきよ」クローディアはそういった。「女性の付き添いが必要なんでしょ。べつの人を見つけようとしても、もう手遅れだわ。それに、エッジカム伯爵のためにも行ってあげなきゃ。貴族ではあっても、洗練された紳士のようだもの」

「それに、わたしたちのためにも、顔を出して楽しんできてちょうだい」アンはためいきをついてそういった。「あなたはアパー・ルームズの集まりにじっさいに参加する――伯爵と子爵の招待客として。わたしたちもあなたを通じて間接的に楽しみたいわ。つぎの朝、こまかい点までひとつ残らず話してちょうだい」

「それに、もしかしたら」スザンナがいつものようにいたずらっぽく目を輝かせてつけくわえた。「シンクレア子爵がクリスマスのあとであなたを手放すべきじゃなかったことに気づいて、フランシス、熱烈な求婚をしはじめるかもしれないわ。あなたを口説き落として、気の毒なブレイクさんを失望させるかもしれない」しかし、スザンナはそこで冗談を打ち切り、フランシスに駆け寄って抱きしめた。「楽しんでらっしゃい。とにかく楽しんできて」

ところが、フランシスが夜の支度をしていたときにアンが部屋にやってきて、シンクレア子爵とひと晩一緒にいることが本当は苦痛なのではないかと尋ねた。

「わたしたちのために夜を楽しんできて、なんていうべきじゃなかったのかもしれない。わたしって自分勝手ね！」

しかし、外出を中止しようにももう遅すぎたので、フランシスは、ブロック通りへお茶に出かけたおかげで、クリスマスのあとであの男性に感じていた愚かなのぼせあがりを冷ますことができたといって、アンを安心させた。

そのすぐあとで、スザンナとクローディアもフランシスの部屋にやってきた。あとすこしでシンクレア子爵が到着する予定だったので、応接室でフランシスと一緒に待とうということになり、全員そろって階下におりた。そこで、裾のリボンの縫目が一部ほつれていることにアンが気づき、スザンナが針と糸とピンをとりに二階へ駆けあがり、アンがリボンを縫いつけているあいだ、みんなで笑いながら大騒ぎしていたのだった。

玄関ホールから応接室に移ろうとは誰も考えもせず、キーブルも来客がノックをしたときに、ドアをあけずにおくだけの気配りができなかった。

なんともきまりが悪く、なんとも滑稽《こっけい》なことだった。そのあと、子爵が外にもどって待つといいだしたので、よけい滑稽になった。それに、パーティに出かけるのはたしかに刺激的なことだった。ひょっとしたら、踊れるかもしれない。

彼と。

あの日の午後、お茶のあとで学校まで送ってきてくれたときに、彼は二人で踊ろうといった。

しかし、アパー・ルームズの表で馬車をおりたときの彼女は、もはや浮かれ気分ではなくなっていた。ひどいわ、人のことを臆病者呼ばわりするなんて。情熱的な女だともいった。〟情熱ではちきれそうになっている――ひと言つけ足すなら、性的な情熱ばかりではない〟彼は二人で過ごした夜のことを公然と口にしたのだ。〟肉体的な意味で知っている〟ともいった。

満足の陰に隠れているといって非難した。臆病すぎて幸せに手を伸ばすことができないとも。

臆病のせいではない。苦労のなかで身につけた良識がものをいったのだ。

彼の先に立ってドアを通り抜け、アパー・ルームズに入っていきながら、フランシスは思った――黒の燕尾服《えんびふく》にズボン、銀の刺繍《ししゅう》をしたチョッキ、白麻のシャツ、形よく結んだクラヴァットという今夜の彼が、うっとりみとれてしまうほどハンサムでなければよかったのに。あるいは、角ばった顎とハンサムな顔とハシバミ色の真剣な目が、息苦しくなりそうな男っぽさを醸しだしていなければよかったのに。

やがて、現実にこの場所にきたのだと気づいて、神経のたかぶりを多少忘れることができた。アパー・アセンブリー・ルームズの舞踏会にやってきたのだ。すくなくとも、ここにくる決心をした理由のひとつは、そうした催しにふたたび加わりたいという願望にあった。社交界が恋しかった。社交界から離れたことが痛恨の極みというわけではないが、やはり恋しかった。ほかの客たちが天井の高い玄関ホールを動きまわっていて、フランシスは予想外の興奮が湧きあがってくるのを感じた。

シンクレア子爵がフランシスを先へ進ませようとして、彼女の腰に手をあてた。しかし、その手の感触に興奮の震えを感じる暇もないうちに、ミス・マーシャルが小走りで近づいてきた——舞踏室のドアのところで二人がくるのを待ち受けていたにちがいない。みずみずしく、愛らしく、若さと元気にあふれていた。

「ミス・アラード」彼女はブロック通りのときと同じく、両手を伸ばしてフランシスの手を握りしめ、頰にキスした。「なんてタイミングよくお着きになったの。おじいさまとあたし、五分前にきたばかりなの——あ、ルース、カタツムリが這うのと変わらないスピードだったわよ。誓ってもいいわ。その銀のドレス、とってもすてきね、ミス・アラード。ルースの色とぴったりの組みあわせ」そういって陽気に笑った。

困ったわ、なんて間の悪い発言なの！　フランシスは彼の手から離れて、自分の腕をとった少女に明るく笑いかけ、二人で舞踏室のほうに向かった。シンクレア子爵もあとからついてきた。

「まあ、すてき！」ドアのところで足を止めて、フランシスは叫んだ。「昼間の光のなかでしか見たことがなかったの。ロウソクにこうやって火がつけられると、昼間よりずっと豪華ねえ」

頭上には数個のシャンデリアがあり、どれも火のついたロウソクでびっしりだった。ステージにのぼったオーケストラのメンバーが楽器の音合わせをしていた。おおぜいの人々が立ったまま、あるいは椅子にすわって、何人かずつで雑談をしたり、ダンスフロアのへりをゆっくり歩いたりしていた。

明日、友達にくわしい話ができるよう、こまかい点まですべて頭に刻みつけておかなくては――フランシスは思った。

「パーティに出るのは久しぶりですか、ミス・アラード」シンクレア子爵がきいた。

先日のお茶のときに、こちらにきてから一度もパーティに出たことがないと、彼と祖父に話したはずだ。だが、フランシスは一瞬にして、彼のいわんとすることを理解した。ふりむいて彼を見ると、その目には予想どおり、悪魔のような光が宿っていた。

「ええ。そうです」

「かなりの出席者がありそうですね。もっとも、田舎のバースのことだから、さほど盛大な集まりは期待できないでしょうが。それに、もちろん、客がわずかしかいなくても、パーティを存分に楽しむことはできます。二人いれば充分ですよ。一人が男、もう一人が女で、ダンスができさえすれば。オーケストラだって、必要不可欠なわけではない」

「やだ、バカみたい、ルース」妹が楽しげに笑った。

しかし、シンクレア子爵はフランシスに視線を据え、眉を吊りあげてみせた。

「同意していただけませんか、ミス・アラード」ときいた。

赤くなんかなるものですか――フランシスは思った――ぜったいに。

「でも、それでは本当のパーティとはいえないんじゃありません？」

「そして、その男と女は」ルシアスはつづけた。「ほどなくダンスに飽きて、ほかの楽しみを求めはじめることでしょう。あなたのおっしゃるとおりです。今夜はまずまずの人数が集まっていることに感謝しなくては」

この人、どうしてこんな態度をとるの？——フランシスはいぶかった。ルシアスがバースにきていらい、顔を合わせるのはこれで三回目だが、いずれのときもうれしそうな様子はなかった。

幸い、その瞬間にエッジカム伯爵がやってきた。孫娘が一人でいるあいだは舞踏室でそばについていたが——と、フランシスを迎えて彼女の手の上に身をかがめたあとで、伯爵は説明した——さしつかえなければ、そろそろカードルームのほうへ移らせていただきたい。

「あたし、自宅で内輪だけのパーティのときに二、三度踊ったことがありますけど」シンクレア子爵が祖父に付き添ってもうひとつの部屋のほうへ行っているあいだに、ミス・マーシャルがフランシスに打ち明けた。「こんな華やかなパーティは初めてなの。明日、キャロラインとエミリーに手紙を書いて、今夜のことを知らせたら、二人ともきっとうらやましがるわ」

若い出席者はあまり多くないことにフランシスは気がついた。それに、最初に見たときは客の装いのきらびやかさに圧倒されたが、よく見てみると、上流の舞踏会で見受けられるような最新流行の装いの者はほとんどいない。だが、おかげで気が楽になった。流行遅れのドレスで自分一人だけが目立ってしまうのではないかと、気後《きおく》れしていたのだ。

「けっこう華やかね」フランシスはいった。「でも、ミス・マーシャル、来年正式にデビューなさるときには、これよりもっと華やかな場があることを知って、きっと感激なさってよ」

「ねえ、エイミーってお呼びくださいな。お願い」少女はいった。そのあと、さらに顔を輝かせて、扇を持ちあげ、ダンスフロアの向こうにいる誰かに向かって揺らした。「ローズ・アボッツフォードよ。お母さまと一緒。それから、あの方がきっと、ローズの話に出てきたお兄さまね。とってもハンサムだわ。ね？」兄がふたたび近づいてきたので、エイミーは扇を広げた。

「おまえがこの部屋の青年すべての気をひこうとする前に、エイミー、一曲目はぼくと踊る約束だったことを思いだしてほしいな。しかし、おまえをここに連れてきたことを母さんに知られたら、それだけで首をちょん切られてしまう」

そのとき、一人の紳士がフランシスの前でお辞儀をした。見ると、ブレイク氏だった。

「ミス・アラード、今夜、ここでお目にかかれるとは思いもしませんでした。しかし、もちろん、お目にかかれて光栄です」

フランシスがブレイク氏に近づいていくと、彼の視線が連れ二人のほうに向いたので、彼女は二人に氏を紹介した。もっとも、レナルズ家の夜会ですでに顔を合わせているのだが。

「なんとご親切なことでしょう」ブレイク氏はシンクレア子爵にいった。「ミス・アラードを招待客としてお連れになるとは」

「あの」フランシスは困惑した。「ここにまいりましたのは、招待客というより、お嬢さまの付き添いのためですのよ、ブレイクさま」

「ううん、とんでもない。ちがいます」エイミーが叫んで、扇の先でフランシスをパシッと叩いた。「なんてバカなことおっしゃるの！」

「恐縮です」シンクレア子爵がいった。その声があまりに硬くて横柄だったので、フランシスは彼に鋭い視線を向けた。彼は片眼鏡を目につくかつかない程度にかざしていた。「しかし、ミス・アラードはエッジカム伯爵が個人的に招待した方でしてね」

ブレイク氏はお辞儀をして彼を見た。氏がたったいま冷淡な侮辱を受けたことに気づいているのかどうか、フランシスには判断がつかなかった。氏のために怒りを覚えた。シンクレア子爵ったら、ただの医者風情に紹介されたと思って迷惑がってるの？冗談じゃないわ。わたしだってただの教師なのに。

「厚かましいお願いになるでしょうか」ブレイク氏が彼女にきいた。「二曲目をわたしと踊ってくださいと申しあげたら、ミス・アラード。最初の曲は、あなたにお目にかかる前に、ミス・ジョーンズと踊る約束をしてしまったものですから」

「ミス・アラードはぼくと二曲目を踊ることになっています」シンクレア子爵がいった。

フランシスは人前で彼と口論すべきか、黙って聞き流すべきか、ほんの一瞬ためらった。彼にちらっと目をやると、片方の眉を吊りあげているのが見えた。たぶん——その一瞬のあいだに、フランシスは考えた——最初の方法をとれば、向こうは大喜びするだろう。あの眉は公然たる挑戦のしるしだ。

「ええ」フランシスは彼の目に向かって笑いかけた。「馬車でここにお連れくださるあいだに、シンクレア子爵がとても熱心にお申込みになりましたの」

「そうでしたか」ブレイク氏はいった。「では、三曲目はいかがでしょう、ミス・アラード」

「楽しみにしております」彼女は応えた。

ふと気づくと、儀典長によって一曲目の始まりが告げられ、オーケストラが演奏に入る態勢を整えていた。ダンスフロアに注意を向けた瞬間、不快感も、困惑も、フランシスのなかからすべて消えていた。自分が踊れる見込みはなくとも、心が浮き立ってきた。すくなくとも、二曲目と三曲目は踊ることができる。それだけでも期待以上だ。

しかし、結局は、一曲目の活気あふれるカントリー・ダンスにも参加できることになった。ブレイク氏がパートナーを捜しにいき、シンクレア子爵が妹をリードしてフロアに出たあと、フランシスはあいた椅子を見つけた。ところが、ハッカビー氏の義弟にあたるギルレイ氏が——彼にはクリスマスのコンサートのあとで紹介されたのだが——やってきて、ダンスを申し込んでくれたおかげで、フランシスは最初の瞬間から舞踏会に参加する喜びを味わうことができた。

しかも、それはすばらしい喜びだった。フランシスは複雑なターンや旋回をくりかえしながら、思わず口もとをほころばせ、やがて声をあげて笑っていた。ハッカビー氏が少女たちにダンスの指導をするときは、いつもフランシスが彼のパートナーをつとめていたので、ステップは記憶のなかに新しかった。列のずっと向こうにいるエイミー・マーシャルも見るからに楽しんでいる様子だった。シンクレア子爵は寛大な微笑を浮かべて妹をみつめていた。だが、一度だけフランシスと目が合った瞬間、しばし視線をからみあわせた。

つぎの曲は彼と踊る約束になっている。喜んでいいのか、悲しんでいいのか、フランシスにはわからなかった。ここに集まった紳士のなかでは、彼が文句なしに一番のハンサムであり、気品に満ちている。彼と踊ることを考えただけで卒倒しそうだった。しかし、彼から離れれば離れるほど、心の安らぎにとってはプラスになる。貴重な安らぎ。満足。

しかし、皮肉なことに、刻一刻と時間が過ぎるにつれて、あの古い魔法が彼女の周囲に網をめぐらしはじめた。

もう一度彼と踊りたかった——踊りたくてたまらなかった。

もう一度だけ。

13

最初の曲が終わると、アルジャーノン・アボッツフォード青年がエイミーに紹介され、彼はきわめて礼儀正しく、二曲目をエイミーと踊る許可をルシアスに求めた。許可を与えたルシアスは、自分の知らない女性と話をしているフランシスに、好きなだけ注意を向けられるようになった。

正直にいうと、ここに着いて以来、彼の注意はフランシスから離れていなかった。もし彼が、自分はエイミーみたいにわくわくしながらこの夜を待っていたわけではない、フランシス・アラードにふたたび会えると思って装いにことさら気を配ったわけでもない、と無理に思いこんでいたりしたら、最終的には、みずからの品位を落とす真実と向きあうことになるだろう。

くそっ！

また、自分は静かな満足を求めるタイプだとフランシスが本気で信じているとすれば、ルシアス以上の自己欺瞞《ぎまん》の天才だ。ルシアスにいわせれば、彼女ぐらい未婚の教師として年老いていくのに向かない女性はいない。バースのちっぽけなパーティだというのに、彼女の頬も、目も、物腰も、すべてが情熱的な喜びに輝いている。

ほかの誰も知らないことだが、ルシアスだけは、ダンスに対する彼女の愛がいかに簡単に、全面的に、官能的な情熱に変わっていくかを知っていた。

といっても、そのような変化をひきだすつもりは、今夜はまったくないけれど！

「お嬢さん」フランシスの前でお辞儀をして、ルシアスはいった。「踊っていただけますか」

フランシスの視線が上を向き、彼の目をとらえた。そこでルシアスは知った――宿の寒くてむさくるしい〈アセンブリー・ルーム〉でワルツを踊る前に、自分がいまとまったく同じ言葉を口にし、そののちに愛しあったことを、彼女も思いだしているのだ。

なぜあのときのことを彼女に思いださせようと躍起になっているのか、彼自身にもよくわからなかった。単なるいたずら心？　それとも、彼女と対決し、相手の本心をひきだす必要を感じたから……？　いや、何を考えているのか、自分でもわからない。彼が自分の言動の動機について考えることはめったになかった。昔から衝動と行動の男だった。

「お受けいたします」フランシスはそういって、自分の手を彼にあずけた。「喜んで」

「残念ながら、ワルツではない」彼女をリードしてフロアへ出ていきながら、ルシアスはいった。「今夜はワルツはないそうだ。尋ねてみたんだが」

「人からきいた話ですけど、バースでワルツを踊ることはあまりないそうよ」

「許しがたい怠慢の罪だ。しかし、もし今夜ワルツをやってくれれば、フランシス、二人で踊っただろうね」

「ええ」彼女はうなずき、首をまわして彼の目をのぞきこんだ。

その瞬間、二人のあいだに、言葉にならない何かが流れた。欲望、憧れ、あの夜の記憶——どれなのか、ルシアスにはわからなかった。たぶん、その三つすべてだろう。そこにはまちがいなく、強烈な肉の疼《うず》きがあった。

二人は——彼とフランシス・アラードは——たがいにひどく苛立たしい存在だった。礼儀正しく接しようとしても、すぐ喧嘩になってしまう。しかし、そこには何かの火花があった。それは、三カ月前のワルツに先立って日中に発火し、ワルツの最中からその後にかけて大きく燃えあがったものだった。三カ月たったいまも、火花はまだ完全に消えるには至っていない。

よし、決めたぞ、彼女との再会を後悔しているふりも、彼女を避けるべきだったと考えるふりも、地獄へ行ってくれるよう願うふりをするのも、もうやめよう。たとえ向こうが自己欺瞞の名人だとしても、こっちはそういうゲームは得意ではない。

ふたたび彼女のそばにいられて、ルシアスはくらくらするほど幸せだった。

二曲目もカントリー・ダンスだったが、最初のよりテンポがゆるやかで重々しい感じだった。ルシアスは彼女をエスコートして淑女側の長い列まで連れていき、自分は紳士側の列に彼女と向かいあって立った。ほかの女性と比べると、フランシスはドキッとするほどエキゾチックだ――彼は思った――浅黒くて、生き生きしていて、愛らしい。茨《いばら》に混じったバラの花。いや、それはあんまりだ。バラに混じった珍しい蘭《らん》の花といったほうがいい。そして、バラが急に凡庸に見えてきた。

舞踏会で最後に二曲つづけて踊ったのがいつのことだったのか、ルシアスには思いだせなかった。一曲だけでうんざりすることが多かった。ダンスは夜の楽しみとして好ましいものであると、誰が決めたのか知らないが、男性の健全さを損なう由々しき脅威としてその人物を植民地へ追放すべきであったと、ルシアスはつねづね思っていた。女に近づきたければ――ルシアスにとっては日常茶飯事だったが――同じ魂胆を抱いたおおぜいの連中に混じって目当ての女と一緒に舞踏室のなかを跳ねまわるよりも、はるかに直接的な方法がいくらでもある。

しかし、クリスマスのあとでフランシス・アラードと踊ったワルツは、それ自体が色っぽい体験だった。それに加えて、刺激的で、気分を浮き立たせてくれた。そして、いまからまた彼女と踊るのだ。ほっそりした長身に銀色のモスリンをまとい、頭上のロウソクの光になめらかな黒っぽい髪をきらめかせ、喜びの期待に目を輝かせている彼女に、ルシアスは身も心も奪われていた。

明日か、あさってか、しあさってには、ロンドンにもどって、義務に目を向けなくてはならない――ああ、やめてくれ。だが、その前に今夜がある。よし、一分一秒に至るまで徹底的に楽しんでやるぞ。

音楽が始まって、紳士たちはお辞儀をし、淑女たちは膝を折って身をかがめた。二つの列が近づいて、一人一人の紳士がパートナーの右手をとって頭の高さまで掲げ、二人でくるっとターンして、それから、列がもとにもどる。

オーケストラの演奏がつづき、踊り手たちは洗練された旋律に合わせて足を踏み鳴らし、磨き抜かれた床にダンスシューズでリズミカルな音を響かせた。二人――ルシアスとフランシス――は、ときに向かいあい、ときに背中合わせになって、ステップを踏んだ。手をつなぎ、列にならんで前進し、後退し、ほかのカップルのあいだに入り、離れ、ふたたび一緒になり、自分たちの番がくると、腕を組んで手を握りあったまま、列のあいだを抜けて先頭から最後尾へ軽やかに移動するのだった。

断片的な会話をする機会はしばしばあったが、二人は一度も言葉をかわすことなく、ひたすら踊りつづけた。だが、そのあいだじゅう、ルシアスは彼女からほとんど目を離すことなく、意志の力で彼女の視線を受け止めていた。彼女を意識するあまり、五感が研ぎ澄まされていた――光を受けた瞬間の、銀色のリボンと黒っぽい髪のきらめき、モスリンの衣《きぬ》ずれ、なつかしい彼女の香り。濃厚な香水ではなく石鹸の香りにちがいない。

しかし、踊りつづけるうちに、あるひとつのことがほかの何よりも鮮明になってきた。三カ月前にフランシスが彼を拒んだのは事実だが、それは無関心ゆえではなかったのだ。あのときから自分でも薄々わかっていたのだと、ルシアスは思ったが、いまやそれが確信に変わっていた。

フランシス・アラードは完全な臆病者だ。

今夜、彼女の背後で学校の玄関が閉まる前に彼がやろうと決心したことがひとつあるとすれば、それは、彼女を自己満足のなかからひきずりだそう、彼を捨てて以前からの心地よい安全を選んだために、得たものより失ったもののほうが多かったことを悟らせてやろう、ということだった。過ちを認めさせてやりたかった。

過ちではなかったことを彼自身がすでに認めているくせに、そのことはすっかり忘れていた。

二人のあいだの空気がパチパチ音を立てていた。

曲が終わりに近づくころには、顔と胸が汗ばんできらめき、フランシスはますます美しく――そして、ますます色っぽくなっていた。息を切らして胸をかすかに上下させているのも、色っぽさを添えていた。唇がひらき、目が輝いていた。

「ありがとうございました」彼が右腕をさしだすと、袖に軽く手をかけて、フランシスはいった。「とても楽しかったわ」

「またその言葉か」ルシアスはきびしい目で射るように彼女を見た。「ときどき、きみを揺すぶってやりたくなる、フランシス」

「えっ、どういう意味？」彼女は軽い驚きを浮かべて彼をみつめ返した。

「願わくは、合唱団のメンバーや音楽の弟子たちを褒めるさいには、〝楽しい演奏だった〟という表現は使わないでもらいたい。そういわれただけで、生徒は音楽を永遠に捨ててしまうだろう。許されるなら、英語の辞書から〝楽しい〟という言葉を追放したいぐらいだ」

「わたしと踊ってくださったのがふしぎなほどだわ、シンクレア子爵。わたしのことがあまりお好きじゃないようね」

「ときとして、好き嫌いと、われわれのあいだにあるものとは、ほとんど無関係のような気がするのだが、フランシス」

「わたしたちのあいだには何もありませんわ」

「敵意だって〝何か〟だろ。しかし、それ以上のものがあると思うが」

ルシアスは彼女を連れて、エイミーがアボッツフォード家の人々と一緒に立っているほうへ行った。エイミーはここに到着したときよりさらに生き生きしていた（そんなことが可能だとすればだが）。

「つぎの曲が終わったら、ティールームでお茶になるから、エイミーと祖父とぼくにつきあってほしい」ルシアスはフランシスにいった。つぎの曲は彼女が医者のブレイクと踊る約束になっていたのを、不意に思いだしたのだった。医者が彼女に下心を抱いているのはみえみえだが、今宵のパーティに誘いだす方法を考えだすことができずにいたとすれば、きっとカタツムリのようなのろまにちがいない。しかし、レナルズ家の夜会のときみたいに、お茶の時間に彼女をさらわれてはたまらない。

「それはお頼みですの、シンクレア卿。それとも、命令？」

「お望みならば、膝を曲げて頼んでもいい。しかし、そんなことをしたら、大きな噂《うわさ》になりますぞ」

フランシスは笑いだした。

彼女が笑ったときに彼の心臓が鼓動を速めなかったことは、一度もなかった。すでに顔を紅潮させ、光り輝いているというのに、笑った彼女はさらなる変身を遂げた。笑うために生まれてきたにちがいない。人間らしい雰囲気になる――その言葉がどういう意味にせよ。

「では、おとなしくついてまいります」フランシスは約束した。

ほどなく、恋する男が迎えにきて、薄くなりかけた頭をロウソクの光のなかでテカテカさせながら、彼女を連れ去った。儀典長が眼鏡をかけたまじめそうな若者をエイミーに紹介しにきて、若者はカドリールを踊るために彼女とフロアへ出ていった。

ルシアスは、儀典長が彼にもべつのパートナーを紹介しようと思いつく前に、カードルームに逃げこんだ。祖父はゲームに熱中している様子だった。

ふたたび、いらいらした落ち着かない気分になった――このところおなじみの感覚であり、これから何週間、何カ月ものあいだ、彼につきまとって離れないことだろう。クリスマスのすこし前にバークレイ・コートへ出かけるまで、自分がどんな人生を送っていたのかを、ルシアスは思いだそうとした。いつも不機嫌でいらいらしていたのではなく、このうえなくおだやかでやさしい人間だったはずだ。

ふつうなら、女教師にのぼせあがったりしなかったはずだ。

祖父はなぜ永遠に生きられないんだ？

あるいは、自分にはなぜ十人以上の兄がいないんだ？　カドリールは永遠につづくように思われた。お茶を飲むつもりでいるのに。お茶か、やれやれ！

ブレイク氏の踊りはほどほどにうまかった。また、愛想のいいパートナーで、フランシスの装いとステップの両方を褒めてくれた。今夜のパーティで彼女に会えた喜びを、ふたたび口にした。

「こういう催しに顔をお出しになれるとわかっていたら、ミス・アラード」ブレイク氏はいった。「わたしのほうからお誘いしたでしょうに。今夜は姉夫婦ときているんです。よかったら、いずれかの夜に劇場へご一緒していただけませんか」

「きっと楽しいでしょうね」フランシスは微笑した。「今夜のように、学校の夜の仕事をさぼることができればの話ですけど。ご親切ね、わたしのことを考えてくださるなんて」

「あなたのことを考えるのは、ちっともむずかしいことじゃありません、ミス・アラード」彼女のほうへわずかに頭を近づけて、ブレイク氏は断言した。「正直にいいますと、このところ、知らぬまにそうなっていることが多いんです」

その瞬間、ダンスの旋回のおかげで彼と離れることができて、フランシスはホッとした。前の曲が終わったあと、彼女の心は千々に乱れていて、まだ受け入れる気になれない熱情を適当にあしらう仕事は、自分には荷が重すぎると感じていた。代わりに、一緒に踊っているカドリールを楽しむことに神経を集中させた。ブレイク氏の想いに対してわずか一週間前に感じたばかりの楽しさを呼びおこそうと、しばし努力してみたが、どう考えても無理なようだった。シンクレア子爵のいうとおりだと、不意に悟った――〃楽しい〃とか〃楽しさ〃といった言葉は、やはりおとなしすぎる。

ブレイク氏の存在よりも、舞踏室に子爵の姿がないことのほうが、フランシスははるかに気になっていた――あまり褒められたことではない。舞踏室全体の雰囲気が急につまらなくなった。

感情への命令が理性のときほど簡単に伝わらないのはなぜかしら――フランシスはいぶかった。どの男を愛するかを自分の意思で決めることがどうしてできないの？――もっとも、彼女の頭と身体のなかで揺れ動いている感情をあらわすのに、〃愛〃というのは適切な言葉ではなかったが。しかし、何が適切な言葉であるにせよ、どの男がこちらの血を騒がせ、心臓の鼓動を速め、その存在感でこちらの世界を満たすかは、こちらの意思で決めるのが本当だ。

今夜のパーティが終わったら、その方向めざしてもっと努力しなくては――フランシスは決心した――シンクレア子爵との最後のひとときが終わったら。

ブレイク氏に思慕の念を抱けるようになりたいと、心の底から願った。彼が想いを寄せてくれているのは、自分の人生にとって大きな幸せなのだ。

「残念でございますが」曲が終わり、自分の親戚と一緒に軽食をとってもらえないだろうかと彼に尋ねられたので、フランシスはこう答えた。「エッジカム伯爵のご一家とお茶をいただく約束をしてしまいましたの。じつは、今夜は伯爵さまがご招待くださいましたのよ。ミス・マーシャルの付添いとして――というか、話し相手として――年上の女性が必要だと、伯爵さまがお考えになったものですから」

「ほう、だが、さほど年上というわけではありませんよ、ミス・アラード」ブレイク氏は慇《いん》懃《ぎん》な口調でいって、彼女の手の上に身をかがめた。「しかしながら、個人的な好みよりも与えられた義務を優先させようとなさるお気持ちはよくわかりますし、ご立派なことだと思います。では、わたしのほうは、ご迷惑でなければ、近いうちにミス・マーティンの学校へあなたをお訪ねすることにいたしましょう」

「ありがとうございます」フランシスはふたたび彼に笑顔を見せた。だが、自分でも推測できない何かの理由から、彼に対して正直でなかったような気がした――いや、本当は推測できなくはないのかもしれない。これからは、傷ついた心から身を隠すために彼を利用したりしないよう、充分に注意しなくては。

またしても心が傷ついてしまったとは、なんという救いがたい愚かさ！

今夜もまた、ティールームでの三十分は楽しかった。それはエッジカム伯爵とエイミー・マーシャルが今夜もまた、こちらを大切な客として扱ってくれて、会話が活気と笑いに満ちていて、五官を喜ばせてくれるものが周囲にどっさりあるおかげなのだと、フランシスは自分にいいきかせた。明日になってから友達を喜ばせる材料がたっぷり手に入ることだろう。そして、今夜のことはいつまでも記憶に残るだろう。

しかし、心の奥底では、シンクレア子爵ことルシアス・マーシャルが同じテーブルにいなかったなら、いまの半分も浮き浮きした気分にはなれなかったはずだとわかっていた。ときにはひどく癪にさわる男だし、わざと人を困らせようとしてものをいう癖が――あるいは、同じ動機から黙りこんでしまう癖が――あるが、一緒にいるだけで刺激的だし、ふたたび彼の前に出たおかげで、あのときの記憶がよみがえってきた。必死に忘れようとしてきたが、いまようやく、世界じゅうの思慮分別をもってしても、自分はあれを逃そうとは思わなかっただろうと認めるまでになった。

あの日々は、生きているという充実感があった。

そして、今夜ふたたび、生きている充実感を持つことができた。

今夜が終わったら、また苦しむことになるだろう。たぶん、これまで苦しんできたのと同じぐらいに。でも、いまとなってはそれを阻止するすべもない。そうでしょ？　人生とは人間にそういう仕打ちをするものなのだ。感情の昂ぶりと落ちこみの差がほとんどない静かな人生を築こうといくら努力したところで、苦悩から身を隠すことはできない。

感情の昂ぶりは、こちらが予測もしていないときに無理やり人生に入りこんでくる。フランシスが旅立つことを決めた日に、あんな大雪が降るなどと、誰に予測できただろう。そこから生じた燦然《さんぜん》たる結果が誰に予測できただろう。

そして、三日前のレナルズ家の夜会で歌ってほしいと依頼を受け、軽い気持ちでひきうけたばかりに、ルシアスに再会することになり、それがきっかけとなってこの瞬間まで運ばれてくることになるのが、誰に予測できただろう。

感情の昂ぶりが人生にしきりと入りこもうとするものだから、落ちこみのほうも同じようにまねをする。必然的なことだ――この二つは緊密に結びついているのだから。

しかし、後者の訪れを待ち構えていても意味がない。かならずやってくるに決まっている。そこで、フランシスは残された夜の時間を存分に楽しむことに決め、明日になったらクローディアとアンとスザンナにくわしく話してきかせるという楽しみに期待をかけることにした――もっとも、そのときはもう苦悩に苛《さいな》まれているだろうが。

お茶がすむと、残りのダンスのすべてに参加した。そこには、カントリー・ダンスがもう一曲含まれていて――今宵最後の曲だ――パートナーはシンクレア子爵だった。パーティが終わったときは残念だったが、楽しいことにはかならず終わりがあるものだ。時間を止めることは誰にもできない。

しかし、昂ぶりにつづく落ちこみは、彼女の予測よりもずっと早く始まった。

ブロック通りの家は目と鼻の先だったので、エッジカム伯爵が帰宅するのに馬車は必要なかった。また、アパー・ルームズの周辺は馬車で混みあっていたので、シンクレア子爵は自分の馬車に家の外で待機するよう命じてあった。フランシスは腕をからめてきたエイミーと一緒にゆっくり家に向かい、二人の紳士はそのすこしあとを歩いていった。

「こんなに楽しかったの、生まれて初めてよ」ザ・サーカスに向かって歩きながら、エイミーは心の底からためいきをついた。「あなたは、ミス・アラード？」

「そうね。わたしも生まれて初めて」

「みんな、あたしと踊りたがってた」エイミーは天真爛漫《らんまん》にいった。「それから、あなたとも。一曲も休まずにお踊りになったんでしょ？　ルースが二度目にあなたと踊ってるのを見て、あたし、うれしくなっちゃった。いつもはダンスなんかぜったいしない人で、お母さまを嘆かせてるのに」

「じゃ、光栄だと思わなきゃね」フランシスはいった。

「ただし」エイミーはつづけた。「今年のシーズンは、何曲も踊らなきゃいけないでしょうけど。クリスマスのとき、おじいさまに約束してたから。今年こそお嫁さんをもらうって。たぶん、ミス・ハントのことでしょうね。昔からずっと、ルースのことを待ってた人なの。すでにロンドンにきてるのよ。お父さまと、お母さまと、おじいさまのゴッズワージー侯爵もご一緒に。あ、侯爵はうちのおじいさまの親友なの。でも、あたしは来年まで踊れない。社交界デビューが来年だから。つまんないの」

フランシスの心臓は肋骨にぶつかるぐらいドクドクいっていた。クリスマスのあとのときは理性を働かせて彼を追い払ったのだし、この数日間にしても、彼の関心がよみがえることを期待するほど愚かではなかった。二人の仲の復活など望んではいなかった。だが、彼に結婚の予定があること、すでに花嫁を選んでいることを知らされると、やはり胸が痛んだ。まったく理屈に合わないことだ。だが、こと心の問題となれば、理屈の出る幕ではない。かつて彼と一夜をともにした。フランシスが肉体関係を持った男は彼しかいない。ならば、胸が痛むのも――あるいは、胸の痛みでないとすれば、気分が落ちこんだのも――無理からぬことだ。

「何かを熱烈に望んでるのに待たなきゃいけないって、ほんと、癪にさわることね」フランシスはいった。「でも、いよいよデビューのときがきたら、きっとまばゆいほど華やかよ。長いこと待たされた分だけ、よけいにそうだと思うわ。でも、こんな分別くさい言葉はもう何度もきかされてるでしょうね。わたしがあなたの立場だったら、癇癪《かんしゃく》をおこしてわめき散らしたくなりそう」

エイミーは楽しげに笑って、フランシスの腕を強く握った。

「ああ、あなたのこと大好きよ。またバースにくることがあったら――いつになるかわからないけど――あなたに手紙でお知らせして、学校へ会いにうかがうわ。こんなに早くバースを離れなきゃいけないのが残念だわ。なんだか、姉たちとはべつに、あたしだけここで育ったような気がするんですもの。でも、ルースの話だと、明日かあさってにはロンドンにもどらなきゃいけないんですって」

ああ！　新たな打撃。だが、本当はそのような打撃を受けるいわれはないはずだ。この四日間の出来事を大きな悲劇だなどと思ってはならない。今夜が終われば、この三人に会うことは二度とないと覚悟していたのだから――すくなくとも、理性の面ではそう覚悟していた。

「それじゃ、いつかまた再会できるのを楽しみにしているわ」ブロック通りの家の前で足を止めて、フランシスはいった。シンクレア子爵の馬車がそこで待っていた。御者台にはピーターズ。学校まで送ってもらう馬車には自分一人で乗っていくといおうかとも思ったが、許されるはずのないことはわかっていた。それに……。

そう、それに、彼との最後のひとときになる苦悩の数分を自分からとりあげることはできない。そうよね？

苦悩？

なんて感傷的なひとときなの！

フランシスは借りもののショールを肩にしっかり巻きつけた。まだ早春で、空気は冷たい。

エイミーが彼女を抱きしめたとき、紳士二人が近づいてきた。伯爵は右手をさしだし、フランシスがそこに自分の手を置くと、それを反対の手で包みこんだ。

「ミス・アラード、今夜ご一緒してくださったことに心からお礼を申しあげたい。おいでいただけて、エイミーは大感激でしたぞ。明日かあさってには、孫たちを連れてロンドンにもどらねばなりません。だが、ふたたびこの町にきたときは、あなたをお招きして、わしのために歌っていただきたい。ご承諾いただけますな」

「光栄でございます、伯爵さま」

「ルシアスがお宅までお送りします。おやすみ、ミス・アラード」

「おやすみなさいませ」フランシスはいった。「おやすみなさい、エイミー」

一分後、フランシスはシンクレア子爵とともにふたたび馬車に乗りこみ、馬車は走りだした。十分ぐらいで学校に着くだろうと、フランシスは計算した。残された時間はあと十分。

そう思っただけで狼狽《ろうばい》するなんて、愚かだこと。

「愉快な一夜だったといってほしい」沈黙のなかで最初の一分ほどが過ぎてから、いきなりルシアスがいった。

「ええ、そうね」フランシスは請けあった。「とても――」

「〝楽しかった〟といったら、絞め殺してやる、フランシス」

「――わくわくしたわ」フランシスはそういって、闇のなかで笑みを浮かべた。

「ぼくがいたから〝わくわくした〟んだといってくれ。ぼくがいなかったら、その半分も楽しめなかっただろうといってくれ」

馬車のなかはひどく暗かった。彼を見ようとして首をまわしたが、顔を見ることはできなかった。

「そんなこといえません」フランシスは憤慨《ふんがい》した。「図々しい！　傲慢《ごうまん》だわ！　もちろん、あなたがいらっしゃらなくても、同じぐらいに――いえ、もっと――楽しめたことでしょう」

「嘘つき！」ルシアスはそっとつぶやいた。

「幻想を抱いていらっしゃるようね、シンクレア卿。自分は神から女たちへの贈物なんだって」

「きみにはふさわしくない陳腐な表現だね。クリスマスのあとでぼくをふったことを後悔してるっていってごらん」

「してないわ！」フランシスは叫んだ。

「これっぽっちも？」

「ええ、その半分すら」

「じゃ、その四分の一ぐらい？」ルシアスはやさしく笑った。「とんでもない嘘つきだね、フランシス」

「そして、あなたは」フランシスはいった。「わたしがこれまで出会ったなかでいちばんのうぬぼれ屋だわ」

「ある女性に出会って心を奪われ、相手もぼくに同じように惹かれているのを感じ、惹かれあう想いをベッドで完成させ、そのあとで、ぼくに別れを告げたことを相手が後悔して胸を痛めているにちがいないと信じることが――別れる必要なんかなかったんだからね――うぬぼれだというのかい」

「胸を痛めてるほうがましだわ」フランシスは辛辣にいった。「あなたの愛人になるぐらいなら」

「ほう！　それじゃ、胸を痛めたことは認めるんだね」

フランシスは唇を嚙んだが、返事はしなかった。

「きみを愛人にするつもりだなどとは、ぼくはひと言もいってないよ」

「でも、わたしと結婚するつもりだともおっしゃらなかったわ。失礼ですけど、シンクレア卿、あなたについていった場合、二人のあいだにそれ以外の関係が成り立つとは思えません」

「求婚中というのはどう？」彼が提案した。「一緒にいる時間がもっと必要だったんだ、フランシス。二人のあいだのことはまだ片づいてないんだよ」

「あなたは遊んで暮らせるお金持ちの立場からものをいってらっしゃる。わたしは生活費を得るために働かなきゃいけないのよ。そして、わたしの仕事場はここなの」

「ぼくがここに残ってもいいといっただろ。ところが、きみは耳を貸そうとしなかった。だから、ぼくはきみをロンドンへ連れていって、住むところを見つけ、世間に対して恥ずかしくないように、きちんとした女性を世話係としてつけようと提案した」

「そして、その費用をすべて持つつもりでいらしたんでしょ」

「もちろんだとも」彼の声の調子から、眉が傲慢なアーチを描いていることが想像できた。

「そうなれば、わたしは囲い者だわ」フランシスは叫んだ。「そんなこともおわかりにならないの？　あなたがわたしたちの関係をほかのどんな言葉で表現しようとしても、わたしは結局、あなたの愛人ってことになるのよ」

「やれやれ！」ルシアスは叫んだ。「ぼくが黒を黒といえば、きみはそれに反論して、黒を白という。だが、反論されると、こっちは頭痛がしてくる。頭痛だけはなんとしても避けたいね。きみと理性的に議論を戦わせるのは無理なようだ。負け惜しみの強い人だからな」

フランシスは何か反論しようとして彼のほうを向いたが、彼の動きのほうが速く、片方の腕で彼女の肩を抱き、反対の手で顎を強くつかんで、むさぼるように唇を吸った。

その衝撃で、フランシスの理性は粉々に砕け散ってしまった。

「ん……」片手を彼の肩に伸ばし、押し返そうとした。

「逆らってもだめだ」唇を重ねたまま、彼が熱くささやいた。「だめだよ、フランシス」

彼の唇に触れられて理性的な思考プロセスがすべて破壊されてしまったため、フランシスは彼の抱擁に本能的に抗《あらが》おうとするのをあきらめた。代わりに、彼の髪に指をすべらせ、三カ月にわたって抑えつけてきた熱情のすべてをこめて、くちづけに応えた。

ルシアスがその唇で彼女の唇をひらかせ、舌が彼女の口に深く押し入って、火照りと疼きと生々しい欲求で彼女を満たした。フランシスはしばし官能に身をゆだね、向きを変えて彼に両腕をまわし、彼の胸に乳房を押しつけた。

ああ、これまでのなんと長かったことか。

永遠にも思われた。

彼に会いたくてたまらなかった。

ルシアスの手が彼女の肌をまさぐり、強く抱き寄せた。

しかし、強烈な情欲に駆られていたとはいえ、フランシスが思考力を完全になくしていたのはほんのいっときだった。クリスマスのあとのときみたいに、彼の熱情に屈することはできなかった。彼が自由の身でないことを知ってしまったからだ。ルシアスはすでに結婚の約束をしていて、そのために明日かあさってにはロンドンへ行くことになっている。さらにいうなら、彼がその約束をしたのは、吹雪のなかで彼女に会う以前のことだったのだ。

それに気づいたとたん、胃が宙返りをした。

手をおろし、彼の肩を押した。

「だめ!」彼の唇に向かって、フランシスはいった。

「ど、どうしたんだ、フランシス」ルシアスは顔をあげ、彼女から二、三インチ離した。

「ちくしょう、ふざけるな!」

啞然《あぜん》とするような悪態をぶつけられても、フランシスは彼をとがめはしなかった。代わりに唇を噛み、涙があふれそうなのをこらえるために、闇のなかでまばたきした。

ルシアスが中断された抱擁にもどろうとしたが、フランシスはあわてて顔をそむけた。

「ミス・ハントがお許しにならないわ」

「ミス——? 誰がきみにポーシャのことを?」

まあ、その人をポーシャって呼んでるのね。

「エイミーだな、たぶん」ルシアスが自分で自分の問いに答えた。

「ええ、エイミーよ」フランシスは認めた。「どうぞお幸せに、シンクレア卿」

「あと一度でも〝シンクレア卿〟と呼んだら、きみに暴力をふるうことになりそうだ、フランシス。ポーシャ・ハントとはまだ婚約もしてないんだぞ」

「〝まだ〟ね。でも、もうじきなんでしょ。わたしの肩から腕を放してくださいません？」ルシアスが不意にその言葉に従ったため、彼女の心はからっぽになり、肺に空気を送りこむことすら、自分の力ではとうてい無理なような気がしてきた。

残りの道中は、二人ならんですわったまま沈黙のなかですぎていった。馬車がグレート・パルテイニー通りからシドニー・プレースへ、そしてサットン通りへと大きく曲がったときには、肌が触れあうのを避けようとして、二人とも頭上の革紐に手を伸ばした。馬車が学校の前でガクンと揺れて停まると、馬の鼻息とひづめの音をのぞいて、不意に完全な静寂が訪れた。

馬車の扉がひらかれ、ステップがおろされた。

シンクレア子爵は座席にすわったままだった。フランシスも同じだった。

「世間には」外の歩道でピーターズがつぶやいた。「今夜じゅうにベッドに入りたいと思ってる人間もいるんですがねえ」

「無礼なやつめ！」シンクレア子爵は憤怒に燃える声でわめき、一瞬のうちに馬車から飛びおりた。「就寝時刻をすぎても拘束されてることが不満なら、いつでも暇をとっていいんだぞ。こっちもせいせいする」

「仰せのとおりだ、若さま」どこ吹く風といった口調で、御者は答えた。「そのときがきたら、こっちから知らせまさ」

シンクレア子爵は向きを変え、フランシスが馬車からおりるのに手を貸した。学校の玄関まで送っていくと、二人が近づいたとたん、ドアがひらいた。キーブルが渋い顔をして、疑り深い父親のごとく顔をのぞかせていた。

「では、フランシス」背中で両手を組んで、シンクレア子爵はいった。「お別れのときがきたようだ――ふたたび」

「ええ」フランシスは狼狽を抑えようとした。

玄関ホールで燃えているランプのかすかな光のなかで、二人はしばしみつめあった。彼はひどく怖い顔をし、顎をこわばらせていた。やがて、二度うなずいてから、急に向きを変え、大股で馬車にもどっていった。

フランシスはふりかえることなく玄関ホールに入った。背後でドアがしまった。

終わった。

ふたたび。

だが、今度こそ終わったのだ。

14

玄関ホールに灯っているただひとつのランプと、階段のてっぺんで燃えている一本のロウソクをべつにすれば、学校全体が闇のなかに沈んでいるのを知って、フランシスは心の底からホッとした。パーティに出かけていったときと同じく、友人たちが玄関ホールで待っているのではないかと、薄々覚悟していたのだった。

キーブルが、そろそろ戸締りをして寝ようかと思っていたところだったというような意味のことをいった。しかし、フランシスはその軽い冗談に笑い声をあげる代わりに――ふつうならそうするだろうが――早口で礼をいい、おやすみの挨拶をしただけで、足早に彼の横を通りすぎ、向こうが何をいう暇もないうちに急いで二階へ行ってしまった。

ミス・マーティンの部屋の前を無事に通りすぎて自分の部屋へ向かおうとした瞬間、ドアがひらいた。

「いまは勘弁して、クローディア。おきて待っててくれたのでなければいいけど。おやすみなさい」

自分の部屋に入るなり、狭いベッドにうつぶせに倒れこみ、両腕で頭をかかえた。そうすれば、自分をおびやかすすべてのものを——胸の思いまでも——締めだすことができるかのように。

〝クリスマスのとき、おじいさまに約束してたから。今年こそお嫁さんをもらうって。たぶん、ミス・ハントのことでしょうね。昔からずっと、ルースのことを待ってた人なの〟

なんて愚かなの——こんな言葉に狼狽するなんて、なんて滑稽なの。

〝ポーシャ・ハントとはまだ婚約もしてないんだぞ〟

〝まだ〟

そして、二つの出来事のあいだに——近々予定されている婚約と結婚の話をエイミーにきかされてから、馬車のなかで彼自身の口からきかされるまでのあいだに——彼のキスを許してしまった。さらには、自分からもキスに応えてしまった。

もっとも、あの熱い抱擁を描写するのに、キスという言葉ではおとなしすぎる。

ドアに響くノックがぼんやりきこえたが、無視した。しかし、しばらくたったとき、誰かが部屋に入ってきてベッドの横の椅子にそっと腰をおろしたことに気づいた。誰かが彼女の腕に触れ、やさしくなでて、そっと叩いた。

フランシスは顔をそむけたままでいたが、頭をかかえていた腕を放した。「すばらしい時間をすごしてくたくたに疲れたものだから、ベッドに入る前に服を脱ぐだけの元気もなかったの、といっても、たぶん、信じてもらえないでしょうね」

「一瞬たりとも信じないわ」クローディアがいった。

「だろうと思いました」フランシスはベッドに頭をつけたまま、向きだけ変えた。クローディアは膝の上で手を重ね、背筋をしゃんと伸ばして、いつもの冷静沈着な、ややきびしい表情ですわっていた。「すばらしい時間をすごしたのは本当なんです。一曲残らず踊りました。ブレイクさまとも踊ったし、ハッカビー先生の義理の弟さんとも踊りました。そのあと、シンクレア子爵がここまで送ってくださったときに、わたし、バカなことをしてしまったんです。馬車のなかでキスを許してしまった――いえ、正直にいうと、許す以上のことをしてしまった。あの方が婚約しようとしてて、結婚も間近だってことを、すでに知っていたのに」

クローディアは唇を結んだまま、フランシスをみつめた。

「悪いのは彼だけど、わたしも悪かったんです」フランシスはいった。「キスを許してしまった。ほしかったの。ほしくてたまらなかった」

「でも、あなたは誰とも婚約なんかしてないわ、フランシス。それに、抱擁を始めたのは彼のほうでしょ。彼が悪いに決まってます」

そう、たしかにそうだ。ミス・ポーシャ・ハントがロンドンで彼を待っていて、年内に結婚する予定だというのが事実なら――まちがいなく事実だ――馬車のなかで彼のほうからあんなふうに話しかけてくるべきではなかった。唇を重ねてくるべきでもなかった。

「わたし、どうしてしまったのかしら、クローディア」フランシスは疲れた声で尋ねた。

「どうしていつも、わたしにふさわしくない男性が近づいてくるの？　そして、ふさわしい男性が近づいてきたときには、どうしてその人に恋心を抱くことができないの？　わたし、どこか変なのかしら」

「ときどき」クローディアはいった。「とくに、あなたが歌うのをきいていると、フランシス、ロマンチックな心を持ったとても情熱的な女性なんだってことがわかるような気がするわ。女にとっては危険な組み合わせね。女はやさしい感受性のかたまりにすぎないと思われてて、そこにつけこもうとする男がたくさんいるから、なおさら危険だわ。女にとって、人生は悲劇になりかねない。わたしはつぎのように考えるようになったの――一人の人間として自立し、他人から――とくに男社会から――何をいわれようが、何を期待されようが、そんなものは無視して、自分自身と自分のやっていることを誇りにし、満ち足りた日々を送るほうが、女にとっては安全なのだと。運に恵まれれば――正直なところ、きわめて稀ではあるけど――男に頼らずに生活し、自分の手で築きあげた世界から満足を得ることができるのよ」

クローディアは立ちあがると、部屋を横切って窓辺まで行き、そこで立ち止まって、背筋をまっすぐ伸ばした姿勢で外の闇をみつめた。

「わたし、三年前にそうしたんです」フランシスは疲れた声でいった。「ここにきたときに。それからずっと幸せでした、クローディア。何があろうとその満足が打ち砕かれることはないと思っていました。クリスマスのあと、ここにもどってくる途中で吹雪に巻きこまれるまでは」

「でもね」愁いに沈むやわらかい声で、クローディアはいった。「世の中に完璧な幸せなどというものはないのよ、フランシス。人生の苦しみに耐えていくために、自分にできることをするしかない。女の人生はそれだけじゃないはずだって、たまに思うこともあるけど、これがわたしの選んだ生き方だし、どこかの男に囲われたり、家族のなかの男性に頼ったりして生きていくより、わたしにとっては、このままの人生のほうが望ましいわ」

「ころんだときは」フランシスは身体をおこして、ベッドの端にすわった。「自分の力でおきあがって、最初からやりなおさなきゃいけない。こういう単純な格言が、だいたいにおいて、もっとも鋭い格言なんですね」

「でも、あなたの場合はちがうわ」クローディアはふりむいて、かすかな笑みを浮かべた。「最初からやりなおす必要なんかない。明日になれば、クラスの生徒や、合唱団や、音楽のレッスンを受けてる子たちが、あなたを待っている。みんな、あなたを崇拝してるのよ、フランシス。それから、朝食の席では、アパー・ルームズのパーティのきらびやかさを話してもらおうと、あなたの友人たちが胸をときめかせて待っている。あなたが楽しい時間を過ごしたことをきかせてほしいと思って。うぅん、みんな、そうせずにはいられないの」

フランシスは弱々しく微笑した。「友達をがっかりさせるようなことはしません」といった。「そのあとは、中級クラスのフランス語の口答試験の準備をして、音楽のレッスンを受けてる子たちがもっともっとうまくなりたいと思ってくれるように、笑顔と褒め言葉を贈ることにします。ご期待に背くようなことはありませんから、クローディア」

「信じてますとも。あなたならぜったい大丈夫」クローディアはいった。「わたしたちはみんな、幾重にもかさなった威厳の下に傷ついた心を隠すことを学んでいくのよ、フランシス。あなたは三年以上にわたってそうしてきて、それをまたくりかえすことになる。おやすみなさい」

クローディアが去ったあと、フランシスは彼女の言葉が耳にこだまするのをききながら、閉められたドアに向かって眉をひそめた――わたしたちはみんな、傷ついた心を隠すことを学んでいくのよ……。

クローディアにもそんな経験があったのだろうか。

どうなのだろう。

〝ポーシャ・ハントとはまだ婚約もしてないんだぞ〟

〝まだね。でも、もうじきなんでしょ〟

フランシスは疲れた顔で立ちあがり、服を脱ぎはじめた。


翌朝、エッジカム伯爵はいつものように保養会館《ポンプ・ルーム》へ温泉水を飲みにいくために早起きしたが、ルシアスには、前夜のパーティのせいで祖父が疲れていることがはっきり見てとれた。とうていロンドンまでの長旅に耐えられる状態ではなかった。それなのに、孫たちがロンドンへ行くのなら、自分もバークレイ・コートの自宅にもどるのをやめて一緒に行きたいと、伯爵はいいはった。親友のゴッズワージーとの再会を望んでいるのだ。ルシアスがポーシャ・ハントに求婚する様子をその目で見たいと望んでいるのだ——ポーシャの名前を出すようなことはなかったが。

ルシアスにはわかっていた——口に出していわないまでも、祖父は二人の婚約式と婚礼の準備をめぐる興奮の渦のなかに身を置きたがっている。

この先に待っているのがロンドンとポーシャと結婚だけだとしても、ルシアスは早くバースを離れたくてたまらなかった。パーティのあとで失態を演じてしまった——いや、パーティの最中からそうだった。初めて二人で踊ったときのことをわざわざ彼女に思いださせ、ゆうべの控えめな喜びのなかから彼女をひきずりだした。そのあと、馬車のなかで、エスコート役として彼女を危害から守らねばならない立場にありながら……。

そう、最後にもう一度だけキスしたいという欲望を、どうしても抑えきれなかった。それが彼の困った点だった——自制心を働かせる、行動する前に考える、という習慣が身についていないのだ。フランシスがきっぱりと制止しなかったら、抱擁の結果がどうなっていたかわかったものではない。

とはいえ、ひと皮めくればフランシスのなかでも情熱が脈動し、ときたま、じれったいほどわずかな一瞬を突いてあふれでてくることが、彼にわかっているのに、フランシスのほうはつねに分別と自制心を忘れないという事実が——まさにその事実が、耐えがたいほど彼をいらだたせていた。

パーティの翌日にバースを発つことはできなかった。翌々日もだめだった。というのは前日、アボッツフォード夫人と令嬢に連れられて買物に出かけたエイミーが、令嬢の兄のアルジャーノンも交えてみんなでブリストル近郊の村へ遊びに出かけようと誘われ、だめだといわれるに決まっているという悲愴な表情で、出かける許可を求めたものだから、ルシアスもつい不憫《ふびん》になり許してしまったのだ。

滞在が一日ぐらい延びてもたいしたことはないと思った。

祖父も午後から友人宅へ出かけてしまったので、ルシアスはあり余る時間と、心に重くのしかかる不快な思いをいくつもかかえて、あとに残されることになった。

くそっ、祖父にした約束がいったいいつから、ポーシャ・ハントと結婚するという具体的な誓約としてみなされるようになったんだ？　彼女を花嫁にするなんて、一度でも誰かにいったことがあるか？　だが、ポーシャでないとしたら、誰にすればいい？　花嫁を選ぶと宣言してしまったのだ——自分にふさわしい花嫁を。

これ以上気の滅入ることはない。

完璧な、そして、完璧に自分にふさわしい花嫁！

〝完璧〟という単語とその派生語すべてを〝楽しい〟という単語とともに英語から抹殺すべきだ。それらが消えれば、世界はもっと住みやすい場所になるだろう。

ルシアスは本を手にしてすわり、まる一時間のあいだ、物思いに沈んだり、いきり立ったり、先々のことを考えたり、絶望したり、自分の運命を呪ったりしていたが、ついにパタンと本を閉じて――一ページも読んでいなかった――大股で居間を出た。せかせかした足どりで散歩に出かけて街の中心部に入り、川沿いの道に出て、パルティニー橋を渡り、グレート・パルティニー通りを進んだ。通りの端まで行くころには、健康のために散歩に出てきたんだ、漫然とあてもなく歩いてきたんだ、だが、せっかくここまできたんだから一人でシドニー・ガーデンズを散歩するのもいいだろう、などといって自分を偽ることすらやめていた。

彼は漫然と、あるいは一人で散歩を楽しむような性分ではなかった。健康のためなら、もっと活発な運動のほうが好きだった。しかも、今日はのんびり散歩したくなるような日ではなかった。曇り空で、風が強く、肌寒かった。哀れみの気持ちは、期待に胸ふくらませて遊びに出かけていったエイミーのためにとっておいてもよかったが、一行に加わったアルジャーノン青年のおかげで、エイミーは悪天候のことなどすっかり忘れているにちがいないと、ルシアスは確信していた。

こうして出かけてきたのは、散歩を楽しむためではなかった。道路を渡ってシドニー・ガーデンズへ向かう代わりに、サットン通りに曲がり、ダニエル通りとの角にある学校を目にして、今日は土曜日だから授業はないはずだということを思いだした。といっても、もちろん、フランシスの予定があいているとはかぎらない。ここは寄宿学校だ。週末といえども、誰かが少女たちの世話をし、相手をしてやらなくてはならない。

まったくもう、何しにやってきたんだ?

ルシアスはしばし立ち止まって玄関ドアをにらみつけ、ノックするのと、尻尾を巻いて逃げだすのと、どちらが臆病者のやることだろうと考えた。彼は生来、優柔不断な人間ではなく——臆病者でもなかった。ついでにいうなら、思索家でもなかった。ドアの前まで行き、真鍮のドアノッカーを持ちあげ、ドアに打ちつけた。

まったく応答のないまま、まる二分がすぎたにちがいない。ルシアスはつぎのような結論に到達した——あの用務員はドアから一フィートも離れていない玄関ホールで寝起きしているわけではなく、訪問客が予定されているときだけホールを占拠しているにすぎないのだ。しかし、ようやくドアをあけて顔をのぞかせたのはその用務員だった。表情がたちまち渋くなり、疑り深くなった。

「ミス・アラードに、二、三分ほど時間をいただけないかと尋ねてもらいたい」ルシアスは勝手に敷居をまたぎながら、きびきびといった。

「音楽室でレッスンの最中ですが」用務員が彼にいった。

「それで？」ルシアスは眉を吊りあげた。

用務員は向きを変え、硬い床の上でブーツのかかとをギシギシいわせながら歩き去った。

「あそこに入って待っててください」頭をふって応接室のほうを示しながら、ぶっきらぼうにいった。

ルシアスは応接室に入って一人になると、ダニエル通りの向こうの草地を見渡せる窓辺に立ち、地球上のどこでもいいから、とにかく、いまいる以外の場所へ逃げだしたいと思った。気のない女を追いかける習慣は彼にはなかった。とくに、世間には彼に気のある女がどっさりいるのだから。しかし、逃げだそうにも手遅れだった。

遠くから、少女っぽい笑い声とピアノの音色が——そして、その音色が中断するのが——きこえてきた。向こうの草地では、少女たちのグループが——たぶんここの生徒だろう——何かゲームをやっていた。指導にあたっているのは鳶色の髪の教師——ミス・オズボーンだ。ここに着いたときは、少女たちがいることに気づかなかった。いかにうわの空だったかという、いい証拠だ。少女たちはおそらく、黄色い声をあげて騒いでいただろうに。

背後のドアがあいたとき、ルシアスはふりむけば今日もまたミス・マーティンがいるのだろうと、薄々予期していた。ところが、入ってきたのは、唇まで青ざめたフランシス本人だった。うしろ手にドアを閉めた。

「何しにいらしたの？」彼女の声は震えていたが、ショックのせいなのか、怒りのせいなのか、それとも何かべつの感情のせいなのか、定かではなかった。

その瞬間、ルシアスは恐ろしいほどはっきりと、あることを悟った。

今度こそ、彼女を手放すことはできない。

単純明快だった。

「きみに会いにきた」

「どうして？」フランシスの頬に血の色がのぼった。目つきがきびしくなった。

「二人のあいだで話しておかなきゃいけないことが残ってるし、話すべきことがあるのに何もいわずにすませるのは好きじゃないんでね」

「二人のあいだで話しておくべきことなんて、何もありませんわ、シンクレア卿。どのようなことも」

「それはきみの考えちがいだ。一緒にきてくれ。シドニー・ガーデンズへ散歩に行こう」

「音楽のレッスンの途中なんですけど」

「レッスンを早めに切りあげればいい。生徒はきっと大喜びだ。そのあとにべつのレッスンも入ってるの？」

フランシスは一瞬唇を噛んでから答えた。「いいえ」と認めた。

「では、散歩につきあってくれ」

「今日のお天気に気づいてらっしゃるの？」フランシスがきいた。「雨になりそうよ」

「だが、まだ降ってはいない。一日じゅう降らないかもしれない――クリスマスのあいだじゅう雪が降らなかったのと同じように。傘を持っていくといい。雨に降られるのが心配で外に出られないようじゃ、フランシス、イギリス人とはいえないよ。一生家から出られなくなってしまう」

「あなたとはもう、いっさい関わりを持ちたくありません」

「きみが本気でそういってるとわかったら、ぼくはすぐに消える。だけど、たぶん嘘だね。あるいは、意識して嘘をついてるんじゃないとすれば、自分をごまかしてるにちがいない」

「あなたは婚約してるのよ。ミス・ポーシャ・ハントと――」

「婚約はまだしていない」

「でも、じきにそうなるわ」

「未来は」ルシアスはいった。「仮説にすぎないんだよ、フランシス。現実じゃないんだ。自分がいまから何をするかなんて誰にわかる？　いいかい、いまこの瞬間、ぼくは婚約している身ではない。そして、きみとぼくのあいだには、まだ片づいていない問題がある」

「ないわ――」

「まったく臆病な人だね、フランシス」ルシアスはじれったさと怒りを感じはじめていた。彼女はやはり、一緒にくることを拒むだろうか。こちらと関わりを持つことを見るからにいやがっている様子なのに、どうして自分はしつこく迫ろうとしているのだろう。

だが、彼にはわかっていた――疑う余地なくわかっていた――彼女がこちらに惹かれる気持ちは、自分が彼女に惹かれる気持ちに劣らず強いことが。

「逃れようのない無意味な苦しみを避けようとするのは、臆病なことじゃないわ」

「へえ、ぼくのせいで苦しんでるわけ？」芽生えはじめた彼の怒りは一瞬にして消え去った。単なる心の痛み以上のものを、彼女がついに認めたのだ。

だが、フランシスは答えようとしなかった。腰のところで両手を握りあわせ、青ざめた冷静な顔にもどった。彼の目をじっとのぞきこんだ。

「きみの人生をもう一時間だけぼくにくれないか。それほど大きな頼みじゃないだろ」

フランシスの肩が目につくかつかない程度に落ちた。拒むつもりはなさそうだと彼は見てとった。

「じゃ、一時間だけ」フランシスはいった。「リアノン・ジョーンズを帰らせて、散歩に出かけることをミス・マーティンに知らせてくるわ」

彼女が部屋を出ていったあと、ルシアスは沈んだ気持ちでドアをみつめた。ここにくる前に落ち着いて考えるべきだった、熟慮すべきだったと思った。いや、かまうもんか、これはぼくの人生なんだ。自分自身の満足のために生きると同時に、家族や地位が要求している義務を果たすための方法が何かあるにちがいない。

しかし、考えるとか、熟慮するといったことが、どうすればできただろう。ブロック通りの家を出たときだって、どこへ行くのか自分でもわからなかった。

当然、その理由もわからなかった。

いや、わかっていたのだろうか。

ルシアスは何も見ていない目で窓の外をみつめながら、自分の人生がまだ複雑ではなく、完璧に満ち足りていたころのことを――さほど遠い昔のことではない――せつなく思い返していた。

よし、もう一度満ち足りたものにしてやるぞ。

かならず。

完璧な花嫁を見つけると約束した。

しかし、完璧にもいろいろ種類がある。

15

彼が二人分の料金を払い、シドニー・プレースの向かい側にあるシドニー・ガーデンズに入った。ローン・ボウリング場の横を歩いていくと、小道はやがて上り坂になり、芝生のあいだや、風に吹かれて枝が揺れている木立のなかを、くねくねとつづいていった。どう考えても、公園のそぞろ歩きを楽しむのに向いた日ではなかった。二人のほかに、人影はまったくなかった。

暖かな格好をしてきたにもかかわらず、フランシスは身を震わせた——ふと気づいたのだが、初めて彼と会ったときに着ていたのと同じマントにボンネット、そして、ハーフブーツという装いだった。骨の髄まで冷えきっていたが、それは悪天候のせいというより、彼はロンドンに帰ったものと思いこんだ日の翌日、永遠の別れを告げた日の二日後、ふたたびこうして彼とならんで歩いているという事実のせいだった。

フランシスはすでに、荒涼たる絶望といってもいい深い苦悩のなかで一日を過ごしていた。今日の夜から明日にかけて、また同じ苦しみに耐えなくてはならないの？

彼は永遠に離れていってくれないの？

わたしはいつまでたっても、彼をきっぱり追い払うだけの力が持てないの？

フランシスはけさの郵便で、ブレイク氏の姉であるランド夫人からハガキを受けとったばかりだった。来週、ランド夫妻の芝居見物につきあってもらえないかという招待状だった。夫人はブレイク氏も一緒だと書き添えていた。フランシスは躊躇《ちゅうちょ》したが、喜んでお供しますという返事を出しておいた。人生をつづけなくてはならないのだと、自分で理屈をつけた。これでようやく過去を捨て去り、自分に熱をあげてくれている男性に注意を向けることができそうだ。自分のことをすべて打ち明ける必要もいまはまだない。劇場の一夜に招待されただけだもの。

フランシスは自分の分別を――ふたたび――喜ばしく思った。なのに、わずか二、三時間後のいま、ルシアス・マーシャルと二人でシドニー・ガーデンズを歩いている――もうじきミス・ポーシャ・ハントという女性と結婚することになっている男と。

「大事なお話があるとおっしゃったわりには」長い沈黙を破って、フランシスはいった。「そして、わたしの時間を一時間しか与えられていない人のわりには、驚くほど寡黙でいらっしゃるのね、シンクレア卿」

二人は鮮やかな色と精緻《せいち》な彫刻に飾られた中国風の橋を渡り、途中でしばらく足を止めて、下を流れる運河の石板色の水を見おろした。フランシスはふと思った――こんな状況でなかったら、荒れ模様の空など気にせずに、周囲のすばらしい美で五感を楽しませることができただろうに。

「きみは運命を信じてるかい、フランシス」ルシアスがきいた。

フランシスはどう答えたものかと迷った。信じてる？

「偶然というものなら信じるわ。何か予期せぬことがおきて、こちらの注意を惹き、その瞬間にとった行動によってわたしたちの生涯に影響や変化が生じることになる――それは信じるわ。でも、意のままにならない運命になすすべもなく翻弄されるなんてことは、ぜったいに信じません。もしそうなら、自由意志などという説を説いても虚しいだけでしょ。人はみな、イエスというかノーというかを決め、何かをするかしないかを決め、こっちへ行くかあっちへ行くかを決める力を与えられているのよ」

「きみは人生の定めに導かれて、雪に埋もれたあの道路にたどり着き、そして、ぼくも人生の定めに導かれて、同じときに同じ場所にたどり着いた――そんなふうには考えられない？そして、きみの表現を借りるなら、その偶然に運命の力が働いていたのでは？　あるいは、無意識のうちに、自分たちがそうしていたのでは？　あの場所にいたのがほかの女性ではなくきみだったこと、あるいは、ほかの男性ではなくぼくだったことも、もしかすると、単なる偶然の成り行きとはいえないんじゃないだろうか」

思いもよらぬ奇妙な可能性を突きつけられて、フランシスは息苦しさを感じた。人生はそこまで……運命に縛られているものなの？

「あなたは雪になりそうだという注意を受けていた」フランシスはいった。「あの日の出発をとりやめることもできたはずよ。わたしのほうは、何日か前から吹雪が近づいてくる前兆を目にしていた。様子を見るためにしばらく待ってみてもよかった」

「まさにそのとおり。どちらか一人が、あるいは両方が、周囲の警告や吹雪の前兆に注意を払ってもよかったはずだ。旅立ちを予定していたあのあたりの人々はみんな、思いとどまったようだもの。ところが、ぼくたちは二人ともそうしなかった。あの道路でほかの誰にも行き合わなかったことを、きみ、ふしぎだと思わなかった？　あの宿屋に誰も泊まっていなかったことだって」

いいえ、思わなかったわ。そんなことは考えもしなかった。しかし、いまここで考えてみた。あの朝、本当はもっと早く出発する予定だったのに、朝食をとるために出発を一時間ずらすようにと大伯母たちに説得されたのだった。予定どおりの時刻に出ていれば、彼と出会うことはなかっただろう。

もっと早く出ればよかったと、どんなに後悔したことか！

いいえ、本当に後悔したの？

ところで、この人は何をいおうとしているの？

ルシアスがふたたび小道を歩きはじめたので、彼女も歩調を合わせた。彼のほうから腕をさしだそうとはしなかった。じつをいうと、さっき学校を出てからずっとそうだった。フランシスにとってはありがたかった。しかし、彼に触れなくとも、体内のすべての組織が彼の存在を感じとっていた。

この人にこれほど強く惹かれるのは、どうしても忘れられずにいるのは、この数日を苦悩のなかで過ごしたのは、彼と身体の関係を持ったという事実のせいだけではない、と考えてもいいかしら。前にも男を愛したことはあった。チャールズを愛していたのは本当だ。しかし、こんなふうに感じたことは一度もなかった。

ふたたび黙りこんで、二人は歩きつづけた。シドニー・ガーデンズに入って以来、まだ誰にも行き合っていない。バースの住民はみな、二人よりも分別があるようだ。

丘のてっぺんに着いたところで、ふたたび足を止め、木立や芝生や曲がりくねった小道を見おろした。左のほうに屋根つきの東屋《あずまや》が見えた。そのすこし先には、有名な迷路。フランシスのきいた話では、迷子になったまま出口が見つからないのではないかと不安がる人々のために、ガーデンズの入口の横にあるシドニー・ホテルに迷路の地図が用意してあるそうだ。二人の背後にはブランコがあり、そのひとつが風にギーッと鳴っていた。

ここには娯楽のための庭園であることを示すものがふんだんにそろっていて、とりわけみごとなのが自然の美だった。なのに、それらを目にしても、フランシスの心はいっこうに浮き立たなかった。こんな時間を過ごしてどうなるというの？　結局はむなしいだけよ。

彼の沈黙がフランシスを不安にさせた。ただ、二度とその沈黙を破るまいと、彼女は心に決めていた。ところが、彼のほうを見た瞬間、向こうもその目に不可解な表情を浮かべてこちらを見ていることがわかった。

彼の言葉にフランシスは仰天した。

「このブランコに、きみもぼくと同じように惹かれてる？」ときいたのだ。

えっ？　一瞬、フランシスの心はあの宿で迎えた最初の朝の台所にもどっていた。朝食をとっていたとき、彼が突然、雪だるま作りの競争を挑んできた。いま、フランシスは気づいた——あれが——そう、まさにあれが——二人のあいだにおきたすべてのことの始まりだった。あのときことわっていれば……。

ふりむいてブランコを見てみた。幅広の板が頭上の木の枝から長いロープで吊るされていた。木立のなかにあるため、風から守られているみたいに見える。いちばん端のブランコだけが揺れてギーッといっていた。

「あなた以上にね」フランシスはそう答えて、向きを変え、それと同時にドレスとマントの裾を持ちあげ、いちばん近くのブランコに向かって大股に歩いていった。

二人のあいだのぎごちない緊張をほぐしたいという思いが強かった。それには、子供用のブランコで遊ぶのがいちばんだ。

「押してほしい？」フランシスが腰をおろすと、ルシアスがきいた。

「とんでもない」フランシスは両足で地面を蹴《け》ってから、その足を伸ばし、ブランコの下に折りこみ、はずみをつけながら、どんどん高くこいでいった。「空を蹴るのは、きっとわたしのほうが先よ」

「ほう、挑戦か」ルシアスはそういって、となりのブランコにすわった。「賭けをするのは淑女にふさわしくないってこと、誰も教えてくれなかったの？」

「それは男性が押しつけたルールよ。女に負けるのが怖いからだわ」

「フン！」

二人はどんどん高くこぎつづけて、ついにはブランコのロープが抗議の悲鳴をあげ、風がフランシスのスカートとボンネットのつばをはためかせ、前へ向かって下降し上昇していくあいだは息もできないほどだった。上昇するたびに、眼下の公園が広範囲に見渡せた。下降するたびに、わずか二、三フィート向こうを木の枝がヒュッと通りすぎるのが感じられた。

「キャッホー！」下降する途中で、フランシスは歓声をあげた。

「まさにぼくの探してた言葉だ」反対方向へ飛んでいきながら、ルシアスが叫んだ。

二人とも笑いだし、やんちゃ盛りの子供みたいにブランコをこぎ、はしゃいだ声をあげていたが、暗黙の了解によって徐々にスピードを落としていき、やがて、静かに揺れるブランコにならんで腰かけるだけになった。

「ひとつケチをつけると」ルシアスがいった。「蹴るべき空がなかった」

「あら」フランシスは目を丸くして彼のほうを向いた。「空を感じなかったの？　それはつまり、こぐ高さが足りなくて空に触れられなかったってことね。わたしは触れたわよ。わたしの勝ち」

「きみは、フランシス・アラード、とんでもない嘘つきだね」

彼は前にもこれとまったく同じ言葉を使ったことがあった。そのときの情景がおどろくほど鮮明に彼女の心によみがえった。二人でベッドに横になっていて、フランシスが「寒くないわ」というと、ルシアスが「残念だな。温めてあげる方法を考えようと思ってたのに」と答えたのだった。

〝「凍えそうよ」そこで、フランシスはいった〟

〝「とんでもない嘘つきだね」ルシアスは答えた。「だけど、その心意気は好きだよ。さて、きみを温める方法を考えなくては……」〟

わたしはここで何をしてるのかしら――フランシスは不意にいぶかった。なぜこんなことをくりかえしてるの？　彼とふざけ、競争を挑み、笑いころげてるなんて。

ほんの何分か前には、リアノン・ジョーンズに右手でメロディを感じさせ、その情感を左手の伴奏に負けないように表現させようとして、一生懸命だったのに。

「フランシス――」彼が何かいおうとした。

ところが、まさにその瞬間、大きな雨粒がフランシスの片方の頬にバシャッとあたり、それにつづいて降ってきた雨でマントの生地が黒ずんでいった。ルシアスがてのひらを上にして片手を伸ばし、二人とも空を見あげた。

「くそっ！」ルシアスは叫んだ。「ずぶ濡れになってしまう。しかも、きみ、傘を持ってこなかったね。ぼくが注意しておいたのに。東屋まで全速力で走らなきゃ」

ルシアスは許可も求めずに彼女の手をとり、つぎの瞬間、丘をすこし下ったところにある東屋めがけて二人で走りだしていた。空の様子からすると、いまにも本格的などしゃ降りになりそうだ。東屋にたどり着いたときには、二人とも息を切らし、またもや笑いだしていた。

東屋は雨宿りの場所というより、陽ざしを避けるために建てられたものだった。三方が壁になっていて、屋根が壁から二フィートほど突きでている。二人にとって幸いなことに、風が背後から吹いているため、東屋のなかは濡れずにすんでいた。壁の内側に作りつけになっている幅広のベンチに腰をおろし、予想どおりの豪雨の到来を見守った。雨は猛烈な勢いで降りだして、薄い屋根を叩き、入口をカーテンのようにおおい、そのため、向こうの芝生や木立が見えなくなっていた。巨大な滝の裏側にすわっているような気分だった。

「あとはもう」フランシスはいった。「雨が一日じゅう降りつづける決心をしてないよう願うしかないわね」

しかし、二人の笑い声はすでに消え、人影のない庭園を歩いていたときよりここにいるときのほうが、はるかに孤独感が強まったように思われた。

ルシアスが彼女の手をとって自分の両手で包みこみ、彼女のほうは顔をそむけたまま、彼の手の温もりに反応しないよう自分を抑えていた。

「フランシス、ぼくと一緒にロンドンにきてほしい」

フランシスは手を抜こうとしたが、彼が強く握って放さなかった。

「それが運命だったんだ。声高に、はっきりと、運命がそう主張してたんだ。避けられない運命だったからこそ、ぼくらがクリスマスのあとでせっかくのチャンスを逃してしまったのを惜しんで、運命がふたたび二人をひき合わせてくれたんだ。こんなことといっても怒らないでほしいんだが、ぼくは多くの女とつきあってきた。ぼくの人生からどの女が去っていこうと、嘆いたことなどなかった。だが、きみのときはちがっていた。たった二日つきあっただけの女を三カ月たっても忘れられずにいるなんて、初めてのことなんだ」

「それはたぶん」フランシスは皮肉っぽくいった。「わたしがノーと答えたのと、あなたの望みを拒む女がめったにいないせいでしょうね」

「ぼくもその可能性は大いにあると思った」ルシアスは認めた。「だけど、プライドを傷つけられたという、それだけの問題にすぎないのなら、たぶん、自分の魅力に対する自信をなくした埋め合わせをするために逆方向へ走って、べつの女を見つけようとしたことだろう。女にふられたからって、その女のご機嫌とりをするようなまねは、ぼくにはできない。代わりに、もっと楽な獲物を探しに出かけるだろう」

「どっさり見つかることはまちがいないわね」フランシスは辛辣にいった。

「もちろんさ。ごらんのとおり、ぼくは若い。髪の毛も、ほどほどに白い歯もそろっている。裕福だし、爵位もあるし、将来はさらに財産がふえ、身分が高くなる。多くの女性にとって、たまらなく魅力的な組みあわせだ。だが、目下のところ、そんなことはどうでもいい。ぼくはこうやってきみのご機嫌とりをしてるんだ。わかるだろ」

「バカなことを！」フランシスの心臓は肋骨にぶつかるぐらい高鳴っていた。屋根を叩く雨音が耳をつんざかんばかりでなければ、その鼓動がきこえたにちがいない。「わたしをベッドに連れこみたい。それだけのことでしょ」

大胆にもはしたない言葉を使ってしまい、フランシスの頬はカッと熱くなった。

「もしそれだけのことなら、ぼくはとっくに満足してたはずだ、フランシス。すでにきみとベッドをともにしたんだから。単純な肉欲を満足させるだけなら、一回ベッドに入れば充分だ。ところが、ぼくはまだ満足していない」

フランシスの頬はなお熱くなった。しかし、彼の露骨な言葉を咎《とが》めるわけにはいかなかった。フランシスのほうが先に口にしたのだから。

「きみはやっぱりロンドンにこなきゃ。バースで暮らしてたら、一、二週間で窒息してしまう」

「あなたはここで何もすることがないから、そうおっしゃるのよ」フランシスはいった。

「わたしはちがうわ」

「ロンドンにくれば、ぼくと一緒にいられるという事実はべつとして」彼はいった。「歌うためにも、やはりロンドンにきたほうがいい、フランシス。舞台に立つべき人が音楽を教えてるだけなんて、才能の浪費だよ。ロンドンにきてくれれば、ぼくがしかるべき人々に紹介しよう。そうすれば、きみは舞台に立つチャンスと、きみにふさわしい聴衆を手に入れることができる」

フランシスは突然のパニックに襲われ、彼に握られていた手を乱暴にひっこめて、いきなり立ちあがった。じゃ、この人もジョージ・ラルストンと同じように、わたしの才能を食いものにしようというの？　おまけに、愛人になれというのね。ほかの女性と結婚する予定なのに？　急に腹が立ってきた。わたしったら、何を期待してたの？　入口のほうへ一歩近づいたが、そこで足を止めた。豪雨はまだ収まる様子もなかった。

「ロンドンに住んでいたころ、わたしはあの街が大嫌いだったし、二度とロンドンにはもどらないって誓ったの。それに、しかるべき方々にご紹介いただく必要もないわ。いまのままで幸せですもの。それがおわかりにならないの？」

「〝満足してる〟といえよ。前に自分で認めたじゃないか。満足してるって。そして、ここでまたいわせてもらうが、きみは満足するために生まれてきた女ではない。燦然と輝く情熱的な幸福をつかむために生まれてきたんだ。ああ、それからむろん、不幸をつかむために。生きるというのは、幸福に手を伸ばし、不幸から教訓を得ることだ。不幸に耐える力がありさえすれば。さあ、ぼくと一緒にきてくれ」

「無理よ」フランシスはいった。「ええ、ぜったい無理。あなたは幸福と官能の歓びを同一視し、後者については、何を犠牲にしても手に入れるべきものだと思ってらっしゃる。人生には、肉体的な満足以外にもいろんなものがあるのよ」

「珍しく、二人の意見が一致したね。きみはいまも、ぼくがきみを愛人にしたくて口説こうとしてるんだって思ってるだろ、フランシス」

「そうよ」フランシスはふりむいて彼を見おろした。「ちがうとおっしゃるなら、それは嘘になるわ――あるいは、自分をごまかしてらっしゃるだけ。わたしはここで自活しています。裕福ではないけど、誰の世話にもなっていない。多くの女性が夢に見ることしかできない自由を手にしている。あなたに飽きられるまでのおもちゃになるために、その自由を捨てようとは思わないわ」

「おもちゃ？　ぼくの話をきいてないのか。きみのために望んでるのは、その才能を世界に披露し、結果として、幸せで充実した日々を送ってほしいということなんだ。ぼくのことを単純で無節操な放蕩者《ほうとう》という先入観で見るのはやめてほしい。そりゃ、きみとベッドに入りたいよ。もちろん。だが、それ以上に、きみが必要なんだ」

フランシスはゆっくりと首をふった。物事を単純にしておきたかった。自分を誘惑するものはすべて遠ざけておきたかった。去年の十二月は、一瞬、その誘惑に乗りそうになったけれども。分別ある生き方をしようという決心を危うくするものは、何ひとつほしくなかった。

「まだわからないのかい」ルシアスがきいた。「ぼくの妻になってくれと頼んでるんだよ、フランシス」

彼が最後までいわないうちに、フランシスは返事をしようと口をひらいた。彼をみつめ、ふたたび口を閉じた拍子に歯がガチッと鳴った。

「なんですって？」

「いまわかったんだ。きみなしでは生きていけないってことが。じつをいうと、ぼくはいま、妻を見つける必要に迫られている。祖父はもう長くないといわれてて、ぼくが跡を継ぐことになってるものだから、その義務を果たすために、祖父が生きてるうちに——ずっと元気でいてもらいたいけどね——花嫁をもらうことを約束してしまったんだ。きみがその花嫁として申し分ないことが、今日やっとわかったよ、フランシス。父上はフランス宮廷となんらかの関係を持っておられたようだし、きみはクリフトン男爵家とも縁つづきだ。もちろん、縁組をするなら、こちらと同等の、あるいはこちらより上の地位と財産を持つ相手を選ぶべきだと考える者もいるだろう。だが、ぼくは他人の考えを重視したことなんか一度もなかった。とくに、ぼく自身の快楽と幸せがかかっているときはね。祖父に反対されれば、さすがのぼくも気になるだろうけど、祖父はきみのことがたいそうお気に入りのようだし、きみの才能を崇め、敬っている。ぼくが妻にしたいのはきみだけだってことを知れば、諸手《もろて》をあげて賛成してくれるだろう。母と妹たちも賛成すると思う——みんな、ぼくのことを愛してて、結局ぼくの幸せを願ってるんだもの。結婚してくれ、フランシス。この石の床はいささか気に食わないが、きみが望むなら、きみの前で片膝を突いてもいい。いずれ、孫たちに自慢話をしてやれる」

ルシアスは彼女にニコッと笑ってみせた。

フランシスは肺に充分な空気を送りこめないような気がしていた。といっても、東屋のなかの空気が足りなかったわけではない。それどころか、空気が多すぎるように思われた。脚が震えていた。ベンチにもどろうとすれば、よろめいて倒れてしまうに決まっている。その場に立ちつくした。

わたしと結婚したいというの？

「ミス・ハントと結婚なさるんでしょ」

ルシアスは片手をいらだたしげにふった。

「まわりはそう期待してる」ルシアスは認めた。「子供のころからしょっちゅう顔を合わせてたからね。向こうの一家がよく祖父母を訪ねてきてたし、うちも向こうを訪ねてた。もちろん、どっちの家族も、いずれ二人が夫婦になることを期待してるって気持ちをおおっぴらに口にしたし、二人が視線を合わそうものなら容赦なくからかったりして、おかげでぼくらは――というか、とにかくぼくは――ひどくバツの悪い思いをさせられてきた。おまけに、うちの母なんか、ポーシャが二十三になるまでぼくを待ちつづけてたと思いこんでいる。だけど、ぼくは彼女に結婚のけの字もいってないし、向こうだって何もいってない。彼女にこっちから話を持っていく義理はないんだ」

「もしかして」フランシスはいった。「あちらはそれに同意なさらないんじゃないかしら」

「ポーシャにそんな権利はない。ぼくが自分で相手を選んだだけで、それがきみなんだ。結婚してくれ、フランシス」

彼女は目を閉じた。その言葉は、彼女のなかのロマンチックで非現実的な部分が三カ月にわたって耳にすることを夢見てきたものだった。空想のなかで、これに似たシーンを思い浮かべたことすらあった。しかし、それを現実に耳にすることを予知できたなら、恐ろしくなったことだろう。心臓がついに破裂してしまいそうだった。

目をあけると、頭がくらっとして、ふらつく足でようやくベンチにもどった。ルシアスが彼女の片手を、つぎに両手を、自分の手で包みこんだ——その手は温かく、彼女の手をすっぽりおおい隠すほど大きかった。彼は頭をかがめ、彼女の両手を自分の唇に持っていった。

「ロンドンへはもどれないわ」フランシスはいった。

「じゃ、クリーヴ・アビーで暮らそう。子供をたくさん産んで、にぎやかな家庭を作って、いついつまでも幸せに暮らすんだ。近所の連中のために歌ってやってくれ」

「一年じゅう田舎で暮らすわけにいかないことは、わかってらっしゃるでしょ。伯爵の地位を継いだら、貴族院議員にならなきゃいけない。わたしはロンドンにも社交界にももどれないのよ」

「もどれない？　それとも、もどる気がない？」

「両方ね。あなたが与えてくださる人生には、わたしを惹きつけるものが何もないわ」

「ぼくという人間も含めて？」彼女の手をおろしながら、ルシアスは尋ねた。

フランシスは首をふった。

「信じられない」

彼を見あげたフランシスの顔を怒りがよぎった。

「それがあなたの困った点だわ。ノーという返事を受け入れることができない。そうでしょ、シンクレア卿。あなたには信じられないのね——良識ある女であれば、あなたから与えられる生活よりわたしがここで送っているような生活のほうを好むだろう、あるいは、あなたとともに上流社会で生きるよりここでの孤独のほうを選ぶだろうということが」——彼の両方の眉が吊りあがった。しかし、まるで彼女に平手打ちを食らったような表情だった。

「ちがう！」ルシアスはしかめっ面になった。「それじゃ答えになってないよ、フランシス。ぼくを拒絶してまで逃げだそうとするなんて、ロンドンの暮らしや、シンクレア子爵夫人としての暮らしのどこがそんなにいやなんだ？　ぼく個人を嫌っているとは思えない。きみの警戒心がゆるんでるときに、ぼくはきみをみつめ、きみを感じ、きみを知った。そして、その女性はぼくに負けない温かさと情熱で応えてくれる。これはどういうこと？」

「わたしはシンクレア子爵夫人になるのにふさわしい人間ではないの。おじいさまにも、お母さまにも、上流社会にも、受け入れてはもらえない。それに関して、これ以上話をするつもりはありません」

これ以上話をしても——自分の哀れな身の上を語っても——なんにもならない。彼はたしかに衝動的な男だ。この朝、自分のしようとしていることがどういう意味を持っているのか、真剣に考えてみたのだろうか。ほしいものを手に入れるのが好きで、どういうわけか、このわたしをほしがっているのだ。こちらがすべてを打ち明けたところで、耳を貸してはくれないだろう。すべてを無視して、とにかく結婚してくれの一点張りでくるだろう。

そんなことはとてもできない——わたしのためにも、彼のためにも。

そして、わたしが好意と尊敬の念を抱いている彼のおじいさまのためにも。

この三年間ずっとそうだったように――注目すべき例外が二、三あったけれど――今日もまた、分別を優先させなくてはならない。

こうして、フランシスは喜びを得る機会を失った。クリスマスのあとも、今週も、運命の女神がわざわざ彼女を選びだしたというのに――その点はたしかに彼のいうとおりだ――彼女は運命を受け入れようとせず、みずからの自由意志でそれに対抗した。自由意志とは結局、そのためのものではないだろうか。

苦労してようやく手に入れた新しい生活と、それに加えて彼の生活までも、破壊するわけにはいかない。

「社交界が好きになれないの」自分に大きな利益をもたらすはずの、そして、自分が惹きつけられることを彼も承知している申し出を拒絶する理由の説明として、この言葉だけで充分であるかのように、フランシスはいった。「人工的で、冷酷で、わたしが残りの人生を送る場所として選びたいと思うところではないわ。三年以上前に、ここにくるためにきっぱり捨ててきた世界なのよ」

「そのときぼくがそこにいて」燃えるような目で彼女をみつめて、ルシアスは荒々しい口調でいった。「きみがぼくを知っていて、ぼくがいま頼んでいるのと同じことを、そのときのきみに頼んだとしたら、きみは同じ選択をしただろうか、フランシス」

「仮定に基づく質問というのは、以前におっしゃった将来と似たようなものよ。想像力から生まれた無意味な虚構にすぎないわ。なんの実体もない。そのとき、わたしはあなたと出会ってなかったんですもの」

「では、ノーというのがきみの最終的な返事なんだね」ルシアスはいった。質問しているのではなかった。

「ええ」フランシスは答えた。「そうよ」

「いやはや！」ルシアスは彼女の手を放した。「どちらか一人が狂ってるにちがいない、フランシス。ぼくのほうかもしれないな。ねえ、ぼくの目を見て、ぼくになんの感情も持ってないって誓える？」

「物事はそう単純には運ばないのよ。持っているとも、いないとも、誓えないわ。その必要もないし。わたしはノーと答えた。それだけ申しあげれば充分でしょ」

「なるほど、仰せのとおりだ」今度は、立ちあがったのは彼のほうだった。「あれこれ悩ませてしまって申しわけない」

彼の声は敵意でこわばっていた。

フランシスは突然、あたりに静寂がもどっていることに気づいた。きこえるのは、屋根からずぶ濡れの地面にしたたり落ちる雨垂れの音だけだ。雨は降りだしたときと同じく、不意にやんでしまったのだ。

「だけど、フランシス、ぼくのなかにはいまも」ルシアスはつけくわえた。「きみを絞め殺したいと思ってる部分がある」

フランシスは目を閉じ、後悔することになりかねない言葉の噴出を止めようとするかのように、片手で口をおおった。彼の腕に飛びこんで、分別など風に飛ばしてしまいたいという焦燥に駆られるあまり、またもや吐き気がしてきた。

さまざまな思いが雑然と入り乱れて、頭のなかで渦を巻いた。

彼のまねをして、つねに考えこむ代わりに、単純に行動に出たほうがいいのかもしれない。

だが、そうはならないだろう。できない性分なのだ。

フランシスは立ちあがり、彼の横を通りすぎて、空を見あげた。まだ雨模様で、いまも細かい雨が残っていた。

「お約束の一時間もそろそろ終わりね、シンクレア卿。学校へもどることにするわ。送ってくださらなくてけっこうよ」

「勝手にしろ、フランシス」ルシアスが低くいった。

それが彼の最後の言葉だった。わたしが耳にする彼の最後の言葉――地面がびしょ濡れで、ぬかるんでいて、ところどころすべりやすくなっていることも無視して、急ぎ足で小道を遠ざかりながら、フランシスは思った。

彼は結婚してほしいといった。

そして、わたしはことわった。

なぜなら、さまざまな理由があって、二人の結婚がうまくいくはずはないからだ。

そして、愛情だけではやっていけないからだ。

わたしは狂ってる――フランシスは思った――狂ってる、狂ってる、狂ってる。結婚してほしいといわれたのに。

いいえ、狂気ではない。健全だ――冷たく、わびしく、無慈悲な健全さ。

門にたどり着き、公園からシドニー・プレースに出たときには、すでに小走りになっていた。そして、半べそをかいていた。もっとも、雨がまたひどくならないうちに学校にもどろうとして急ぐあまり、息を切らしてしまったせいだと、自分にいいきかせてみたけれど。

ルシアスに結婚しようといわれたが、ことわるしかなかったのだ。

16

春の社交シーズンの忙しい儀式のすべてに参加することが――舞踏会や大夜会やヴェネツィア風朝食会やコンサートや芝居に出かけ、ハイドパークで朝の乗馬を楽しみ、上流の人々がそぞろ歩きをする午後の時間には二頭立ての馬車で公園を走り、そのほか数多くの軽薄な催しに顔を出すことが――過去の屈辱から思いをそらし、がっくり落ちこんだまま立ち直れない状態から抜けだす助けになるということを、その後一カ月のあいだにルシアスは発見した。とくに効果的だったのが、夜の大半を〈ホワイツ〉やその他の紳士のクラブですごし、午前中は、ジャクスンのボクシング・サロンか、タタソールの馬市場か、多くの紳士が押し寄せて社交儀礼など忘れてもかまわない場所のひとつですごすことだった。

もちろん、彼がなじんできた生活とは大ちがいだったし、数多くの友人の辟易《へきえき》したような同情や、騒々しいからかいの言葉に耐えなくてはならなかった。連中ときたら、彼がそれまでの独身者用の部屋を出てマーシャル館で暮らしていることや、結婚市場における催しに参加していることを、抜け目なく嗅ぎつけていて、正直にいうなら、こういう立場に追いこまれたのが自分たちではないことを心の底から喜んでいた。

ルシアスはエミリーの社交界デビューの舞踏会でも、その二週間後にひらかれたキャロラインの婚約パーティでも、それぞれにダンスの相手をつとめた。二人の妹を連れて——一度か二度はエイミーまでも誘って——買物や散歩や馬車の遠乗りに出かけた。母親の外出や買物や図書館での本探しにもつきあった。全員を劇場やオペラにエスコートした。ある夜などは、なんと、〈オールマックス〉にまでつきあった。ここは上流階級専用の無味乾燥な砦みたいなところで、彼にできることといえば、ダンスをして、バターを塗ったパサパサのパンを食べ、薄いレモネードを飲み、結婚相手を見つけようと必死になっている若き令嬢とその母親の群れに愛想よくふるまうぐらいのものだった。

しかし、申し分のない花婿候補が上流社会のパーティに珍しくも顔を出しているのを見て、彼女たちの期待は高まったにちがいないが、望みをかけるだけ無駄というもので、みんなもじきにそれを悟るようになった。なにしろ、彼がバースを発ってロンドンにもどる前からすでに、ルシアスの一家を主賓とする晩餐会がバークレイ広場にあるゴッズワージー侯爵邸で計画されていたし（ほどなくわかったことだが、招待されていたのは彼の一家だけだった）、数日後の夜にはマーシャル館でも似たような晩餐会と小規模な夜会が予定されていた。また、彼がロンドンにもどってほどなく——じつをいうと、その翌日、母親と妹たちとともにボルダーストン邸を訪問したときのことだが——一週間以内にエッジカム伯爵の桟敷席で両家そろって芝居見物をしようという相談がまとまった。

そのたびに——二回の晩餐会のあいだも、儀礼訪問のあいだも、劇場のときも——ルシアスはポーシャ・ハントのとなりにすわらされた。すでに婚約した間柄であったとしても、これほど似合いのカップルはちょっと見あたらないだろう。

ポーシャはまことに容姿端麗だった——すばらしく容姿端麗。年齢とともにますます洗練されていく美貌の持ち主だ。金色の巻毛、青い目、端整な目鼻立ち、そして、イギリスのバラと称えられる白い肌が、彼女の美しさをきわだたせていた。文句のつけようのない美人で——そこに落ち着きと威厳が加わり、真に育ちのよい令嬢であることを示していた。

じっさい、彼女のすべてが完璧だった。ニキビもホクロも見あたらず、斜視でもなく、重大な欠陥はどこにもない。貴婦人としての義務を本能的に理解している女性であるからして、女の子が産まれる可能性など頭をよぎりもしないまま、婚礼から二年以内に、世継ぎの息子ともう一人の予備の息子を産むにちがいない。

完璧な妻、完璧な女主人、完璧な母親、完璧な子爵夫人、完璧な伯爵夫人になることだろう。

〝完璧〟という単語はどうあっても英語から削除すべきだ。

ルシアスはキッと歯を食いしばり、不屈の精神を発揮してこのすべてに耐えた。恋に落ちるという致命的な——そして、思いがけない——ミスを犯し、相手の女性にすげなくことわられてしまった。結局はそれでよかったのだ。祖父はフランシス・アラードを声楽家として崇拝しているが、未来のエッジカム伯爵夫人候補として彼女を受け入れることには難色を示したかもしれない——たとえ、父方の血筋だけは非の打ちどころのない貴婦人であるとしても。

バースを去った瞬間から——それは悲痛な瞬間でもあったが——ルシアスは恋に落ちたことも、求婚の言葉を衝動的に口にしてしまったことも、きっぱりした決意によって忘れ去ろうとしてきた。

クリスマスのときに約束したからには、何があっても守らねばならない。望みの女性が手に入らないとなれば、代わりにポーシャ・ハントを選ぶしかない。結局、それがいちばんいいのだ——かすかに顔をしかめつつ、彼はそう考えるようになっていた。

彼の母は愛情深い親で、わが子の一人一人が栄光に輝く瞬間を目にすることを望んでいた。ルシアスがロンドンにもどったあとの二週間は、その栄光は女王への拝謁と社交界デビューを飾る舞踏会の準備に追われるエミリーのものだった。つぎの二週間は、それがキャロラインのものになった。サー・ヘンリー・コバムがついに結婚の意志を固め、婚姻にあたっての財産契約についてルシアスと話しあい、そののちに、キャロライン本人に求婚したのだった。そうなれば当然、二人の婚約を祝う舞踏会をマーシャル館で催す必要があった。

この一カ月のあいだにルシアスがポーシャ・ハントに結婚の申込みをすれば、妹のどちらかを不当にも栄光の座からひきずりおろし、母親を狼狽させることになってしまう。

すくなくとも、それが、ルシアスが自分にいいきかせたことだった——いまの彼は、若い独身男として何年も気ままに暮らしてきた日々からは想像もできないほど、多くの時間と注意と愛情を家族に向けるべく努力していた。

しかし、いつまでもぐずぐずとひきのばすことは許されなかった。祖父に約束した以上、あとは正式な申込みをおこない、区切りをつけるしかなかった。

実行に移すとしよう——キャロラインの舞踏会が終わった翌朝、ルシアスは心を決めた。先延ばしにしたくとも、もう口実がなかった。すでに、母親があてこすりをいいはじめていたし、祖父はポーシャの名前が出るたびに目を輝かせてルシアスを見た——しかも、ポーシャの名前はうんざりするほど頻繁に持ちだされた。

ジェフリーズの手慣れた介添えを受けて丹念に身支度を整え、ルシアスは徒歩でバークレイ広場へ向かった。ところが、せっかく試練に立ち向かう覚悟を固めていったのに、ボルダーストン卿は留守だった。しかし、ご婦人方はご在宅です、と執事が彼にいった。シンクレア卿はご婦人方にお会いになられますか。

シンクレア卿として「お目にかかりたい」と答えたが、心のなかでは、いつもの慣れ親しんだ場所でフェンシングやボクシングや馬の品定めをやっている友達連中のことを、うらやましく思いだしていた——悩みをかかえている者など一人もいない。

ところが、居間に案内されたところ、そこにいたのはポーシャ一人だった。

「キャロラインの舞踏会でゆうべ遅くなったので、お母さまはまだご自分のお部屋なの」ルシアスのお辞儀を受けたあとで、ポーシャは説明した。

無理もない。はっきりいって、ポーシャがすでにベッドを離れ、いつ来客があってもいいように服装を整え、髪もきれいに結っていることのほうが驚きだ。彼がマーシャル館を出たときだって、母親や妹の姿はどこにもなかった。

ポーシャは数々の美徳のなかに早起きまで含めているのだろうか。

「母上をお呼びしましょうか」がらんとした部屋を見まわして、ルシアスはきいた。「それとも、あなたのメイドを？」

「バカなことおっしゃらないで、ルシアス」ポーシャは冷たく落ち着き払っていいながら、椅子を勧め、自分も優雅に腰をおろして刺繡の枠を手にとった。「わたくし、自宅で昔からのお友達をおもてなしするのに、付添いの女性を必要とするような未熟な少女ではありませんわ」

二人は長年の知りあいなので、おたがいをファーストネームで呼んでいた。友達という間柄でもあるのだろうか。

「レディ・シンクレアもさぞかしお喜びでしょうね。お嬢さまの一人はすでにご結婚、もう一人はご婚約、そして、エミリーは社交界にみごとにデビュー。エイミーだって、生まれつきのお転婆な性格を直すことができれば、来年、すばらしいデビューを飾ることができましてよ」

ポーシャの刺繡針が布地への出入りを手早くくりかえして、ピーチ色の完璧なバラを生みだした。

「できれば、そんなことはさせたくないものだ、ポーシャ。いまのままのエイミーで、ぼくは充分気に入っている」

ポーシャは彼のほうへちらっと顔をあげた。

「困ったことをなさったわね。一昨日の午後、あんな遅い時間にエイミーを連れて公園へ散歩においでになるなんて。エイミーはまだ、上流の方々の前に顔を出すべきではありませんのよ。それに、あなたが何かおっしゃったとたん、あんなに軽率な笑い声をあげて注目の的になってしまうなんて、はしたないこと。ラムフォード卿が片眼鏡でエイミーをごらんになってたわ。あの方の評判はよくご存じでしょ」

「妹がぼくの腕につかまってるかぎり、ドラ息子連中から無礼なまねをされる心配はないよ、ポーシャ。それにデビュー前の少女にだって、デビューした若い貴婦人同様、新鮮な空気と運動が必要なんだ」

自分はまた、いらいらしはじめている――彼は思った。くそっ、最近は、いらいらが習慣みたいになってきた。もちろん、ロンドンに住む貴婦人百人のうち、九十九人までがポーシャに賛成するにちがいない。

フランシスはどうだろう。ルシアスはその思いを無理に抑えつけた。

「妹さんに対するあなたの愛情はご立派よ」ポーシャはいった。「でも、来年のデビュー後にエイミーが社交界でうまくやっていくためのチャンスを傷つけたいとは、あなたも思ってらっしゃらないでしょ」

ルシアスは彼女の金色の巻毛をみつめ、この先ずっと、自分の意見や行動のすべてにこのようなやんわりした非難を受けることになるのだろうかと考えた。そうなることに財産を賭けてもいいと思った。たぶん、そこから逃げだすために、ほとんどの亭主族と同じく、田舎にいるときは銃を持ち犬を連れて領地を歩きまわり、ロンドンにいるときはクラブへ逃げこむことになるのだろう。

「あなたって、ほんとにやさしい方ね」ポーシャは話をつづけた。「バースへいらしたときに、エイミーも一緒に連れてらしたなんて。若々しいエイミーの存在は、エッジカム卿にとって大きな慰めになったことでしょう」

「そう信じている。それに、ぼくも楽しかったし」

「でも、夜会への出席をお許しになったのは、賢明なことだったかしら」

ルシアスは眉を吊りあげたが、ポーシャのほうは刺繍から顔をあげもしなかった。

「それから、アパー・ルームズのパーティにまで？　エミリーからその報告を受けて、こんなこと申しあげては失礼ですけど、うちの母なんか言葉を失うほどショックを受けてましたわよ、ルシアス」

ポーシャの髪が額の中央できちんと分けられていることに、ルシアスは気がついた。もっとも、分け目は額から数インチのところで丹念に整えられたカールの下に消えてしまっている。

彼が知っている誰かはこうではなかった……。

「でも、学校教師を雇ってエイミーの付添いをさせるだけの分別は、あなたにもおありになったのね。だけど、エイミーが踊るのをその女性が止めてくれればよかったのに、ルシアス」

怒りでルシアスの目がすっと細くなった。あの完璧なカールのひとつをぺしゃんこにつぶして、髪型全体のバランスをくずしてやったら、どれほどスッとするだろう、と無言のうちに考えた。

「ミス・アラードはうちの祖父の大切なゲストだったんだ」彼はいった。「エイミーはぼくの許可を得て踊ったんだし」

「あとはもう、あなたのせいでエイミーがとりかえしのつかない被害を受けたりしていないよう、祈るしかありませんわね、ルシアス。来年、わたくしからエイミーに手本を示し、落ち着きを教えることを、楽しみにしていますわ」

彼の妻として、エイミーの義姉として、という意味に決まっている。

「へーえ、そう？」

ポーシャは顔をあげた。刺繍の布の上で針が停止していた。

「お気を悪くなさったのね。お悩みになる必要はなくてよ、ルシアス。何をどうすればいいかは、女のほうがよく心得てますし、殿方がご自分の好きなように行動なさっているあいだ、自負心を復活させ、維持していけるよう心がけておりますもの」

「好きなようにというと、女遊びのこと？」

ルシアスは彼女の頰が赤らむのを待ちうけたが、不意に、ポーシャが赤面したことは一度もなかったことに気づいた――あるいは、赤面する必要などないのだろう。

「その話題には、おたがい、触れないほうがいいんじゃないかしら、ルシアス。殿方が自由な時間に何をなさろうと、それは殿方の問題で、育ちのいい女性にはなんの関係もないことですもの」

ふん！　あきれたもんだ！　婚礼当日から死を迎える日までこっちが女遊びにうつつを抜かしたとしても、ポーシャが冷静さを失うことはないのだろうか。〝ぜったいにない〞というのが、たぶんその答えだろう。

「けさは父に会いにいらしたの？」

「そう」ルシアスはうなずいた。「また出直してこよう」

「ええ、そうなさいませ」彼をじっとみつめて、ポーシャはいった。

ぼくになんらかの感情を持ってくれているのだろうか――ルシアスはいぶかった――なんらかの温かな感情を。本当にぼくと結婚したいと思ってるんだろうか。シンクレア子爵――未来のエッジカム伯爵――ではなく、ぼくという人間と。

「ポーシャ」ふたたび刺繡にもどった彼女に、ルシアスはきいた。「春になってから、何かあるたびに同席させられてるような気がしない？　ぼくらが望むと望まないとにかかわらず」

針を動かす手が止まったが、ポーシャは顔をあげようとしなかった。

「当然でしょ。でも、おたがい、望まないわけがないじゃありませんか」

ルシアスの心は沈みこんだ。

「じゃ、ぼくとの結びつきを望んでるんだね」

結びつき——なんとヘマな婉曲語だろう！

「もちろんよ」

「もちろん？」顔をあげたポーシャに向かって、彼は眉を吊りあげた。

「殿方って愚かですこと」ポーシャが彼に向けた表情には、一瞬、母性的なものすら浮かんでいた。「何かにつけて現実を避けようとなさる。でも、永遠に避けるわけにはいきませんのよ、ルシアス」

「ぼくと結婚したいと思ってる？」

ああ——ついに言葉にしてしまった。撤回はできないし、何かほかの話をしていたというふりもできない。

「もちろん」

彼の心はこれ以上沈みようがなかった。だが、その不可能なことをやってのけた。

「なぜ？」彼は尋ねた。

「なぜ？」今度はポーシャが眉を吊りあげる番だった。針を持つ手を刺繡の上で止めていたが、一瞬、それも忘れてしまったようだった。「誰かと結婚しなきゃいけないんですもの、ルシアス。あなたがいちばんふさわしい人だわ。あなたも誰かと結婚しなきゃいけない。そして、あなたにとっては、わたくしがいちばんふさわしい相手なのよ」

「それだけの理由でいいの？」ルシアスは彼女に向かって眉をひそめた。

「ルシアス、それが唯一の理由でしょ」

「ぼくを愛してる？」

ポーシャは愕然《がくぜん》たる表情になった。

「なんて愚かな質問かしら。あなたやわたくしのような人間が結婚するのは、愛などという卑俗な理由からではないのよ、ルシアス。地位と財産とすぐれた血統を守るために結婚するのよ」

「ロマンスとはまったく縁のない意見だね」

「あなたがロマンスなどという言葉を口になさるとは、思ってもみなかったわ」

「どうして？」

「こんなこと申しあげるのは失礼かもしれないけど、わたくし、いくら深窓の育ちといっても、あなたの評判をまったく知らないわけではありませんのよ。あなたはきっと、その生活をつづけたいと思ってらっしゃることでしょう。そのような暮らしをロマンチックと呼べるかどうか疑問ですわ。ですから、妻となる女性とのあいだにも、ロマンスを期待したり望んだりはなさらないはず。いえ、ご心配なく。わたくしだって、期待も望みもしておりませんもの」

「どうして？」

「ロマンスなどきわめて愚かなことですもの。粗野ですもの。想像の産物にすぎませんもの。たいていは女の側の願望にすぎませんもの。殿方のほうが聡明で、そのようなものは信じてもおられません。わたくしも同じです」

二、三カ月前までなら——ルシアスは思った——彼女の意見に賛成したことだろう。たぶん、いまも賛成するだろう。この二、三カ月、ロマンスはなんの役にも立たず、自分をたえず苛立たせてきただけだったではないか。

「情熱はどう？ 結婚生活にそれを期待しようとは思わない？」

「思うわけないじゃありませんか！」ショックもあらわに、ポーシャはいった。「とんでもないことをおっしゃるのね、ルシアス！」

刺繍にふたたび注意をもどすポーシャを、彼は憂鬱《ゆううつ》な目でみつめた。彼女の手には震えひとつ見られず、まるで天気の話でもしていたかのようだった。

「求婚の期待をきみに抱かせるようなことを、ぼくが何かいったりしたりした？」彼はポーシャにきいた。

したとも、もちろん——ついさきほど。けさここを訪れたのは彼女の父親に会うためだったことを、さっき認めたばかりだ。

「そんな必要はないでしょ。ルシアス、あなたが結婚を渋って先延ばしになさってることはわかってますのよ。似たような状況に置かれれば、どの殿方もきっと同じでしょうね。でも、結局はご自分の義務を果たすことになるのよ。あなたもそう。その結果はさほど悲惨なものではありませんわ。何もなかったところに家庭ができて、そこに妻と子供たちがいる。上品で快適な暮らしを送るために必要なことなのよ。でも、だいたいにおいて、殿方の暮らしにさほど大きな変化は生じませんし、その必要もありません。足枷《あしかせ》だの、人生の墓場だの、殿方がお使いになるその他の愚かな決まり文句に対する恐怖には、なんの根拠もありませんことよ」

ルシアスはちらっと思った――心の底まで冷たい女なのか、それとも、深窓の育ちゆえに信じられないほど世間知らずなのか。彼女の胸に情熱をかき立てることのできる男がどこかにいるのだろうか。疑わしい気がした。

「では、ぼくと結婚する気でいるんだね、ポーシャ」ルシアスは彼女にきいた。「思いとどまるような材料は何もないんだね」

「そのようなことは想像できませんわ。もちろん、父と母が承諾を撤回すればべつですけど。でも、およそありえないことでしょ」

もうだめだ――ルシアスは思った――逃げようがない。まるでこれまで気づいていなかったかのようだ。そのためにここにきたんじゃないか。そうだろう?

フランシスのバカヤロー。地獄へでも行っちまえ。ぼくをここから救いだす力を持っていたのに。ぼくは彼女に結婚を申しこみ、あとで、冷静に考えたならそんなことはしなかっただろうと自分にいいきかせた。だが、彼女がぼくと同じく危険をかえりみないタイプで、イエスと答えてくれていれば、ぼくが冷静に考える必要もなかったはずだ。興奮のあまり、考えるどころではなかっただろう――至福、情熱、勝利感。

愛情。

だが、彼女がノーと答えたばかりに、ぼくはこうして、自分の名前がルシアス・マーシャルであるのと同じぐらい確実に、終身刑の判決を受けようとしている。一人の男性を午前中に訪問しただけのことなのに（しかも相手は留守だった）、そこでポーシャとやりあって、ひきかえせなくなってしまった。

しかし、ふたたび会話を始める前にドアがひらいて、ポーシャの母親が入ってきた。いつもならボルダーストン卿は朝食をすませたあと長いあいだ家にいるのに、今日にかぎって早めにクラブへ出かけてしまった、まことに申しわけない、と詫びたものの、やけにすました表情だった。

三人はあたりさわりのない話題をいくつかとりあげて雑談を始めた。そこには、天候やおたがいの健康というお決まりのものも含まれていたが、ルシアスはやがて、これだけ時間がすぎれば暇乞《いとまご》いしても失礼にはあたらないだろうと考えた。

いったいどこへ飛びこもうとしてるんだ――〈ジャクスン〉のほうへ大股で向かいながら、ルシアスは自分に問いかけた。向こうに着いたらボクシング・グラブをはめて、誰かをぶちのめしてやりたい気分だった。いや、誰かにぶちのめしてもらうほうがいいかもしれない。だが、彼の窮地にはもうなんの未来もない。

ポーシャは美人で、洗練されていて、教養があり、完璧だ。だが、ルシアスがどうしても好きになれない相手でもある――午前中の二人の会話もそれに変化をもたらす役には立たなかった。

なのに、結婚予告がすでになされたかのごとく、彼女に足枷をはめられてしまったような気分だった。彼はけさ、ボルダーストン侯爵に会いにいった。レディ・ボルダーストンもポーシャもそれを知っている。こうした訪問の理由はひとつしかない。そして、彼はまたあらためて訪問すると約束した。ポーシャはそれを当然のこととして受け止めた。

〝また出直してこよう〟

〝ええ、そうなさいませ〟

そのとき、彼はまたしても怒りを感じた。

〝でも、学校教師を雇ってエイミーの付添いをさせるだけの分別は、あなたにもおありになったのね。だけど、エイミーが踊るのをその女性が止めてくれればよかったのに〟

〝学校教師を雇う！〟

〝その女性！〟

フランシス！

ルシアスは歯を食いしばり、歩幅を広くした。彼女に拒絶された苦痛と屈辱よりも、彼女を絞め殺してやりたい思いのほうが強いのかどうか、どうにも判断できなかった。あるいは、二度と彼女に会えないという苦しみよりも。

あるいは、彼女のほうが思慮分別に恵まれていてこちらの体面を守ってくれたのではないかという、わずらわしい疑惑よりも。あの日ブロック通りの家を出たときには、フランシスに結婚の申込みをしようなどとは思ってもいなかった。彼女に会いに学校へ行ってみようという考えすらなかった。

しかし、冷静な分別が彼の長所だったことは一度もない。つねに衝動的かつ無謀な奔放さを発揮して、未来への道を切りひらいてきたのだ。

バークレイ広場の屋敷を訪問してから二十四時間もたたないうちに、彼はふたたび同じことをくりかえした。

そして、それはふたたび、フランシス・アラードに関係したことだった。

17

「メルフォード夫人がロンドンにきているそうだ」朝食の席でエッジカム伯爵がいった。わりあい体調のいい日だったので、ベッドから出て家族と一緒に食事をしていた。

珍しいことに前夜は舞踏会も深夜までのパーティもなかったため、キャロラインをのぞく家族全員がテーブルについていた。キャロラインだけはサー・ヘンリーとともにヴォクソールでパーティに出ていて、ようやく帰宅したのは花火が終わってからだった。

「そうですの？」読んでいた手紙からちらっと目をあげて、レディ・シンクレアが礼儀正しくいった。

「妹さんと一緒に」伯爵はつけくわえた。「あの二人がロンドンにくることはめったにないのだが。最後に会ったのがいつだったかも思いだせんほどだ」

「まあ」母親の声には興味のかけらも感じられない――ビーフステーキにナイフを入れながら、ルシアスは思った。母親はふたたび手紙を読むのに夢中になっていた。

「ウィムフォード・グレインジに住むクリフトン男爵の大伯母にあたる人たちでな」伯爵は説明した。「メルフォード夫人はわしのレベッカと一緒にデビューして、レベッカが亡くなるまで終生の親友だった。二人とも、なんと可憐な乙女だったことか！」

「まあ」子爵夫人はふたたび手紙から顔をあげた。舅《しゅうと》の話に出ているのがサマセット州の屋敷の隣人といってもいい貴婦人たちのことだとわかって、多少興味を覚えたようだ。

ルシアスは突然、メルフォード夫人という名前に覚えがあることに気づいた。

エイミーも同様だった。

「あら、でも、メルフォード夫人とその妹さんはミス・アラードの大伯母さまでもあるのよ」エイミーはいった。「お二人がロンドンにいらしてるの？　おじいさま」

「ミス・アラードって誰なの？」エミリーがきいた。「お砂糖をまわしてくれない、エイミー」

「キリスト教世界で最高にすばらしいソプラノの声を持つご婦人だ」砂糖壺をみずからエミリーのほうへ押してやりながら、伯爵が説明した。「誇張ではない。バースに滞在していたとき、その人の歌を聴いたのだ」

「ああ」スプーン一杯の砂糖をコーヒーに入れてかき混ぜながら、エミリーはいった。「学校の先生ね。いま思いだしたわ」

「雨にはならないでしょうね」レディ・シンクレアが窓のほうへ目をやって、誰にともなくいった。「雨になったら困るわ。今日はお店をいくつかまわるつもりでいるんですもの」

「わしは午後から、あの貴婦人方を表敬訪問するとしよう」伯爵はいった。不意にククッと笑いだした。「わしに劣らず古くなった人々と話をするのは楽しいことだ」

「よかったら、お供させてください」ルシアスがいった。

「ルース、あなたが？」いささか驚いた様子でエミリーが彼をみつめ、やがて笑いだした。「おじいさまのお供をして、年寄りの女性二人に会いにいくの？　歯を抜くほうがルースを表敬訪問にひっぱりだすより簡単だって、お母さまがいつもおっしゃってるのに」

「年配とおっしゃい、エミリー」母親が鋭くたしなめた。「年配の貴婦人たち」

「あたしも行くわ」見るからに顔を輝かせて、エイミーがいった。「いいでしょ、ルース。いいでしょ、おじいさま」

「やだ、わたしは行かないわよ」エミリーがきっぱりいった。「お母さまとお買物に出かけるわ」

「誰もきてくれなんて頼んでないわよ、エム。それに、メルフォード夫人とその妹さんはあたしのお友達の大伯母さまなんだから、ぜひともお目にかかりたいの」

しばらくのち、ルシアスは出かける支度をしながら、自分はなぜあの二人に会いたいのだろうという疑問にとらわれた。ルシアスが社交的な訪問を避けてばかりいるといったエミリーの言葉は、まさに真実だった。それに、二人の婦人はかなりの年配にちがいない。会話はきっと、身体の具合に関する長たらしい報告と、遠くかすんだ過去についてのさらに長たらしい思い出に終始するだろうし、最初の二、三分が過ぎるころには、ルシアスは居眠りしないように自分の肌をつねらなくてはならないだろう。

二人がフランシスの身内だからという、それだけの理由で出かける気になったのだろうか。だとしたら、とんでもなく情けない理由だ。

しかし、ほかにどんな理由が考えられる？

結果からいうと、まったく退屈せずにすんだ。メルフォード夫人はふっくらした小柄な女性で、気さくな表情に祖父のいっていた可憐さがいまも残っていて、昔の親友の夫に会って大喜びし、孫たちもついてきたことに歓声をあげた。年配者二人はたしかに過去の思い出話にふけったが、ウィットとユーモアに富んだ語り口だったので、ルシアスもエイミーも笑いころげ、もっときかせてほしいとせがんだ。

「でも、若い方々にとってこんなに退屈なものはありませんでしょ」ついに、メルフォード夫人はいった。「自分でさえも前世の出来事だったような気のする遠い過去のことを、老人二人がくどくどと話してるなんて。あなたのことをきかせてくださいな、お嬢さん」夫人はエイミーにやさしい笑みを見せた。

エイミーはさっそく、つい最近の大手柄について、つまりバースに出かけたときのことについて話しはじめた。夜会に出ることを許され、ミス・アラードの歌を聴いたこと。ミス・アラードがお茶にきたときに自分が女主人役をつとめたこと。そして、アパー・ルームズの舞踏会に出席し、ミス・アラードが祖父の特別な客として、また、彼女の付添い役として一緒にきてくれたこと。

「あたし、あの方のことが大好きになりましたのよ、おばさま」年配の女主人に笑顔を見せて、エイミーはいった。「一人前の大人として扱ってくださったんですもの」

「ええ、あなたはもう立派な大人よ、お嬢さん」メルフォード夫人はいった。「社交界へのデビューはまだでしょうけど。これから楽しいことがどっさり待っているわ。うらやましいこと！　おばあさまに似てらっしゃるわね。口もとと顎のあたりがとくに。世界じゅうの誰もがおばあさまに恋をしたものでしたよ。おじいさまがいずれお話しになるでしょうけど。あ、おじいさまもそのお一人だったの」

「そうとも」伯爵は告白した。「出会った六週間後には祭壇へひっぱっていった。わし以外の好ましい男があらわれては困るからな」

「あなた以外の殿方には目もくれませんでしたよ。よくご存じでしょ」メルフォード夫人が請けあい、全員が笑いだした。「でも、バースにいらしたとき、ほんとにフランシスにお会いになったの？　あの子、ほんとに歌いましたの？　わたくしたちもその場にいて歌を聴くことができたら、どんなによかったでしょう」

その口調には姪《めい》への大きな愛情があふれていた。

あの吹雪の朝、フランシスが別れを告げてきた婦人たちの一人がこの人なのだ——ルシアスは思った。ぼくが追い越しをかけたときに彼女が乗っていたのは、この人たちの年老いた馬車で、それを走らせていたのは、この人たちの年老いた御者だったのだ。

「驚きですなあ」伯爵はいった。「ミス・アラードがロンドンに住んでおられた当時、その才能に気づいた者が一人もいなかったとは」

「いいえ、気づいた人はいたようです」メルフォード夫人はいった。「あの子が最高の先生のもとで声楽のレッスンを受けられるよう、父親がつねに気を配っておりました。いつか偉大な歌手になることが、父親の夢であり、あの子の夢でもありました。でも、父親が急死してしまって——かわいそうに——フランシスは二年のあいだレディ・ライルのもとで暮らすことになりました。わたくしどものところにくるよう、あの子にいってやったんですけどね。どなたかがフランシスの後援者になることを承知してくださったという話で、一時期はたしかに歌っておりました。あの子が有名になったという噂をいずれきけるものと、こちらは期待していたのですが、ある日突然、バースからフランシスの手紙が届き、ミス・マーティンの学校で教えることになったと知らせてきたのです。それ以来、あの子の幸福を気にかけてまいりましたが、昨年のクリスマスを田舎のわが家ですごしてくれたときには、自分が選んだ職業にとても満足しているように見受けられました」

レディ・ライル？　ルシアスは眉を吊りあげたが、意見はさし控えた。

「わしが図々しくも、なぜその歌で世界を魅了しようとしないのかとミス・アラードに尋ねたところ、自分の生き方に大いに満足しているときっぱりいっておいででした」伯爵はいった。

「ガートルードも、わたくしも、あの子を娘のように思っていますのよ」メルフォード夫人は二人にいった。「わたくしは子供に恵まれませんでしたし、ガートルードは一度も結婚しておりません。二人ともフランシスがかわいくてたまらないのです」

伯爵は客の前にまだ顔を見せていないミス・ドリスコルのことを礼儀正しく尋ねた。臥せっているのだと、夫人は説明した。ロンドンまでの旅のあいだにひいた風邪がすっきりしないらしい。どうやら、慢性的に胸の具合が悪くて、姉をいつも心配させているようだ。

「ひとつだけ安心できるのは、このロンドンなら最高のお医者さまに診ていただけるという点ですわ」夫人はつけくわえた。

「たしかに、いい薬が必要ですな」伯爵はいった。「体力をつけてくれるものが。妹さんに合った薬を処方してくれるよう、かかりつけの医師にお頼みにならなくては。わしとしてはバースの温泉療法をお勧めしたいところだが、妹さんが弱っておられては、バースまで出かけるのは無理かもしれませんな」

「ええ、たしかに」メルフォード夫人はいった。「でも、そのお勧めを心にとめておきます」

ルシアスが分別を捨て去り、考える暇を自分に与えもせずにまたしても衝動的に口をひらいたのは、このときだった。

「ひょっとすると、ミス・ドリスコルにとっては、ミス・アラードにふたたびお会いになることがいちばんの薬ではないでしょうか」

メルフォード夫人はためいきをついた。「おっしゃるとおりですわ、シンクレア卿。わたくしたち二人にとって、どんなにうれしいことでしょう。でも、あの子に会いにいけるようになる前に、ガートルードがまず体調を整えなくてはなりません」

「いや、ミス・アラードがこちらにおいでになればいいではありませんか」

なんでそうお節介を焼くんだ——彼の脳が尋ねた。彼はそれを無視した。

「まあ。でも、夏になるまでは教える仕事に追われているでしょうから」メルフォード夫人はいった。「学校を休むのは無理に決まっています」

「大切な大伯母さまのためでも？」ルシアスはきいた。「ミス・ドリスコルが体調を崩していて、ロンドンの医者に診てもらってもなかなかよくならないということを知れば、ミス・アラードはきっと、一週間か二週間ほど特別休暇をとろうとなさるでしょう。ミス・マーテインもひきとめるようなまねはなさいますまい」

「そうお思いになります？」メルフォード夫人はその提案がいたく気に入ったようだった。

「そこまでお気にかけてくださるなんて、ご親切ですのね、シンクレア卿。どうして自分で思いつかなかったのか、ほんとにふしぎですわ。フランシスの訪問こそ、ガートルードを元気にするために必要なものです。あの姪はいつも、わたくしたちの暮らしに新鮮な空気をもたらしてくれますもの」

「まあ」両手を胸にあてて、エイミーが叫んだ。「ぜひミス・アラードをお呼びになって、メルフォードのおばさま。いらしていただきたいわ。そしたら、またお目にかかれますもの。ルースに頼んで、あたし、ここに連れてきてもらいます。何よりも楽しみだわ」

「そして、たぶん」伯爵がクスッと笑いながらいった。「ミス・ドリスコルのために歌われるだろうから、わしももう一度その歌を聴くために、招待していただけるようがんばらねば。それ以上にいい薬はありませんぞ」

「連絡してみますわ」メルフォード夫人はきっぱりいって、手を叩いた。「学期の途中で抜けるのは無理かもしれませんが、あの子にきいてみないことには、無理かどうかもわかりませんものね。もう一度フランシスの顔を見ることが、わたくしの何よりの願いですし、あの子の訪問がガートルードを大いに元気づけてくれるにちがいありません」

「ところで」ルシアスはこのうえなく魅力的な笑みを浮かべていった。「手紙を書かれるときには、これはすべてあなたのお考えということにしておかれたほうが……」

「あら、そうじゃありませんでした?」夫人の目がいたずらっぽくきらめいた。

いったいどういうつもりなんだ——訪問の残り時間のあいだも、暇を告げたあとも、ルシアスは考えつづけた。なぜまた、フランシスをロンドンに誘いだすというわずかな望みに飛びついたりしたんだろう。

やはり、彼女との再会を願っているのだろうか。

だが、なんのために？　最後に会ったとき、彼女からはっきり別れを告げられたではないか。彼女から受けた拒絶と屈辱に苦しんだはずなのに、まだ足りないというのか。

いったい何を求めてるんだ。

きのうは、婚姻の財産契約についてボルダーストン侯爵と相談するためにバークレイ広場の屋敷を訪ね——侯爵は留守だと知らされた。けさは訪ねるのをやめにした。

明日もう一度訪ねることになるのだろうか。

フランシスはおそらく、ロンドンにはこないだろう。たとえきたとしても、それがどうだというのだ。弱っている大伯母に会いにくるのだ。ルシアスではなくて。

だが、もし彼女がやってきたなら——馬車の座席でエイミーがとなりの祖父に（それから、たぶん彼に）向かって無駄話をつづけるのをききながら、ルシアスは歯をギリッと嚙みしめ、かならず会ってやるぞと決めた。

二人の物語の最後に〝おしまい〟という言葉はまだ書かれていない。物語はまだ終わっていない。

そうとも、終わってはいない。

とにかく、彼の心のなかでは。

〝それがあなたの困った点ね。ノーという返事を受け入れることができない。そうでしょ、シンクレア卿〟

とんでもない、受け入れられるとも。いつだってそうしてきた。だが、イエスと答える気はないといくら彼女にいわれても、こちらがどうしても納得できないときに、なぜノーという返事を受け入れられるだろう。

まったくもう、なんでイエスといってくれないんだ。

ロンドンの郊外というのは、最高の季節でさえ魅力的とはいいがたい。雨に濡れ、風に吹かれたゴミが戸外に舞い、歩道の縁石のところにぐっしょりへばりついているいまの状態では、醜悪としかいいようがなかった。

トマスが御者をつとめる大伯母の馬車に乗り、乗り心地を心もとなく思いつつ、カタツムリの這《は》うような速度でバースからロンドンまで一日がかりの旅をしてきたため、フランシスは身体の節々が痛んでいた。軽い頭痛もしていた。窓はすべてしっかり閉めてあるのに、かすかな湿気が感じられた。また、寒気に襲われてもいた。

しかし、じつをいうと、窓の外の景色も、肉体的な不快さも、さらには、ロンドンにもどることも、さほど気にならなかった。遊びにきたわけではなく、社交界に顔を出すためにきたのでもない。ロンドンにいることを人に知られる心配はないだろう。

フランシスがロンドンにやってきたのは、大伯母のガートルードが死に瀕しているからだった。マーサ大伯母が言葉にはっきり出したわけではないが、そうとしか考えられなかった。学期の途中であることはわかっているが、できることなら訪ねてきてほしいと、フランシスに頼んできたのだ。また、学期が終わるまでフランシスが抜けられないことは承知しているので、こちらにこられなくても罪悪感は持たないでほしいと、大伯母がつけくわえてはいたが、姪をロンドンに呼びよせることが緊急に必要なのだという思いがありありと出ていた。マーサ大伯母はその手紙を投函する代わりに、トマスに託して、古い自家用馬車で届けさせた。追伸として、〝首尾よく休暇がとれたときは、この馬車できてくださいね〟と書いてあった。

ミス・マーティンはフランシスが不都合な頼みを口にしもしないうちに、休暇願いを受け入れてくれて、授業をつづけていくために臨時の教師を見つけるといってくれた。アンは無言でフランシスを抱きしめた。スザンナは荷造りを手伝ってくれた。ハッカビー先生はフランシスが留守のあいだ合唱団の指揮をするといってくれた。クラスの生徒一人一人が早く帰ってきてほしいと懇願した。

手紙の内容を友人たちに伝えたあと、フランシスは泣きくずれてしまった。

「ただの大伯母にすぎないのよ。そんなにしょっちゅう会ってたわけじゃないし、手紙だって月に一度ぐらいしか出してないの。でも、その片方を失うかもしれないとわかって、わたしという存在にとって大伯母たちがいかに大切な錨《いかり》だったか、その愛情と支えをどれほど頼りにしてきたかが、つくづくよくわかったわ。父が亡くなって、血のつながった身内はこの二人だけになってしまった。わたしは大伯母たちを心から愛してるの」

三年以上前にレディ・フォントブリッジから脅迫を受けたとき、フランシスがもっとも心配したのは大伯母たちのことだった。ロンドンを離れて二度ともどらないという約束をしたのも、主として二人の大伯母のためだった。あのことが二人の耳に入ったら、フランシスはとうてい耐えられなかっただろう。大伯母たちの世界の大部分が破壊されてしまったことだろう。

「そうでしょうとも」ミス・マーティンがきびきびといった。「必要なだけゆっくりしてきて、フランシス。もちろん、生徒も含めて全員があなたの不在を嘆くことでしょう。でも、人の命には代えられませんものね。たまにそれに気がつくと、人は謙虚になれるものよ」というわけで、フランシスはふたたびこのロンドンにやってきて、不安で吐きそうになっているのだった。ガートルード大伯母は昔から身体が弱くて、新鮮な空気から遠ざかり、火のすぐそばで過ごすというふうに、自分を甘やかしてきた。しかし、その大伯母を現実に失うことになろうとは、フランシスは考えたこともなかった。

馬車が最後に一度ガタンと揺れて、ポートマン通りにある立派な屋敷の前で停まると、フランシスはトマスが扉をあけてステップをおろしてくれるのももどかしく、屋敷の玄関まで飛んでいった。そこまで行かないうちに玄関ドアがひらき、フランシスはタイル張りの玄関ホールに入るなり、マーサ大伯母の広げた腕に飛びこんだ。

「フランシス」大伯母は幸福に顔を輝かせて叫んだ。「よくきてくれましたね！　お休みをとるのは無理だろうと、ほとんどあきらめていたのよ。まあ、なんてきれいなの。いつものように！」

「マーサ伯母さま」フランシスのほうからも大伯母を抱きしめた。「ガートルード伯母さまのお加減は？」それを尋ねるだけでも怖かった。しかし、フランシスがまず気づいて、大きな安堵《あんど》を覚えたのは、大伯母の着ている服が黒ではないことだった。

「じっとりしたお天気だけど、今日はすこし気分がいいみたい」マーサ大伯母はいった。「ベッドから出て、階下の居間にいるのよ。きっとびっくりして大喜びするでしょう。あなたがくることを内緒にしておいたから。正直なところ、こちらの頼みに応じてあなたがきてくれたなんて、いまだに信じられないぐらいよ。ミス・マーティンから永遠に解雇されたのでなければいいけど」

「休暇をくださいましたの」フランシスはいった。「ガートルード伯母さまは回復に向かってらっしゃるのね。まさか――」

「まあ、いじらしい子」マーサ大伯母は彼女の腕をとり、階段のほうへ連れていった。「最悪のことを想像してたわけじゃないでしょうね。重い病気ではなかったのよ。ただ、風邪で体調を崩したきり、なかなか治らないものだから、ひどく沈みこんでいたの。二人そろって。あなたの顔を見ることが、わたしたち二人にとって必要な薬になるだろうと思ったのよ――自分勝手な考えだけど」

じゃ、ガートルード伯母さまは死の床についていたわけじゃないのね？　それは最高にうれしい知らせだった。だが、学期の途中でいきなり二、三週間休暇をとろうとしてミス・マーティンに大きな迷惑をかけたことと、クラスの生徒や合唱団や音楽の個人レッスンを受けている生徒を困らせたことを思うと、心が痛んだ。

とはいえ、自分の存在が大伯母たちにとって大きな意味を持っていることを知って、胸がジーンとした。大伯母たちの存在を当然のことと思うのはもうやめよう――フランシスは心に誓った。それに、マーサ大伯母に再会できて、彼女も心から喜んでいた。涙がこみあげてくるのを感じ、まばたきしてこらえた。

暖炉でパチパチはぜる火のおかげで暑くてムッとする居間にフランシスが入っていくと、大きな歓声があがった。ウールの分厚いショールを肩にかけ、膝掛けで膝を包んだガートルード大伯母が火のそばにうずくまっていたが、姪の姿を見た瞬間、ショールも膝掛けも放りだして、驚くほど機敏に立ちあがり、彼女のもとに駆けてきた。部屋の中央で固く抱きあい、一方、マーサ大伯母のほうは二人のそばをうろうろしながら、フランシスがこられないとわかってガートルードがさらに落ちこんでしまっては困ると思い、この四日間自分一人の胸にしまっておいた秘密を、興奮した口調で披露していた。

そのあと、椅子にすわったフランシスは、お茶のカップを手にし、ケーキの――一個でいいといったのに、マーサ大伯母は三個ものせてくれた――皿を膝に置いて、温もりと、幸せと、心地よい疲れに包まれていた。ガートルード大伯母が最高の健康状態でないことは明らかだったが、危篤というわけでもなかった。フランシスはここにきたことに罪悪感の疼《うず》きすら感じたが、偽の口実を作って休暇をとったわけではないし、自分の存在が大伯母たちを元気づけたのもたしかだった。大伯母たちは楽しげにしゃべりつづけていて、火の勢いがかなり弱くなったことにも気づいていないようだった。

大伯母のもとで一週間ほどすごし、罪悪感は忘れて楽しむことにしよう――なんだか眠くなってくるなかで、フランシスは思った――そのあと、学校にもどって、学期末までみんなの二倍働くことにしよう。年度末の授賞式やコンサートの準備で、余分な仕事がたくさんあるだろう。

夏休みにまた一週間、田舎の大伯母たちの家を訪ねることにしてもいい。二人が彼女を必要としていることに、たったいま気づいたのだ――そして、じつをいうと、彼女のほうも二人を必要としていた。

「二、三日前に、あなたのお友達が何人か訪ねてみえましたよ」にこやかな笑顔を見せて、マーサ大伯母がいった。「その日、ガートルードはかわいそうに、ベッドで臥せっていたので会わずじまいだったけど、もう一度あらためてお招きするつもりでいるのよ」

「えっ？」フランシスは不審そうに大伯母を見た。胃のなかに警戒の小さな羽ばたきが生まれた。わたしがロンドンにもどってくることを、知人の誰かがすでに嗅ぎつけたというの？

「エッジカム伯爵がお訪ねくださったの」マーサ大伯母はいった。「亡くなった奥さまとわたしは娘時代からの親友でね、昔から、わたしは伯爵さまにとても好感を持っていたのよ。訪ねてきてくださるなんて、ほんとにご親切なこと」

フランシスは胃が完全なトンボ返りをしたように感じた。ああ、そういえば……。マーサ大伯母とは古い知りあいだと、伯爵がいっていたことを思いだした。まさか訪ねてくるなんて……。

しかし、大伯母は〝お友達が何人か〟訪ねてきたといった。

複数形。

「でね、男のお孫さんを一人と、女のお孫さんを一人連れてらしたのよ」マーサ大伯母の話はつづいた。「シンクレア子爵とエイミー・マーシャル嬢。感じのいい若い方たちよ。しかも、バースであなたの歌をお聴きになったとかで、絶賛してらしたわ。もちろん、わたしにいわせれば当然のことですけど」

「ひとつだけふしぎなのは、なぜあなたがもっと歌う機会を作って有名にならなかったかってことですよ」ガートルード大伯母がいった。

フランシスの心は沈みこみ、靴の裏のどこかにへばりついてしまった。これこそ最悪の悪夢だ。もう一度その悪夢を見ることには耐えられなかった。

彼に会うことにも耐えられなかった。

ひどいわ、ルシアスったらどうしてここにきたの？　おじいさまがお望みになったから？

「それから、あなた、あの方たちと一緒にアパー・ルームズのパーティに出かけたんですって？」にこやかな笑顔で姪をみつめて、マーサ大伯母は話をつづけた。「あなたがまた楽しい時間を持ちはじめたときいて、わたしの心臓も元気になったわ。あなたみたいに若くてきれいな子が学校に閉じこもったきり、すてきな殿方に出会うチャンスもない毎日を送るなんて、あんまりだと思っていたのよ」

「まあ」フランシスはお茶を飲みほし、カップと受け皿をそばのテーブルに置きながら、無理に微笑を浮かべた。「いまのままで充分幸せですわ、マーサ伯母さま。それに、殿方がいないわけじゃありませんし」

この一カ月間に、ブレイク氏と姉夫妻に誘われて劇場へ出かけたことが一度、食事をしたことが一度あった。ブレイク氏と二人でバース寺院のミサにも二度出席し、二度とも帰りは長いまわり道をして、学校までゆっくり歩いてもどった。二人の間柄は〝求婚中〟と呼べるようなものではないと、フランシスは思っていたが、そのことがとてもありがたかった。時間とともに開花してもっと温かなものに変わっていくかもしれないし、そうはならないかもしれないという、おだやかな友情のほうが、はるかに好ましかった。

「わたしが知りたいのは」あいかわらず目を輝かせながら、椅子のなかで身を乗りだして、マーサ大伯母がいった。「あなたがシンクレア子爵と踊ったかどうかということなの」

きまりの悪いことに、フランシスは頬が赤くなるのを抑えられなかった。

「ええ、踊りましたわ。とても親切な方でした。伯爵さまがミス・マーシャルにねだられて、パーティに一緒にくるよう誘ってくださり、子爵さまもご親切に、一曲目を妹さんと踊られたあとで、わたしと踊ってくださいましたの」

「ねえ、マーサ、あなたからはひと言もきいていないし」ガートルード大伯母がいった。「こちらから尋ねようとも思わなかったけど——シンクレア子爵って、ひょっとして、若くてハンサムな方なの？」

「おまけに魅力的」マーサ大伯母が答え、二人の老婦人はやっぱりねといいたげに薄笑いをかわした。「じゃ、踊ったのは一曲だったの？　一曲だったの、フランシス？」

「二曲よ」フランシスは会話の方向に愕然としながら答えた。「でも——」

「二曲！」マーサ大伯母は手を叩き、うっとりした表情になった。「やっぱりね。シンクレア子爵があなたを崇拝してることは、はっきりわかってましたよ」

「フランシス！　なんてすてきなの！」ガートルード大伯母が身を乗りだし、ふたたびショールのことを忘れてしまった。ショールは顧みられぬまま、肩から背後のクッションにすべり落ちた。膝掛けはすでに足もとに落ちていた。「シンクレア子爵夫人！　気に入ったわ！」

もちろん、二人はフランシスをからかっているのだ。楽しげにクスクス笑っていた。

「いやだわ、とんでもない誤解をなさってるのね」フランシスは軽い口調と笑みを崩すまいとした。「シンクレア子爵はミス・ポーシャ・ハントと結婚なさる予定ですのよ」

「ボルダーストン家の令嬢と？」マーサ大伯母がいった。「それは残念だこと！　いえいえ、ミス・ハントにとってはちっとも残念じゃないでしょうけど。とてもハンサムな男性なのよ、ガートルード。でも、希望がすべて消えたわけではないわ。ここにいらしたときに、婚約の話はひと言も出なかったし、わたしもこちらにきてから毎朝、丹念に新聞に目を通してますけど、婚約の記事は一度も見た覚えがありませんもの。それに、あの方、あなたにとても興味をお持ちのようよ、フランシス。もちろん、口に出してはおっしゃらないけど。あの方がいらっしゃらなければ、ガートルードを元気づけるためにあなたをここに呼ぶことをわたしが思いついたかどうか疑問だわ」

「なんですって？」フランシスは仰天して大伯母をみつめた。

「提案なさったのはシンクレア子爵だったのよ」マーサ大伯母はしたり顔で微笑した。「お婆さん二人をそこまで気遣ってくださるなんて、とてもご親切なことではあるけど、あのときなんとなく、若い殿方特有の隠された動機がありそうな気がしたのよ。あなたにもう一度会いたいと思ってらしたんだわ、フランシス」

「すべてはシンクレア子爵のお考えだったわけ？」うっとりした表情でガートルード大伯母が尋ねた。「まだお目にかかっていないけど、その方のことが早くも好きになってしまったわ、マーサ。自分が何を望んでいるか、それをどうやって手に入れればいいか、ちゃんと心得てらっしゃる青年のようね。そのうち、夕食にお招きしなくては――もちろん、妹さんとエッジカム伯爵さまもご一緒に。わたしたちがロンドンにやってきたのは、長いことご無沙汰だった社交界に顔を出すためでしょ。ところが、三週間近くたつのに、まだ誰にも会っていないのよ――すくなくとも、わたしは。でも、そろそろ人と会う時期がきたわね。一時間前に比べても、ずっと気分がよくなったわ。ああ、フランシス、かわいい子、あなたがきてくれたことがようやく実感できたわ」

フランシスは言葉もなく二人をみつめるだけだった。

彼の考え？

わたしをここに誘いだすことを提案したのは彼だというの？

なぜ？

まだ婚約してないの？

「あらあら、おしゃべりに夢中になってしまって」マーサ大伯母はそういって立ちあがった。「長旅でひどく疲れたでしょ、フランシス、顔色が悪いわよ。いらっしゃい。あなたのお部屋へ案内するわ。お夕食までゆっくり休んでちょうだい。おしゃべりはまた今夜ね」

フランシスは身をかがめてガートルード大伯母の頰にキスしてから、案内されるままに居間を出て、二階にある居心地のいい寝室まで行った。フランシスがくることを期待して用意してあったようだ。

一人になったフランシスはベッドに横たわり、頭上の天蓋《てんがい》を見あげた。

ルシアスがここにきた。この家に。

わたしを呼び寄せるよう提案した。おそらく、ガートルード大伯母の容態を誇張するよう勧めさえしたことだろう。そうすれば、わたしが学校の仕事を放りだして駆けつけてくる可能性が高くなる。そういうずるい横暴な手段をとるところが、いかにも彼らしい。

図々しい男！

ノーという返事を受け入れることができないの？　おとなしくひっこんでいられないの？

わたしと結婚したいと、いまも思っているの？　でも、シドニー・ガーデンズで結婚してほしいと彼がいいだしたのは、まったくの衝動から出たことだった。火を見るより明らかだ。あとになって考えてみたとき、彼はきっと、無分別な行動から間一髪で逃れることができたのだと自分で認めたことだろう。

あれから一カ月たったいまも、フランシスはまだ、ルシアスと再会し、ふたたびダンスをし、彼に触れ、唇を重ね、話をし、口論をし――そして、結婚の申込みを拒絶した痛みに苦しんでいた！

いまも、深く、狂おしいほどに、彼を愛していた。

もちろん、クリスマスの直後からずっと愛していて、その想いはどうしても消えなかった。

それはたぶん、彼が姿を消そうとしないせいだろう。

そして、いままた、彼が再会を画策したのだ。大伯母たちを利用して卑劣な策略を練り、わたしをロンドンにおびき寄せようとした。

なぜ？

ルシアスは彼女が出会ったなかで、もっとも癪《しゃく》にさわる、腹立たしい、横柄な男だった。彼のもっともいやな点を考えることに心を向けようとした。雪道で初めて出会ったあの日、こちらが彼への敵意に毛を逆立て、向こうからも敵意を返してきたときの、彼の姿を思いおこそうとした。

だが、頭に浮かんだ彼の姿はたちまち変化して、雪玉をぶつけてきたときの姿になった。それから、笑いころげながら元気いっぱい雪合戦に興じ、彼女を押しもどして雪のなかに倒れこませ、彼女の手首をつかんで……。

フランシスは深いためいきをつき、知らぬまに眠りに落ちていった。

18

ボルダーストン卿は遠い親戚の誕生祝いに出席するために、妻と娘を連れて、二、三日の予定で田舎へ出かけていった。おかげで、気の合った男友達三人とハイドパークへ朝の乗馬に出かけたときのルシアスは、死刑執行を一時的に延期されたような気分だった。灰色の空から霧雨がしとしと降っているという事実も、彼の気分をいっこうに曇らせはしなかった。それどころか、雨のおかげで、ロトン・ロウと呼ばれる園内の乗馬道にはほとんど人影がなかったので、もっと分別あるほかの騎手たちを危険にさらすことなく馬を走らせることができた。家に帰って朝食のための着替えをしていたときも、食事がすんだら何をすべきかをいつものように心のなかで討議する必要すらなかった。バークレイ広場の屋敷へ出かけることは、たとえ彼がそう願ったとしても無理なのだ。

祖父とエイミーだけがおきていた。あとの者は、彼が行く気にもなれなかったあるパーティに出ていて帰宅が深夜になったため、まだベッドのなかだった。ルシアスは満足げに両手をこすりあわせて、サイドボードにならべられた熱々の料理を見渡した。腹ぺこだった。

しかし、エイミーのほうは彼に何やら話したくてうずうずしている様子で、彼が料理を選んでテーブルにつくまで待っていられなかった。

「ルース、あたしが何いいたいかわかる？」

「ヒントをよこせ。いや、あててみせよう。十時間も睡眠をとったものだから、目下エネルギーに満ちあふれてて、そのエネルギーを何に使おうかと頭を悩ませてるとこなんだ——ぼくを奴隷にして」

「ちがうわ、バカね！　おじいさまのところについさっき、メルフォード夫人のお宅から明日の夜のお食事の招待状が届いたの。あたしも招かれてるのよ。お母さまだって反対なさらないわよね？」ルースからお母さまに頼んでちょうだい——おじいさまと二人で」

「大丈夫だと思うよ」ルシアスは用心深くいった。「内輪のディナーなら」

「わーい。そうそう、お兄さまも招待されてるのよ」

彼の恐れていたことだった。この前の訪問は楽しかったが、しかし……。

「ミス・アラードがバースから出てらしたの」

おお！

やった！

「へえ、そう？」ルシアスはぶっきらぼうにいった。「で、ミス・アラードがきたっていうだけの理由で、メルフォード夫人やその妹さんと食事をするために、ぼくに夜のひとときをあきらめろっていうのかい」

だけの理由！

「それが礼儀というものだよ、ルシアス」祖父がいった。「ミス・アラードを呼んではどうかと提案したのはおまえなんだから」

「たしかにそうでした」ルシアスは認めた。「ミス・アラードの到着が望みどおりの効果をもたらしてくれていればいいのですが」

「メルフォード夫人の話では、姪御さんが到着して一時間もしないうちに、ミス・ドリスコルは奇跡的な回復をとげたそうだ。気の利いた提案だったな、ルシアス。エイミーとわしに加えて、おまえも招待をお受けしますと返事してかまわんかね」

ルシアスはからっぽの皿を手にして立っていた。食欲がなぜか失せてしまったようだった。フランシスが彼との結婚を拒絶したあとでシドニー・ガーデンズの東屋から走り去るのを、あるいは、充分に納得のいく拒絶の理由を述べるのを見守っていたときは、もう二度と会うものかと思ったのに。

だが、まぎれもなく彼が画策し、フランシスが大伯母たちに会うためにロンドンへ出てくるよう仕向けたのだ。

なのに、ここにきて彼女を避けようとするつもりか。

「ええ、お願いします、おじいさま」できるかぎり無頓着な口調でルシアスはいった。

「あたし、何よりも楽しみにしてるのよ」自分の朝食に注意をもどしながら、エイミーがいった。「お兄さまは？」

「何よりも楽しみさ」ルシアスはそっけなく答えながら、フライドポテトをすくって皿にのせ、ソーセージに移った。

彼女に再会するまでの時間を指折り数えて待つというような愚かなことをするかもしれない。恋に狂ったダメ男のように。

だが、フランシスはどうだろう。何よりも楽しみにしていてくれるだろうか。

大伯母たちがエッジカム伯爵をシンクレア子爵とエイミー・マーシャルともども晩餐に招待するという計画を忘れてくれたのではないかと、フランシスは思いはじめ、それに期待をかけはじめていた。二日たったが、晩餐に関する話はもう出なかった。

フランシスはその二日間を楽しくすごした。そのあいだに、ガートルード大伯母だけでなく、マーサ大伯母までもが、健康面でも、精神面でも、めきめき元気になっていった。自分も同じだと、フランシスは思った。ふたたび大伯母たちのもとですごし、世話を焼かれ、このうえなく大事にされ、家族の一員であることを実感できるのは幸せなことだった。この一カ月はずいぶんと落ちこんでいたし、クリスマス以降、元気いっぱいとはいえない状態がつづいていた。

一週間だけ滞在しようと、フランシスは決心していた。ロンドンにもどったことを不安がるのもやめよう。外出の予定はまったくないのだし、人が訪ねてくることもありえない。

だが、晩餐会の計画については、フランシスの見込みちがいで、二日目の午後遅く、客が到着する予定のわずか二、三時間前になってからそのことを知らされた。ぎりぎりまで秘密にしておいたのだと、大伯母たちは説明した。直前に打ち明けて、フランシスを不意打ちで喜ばせようとしたのだった。

大伯母たちはまた、二人そろって純粋な喜びに顔を輝かせながら、いちばんしゃれたドレスを着るように、そして、自分たちのメイドであるハッティに頼んで夜にふさわしい髪型にしてもらうようにと、フランシスに懇願した。

あと二時間ほどでルシアスがくることを知らされただけでも困ってしまう——支度をするために二階へ急ぎながら、フランシスは思った。しかし、それ以上に困るのは、大伯母たちが縁結びの神をつとめる決心でいるらしいことだった。ルシアスやほかの誰かに気づかれたら、恥ずかしくていたたまれないだろう。

フランシスはクリーム色の絹のドレスをロンドンに持ってきていた。それを着る機会を見越してのことではなかった。しかし、淑女たるもの、旅に出るときはさまざまな場面にそなえて準備をしておかねばならない。晩餐会のためにそのドレスをまとった。また、ハッティを追い返して大伯母たちを失望させるだけの勇気もなかったので、客の到着予定時刻のわずか十分前に一階の居間におりてきたときは、うなじにやわらかなカールがふわふわ揺れ、きれいになでつけられた頭頂部にしゃれたリボンが交差して凝った飾りになっていた。

とってもすてきだわ——髪を結い終えたハッティに、フランシスはいった。しかし、まさにその事実が彼女を困惑させていた。彼のためにこうしたのだと、ルシアスに思われたらどうしよう。彼の祖父とエイミーにまで思われたらどうしよう。

ルシアスたちは一分早く到着した——フランシスはもちろん、居間のマントルピースに置かれた時計をみつめていたのだった。

最初に入ってきたのはエイミーだった。若々しい元気にあふれた様子で、まずマーサ大伯母に、ついでガートルード大伯母に膝を曲げてお辞儀をしてから、愛らしい笑みを送った。フランシスのほうへ両手をさしだし、うれしげな表情になった。ずっと離れ離れだった姉に再会したかのように——用心しなくてはならない発想だ。

「ミス・アラード！」エイミーは叫んだ。「またお目にかかれてわくわくしてます。それに、あなたがいらしたおかげで、ミス・ドリスコルもすっかりお元気そう。ルースが予言したとおりだわ」

つぎにエッジカム伯爵が入ってきた。身体が弱っている様子ながらも、目をきらめかせて二人の老婦人にお辞儀をし、それからフランシスに右手をさしだした。

「是が非でも」にこやかに笑いかけながら、伯爵はいった。「死ぬ前にもう一度だけ、あなたの歌を聴きたいものだ」

「いえ、伯爵さま」フランシスはさしだされた手に自分の手を置き、伯爵がそれを唇に持っていくのをみつめながらいった。「そのようなことを間近に予定なさるのはおやめくださいませ」

伯爵はくすっと笑って、彼女の手を放す前に軽く叩いた。

そのあとから、しんがりをつとめるルシアスが入ってきた。黒の夜会服に渋い金色の刺繍《ししゅう》が入ったチョッキ、白いリネンとレースという装いで、息を呑むほどハンサムだった。大伯母たちに魅力的な微笑を送ってから、向きを変えてフランシスに正式なお辞儀をした。

フランシスも膝を折って挨拶した。

大伯母たちは薄笑いを浮かべ、この光景に魅了されている様子だった。

「ミス・アラード?」ルシアスはいった。

「シンクレア卿」

肺に空気を吸いこむだけでも、フランシスにとっては意識的な努力が必要だった。

釣りあいのとれないグループであるという事実にもかかわらず、顔を合わせたことを誰もが心から喜んでいる様子だった。さっそく晩餐に移った。伯爵の左右に大伯母たち、シンクレア子爵の右にフランシス、左にエイミー。食事のあいだも、そのあとで居間へ移ってからも、話がはずんだ。

あとすこしで――フランシスは思った――今宵は終わり、わたしの試練もおしまいになる。みんなが礼儀作法を守って過ごし、五日たったら、わたしはバースにもどって日常生活に閉じこもることができる。

そう思ったとたん心が沈んだのは妙なことだった。教師という仕事が心から好きだし、生徒すべてを愛しているし、学校には信頼できる友人たちがいるというのに。

「この家にピアノがあれば、ミス・マーシャルの演奏を楽しませていただけますでしょうに」マーサ大伯母がいった。「それに、フランシスも歌でわたくしたちを楽しませてくれることでしょう。でも、わたくし、この子に伴奏なしで歌わせるつもりはございません。伴奏がなくともみごとに歌えることはわかっておりますけど」

「この子には絶対音感がありますのよ」ガートルード大伯母が説明した。

「ピアノがないことに、あたし、とっても感謝しています」エイミーが陽気に笑いながらいった。「たぶん、おじいさまとルースも感謝してるでしょう。あたしのピアノが上手だって褒めてくれる人は、あたしに甘すぎる人たちなの」

「ミス・アラードの歌をもう一度聴けなくとも失望はしない、などというふりはやめておきましょう」伯爵はいった。「だが、すべての現象には目的があるのだと、わしは固く信じております。マーシャル館にピアノがありましてな、しかも、かなりの名品です。今週の後半に三人の貴婦人を晩餐にお招きすることが、わしにとってこよなき喜びとなりましょう。そして、食事のあとで、ミス・アラード、お返しに歌っていただけませんかな」白い眉の下から、彼の目がフランシスに向かってやさしくきらめいた。「ご迷惑でなければの話だが。食事にお招きするさいの交換条件というわけではない。だが、わしのために歌ってくださらんかな」

バースのときと同じように、この出会いがまたひき延ばされることになるの？　この人たちにもう一度会わなきゃいけないの？

フランシスは大伯母たちにちらっと目をやった。二人は笑顔で彼女を見返した。どちらも大喜びの様子だ。ノーと答えて大伯母たちのささやかな喜びを奪うことが、どうしてできよう。それに、わたしだって、ノーといいたい気持ちが心の奥に本当にあるだろうか。

「承知いたしました」フランシスはいった。「伯爵さまと大伯母たちのために、お宅にうかがって歌わせていただきます。ありがとうございます。楽しみにしております」

「すばらしい！」伯爵は両手をこすりあわせた。「伴奏はキャロラインがいい。明日の朝、あの子に頼んでおきます。いずれかの午後にうちにいらして、キャロラインと曲目を相談し、すこしばかり練習していただきたい」

「ありがとうございます。いいお考えですわ」

「もうひとつ頼みをきいてくださらんか。どんな曲をお選びになってもかまわんが、バースで歌ったあの曲も入れてもらえませんかな。もう一度あれを聴きたくてうずうずしておるのです」

「わたくしもあの曲を歌うのは大好きです、伯爵さま」フランシスは彼にやさしく笑いかけた。

ガートルード大伯母が燃えさかる火のそばにすわるのを好んでいるので、フランシスは暖炉からすこし離れたところにすわっていた。伯爵はすぐ横にすわったマーサ大伯母と話しこみ、ガートルード大伯母はエイミーを自分のそばのスツールにすわらせて、バースでの刺激的な体験や、その後ロンドンでしてきたことを、ひとつ残らずきこうとしていた。祖父の椅子のうしろに立ち、片手をその椅子の背にかけていたシンクレア子爵が、フランシスの横のソファまでやってきて腰をおろした。

「今夜のあなたはとても美しい」といった。

「恐れ入ります」今夜の彼女はずっと、彼を無視しようと努めてきた。いまから満潮を迎えようとする浜辺にすわった人間が、満ちてくる潮を無視するようなものだわ——フランシスは沈んだ気分で考えた。

「おそらく」彼はいった。「あなたがこちらにきたあとも、ミス・マーティンの学校が混乱に陥って、崩壊の兆しを見せはじめるなどということはないと思うが」

「だとしても、あなたに感謝する必要はありませんわね」フランシスはとがった声でいった。

「う、うん」

フランシスをこちらへ呼ぶにあたっての自分の役割りを彼女に知られてしまったのだと悟ったため、彼にはそれだけしかいえなかった。

「おそらく」フランシスはいった。「ミス・ハントもお元気でしょうね。そして、お美しいことと存じます」

「そんなことには、ぼくはまったく興味がない」ルシアスがやさしい声でいったため、フランシスは初めて彼の顔をまともに見た。幸い、とても低い声だったので、この衝撃的な言葉をきいたのは彼女以外に誰もいなかった。

「なぜこんなことをなさったの？」フランシスは彼に尋ねた。「なぜわたしを呼び寄せるよう、大伯母を焚《た》きつけたりなさったの？」

「大伯母さまはきみを必要としてたんだ、フランシス。それから、もう一人の大伯母さまも。前回ぼくがここにきたときは、ベッドから出ることもできない状態だったんだよ」

「じゃ、信じてほしいとおっしゃるのね。あなたの動機が純粋に人のためを思ってのことだったと」

「きみはどう思う？」ルシアスは彼女に笑いかけた。狼のような笑みに、彼女はどぎまぎした。

「それに、前回は何しにいらしたの？　親切なお気持ちから年配の婦人二人をご訪問になっただけ？」

「ぼくに腹を立ててるんだね」答える代わりに、ルシアスはいった。そして、いまは微笑をひっこめて目に真剣な光をたたえ、口を一文字に結び、角ばった顎に力を入れて、フランシスをみつめていた。

「ええ、腹を立ててるわ」フランシスは認めた。「お節介を受けるのはいやなの、シンクレア卿。何がわたしに幸せをもたらしてくれるかを、わたしよりもよく知っていると思いこんでる人がいるというのがいやなの」

「幸せじゃなくて、満足だろ」

「そうね、満足」フランシスは譲歩した。

「何がきみに幸せをもたらすかは、ぼくのほうがよく知ってると思うけどなあ」

「わたしはそうは思わないわ、シンクレア卿」

「ぼくだったら、一カ月できみを幸せにしてあげられる。いや、もっと短期間で。歌手としての幸せを与えてあげられる。それから個人的な幸せも、カップからあふれるぐらいふんだんに」

フランシスは熱い疼きを感じたため、彼から目をそらし、あわてて自分の手に視線を落とした。

「どちらの幸せをつかむチャンスも、三年以上前に失ってしまったわ、シンクレア卿」

「ほんと？」前に劣らずやさしい声で、ルシアスはいった。「三年前？」

フランシスはその質問を無視した。

「それ以来、わたしは満足というものを育ててきたの。そして、信じがたいことに、それを見つけ、それまでのいかなる経験よりもすぐれていることを知りました。せっかく見つけた満足をこわさないでいただきたいわ」

長い沈黙のつづくなかで、伯爵とマーサ大伯母がどちらかのいったことに二人で笑いころげ、エイミーの声がガートルード大伯母に向かって楽しげに話をつづけていた。

「すでにこわしてしまったような気がする」ようやく、ルシアスがいった。「とにかく、揺すぶったことだけはたしかだ。だって、そんなのは満足じゃないもの、フランシス。死んでるようなものだ。ぼくがあの化石みたいな馬車からひきずりだしたときに、きみはよみがえり、ぼくに向かって悪口雑言をぶつけてきたじゃないか」

フランシスは彼を見あげ、自分たちが部屋に二人きりではないことを、大伯母たちがわずか数フィートのところにいて、おそらく興味津々でこちらの様子をうかがっているであろうことを、痛いほど意識した。それゆえ、いかなる感情であれ顔に出すことは許されなかった。

「ご結婚なさるんでしょ」

「そうだよ」彼はうなずいた。「だが、重大な問題にまだ答えが出ていない。誰を花嫁にするか」

フランシスは何かいおうと思って息を吸いこんだが、伯爵がそろそろ訪問を切りあげようとして立ちあがったという事実のほうに注意を奪われてしまった。

シンクレア子爵もそれ以上何もいわずに立ちあがり、歓待の礼を述べるために大伯母たちのほうへ行った。エイミーがフランシスを抱きしめて、メルフォード夫人とミス・ドリスコルとミス・アラードが晩餐にきたときには、母親に頼みこんで階下におりる許可をもらうと約束した。

「だって」エイミーは天真爛漫《らんまん》にいった。「あたしの特別なお友達なんですもの。それに、あなたの歌をもう一度聴きたくてたまらないの。あたし、音楽の才能はあまりないかもしれないけど、ミス・アラード、才能のある方を見ればちゃんとわかるわ」

伯爵がふたたびフランシスの手の上に身をかがめた。

「お差支えなければ、何曲かご用意ください」といった。「一曲聴かせていただいたあと、アンコールをしたくなるに決まっておりますからな」

「承知いたしました、伯爵さま」フランシスは約束した。

シンクレア子爵は背中で手を組んで、彼女にお辞儀をした。

「ミス・アラード」

「シンクレア卿」

堅苦しい別れの挨拶だったが、それでも、客が帰ったあとで大伯母たちが有頂天になるのを止める役には立たなかった。

「エッジカム伯爵はお若いころに劣らず魅力的でいらっしゃること」マーサ大伯母はいった。「それに、男ぶりもすこしも衰えていない。それから、ミス・エイミー・マーシャルはかわいいお嬢さんね。でも、シンクレア子爵は——」

「——とってもハンサムで、魅力的で、あれじゃどんな女だって、もう一度若返って彼の気をひきたくなりますよ」ガートルード大伯母がいった。「でも、おたがい、恋を夢見る若い乙女じゃなくて幸いだったわね、マーサ。あの方、今夜はフランシスしか目に入っていなかったみたい」

「わたしたちの前でとても魅力的にふるまってらしたけど」マーサ大伯母がいった。「フランシスのほうへ目をやるたびに、食い入るようにみつめて、こちらのことなど忘れておしまいになっていた。わたしたちがエッジカム卿とミス・マーシャルに注意を向けたとたん、あの方がフランシスの横におすわりになったことに気がついた、ガートルード？」

「ええ、気がつきましたとも」ガートルード大伯母はいった。「こちらの策略が効果をあげなかったら、わたしはとても落胆してたでしょうね、マーサ」

「冗談じゃありません」フランシスは文句をいった。「何もないところにロマンスをごらんになるなんて、いけませんわ。あるいは、焚きつけようとするのも」

「ねえ」マーサ大伯母がいった。「わたしの目に狂いがなければ、夏が終わるまでに、あなたはシンクレア子爵夫人になっているはずよ。お気の毒なミス・ハントには誰かほかの殿方を探していただくしかないわね」

フランシスは両手を頰にあて、思わず笑いだしていた。

「マーサのいうとおりですよ」ガートルード大伯母もいった。「それに、彼に関心がないなんていってもだめよ、フランシス。信じませんからね。そうでしょ、マーサ」

フランシスはあわてておやすみの挨拶をし、逃げるように自分の部屋へ行った。

二人ともわかってないのね。

彼も。

運命などというものが存在するの？

でも、もし存在するとしたら、運命はどうしてそんなに残酷なの？　だって、クリスマス以来、運命が三回にわたってわたしの行く手に置いたものは、ぜったいに実現不可能なんだもの。

運命もわかってくれてないの？

〃だが、重大な問題にまだ答えが出ていない。誰を花嫁にするか〃

じゃ、いまもわたしと結婚したいと思っているの？　どしゃ降りの雨のなか、シドニー・ガーデンズで結婚の申込みをしたのは、単なるせっかちな衝動からではなかったの？　わたしを愛してくれてるの？

そうなの？

フランシスはマーシャル館で歌うことに同意した。ただし、一種の条件をつけた。

〃承知いたしました。伯爵さまと大伯母たちのために、お宅にうかがって歌わせていただきます〃

その後何日間か、彼女のささやかな願いをつぶそうとしてルシアスが無慈悲な画策をつづけるあいだ、この言葉が彼の頭のなかにこだましつづけていた。フランシスだって本気でいったわけじゃないさ――自分にそういいきかせた。

いや、当人は本気だったのかもしれない――彼もそこまでは譲歩した。なにしろ、自分の才能に対するフランシスの態度にはひどく奇妙なものが、不自然といっていいようなものがあるからだ。あんなことを本気でいうなんてまちがってる。あれだけの声を持つ人間だったら、百万人の聴衆の前で（それだけの人間をひと部屋に詰めこむことができればの話だが）歌いたいと切望するのが当然だ。祖父と大伯母だけを相手に――あ、たぶん、母親と妹と彼自身も含まれるだろうが――歌わせるなんて、犯罪的な浪費というべきだ。フランシス・アラードはミス・マーティンの女学校という塀の奥に、自分自身を――肉体と知性と魂を――あまりにも長いあいだ閉じこめてきた。そろそろ外に出て現実と向きあうべきだ。自発的にそうする気がないのなら、このぼくが率先して行動に移り、彼女をひきずりだしてやる。個人的な意味で彼女を幸せにするチャンスは、向こうが与えようとしないかもしれない――ただし、その点についても、彼としては、まだ最終的敗北を認めてはいない。だが、歌手としての輝かしい未来が待ち受けていることを、無理にでも彼女にわからせたかった。その未来を彼女に与える手助けができるなら、力のおよぶかぎりなんでもするつもりだった。

フランシスは教えるために生まれてきたのではない。もっとも、ルシアスが教室を訪ねて、彼女が教師に向いていないことを確認したわけではないが。たぶん、現実には、教師としてちゃんとやっているだろう。しかし、歌うために、それを人々に聴かせるために生まれてきたことがあまりにも明らかであり、ほかのどんな職業につこうと、それは神から与えられた才能の浪費にすぎないのだ。

ルシアスは彼女を日のあたる場所へ連れだすつもりだった。彼女に手を貸して――必要ならば強制的にでも――生まれたときから定められていた人生を歩ませようと決めた。

だから、フランシスが祖父にいった言葉は無視することにした――〝伯爵さまと大伯母たちのために、お宅にうかがって歌わせていただきます〟

ちょうどいい知りあいがいた。彼の友人で、最近結婚したばかりの男だった。芸術の――とくに音楽の――愛好家として知られていて、毎年彼の自宅でひらくコンサートがとくに有名だった。ヨーロッパ大陸の各地から招いた有名な音楽家と、彼自身が発見した新人音楽家の演奏とで、選りすぐりの客をもてなしていた。去年のクリスマスのコンサートで喝采を浴びたのはボーイソプラノの少年で、うまくもない教会の聖歌隊の一員としてボンド通りでキャロルを歌っていたときに、その男に見いだされたのだった。男は一月に少年の母親と結婚した。

ヒース男爵が結婚して二人の子供の継父になったのかと思うと、ふしぎな気がした。しかし、いずれは誰もがたどる道なんだ――ルシアスは憂鬱な気分で考えた――結婚というのは。ヒースの場合はすくなくとも、自分で妻を選び、愛する人と結婚するという満足を得ることができた。

ルシアスはマーシャル館でのコンサートに彼を招待し、毛髪が逆立つほどみごとな音楽でもてなすことを約束した。

「その女性は信じられないほどすばらしい声をしてるんだが、しかるべきコネがなかったため、後援者になってくれそうな人々の注意を惹くに至らなかったんだ」

「そして、わたしがじきに、その後援者になりたくて騒ぎ立ててるというわけだな」ヒース卿はいった。「うんざりするほど頻繁にきかされる話だよ、シンクレア。だが、きみの趣味には信頼を置いている――いま話しているのが声に関する趣味であればね。女の趣味ではなくて」

ルシアスは軽い怒りを感じたが、それは抑えこんだ。

「ぜひきてくれ。奥方と一緒に。歌を聴いて、その女性の歌声が美貌に匹敵するかどうか、自分で判断してくれたまえ」

しかし、歌手には聴衆が必要だと、ルシアスは信じていた。彼の家族と、彼女の家族と、ヒース夫妻だけが見ている前で、どうやってバースのときみたいに歌うことができよう。バースのときだって、聴衆はずいぶんとすくなかった。

マーシャル館の音楽室は三十人が楽にすわれる広さだった。舞踏室との間仕切りをはずせば、さらに多人数を収容できるし、二つの部屋をあわせれば、偉大な声を響かせるにふさわしい広さになるだろう。

それに、コンサートには複数の出演者が必要だ……。

ルシアスの計画は刻一刻と大がかりになっていった。

「ミス・アラードが大伯母さまたちと食事にこられる夜、食後の音楽会に何人か招待しようと考えているのですが」約束の晩餐会の三日前、お茶の時間にルシアスは祖父にいった。

「ヒース男爵夫妻も含めて」

「おお、いい考えだ、ルシアス」伯爵はいった。「わしが自分で思いつくべきだった――ヒースのこともな。あの男ならミス・アラードの力になってくれるだろう。ミス・アラードもいやとはいうまい」

いうかもしれないと、ルシアスは思った。彼女のことは祖父よりも自分のほうがよく知っている。しかし、沈黙を守ることにした。

「お話をうかがってると」ルシアスの母がいった。「晩餐の主賓はメルフォード夫人とミス・ドリスコルじゃなくて、そのミス・アラードのようにきこえましてよ。破格の扱いですわね。だって、学校の先生なんでしょ」

「いまにわかるよ、ルイーザ」伯爵がいった。「彼女こそが破格の存在なのだと」

そのそばでは、ルシアスの言葉にキャロラインが抑えた叫び声をあげていた。

「じゃ、ヒース男爵も含めたお客さまの前で、あたしがミス・アラードの伴奏をするの？その方、練習にはいついらっしゃる予定、ルース？」

「あさっての午後だ。ただし、ヒース卿のことも、ほかの客のことも、ミス・アラードには内緒だよ。彼女の神経にさわるといけないから」

「彼女の神経！」キャロラインの声がうわずり、金切り声に近くなった。「あたしはどうなのよ！」

「ミス・アラードが歌いはじめたら」エイミーが善意から口をはさんだ。「お姉さまが伴奏してることなんか誰も気づかなくなるわ、キャロライン」

「まあ、ありがとう」キャロラインはそういって、いきなり吹きだした。

エイミーも一緒に笑いころげた。「ううん、そんなつもりでいったんじゃないわ。お姉さまのピアノはとってもお上手よ――あたしよりはるかに」

「よく考えてみたら、そんなの褒め言葉にならないわ、エイミー」エミリーがにべもなくいった。

「ねえ、お義父《とう》さま」ルシアスの母がいった。「お疲れのようですわね。ルシアスがお部屋までお連れします。お夕食の時間まで横になってお休みくださいな」

「うん、そうしよう」伯爵は目をきらめかせていった。顔色がやや悪かった。

夜の音楽会を本格的なコンサートに変えるという考えに誰も反対しなかったな――腕にぐったりもたれかかった祖父を支えて階段をゆっくりのぼりながら、ルシアスは思った。もちろん、自分の計画を説明するさいにそのような言葉を使ったわけではなかった。しかし、演奏に耳を傾けるために少人数が――あるいは大人数が――集まれば、おおざっぱに〝コンサート〟と定義してもかまわないはずだ。

フランシスの才能にふさわしい数の聴衆を集めるための時間は三日あった。いまは社交シーズンたけなわで、毎日、どの上流家庭にも山のような招待状が届けられている。だが、なんとかなる。かならず集めてみせる。その夜、フランシスは成功への道にしっかりと足を置くだろう。ルシアスはそのことになんの疑いも持たなかった。

しかも、そのすべてが自分の手柄なのだ。

これからの歳月のなかで、それが小さな慰めになってくれるだろう。

だが、個人的な部分でもまだ希望をなくしたわけではない。結婚はまだだし、婚約すらしていない――とにかく、正式には。ボルダーストン一家はすでにロンドンにもどっていたが、ルシアスはこの二十四時間、一家を避けていた。

彼は熱烈にほしいと思ったものを簡単にあきらめるような男ではなかった。そして、生き方を改めるにせよ、改めないにせよ、その点はまったく変わっていなかった。

フランシス・アラードを手に入れたくてたまらなかった。

19

マーシャル館がメイフェア中心部のキャヴェンディッシュ広場に建つ豪壮な邸宅であることを、晩餐予定日の前日の午後に、フランシスは知った。エッジカム伯爵のロンドンの住まいであるからには、むろんそれぐらいは予想していた。しかし、トマスに助けられて玄関ドアの前で古めかしい馬車からおりたあと、フランシスは不安に襲われ、妙に人目につくような気がして、そそくさと屋敷に入っていった。

ロンドンにもどってきたことを痛感させられた。

だが、邸内に人の姿はなく、わずかな召使いと若い女性がいるだけだった。女性はフランシスが案内された部屋で待っていて、ミス・キャロライン・マーシャルと名乗った。背が高く、落ち着いていて、美人で、どことなく兄に似ていた。

ルシアスの姿はどこにもなかった。

部屋はたいそう広く、内装も豪華だった。神話の場面を描いた高い天井、金めっきの装飾帯、クリスタルのシャンデリア、鏡のかかった壁、光沢ある木の床。フランシスは思わず息を呑んだ。明日の夜、ここで伯爵と大伯母たちのために歌うの？

客間でないことは明らかだった。

だが、ミス・マーシャルの説明をきいて、いくらか安心できた。

「客間にあるピアノより、こちらのピアノのほうが上等なんです」キャロラインは説明した。「あなたにふさわしいのは最高のものだけだと祖父が申しますのよ、ミス・アラード。ただ、どうして間仕切りがはずされているか理解できませんけど。ここは音楽室と舞踏室を兼ねた部屋ですの。明日の夜は間仕切りも戻されているでしょうから、これだけ広いスペースをあなたのお声で満たす必要はありませんわ。でも、これじゃちょっと困りますわねえ。じっさいに歌うときのスペースで練習していただいたほうがいいのに」

でも、どんなにすばらしいことだろう——間仕切りをとりはらった二部屋の豪華な輝きで目を楽しませながら、フランシスはせつなく思った——この広いスペースを埋めつくした聴衆の前で歌うことに挑戦できるとしたら。かつてはまさにこのような場所で歌うことを夢見たものだった。

音階練習と、少女のころに学んだ数々の練習で準備をしながら、フランシスはこの部屋に合うように声の調整をおこなった。もっとも、明日の夜になったら、これより小さなスペースに合わせて調整しなくてはならないことも、充分に承知のうえだった。

「まあ、すごい」明日のために選んだ曲の片方の練習に入りもしないうちに、ミス・マーシャルがいった。「二つの部屋を合わせても、あなたにとって広すぎるということはなさそうですね。なんてみごとな声でしょう！」

それから二人は練習に没頭し、フランシスは思いきり歌えるチャンスを心から楽しんだ。もちろん、学校で歌ってはいたが、しょっちゅうではなかったし、長時間でもなかった――あるいは、思いきり声を出すこともなかった。学校の目的と、教師としての彼女の役目は、結局、自分の音楽を生みだしたいという望みを優先させるよりも、生徒たちから音楽をひきだすことにあった。それは高貴な目的だと、フランシスはいつも思っていた。若い生徒たちが自分の充分な可能性を自覚できるよう手助けするのは喜びであった。

いまもそう思ってはいたが、それでもやはり、望みのままに歌に没頭できるのは快感だった。

「エイミーのいっていた意味がようやくわかりましたわ」練習を終え、楽譜を台の上にきちんと重ねながら、ミス・マーシャルがいった。「あなたが歌いはじめたら、あたしの伴奏なんて誰も耳に入らなくなるっていうんですよ。こんなに美しい歌声を聴いたのは初めてです、ミス・アラード」

「まあ、ありがとう」フランシスは彼女に温かな微笑を見せた。「でも、あなたのピアノもみごとですわ。聴衆を恐れる必要はありませんことよ。もっとも、明日の夜は、あなたのご家族とわたしの大伯母たちに聴いてもらうだけだから、神経質におなりになる必要はないのよ。大伯母たちはうるさ型じゃありませんもの。保証いたします」

フランシスはボンネットをかぶって顎の下でリボンを結び、最後にもう一度、畏敬の念とともに舞踏室をながめた。明日の夜、この部屋は間仕切りの向こうに隠れてしまうだろう。

しかし、ミス・マーシャルがつぎに口をひらいたとき、自分が話しかけられたのではないことにフランシスは気づいた。

「いつからそこに立ってらしたの?」ミス・マーシャルがきいた。「ミス・ハントをエスコートしてミュリエル・ヘミングズのところのガーデン・パーティにいらしたと思ってたのに」

いうまでもなく、シンクレア子爵に話しかけていたのだった。彼は音楽室のドアにもたれていて、しばらく前からそこにいたように見受けられた。

「田舎から親戚がきたものだから、そちらをもてなすために、ガーデン・パーティは中止になったんだ」

「でも、そこにいることぐらい教えてくれればよかったのに、ルース」妹はすねた口調でいった。「聴いてらしたの?」

「うん」ルシアスはうなずいた。「だけど、音程をまちがえたとしても、キャロライン、ぼくは気づかなかったよ。ミス・アラードもきっと気づかなかったと思う」

「間仕切りをもとにもどすよう、お兄さまから指示しておいてね。こんな広い場所で練習させられて、調子が狂ってしまったわ。もっとも、ミス・アラードの声はそんなことじゃびくともしないけど」

「そうとも」ルシアスはもたれていたドアから離れ、まっすぐに立った。「それはぼくも気がついてた」

フランシスは彼を正視できなかった。

「もうお暇《いとま》しなくては。予定より十分も長くなってしまいました。気の毒なトマスが待ちくたびれていることでしょう」

「気の毒なトマスはいまごろたぶん、エールを飲んでると思うよ」シンクレア子爵がいった。「カタツムリが這うよりも速いスピードで馬車を走らせることができればの話だが。ぼくが彼を帰しておいた」

「なんですって?」フランシスは視線をあげ、憤慨《ふんがい》の面持ちで彼をにらんだ。「それじゃ、わたし、家まで歩くしかないじゃありませんか」

ルシアスは舌打ちした。「すてきな長い散歩ができる。とくに、こういう天気のいい暖かな日には」

彼には何もわかっていない。メイフェアの高級住宅地の通りを歩いたりしたら、姿を見られてしまう。

「ルース」彼の妹がきびしくいった。「ミス・アラードはメイドを連れずにいらしたのよ」

「ぼくがエスコートするよ」

「メイドなど必要ありません」フランシスはいった。「少女じゃないんですもの。それに、そのようなご迷惑をおかけするわけにはいきません、シンクレア子爵」

「迷惑だなんてとんでもない。ぼくも運動が必要でね」

ミス・マーシャルのいる前でほかに何がいえるだろう。フランシスがみっともないまねをするはずのないことを、ルシアスは計算していたのだ。彼の目にきらめきが宿り、見慣れたものになっていった。

彼女に——それも、ただの教師にすぎない彼女に——二回もはねつけられたというのに、ルシアスはまことに粘り強かった。だが、彼が頑固で、ときとして好戦的になる男であることは最初からわかっていた。また、それ以後、衝動的で、無謀で、いったん心に決めたことは容易にあきらめないタイプであることもわかってきた。

どういうわけか、ルシアスは彼女を説得して、なんらかの関係になることを承知させようと心に決めているようだ。いまも結婚を考えているのかどうかは、フランシスにはわからない。しかし、そんなことはもうどうでもいい。すでにノーと答えたのだ。そういいつづけるしかない。

フランシスは無言のまま彼とならんで、カーブした長い階段をおり、広いホールに出て、玄関ドアにたどり着いた。この遅い午後の時間にキャヴェンディッシュ広場とポートマン通りのあいだの道路が無人であることを願うしかなかった。

ルシアスはバークレイ広場の屋敷から、ボルダーストン夫妻、ポーシャ、ボルダーストン家の親戚とのお茶に招かれていた。しかし、ガーデン・パーティだったら、ずっと以前に出席の返事をしておいたということで参加する義務を感じたかもしれないが、予定が変更になったあとは、そのような良心の呵責《かしゃく》は感じなかった。丁重な言い訳を送って、自宅に残ることにした。

フランシスの到着の数分後から――彼女がやってくるのも二階の窓から見守っていたのだが――ルシアスは舞踏室の外の廊下を行きつもどりつし、ときにはじっと立ち止まることもあった。耳にしたものが信じられなかった。レナルズ家の夜会のときもすばらしいと思ったが、彼があのとき気づかなかったのは、客間がわりと小さいためにフランシスの声量が抑えられていたということだった。

今日の午後、その声量が解き放たれた。ただし、フランシスは声を完璧にコントロールしていた。

ヒースの毛髪は逆立つだけではすまないだろう。頭から飛び去らずにすめば幸運というものだ。

しかし、ルシアスが彼女をポートマン通りの家まで送っていこうと企んだのは、彼女の歌について語るためでも、口論するためでもなかった。この女性に恋をしているのに、彼女のことをほとんど知らないからだった。女性について何も知らなくても、これまではそう重大なこととは思わなかった。女というのはとにかく、変わっていて、つむじ曲がりで、理性がなくて、神経過敏な人種なので、ルシアスは母親や姉妹たちとつねに距離を置くようにしてきたし、ベッドをともにする女たちについては、相手のことを知ろうとも理解しようともしなかった。いまそのことを考えてみるまで、ポーシャについても何も知らないということを、まったく意識していなかった。幼いころからの知りあいだというのに。だが、気にしたことはなかった。いまもそれは変わっていない。

ところが、フランシスの場合は気になるのだ。

「これ、ポートマン通りにもどる道じゃありませんわ」彼女の手をとって自分の腕にかけさせ、キャヴェンディッシュ広場から歩きだしたルシアスに、フランシスはいった。

「道はいくつもある。ほかに比べて短時間で帰れる直線距離の道もある。きみ、まさか、体力がないから最短距離のコースにしようなどといいだすんじゃないだろうね」

「体力とは関係ないわ。わたしがお茶の時間にもどるのを、大伯母たちが待ってるのよ」

「いや、大丈夫。トマスに伝言を頼んで、きみを家まで送る前に公園を散歩してくると知らせておいた。きっと喜んでくださってるよ。ぼくのことがお気に入りだから」

「なんですって？」フランシスは彼に怒りの顔を向け、彼の脇で手を固定されてしまう前に、その手をひき抜いた。「伝言を頼む権利なんかないはずよ、シンクレア卿。馬車を勝手に帰す権利もないんだし。公園の散歩なんてしたくありません。それに、大伯母たちに気に入られてると思いこむなんて、ずいぶんうぬぼれの強い方ね。どうしてそんなことがわかるの？」

「怒ったときのきみはすてきだ。冷静で古典的な聖母のような表情が消えて、情熱的なイタリア美人に変わる。きみの本質はそれなんだよ」

「わたしはイギリス人です」フランシスはつんとしていった。「それに、公園へ行く気はありません」

「ぼくがエスコート役だから？　それとも——失礼な言い方だが——最新流行の装いじゃないから」

「流行なんて気にしてません」

「じゃ、ぼくの知ってるほかの淑女たちとはずいぶんちがうわけだ。さらにいうなら、ほかの紳士たちとも。おしゃれをした連中がこの時間帯に集まっている小道は通らないことにしよう、フランシス。ぼくはわがままだからね、ほかの連中にきみを見せたくないんだ。人目につかない小道を歩きながら話をすることにしよう。それから、たとえボロを着てたって、ぼくの知ってるどんな女よりもきみのほうがきれいだよ」

「からかってらっしゃるのね、シンクレア卿」フランシスはいったが、背中でしっかり手を組んだまま、ふたたび彼と歩調をそろえて歩きはじめた。「あなたが人生をまじめに考えてらっしゃるとは、どうしても思えないわ」

「まじめに考えないほうが楽しいときもある」ルシアスはいった。「だけど、まじめに考えることだってあるんだよ、フランシス。いまこの瞬間もそうさ。きみに受け入れてもらえなかったために何を失ったのか、正確に知りたいと渇望している」

そういわれて、フランシスは黙りこんだ。理解できないという目で彼を見あげたが、二人の人間が近づいてきて、低い声で挨拶して通りすぎたため、あわてて顔を伏せた。

「ぼくはきみに関して多くの事実を知っている。お母さんがイタリア人で、お父さんがフランスの貴族だったこと。クリフトン男爵の親戚だということ。ロンドンで大きくなり、お父さんが亡くなった二年後にロンドンを離れて、バースにあるミス・マーティンの学校で音楽とフランス語と作文を教えるようになったこと。料理がとても上手なこと。われらが世代でもっともすばらしいソプラノ歌手の一人であること——いや、〝もっともすばらしい〟だけにすべきかもしれない。きみの性格についてもいろいろ知っている。自分の仕事に忠実で、頑固でもあり、ときにはひどく好戦的になり、また、自分の愛する者にやさしく愛情をそそぐことができる。性の情熱にあふれている。さらに、ぼくはきみの身体までも知っている。しかし、じつをいうと、きみのことはほとんど知らない。そうだろ?」

「お知りになる必要もないわ」彼女がきっぱり答えるうちに、ハイドパークの横手の門まできたので、公園に入り、外の通りと並行に延びる木陰の小道を歩きはじめた。鬱蒼たる木立のおかげで、通りから見られる心配はなかった。「たとえ二人の人間のあいだに、密接な関係から生じる親密さが存在するとしても、容易に理解できるような相手はどこにもいませんもの」

「しかも、ぼくらのあいだにそのような親密さは存在しない?」ルシアスはきいた。

「ええ。ありません」

自分はなんと恥さらしなまねをしているのだろうと、ルシアスは思った。二人の立場を逆にして考えてみた。彼女がこちらを追いかけまわし、彼のほうは〝きみなどほしくない〟と二度もきっぱり告げていたとしたら？ それにもかかわらず、彼女が執拗《しつよう》に追いかけてきて、彼と二人きりになれるよう策略をめぐらし、〝あなたはどういう人なの？〟と問いつめたりしたら？

不愉快な光景だ。

しかし、彼女に送ったサインに相反する要素が混じっていたとしたら？ 彼の唇はノーといっているのに、全身はイエスといっているとしたら？

「子供のころの話がききたいな」ルシアスはいった。

ぼくとしたことが、気でも狂ったのか。誰の子供時代であれ、興味を持ったことなど一度もないのに！

フランシスが大きなためいきをついたので、ルシアスは一瞬、このまま口を閉ざすつもりだろうと思った。

「わかりました」自分にいいきかせるようにして、フランシスはようやくいった。「長いまわり道をして帰るわけだから、何か話題があったほうがいいでしょうね」

ルシアスは彼女を見おろした。クリーム色のモスリンのドレスを着て、簡素な麦藁《むぎわら》のボンネットをかぶっている。流行遅れの装いだ。だが、こざっぱりしていて、愛らしくて、うっとりするほど魅力的だった。歩くにつれて、彼女の上で陽ざしと影が躍った。

「そうこなくちゃ」ルシアスはいった。

彼を見あげたフランシスの口もとに初めて笑みが浮かんだ。

「自業自得だとお思いになってね」彼女はいった。「わたしがこれから数時間にわたって息も継がずに、子供時代の思い出をひとつ残らずしゃべりつづけたとしても」

「いいとも」ルシアスは承知した。「だけど、フランシス、ぼくが退屈するとは思えないな」

フランシスは首をふった。

「なんの苦労もない幸せな子供時代だったわ。母のことは何も覚えてなかったから、母がいなくて寂しいなんて思わなかった。わたしにとっては父がすべてだった。もっとも、乳母や、家庭教師や、その他の召使いに囲まれてはいたけれど。お金で手に入るものはすべて与えられていた。でも、特権階級の子供たちの多くとちがって、感情面でほったらかしにされてはいなかったわ。父が遊び相手になったり、本を読んだり、外に連れてってくれたりして、毎日何時間も一緒にいてくれたの。読書や勉強や音楽にいそしみ、自分にできることを残らずやり、自分を伸ばせるところまで伸ばすよう励ましてくれた。星に手を伸ばすことと、それ以下のもので妥協しないことを教えてくれた」

なぜそのすばらしい教訓を忘れてしまったのかと、ルシアスは彼女を問いつめてもよかったのだが、口論は二度としたくなかったし、彼女をふたたび沈黙に追いこむようなまねもしたくなかった。

「ロンドンに住んでたの？」ルシアスは尋ねた。

「幼いときにイギリスにきてから、ずっと。この街が大好きだったわ。初めて訪ねる場所がいつもどこかにあった。崇拝の目でみつめた教会、ゆったり歩いてまわった博物館や美術館、あるいは、探検に出かけた市場。吸収すべき歴史がふんだんにあり、観察すべき人々がおおぜいいた。そして、いつも、お店や、図書館や、ティールームや、公園に連れていってもらった。そして、船が行き来する川もあった」

なのに、いまの彼女はロンドンをいやがっている。クリスマス以後、子供時代から失ったままだったと思われる贅沢《ぜいたく》の代わりに、彼が豊富な贅沢を与えようとしても、フランシスを呼びもどすことはできなかった。

彼女にとってはひどい零落だったにちがいない。教師になるためにバースへ越したことも、前に着ていた二着のイブニングみたいな数年前のドレスや、今日のモスリンみたいな安物のドレスをまとうしかないことも。

「でも、田舎へも出かけたわ。ときどき、大伯母たちが泊めてくれたの。わたしがイギリスに着いたときも、ひきとるつもりでいたみたい——マーサ大伯母はすでに未亡人になってたから。男手ひとつで娘を育てるのは無理だと思ったんでしょうね。とくに、父にとっては異国の地だったんですもの。でも、わたし、大伯母たちが大好きだし、ふんだんに愛情をそそいでもらったことにいつも感謝してきたけど、父がわたしを手放さずにいてくれてよかったと思ってるのよ」

「きみを歌手にすることが父上の望みだったの？」ルシアスはそう尋ねながら、彼が選んだ人気《ひとけ》のない小道で見知らぬ初老の夫婦とすれちがった瞬間、フランシスがあわてて顔を伏せたことにまたしても気づいた。

「望みというより、夢だったわ。声楽の先生をつけてくれたのは、わたしが十三歳になってからだったし、もう一人前だと先生が太鼓判を押してくれたあとも、オーディションやコンサートで歌うことは許してくれなかった。声が成熟期に達するのは十八歳ごろだから、それまで待つようにと父はいったわ。それも、わたしが歌うことを心から望んだ場合にかぎられるって。いくら才能があっても、子供に無理強いしてはならないという、頑固な信念を持った人だった」

「しかし、十八になったとき、きみが結婚のことを考えるかもしれないと、父上は思わなかったんだろうか」

「可能性として考えてはいたようよ。じつをいうと、わたしが十八になって、レディ・ライルがデビューの後押しをしようといってくれたとき、わたしの歌については夏が終わるまでそっとしておきたいと父が主張したの。その後、突然の心臓発作で父は亡くなってしまった。でも、わたしのために夢を描いていたのよ。わたしに夢があることを父も知っていたから。こちらの意に染まないことはけっして無理強いしなかった。母のお父さま——つまり、わたしのおじいさまも——母が幼かったころにそうしてたんですって」

「母上は歌手だったの？」

「ええ。イタリアで。父の話だと、すばらしい歌手だったそうよ。わたしの父は母に恋をして、イタリアで結婚したの」

「だけど、きみは自分の夢も野心も父上と一緒に葬ってしまったの？　オーディションを受けるとか、後援者を見つけるといった努力はしなかったの？」たしか、大伯母たちが、フランシスは後援者を見つけて、人前で歌っていたこともあったといっていたのでは？「きみ、レディ・ライルのところに身を寄せたんだってね？　レディ・ライルは助けの手をさしのべてくれなかったの？」

「くれました」フランシスの声が変化した。これまでよりこわばり、感情のない声になった。「少人数の前で何回か歌ったこともあります。でも、好きになれなかった。バースにあるミス・マーティンの学校で教師を募集しているという広告を見て、応募したところ、採用してもらえることになった。教職につこうと決心したことは後悔してないわ。あの学校でわたしは幸せだった――あ、お望みなら〝満足していた〟といいましょうか。でも、満足には悪い点は何もないのよ、シンクレア卿」

ああ。ルシアスはしばらくのあいだ、彼女の人生に誘いこまれるのを感じていた。彼女も身の上話をするのを楽しんでいる様子だった。顔が輝き、目に微笑が浮かび、声に生気があふれていた。だが、ルシアスはふたたび締めだされてしまった。男爵夫人という後援者を得てデビューした若い可憐な令嬢となれば、父親の遺産がまったくなかったとしても（これはルシアスの推測だが）、結婚の機会はいくらでもあったにちがいない。しかし、特別な男性がいなかったとしても、歌手としての輝かしい未来が彼女を待ち受けていたはずだ。それが父親の夢であり、幼いころからの彼女の夢でもあった。レディ・ライルもそれを後押しするつもりでいた。

なのに、二十歳という一人前の年齢になったところで、フランシスはすべてを捨ててしまった。

彼女の身の上話には何かが抜けている。それはきわめて重大な何かだと、ルシアスは思った。フランシス・アラードという謎を解くための鍵になるにちがいない何か。

しかし、打ち明ける気はなさそうだ。

打ち明ける義務がどこにある？　ことあるごとに彼を拒絶してきたのだから。フランシスは彼に対してなんの義理もない。

だが、彼女のためにもっと力になる人間がいてもよかったはずだ。

彼女の夢をよみがえらせようとするなら、まだ手遅れではない。

〝父は星に手を伸ばすことと、それ以下のもので妥協しないことを教えてくれた〞

明日の夜、彼女はその星に触れ、さらには握りしめることだろう。

ぼくはふたたび彼女に別れを告げる。今度はそれに従うしかないかもしれない。だが、まずは彼女の夢をよみがえらせてやろう。

フランシスがかすかな笑みを浮かべて彼を見あげた。

「予想もしなかったわ、シンクレア卿。あなたがこんなに聞き上手だなんて」

「それはきみがぼくのことをほとんど知らないからだよ。ぼくのほうも同じだけどね、フランシス。きみの予想もしてないことが、ぼくにはいっぱいあるんだ」

「例を挙げてくださるようお願いする勇気はないわ」フランシスはそういって笑いだした。

「ぼくを好きになるんじゃないかって心配だから？」

フランシスはたちまちまじめな顔になった。「あなたのこと、嫌いではないのよ」

「ほんと？　でも、ぼくと結婚する気はないんだろ」

「二つのあいだにはなんの関係もないわ。好きな人全部と結婚するわけにはいきませんもの。そんなことしたら、この世界は重婚だらけになってしまう」

「だけど、二人の人間が好意を抱きあっていれば、そうでない場合に比べて、結婚がうまくいく可能性も高くなる。そう思わない？」

「ずいぶんばかげた質問ね。ミス・ハントがあなたと結婚するつもりでいらっしゃるんじゃないの？　あなたのことを好きなんじゃないの？」

「きみがポーシャのことに話を持っていくだろうと、ぼくも予測しておくべきだった」ルシアスはそういいながら、彼女の肘に手を添えて、歩いてきた小道の突きあたりにある門を抜け、外の通りにもどった。そこからポートマン通りまでは最短ルートをたどった。「ずいぶん薄情なんだね、フランシス、ぼくを拒絶するなんて。今年じゅうにどうしても誰かと結婚しなきゃいけないんだ――ポーシャ自身もそう指摘してたけどね――きみに結婚する気がないなら、ポーシャに決めるしかない。それから、きみがぼくを軽蔑し、ポーシャに同情する前にひと言いっておくと、彼女のほうだって、誰かと結婚しなきゃいけないからぼくで妥協するといったんだよ。おたがい、情緒なんてまるっきりないし、好きという気持ちもほとんどない。きみがぼくを横取りしても、ほかの女に胸のはりさける思いをさせる危険はないんだよ。試してみる気はない？」

「いいえ。ありません」

「なぜなのか、理由を説明してくれない？」

なんとも無作法な質問で、彼を傷つける痛烈な罵倒を招きかねなかった。だが、質問を口に出した以上は、彼女の返事を待つしかなかった。返事は短かった。

「いいえ。おことわりよ」

「ぼくのことを嫌いなわけじゃないんだろ？」ルシアスはそう尋ねながら、ふたたび彼女の肘に手を添えて急いで通りを渡り、そのあとで、交差点の掃除夫が伸ばした手に硬貨を投げてやった。

「これ以上、どんな質問にもお答えしたくありません」フランシスはいった。しかし、しばらくしてからふたたび口をひらいた。「ルシアス？」

仰向いた彼女の顔を、ルシアスは見おろした。ごく稀《まれ》に彼女からこの名前で呼ばれると、いつもそうなのだが、どぎまぎしてしまう。

「なんだい？」

「明日の夜、マーシャル館へ晩餐にうかがって、そのあと、あなたのおじいさまと大伯母たちのために音楽室で歌うことになってるでしょ。わたしにとって楽しいひとときだと思うわ。でも、それで終わりにしたいの。二、三日じゅうにバースにもどるつもりよ。終わりにしなくては、ルシアス。ミス・ハントと結婚したほうが幸せになれることを、いまのあなたは信じないかもしれないけど、かならずそうなるわ。ミス・ハントはあなたと同じ世界の人だし、両家の方々も賛成してらっしゃる。努力なされば、やさしい気持ちが芽生えて、愛情だって生まれてくるわ。わたしに執着するのはおやめになって。あなたの気持ちは執着にすぎないのよ。本心から愛してらっしゃるわけではないわ」

彼女の話が終わる前から、ルシアスは激怒していた。これが公園のなかだったら、彼女に殴りかかっていたことだろう。しかし、二人が歩いている通りは、混雑とまではいかなくとも、たえず人が行き来していた。それに、通りにならんだ家々の窓の陰にどれぐらいの人々がいて、こちらの姿を見たり声をきいたりしているか、知れたものではない。

「ありがとう」ルシアスはそっけなくいった。「親切なことだね、フランシス、誰を愛すべきか、誰を愛するようになるかを、ぼくに教えてくれるなんて。きみへの気持ちが執着にすぎないとわかって安心したよ。それがわかれば、あっというまに立ち直れる。おっ！　早くも立ち直ったぞ。前のほうに大伯母さまたちの家が見えてきた。やたらと遠まわりだったので、お気に召さなかったかもしれないが、ご自宅までエスコートできて光栄の至りでした。明日の夜お目にかかれるのを楽しみにしております。ご機嫌よう」

「ルシアス——」フランシスは傷ついた目で彼を見あげていた。

「できれば、シンクレア卿と呼んでいただきたいですな。ルシアスと呼ばれると、二人のあいだにあった親密さが連想される。ぼくにはもうそんな気持ちはないのに」

「あ、あの……」

ルシアスは彼女のために玄関ドアのノッカーを鳴らし、すぐさまドアがひらいた瞬間に優雅なお辞儀をした。フランシスが家に入るのを見送りはしなかった。向きを変え、通りを大股で歩き去った。

怒りでカッカしていた。

殺してやりたいと思った。

〝わたしに執着するのはおやめになって〟

ルシアスは歯をギリッといわせた。

〝あなたの気持ちは執着にすぎないのよ。本心から愛してらっしゃるわけではないわ〟

それが真実ならどんなにいいか！

だが、ときとして——ルシアスは思った——愛を感じるのと、憎悪を感じるのは、驚くほど似ているものだ。

いまがちょうどそうだった。

20

翌日の夜、メルフォード夫人とミス・ドリスコルは姪を連れて時間どおりにマーシャル館に着き、客間でエッジカム伯爵からレディ・シンクレアに紹介され、夫人から丁重な歓迎を受けた。

「たしか、以前にお目にかかっていますわ、メルフォード夫人。それから、ミス・ドリスコルにも。もっとも、遠い昔のことで、当時は主人がまだ生きておりました。あ、ミス・アラードでいらっしゃいますね」レディ・シンクレアはフランシスに微笑した。「あなたのお噂《うわさ》ばかりきかされて、みんな、食事のあとで歌を聴かせていただくのをとても楽しみにしておりますのよ。それから、エイミーがバースに滞在しておりましたとき、とてもご親切にしていただいたことにも、お礼を申しあげなくては。末っ子なものですから、社交界へのデビューをあと一年待たなくてはならなくて、むくれてますのよ」

「ブロック通りでお茶をご馳走になったとき、お嬢さまが優雅にもてなしてくださいましたわ」フランシスは夫人に断言した。「わたくし、心からくつろぐことができました」

客間に集まったのが九人であることを、フランシスは見てとった——予想よりも大人数だ。全部で十二人ということになる。しかし、彼女が神経質になっているのは、そのせいではなかった。いや、〝神経質〟という言葉は合わないかもしれない。ゆうべはよく眠れなかったし、今日も何ひとつ手につかなかった。家まで送ってきてくれたあとで別れたときのシンクレア子爵の怒りが、あれからずっと彼女を悩ませていたのだ。いま初めて、彼は自分に対して本当に深い感情を持っているのかもしれない、自分を追いかけまわしているのは単なる肉欲やふられた腹立ちや衝動のせいではないのかもしれない、と考えざるをえなくなっていた。

きのうのことで彼をひどく傷つけてしまった、という結論から逃れることができなくなった。

そして、自分の身の上をすべて打ち明けたわけではなかったことを、申しわけなく思った。いまさら悔やんでも仕方がない。それに、打ち明けていれば、二人の結婚がぜったい不可能であることを悟って、最終的に彼のほうから離れていっただろう。

到着したばかりの大伯母とフランシスに、レディ・シンクレアが家族を紹介した。笑顔になると左頬にえくぼのできる金髪の若い女性はミス・エミリー・マーシャルだった。鼻梁《びりょう》に眼鏡をのせたまじめそうな若い紳士は、キャロライン・マーシャルの婚約者であるサー・ヘンリー・コバム。もうひと組のカップルはテイト卿夫妻。レディ・テイトがエミリー・マーシャルに似ているので、たぶんいちばん上の姉だろうと、フランシスは推測した。

紹介が終わってから、夜のひとときは和気藹々《あいあい》たる雰囲気のなかですぎていった。フランシスはシンクレア子爵を避けていた。向こうも同じように彼女を避けようとしている様子なので、さほど苦労せずにすんだ。晩餐の席はコバム氏とテイト卿のあいだだったが、二人とも気さくな話し相手だった。大伯母たちもはりきっていて、見るからに楽しそうだった。

ここまでくれば——食事が終わりに近づき、「女性は部屋を出て紳士方にポートワインを楽しませてあげましょう」とレディ・シンクレアが合図を送るのをみつめながら、フランシスは思った——あとはただ、伯爵と大伯母たちを喜ばせるために歌うだけ。それがすんだら暇を告げ、試練はすべて終わりを迎える。

明日、いえ、明後日になりそうだけど、バースに帰ることにしよう。今度こそ、バースでの暮らしと教師の仕事に自分のすべてを委ねよう。ブレイク氏のことは忘れよう——おだやかな感謝以外なんの感情も持っていないのに、無理して彼の好意を受け入れようとするのは誠意のないことだ。恋人を持つなどという考えはきっぱり捨てることにしよう。

とくに、ルシアス・マーシャルのことは、シンクレア子爵のことは、忘れてしまおう。

いまから歌う曲のことを考え、心の準備をしようとした。ひとつだけ欲をいえば、音楽室ではなく客間で歌いたかった。家族だけの小規模な集まりだというのに、あの音楽室ではいささかフォーマルすぎる。しかし、さらに広い舞踏室とのあいだに間仕切りを入れれば雰囲気も変わるだろうと、フランシスは思った。

「ミス・アラード」テーブルの向こう端から、不意に伯爵がいった。「この数日間、あなたの歌をわしの一家で独占するのは利己的すぎるのではないか、という気がしておりましてな。そこで、ルシアスが晩餐のあとの席に友人を何名か招き、あなたの歌を聴いてもらうことにしました。あなたを驚かせて喜んでもらおうと思ったのです。喜んでいただければうれしいのだが」

友人を何名か。

フランシスは凍りついた。

はっきりいって迷惑だった。とても迷惑だ。

ここはロンドンなのよ。

「なんてすばらしい！」マーサ大伯母が叫んだ。「お二人とも、なんてご親切なのでしょう」大伯母はまず伯爵に、つぎに子爵に、にこやかな笑みを送った。「もちろん、フランシスも喜んでおりますわ。ね、そうでしょ？」

何名かというのはどれぐらい？　誰と誰なの？

しかし、フランシスの大伯母たちは誇りと幸福ではちきれんばかりだった。また、伯爵も、ダイヤの首飾りをベルベットのクッションにのせて彼女にさしだしたとしても、いま以上にうれしそうな表情はできなかったことだろう。

「光栄に存じます、伯爵さま」フランシスはいった。

何名かというのはたぶん、二人か三人だろう。たぶん、初めて見る顔だろう。そうに決まっている。ロンドンを離れてもう三年になるのだから。

「喜んでもらえると思っておりました」満足げに両手をこすりあわせながら、伯爵がいった。「だが、光栄に思っているのはわれわれのほうですぞ。さて、これからしばらくのあいだは、ほかの客の相手をさせられて頭を悩ませるのはおいやでしょう。歌う前に心を静めたいと思っておられることでしょう。ルシアスが客間へお連れします。そのあいだに、残りの者は音楽室へ移るとしよう。ルシアス？」

「承知しました」テーブルのずっと向こうでシンクレア子爵が立ちあがり、フランシスが椅子から腰を浮かせたところに腕をさしだした。「それでは、三十分後に」伯爵がいった。

フランシスはシンクレア子爵の袖に手をかけた。

食堂も客間も音楽室とはちがう階にあった。音楽室のある一階からは、とくに目立つ音はきこえてこなかった。それにもかかわらず、フランシスは階段をおりていったら人々の立てる物音がきこえてきそうな不安を感じた。

「お友達って、何人ぐらいですの？」

「フランシス」客間のドアをあけて彼女をなかに案内しながら、ルシアスはいった。「早くも迷惑そうな口調だね」

「早くも？」フランシスは彼と向きあった。「じゃ、答えをきいたら、もっと迷惑に思うということ？」

「才能はきみの四分の一しかなくたって、今夜のきみに与えられたようなチャンスをつかむためなら人殺しも辞さない連中が、世間にはたくさんいるんだよ」

　フランシスの目が丸くなった。

「では、その人たちにチャンスをあげて、殺人がおきるのを防いでくださいな」

　ルシアスは片方の眉を吊りあげた。

「ところで、どのようなチャンスなのかしら」フランシスが詰問した。

「ヒース卿のことは、たぶん耳にしたことがないだろうね」

　フランシスは無言で目をみはった。ヒース卿のことなら誰だって耳にしている――とにかく、音楽に傾倒している者なら誰だって。

「有名な音楽愛好家で、後援者でもある」ルシアスは説明した。「歌手としてのきみを後押ししてくれる。ロンドンに住むほかの連中にはとうていまねできないような力で」

　それは彼女の父親がかつて口にしたことだった。父はフランシスが男爵の目に留まるようにと、前々から計画を立てていた。もっとも、実現はかなりむずかしいだろうとのことだった。音楽の才能がほとんどない者でも、彼に聴いてもらいたくてしつこく頼みこんでいるのだから。

「わたしには職があるのよ。なのに、あなたはとんでもない偽の口実を設けて、学期の途中でわたしを仕事からひき離した。わたしは明日か明後日にはあちらへもどります。後援者はいりません。雇い主がいるのだから――ミス・マーティンが」

「すわって楽にして」ルシアスはいった。「頭から湯気が立つほど怒り狂ってたら、最高のコンディションで歌えなくなってしまうよ」

「何人ぐらいなの、シンクレア卿」

「正確な人数はわからない。音楽室へ行って数えてみないことには」

「何人？　おおよそ何人？」

ルシアスは肩をすくめた。「喜んでくれてもいいのにな。きみが長いあいだ待ち望んでいたチャンスなんだよ。きのうもいってたじゃないか――きみの夢であり、父上の夢でもあったと」

「父までひきずりこまないで！」フランシスは不意に心臓のあたりが冷たくなるのを感じ、近くの椅子に崩れるようにすわりこんだ。不吉な予感がした。「音楽室と舞踏室の間仕切りがきのうはとりはずしてあった。妹さんがそのことをあなたに指摘して、もとにもどしておくよう頼んでらしたわね。そうなさった？」

「いや、やってない」ルシアスは暖炉のところまでゆっくり歩き、それを背にして立って彼女をみつめた。

「どうして？」

ちょっと待って。二つの部屋を合わせれば、大きめのコンサート・ホールになる。まさか、そんな……。

「今夜のきみは栄光に輝くんだ、フランシス」ルシアスはいった。両手は背中で組みあわされていた。ひたむきな目で彼女を見ていた。こんな目で見られたら、ほかの状況であってもフランシスは狼狽《ろうばい》したことだろう。

なるほど、そういう魂胆だったのね――フランシスは気がついた。二つの部屋の間仕切りはわざとはずしてあったのだ。音楽室だけでは収容しきれないほど多くの客を呼んでいるからだ。しかも、こちらにはひと言の相談もなしに、マーシャル家が――いや、ルシアスが――勝手にやったのだ。

ちょうど、こちらの希望などききもしないで、策略をめぐらしてロンドンに呼び寄せたように。

「いますぐここから出ていきたいわ。大伯母たちに恥をかかせる結果になりさえしなければ」

「それと、うちの祖父を失望させる結果にならなければ、そうするでしょうね」

「ええ」

フランシスは彼をにらみつけた。彼も顎をこわばらせてにらみ返した。

「フランシス」敵意に満ちた沈黙がしばらくつづいたあとで、ルシアスはいった。「何を怖がってるの？　失敗すること？　ありえないよ、ぼくが約束する」

「あなたはお節介屋以外の何者でもないわ」フランシスは痛烈にいった。「傲慢《ごうまん》なお節介屋で、わたしが自分の人生をどうすべきかは、あなただけが知っているとつねに思いこんでいる。わたしがロンドンにもどるのを望んでいなかったことはご存じのくせに、策略をめぐらして、こちらにこざるをえないように仕向けた。おおぜいの聴衆の前で歌うのを望んでいなかったことも——とくに、ここロンドンではね——ご存じのくせに、おおぜいの聴衆を集め、わたしがその前で歌うことを拒むのはほぼ不可能な状況を作りあげた。あなたに再会するのを望んでいなかったこともご存じのくせに、わたしの希望は頭から無視なさった。たぶん、わたしのことが好きだと心から思ってらっしゃるんでしょうけど、それはまちがいだわ。人というのは、好きな相手を自分の思いどおりに操ったり、みじめな状況に追いこんだりしないものよ。あなたが大切に思っているのは自分のことだけ。あなたは専制君主だわ、シンクレア卿——最悪の暴君」

こうしてしゃべっているうちに彼の顔が青ざめていったように、フランシスには思われた。表情が硬くなり、閉ざされてしまった。だしぬけに、ルシアスは火がついていない暖炉の石炭に視線を落とした。

「だったら、きみは、フランシス」長い気づまりな沈黙ののちに、ルシアスはいった。「〝信頼〟という言葉の意味を知らない人だ。歌よりも教えるほうを選んだきみの決心に異を唱えようとは思わない。なぜぼくにそんな権利がある？　きみの生き方はきみが自由に選べばいい。だが、ぼくはどうしてもその理由を知りたいんだ——単なる好みとか、さらには単なる貧しさでは説明しきれないものがあるはずだ。きみがクリスマスのあとでロンドンにくるのを拒んだことにも、一カ月ちょっと前にぼくが求婚したときにはねつけたことにも、異を唱えるつもりはない。自分のことを神が女たちのもとに遣わした贈物だとは思っていないし、あらゆる女がぼくへの思いに身を焦がすなどという期待もしていない——ベッドをともにした相手であってもね。だが、きみが拒んだ理由だけは、ぜひとも教えてもらいたい。嫌いだったからとか、関心がなかったからだとは思えない。きみはぼくを信頼してないから、理由を打ち明けようとしない。ぼくを信頼してないから、その身を委ねようとしない」

フランシスは怒りのあまり、きのうのうちに彼にもっと率直に打ち明けていればよかったと悔やんでいた気持ちを忘れてしまった。

「そんな必要はありません」彼女は叫んだ。「相手があなたであれ、どの殿方であれ、すべてを打ち明けなくてはならない義理などないのよ。当然でしょ？　わたしとはなんの関わりもない人なのに。わたしがこの世で確信していることはただひとつ、自分自身を信頼するということよ。自分の信頼を裏切るようなことはしません」

ルシアスが彼女のほうを向いた。ユーモアやからかいの表情は消え失せていた。

「そう断言できる？」と、彼女にきいた。「これまで一度も自分の信頼を裏切ったことはなかったといえる？」

フランシスは不意に悟った——たぶん、最初から理解していたのだろう——ブレイク氏との将来は思い描けるのに、ルシアス・マーシャルとの将来を思い描けない理由を。ブレイク氏に対しては、クリスマスのあとの出来事も含めて自分の過去をすべて打ち明けるだけでいい。もっとも奥深いところに存在する自己を彼にさらけだす必要はない。永遠に。そのことが本能的にわかっていた。礼儀正しさと、上品さと、共通の趣味と、友達に囲まれて、二人で満ち足りた生涯を送ることができるだろう。だが、ルシアスが相手のときは、自分の魂を彼にさらけださなくてはならない――彼のほうも同様だ。それ抜きでは、二人の関係は成り立たない――きのうは、〝容易に理解できるような相手はどこにもいない〟とルシアスにいったが、それはまちがいだった。まだうら若い乙女であったなら、思いきって彼に心をひらいたかもしれない――それどころか、その展開を歓迎したことだろう。若い人々は、生涯を通じて、さらには墓に入ったあとまでも熱くまばゆく燃えつづけるような愛と情熱を夢見るものだ。

フランシスはまだ二十三なのに、そのような関係を前にすると尻込みしてしまう。だが一方、憧れる気持ちもある。

ともに過ごした夜のことが、不意に、思いもかけず鮮明に浮かんできて、フランシスは目を閉じた。

「二十分後に迎えにきて、音楽室へ案内しよう」ルシアスはいった。「ぼくがきみのために企画したコンサートだ、フランシス。出演者はほかにもいるが、当然ながら、きみが最後だ。きみのあとじゃ、誰も出たがらないと思う。きみが心を静められるよう、しばらく一人にしてあげる」

ルシアスは大股で部屋を横切った。フランシスには目もくれなかった。だが、ドアのノブに手をかけて立ち止まった。

「ぼくが迎えにきたときに――いや、いまでもいいが――ポートマン通りの家まで送ってほしいときみが頼むなら、喜んでそうしよう。音楽室の客たちには何か言い訳をこしらえておく。ぼくは必要に迫られれば、どんなことでもでっちあげられる人間だからね」

ルシアスは返事を待つかのように、その場にたたずんでいたが、彼女は何も答えなかった。ルシアスは静かに部屋を出て、背後のドアをしめた。

フランシスは思った――わたしの顔を覚えている人が音楽室と舞踏室に一人もきていないなんて、とうてい望みえない奇跡だわ。奇妙なことに、そう悟ったとたん、冷静になれた――運命を甘受することにした。いまわたしにできることは何もない。もちろん、屋敷を出ていくことはできる。ルシアスがもどってくるのを待たなくても出ていける。だが、そうするつもりのないことは、自分でもわかっていた。

エッジカム伯爵が落胆するだろう。

大伯母たちは狼狽し、恥をかくだろう。

そして、フランシスの心の奥深くに、とどまることを望むもっと利己的な理由があった。苦しいほどの期待のなかで、生涯を賭けた夢がよみがえろうとしているのだ。

聴衆の人数を尋ねても、ルシアスは答えてくれなかった。だが、答えてもらう必要はなかった。大人数に決まっている。そうでなかったら、音楽室と舞踏室の間仕切りをはずす理由がどこにあろう。音楽室だけでもかなりの広さがあり、二、三十人はすわることができる。だが、今夜の聴衆を収容するのに充分な広さではないのだ。

そして、その大人数の一人がヒース卿だという。父が知ったら、どんなに誇らしく思うことか！

彼女のなかの芸術家が、聴衆の前で歌うことを夢見て育ってきた声楽家が、今夜は成り行きを気にせずに歌いたいと熱望していた。

考えてみれば、画家がカンバスに絵を描くのは、そのあとでシートをかけて誰にも見せないようにするためではない。作家が本を書くのは、本棚にならんだほかの本の陰にしまいこんで誰にも読ませないようにするためではない。聖書のマタイ伝にあるように、人がともし火をともすのは、升《ます》の下に置いて、家のなかの者を照らせないようにするためではない。

ほかの人々に聴いてもらうために歌いたいという生来の本能を自分がどれほど抑えつけてきたのか、学校で教えていた歳月のあいだは充分に自覚していなかった。

〝星に手を伸ばすことと、それ以下のもので妥協しないことを教えてくれた〟

お父さま！

いいわ、今夜は歌おう、お父さまとわたし自身のために。

そして、明日になったら、バースに帰る支度をしよう。

音楽室を出たときのルシアスは、自分の部屋にこっそりもどって、二十分のあいだ一人でむっつりすごそうと思っていた。あるいは、義憤に駆られて四方の壁に当たり散らそうかとも思っていた。しかし、何もすることのない場所にひきこもれば、頭のなかをさまざまな考えが駆けめぐり、非難の叫びをあげる結果となって、よけいいらいらさせられそうだという厄介な思いにとらわれてしまった。

お節介屋。

専制君主。

暴君。

〝人というのは、好きな相手を自分の思いどおりに操ったり、みじめな状況に追いこんだりしないものよ〟

知るか！

彼がつぎに考えたのは、こっそり音楽室へ行って、すべての者を屋敷から追いだすことだった。そうなっても、彼らを迎えてくれる催しはほかにいくつもあるにちがいない――社交シーズンのあいだはつねにそうだ。だが、いくらルシアスが衝動的で、ときには無謀な行為に走ることすらあるといっても、礼儀に反するふるまいをしたことはほとんどなかった――とにかく、これだけ大規模な催しの場合には。しかも、ここは彼の自宅ではない。それに、祖父は今夜を心から楽しみにしていた。

結局、音楽室へ足を運んで、誰がきているかを確認し、愛想をふりまくことにした。ほう――音楽室に入ったとたん、ルシアスは思った――招いた連中が残らずきているようだ。じっさい、かなりの大人数だった。音楽室は混みあっていた。舞踏室も。もっとも、多くの客はまだ席につかずに、あちこち歩きまわって、騒々しい音を立てていたが。

ルシアスはヒース男爵夫妻に挨拶して、特別にとっておいた最前列の席へ二人を案内した。多くの友人や知人と冗談混じりの言葉をかわした。レディ・ライルにはとくに丁重に挨拶を述べ、コンサートを大いに楽しんでもらえるだろうと約束した。レディ・ライルが軽い戸惑いを浮かべたので、ルシアスは彼女に笑いかけ、じきにその意味がわかるはずだといっておいた。

ポーシャ・ハントとボルダーストン夫妻のほうへ向かいながら、今夜この三人に心を向けたのはいまが初めてだと気づいて、渋い表情になった。ゴッズワージー侯爵はルシアスの祖父と話をしていた。

「すばらしい試みですこと」レディ・ボルダーストンがいった。「マーシャル館でコンサートだなんて、珍しいおもてなしですわね」

「最高のもてなしになりますよ」ルシアスは保証した。

「キャロラインからききましたけど、バースからきた教師が歌うんですって？」ポーシャがいった。「大丈夫なの、ルシアス？　こちらの聴衆は、その方がふだん相手にしているような人たちに比べて、はるかに洗練された趣味を持っていると思うけど」

「ミス・アラードは教師として生まれたわけじゃないんだよ、ポーシャ。それに、バース生まれでもない。じつをいうと、ここロンドンで育って、超一流の声楽の先生についていたんだ」

「あとはもう」ポーシャはいった。「うしろにすわってらっしゃる方たちに歌声が届くよう祈るしかないわね。ちょっと失礼、ルシアス。お客さまの相手でお母さまがお忙しそうよ。エイミーがここにいること、お母さまはご存じなのかしら」

「娘たちに関して母が気づいていないことはほとんどない」ルシアスはいった。「エイミーはわが家の一員であり、これは家族のための一夜で、友人たちにはついでに参加してもらったにすぎないんだ」

ルシアスはにこやかに会釈をすると、苛立ちに襲われる前に立ち去った。心のなかはすでに不快な思いでいっぱいだったので、そこに苛立ちまで加える必要はなかった。

ほかの出演者たちはすでに到着し、聴衆のほうも続々と席にすわりつつあった。開始が遅れるコンサートほどいやなものはない。そろそろフランシスを迎えにいく時刻だ。

聴衆の数を見たら、フランシスはきっと、皿にのったぼくの首を要求するだろう――ふたたび客間に向かいながら、ルシアスは思った。彼には理解できないなんらかの理由から、フランシスは三年前に夢をあきらめ、ふたたびその夢に挑戦することを頑として拒んでいる。

お節介屋。専制君主。暴君。

ああ、仰せのとおりですよ。腰抜けといわれるより、お節介屋のほうがまだましだ。自分はつねに真正面から人生にぶつかってきた。この年になっていまさら変えようがない。

フランシスは窓辺に立ち、部屋に背を向けて外の濃い闇をみつめていた。背筋をぴんと伸ばしていたが、ドアのひらく音に気づいてふりむいたとき、ルシアスはその表情も物腰も冷静沈着であることに気づいた。

目の前にいるのが超一流のプロであることを、ルシアスは直感した。彼女のほうは不意を打たれて、快く思っていない様子だったが、歌う準備はすでにできていた。

「行こうか」

フランシスは無言のまま部屋を横切り、彼がさしだした腕をとった。

フランシス・アラードと一緒に歩くのはこれが最後かもしれないと、ルシアスは思った。彼女はぼくをほしがってはいない――というか、受け入れようとしない。そろそろ追いかけるのをやめる潮時だ。今夜が終われば、フランシスは二者択一を迫られることになる。彼はそれを確信していた。バースにもどることもできるし、ヒースの手にその身を委ねて輝かしい新たな道を歩みはじめることもできる。

すくなくとも、彼女にその選択肢が与えられるよう、このぼくが尽力してきた。だが、これ以上のお節介はやめておこう。

彼女を黙って行かせることが愛の証しになるのなら、そうするつもりだった。

だが、これまでやってきたなかでもっとも困難なものになるだろう。受身に立つというのは、彼が自然にできることではなかった。

音楽室のドアまでくると、フランシスは足を止めた。彼の袖にかけた手にわずかに力が入った。

「まあ」低くつぶやいた。「友人何名かというのがこれだったのね」

彼女の言葉は問いかけではなかった。ルシアスは何も答えずに、最前列にすわった大伯母たちのあいだの空席へ彼女を案内した。

「うれしい驚きじゃなくって？」腰をおろしたフランシスにミス・ドリスコルがきいた。

「あがってない？　大丈夫？」メルフォード夫人がきいた。

ルシアスはその場を離れて、中央通路の反対側の席にすわった。見渡したところ、ほかの者はすべて席についていた。彼の登場で室内は水を打ったように静まりかえった。ルシアスはふたたび立ちあがり、みんなに歓迎の辞を述べてから、最初の出演者を紹介した。彼の知人でもあるバイオリニストで、一年前からウィーンやヨーロッパ大陸の他の土地でかなりの成功を収めていた。

その演奏は非の打ちどころがなく、聴衆の喝采を浴びた。彼のつぎのピアニストも、そのつぎのハープ奏者も同様だった。しかし、ルシアスはなかなか集中できなかった。フランシスの番がつぎに迫っていた。

とんでもない判断ミスをしてしまったのでは？

フランシスがみごとに歌いきることは、ルシアスも疑っていなかった。しかし……。ぼくを許してくれるだろうか。

いや、かまうもんか、誰かが彼女を休眠状態からひきずりださなきゃいけなかったんだ。

彼はフランシスを紹介するために立ちあがった。

「数週間前、祖父と末の妹とぼくはバースで夜会に出席し、そこで音楽の催しがありました。ぼくたちがある歌声を初めて耳にしたのが、その催しのときでした。祖父はその声をいまもなお、八十年近い人生で耳にしたなかで最高にすばらしいソプラノだと申しております。その歌声を聴いて、ぼくたちは感動と栄誉の両方に包まれました。今夜、ふたたびそれを聴けることになりました。みなさんとともに。紳士淑女のみなさま、ミス・フランシス・アラードです」

フランシスが立ちあがり、キャロラインがピアノの前にすわって楽譜を広げると、丁重な拍手がおきた。

フランシスはかすかに青ざめていたが、客間にいたときと同じように落ち着いていた。冷静な目で聴衆を見渡し、頭を下げて、しばらくのあいだ目を閉じた。二つの部屋に静寂が広がるなかで、彼女がゆっくりと肺に空気を送りこみ、吐きだすのが、ルシアスにも見てとれた。

それから、フランシスは目をひらき、キャロラインにうなずきかけた。

彼女が選んだのはヘンデルのオラトリオ《サムソン》から〝輝くセラフたちよ〟だった。トランペットとソプラノからなる壮麗な曲である。もちろん、トランペットはない。ピアノと彼女の声があるだけだ。

そこで、彼女の声がトランペットになり、この曲の細やかな流れと装飾音《トリル》を通して舞いあがり、清らかな響きで二つの部屋を満たした。その声は金切り声にはけっしてならず、部屋の広さに対して声量だけが大きくなりすぎることも、聴衆を圧倒することもなかった。歌声、伴奏、スペース——それらがみごとに渾然《こんぜん》一体となっていた。

「輝くセラフたちよ、炎の列となりて天使の喇叭《らっぱ》を高々と吹き鳴らせ」

歌いながら、フランシスは聴衆を見渡した。彼らに向かって歌い、彼らのために歌い、華麗な歌詞と華麗な旋律の世界へ彼らをいざなった。だが、これがフランシスにとって単なる独唱でないことは明らかだった。ルシアスはこの瞬間――そして、いま初めて――彼女の歌う姿を見ることができた。彼女が音楽の世界の奥深くに入りこみ、ひとつひとつの音符によって曲に新たな命を吹きこんでいることを、はっきりと理解した。

彼もまた、フランシスとともにその世界に入りこんでいた。

音楽に没頭していたため、彼がビクッとわれに返ったのは、歌のあとに割れんばかりの拍手が長々とつづいていたときだった。遅まきながら彼も拍手に加わった。喉と胸が締めつけられるようだった。涙をこらえているせいにちがいない。

彼女のことを誇りに思ったといったら、それは嘘になる。そのような感情を持つ権利はルシアスにはない。彼が感じていたのは……喜びだった。音楽の喜び、彼女に対する喜び、自分もこの体験に加わることができたという喜び。

そのあとで、さらに遅まきながら、立ちあがって何かひと言述べ、つぎの曲をリクエストする手筈になっていたことを思いだした。しかし、その必要はなかった。拍手が静まり、シーッという声が何度かつづくなかで、キャロラインがべつの楽譜を広げて伴奏開始の合図を待っていた。

フランシスは〝わたしは知っている。わたしを贖《あがな》う方は生きておられることを〟を歌った。

最初の曲は清らかな華麗さに満ちていたが、二曲目ではそれが生々しい感情に変わった。

歌が終わらないうちから、ルシアスはまばたきして涙をこらえていた。単なる音楽を聴いて人前で泣くことを恥ずかしいと思う気持ちはまったくなかった。彼女の歌は——そのようなことが可能であるならば——前回のバースのときよりさらにすばらしかった。だが、前回はいうまでもなく、彼女の歌を聴こうとしても邪魔が入って集中できなかったのだ。

最後の音符が消えていく前に、ルシアスは立ちあがっていた。だが、すぐに拍手には移らなかった。最後の音のこだまが消えるまで音楽の世界にとどまっている彼女の、背が高く、堂々とした、美しい姿を見守っていた。

最後の小節が終わり、拍手がわきおこるまでの、時間を超越したひとときのあいだに、ルシアスは今宵かぎりでもう二度と会えないとしても、フランシス・アラードこそ自分が生涯にわたって深く愛しつづけていく女であることを、疑う余地なく実感していた。そして、いろいろあったにもかかわらず、先ほど客間で彼女からさんざん非難されたにもかかわらず、自分のやったことを悔やんではいなかった。

そうとも、後悔なんかするもんか。何回でもやってやる。

そして、彼女だって後悔はしないはず。今夜のことを後悔するなんて考えられない。

ようやく、フランシスが微笑を浮かべ、向きを変えて、みごとな伴奏をしてくれたキャロラインの存在を示した。二人が頭を下げ、ルシアスは立ったまま笑顔で二人をみつめていた。

この瞬間、こんなに幸せな気分になったのは生まれて初めてだった。ハッピーエンドの存在を信じないというのは不可能だった。

21

フランシスは幸せだった。心の底から幸せを嚙みしめていた。ここが自分のいるべき場所だ——そう実感した。いまやっていること、それをやるために自分はこの世に生まれてきたのだ。

幸福で胸がはちきれそうだった。

そして、拍手が静まっていくなかで、本能的に、何も考えることなく、ルシアスのほうを向いて微笑みかけた。彼は最前列に立って笑顔でフランシスをみつめていて、その顔にもまた、誇りやこちらと同じような喜びが浮かんでいることに、フランシスは気づかざるをえなかった。

いや、それ以上のものがあった。

わたしはなんてバカだったんだろう！　二人が出会った最初の瞬間から、星に手を伸ばすチャンスが、あらゆる危険を覚悟で、活気あふれる人生を、情熱を、愛そのものを手に入れるチャンスが与えられていたというのに。そして、音楽を手に入れるチャンスも。

でも、危険を避けるほうを選んでしまった。

だから、彼が代わりに危険を冒してくれたのだ。

熱烈な愛が胸にあふれて、息ができなくなりそうだった。

エッジカム伯爵が彼女に向かって歩いてきた。伯爵はみんなの前でフランシスの右手をとると、身をかがめ、その手を自分の唇に持っていった。

「ミス・フランシス・アラード」聴衆に向かって伯爵はいった。「この名前を覚えておいていただきたい、わが友人たちよ。みなさんはいずれ、有名になる前の彼女の歌をここで聴いたのだと自慢できるようになるでしょう」

コンサートは終了し、会話のざわめきが広がるなかで、何人かが席を立った。料理と飲みものの盆を捧げた召使いたちが舞踏会のドアのところにあらわれ、奥に用意されている白いクロスのかかったテーブルにならべていった。

しかし、伯爵が向きを変えて大伯母たちと話を始めたあとも、フランシスは一人で放っておいてはもらえなかった。シンクレア子爵が祖父の代わりに近づいてきた。慎重な表情にもどっていた。

「言葉がないよ、フランシス」といった。「とにかく、言葉がない」

その瞬間、フランシスは泣きたくなった。しかし、彼の母親もそばにきていて、なんと、フランシスを抱きしめた。

「ミス・アラード、今宵は天国にいるような気がしましたわ。義父とルシアスとエイミーがあなたの才能を熱っぽく称えていたのは、誇張じゃありませんでしたのね。お礼を申しあげます。わたくしたちのために歌いにきてくださって」

テイト卿はお辞儀をし、レディ・テイトはにこやかに微笑して、母の意見に大賛成だといった。エミリー・マーシャルはキャロラインの腕に自分の腕をくぐらせて、フランシスに笑いかけた。

「あなたのピアノをきいたわよ、キャロライン。みごとな伴奏だったわ。でも、おじいさまのおっしゃったとおりね。あたしはいつの日か、ミス・アラードがロンドンで初めてのコンサートをひらいたときに姉がその伴奏をしたことを、自慢できるようになるんだわ」

エイミーは感激に顔を輝かせて、母と同じくフランシスを抱きしめた。

「そして、あたしは社交界にデビューする前からあなたと大の仲良しだったってことを、知りあいのみんなに自慢できるようになるのよ」

フランシスは笑った。ルシアスの家族に囲まれ、全員から好意の目で見られていることを意識した。貴重なひととき。あとになってからきっと、喜びとともに思いだすことだろう。

そのとき、べつの貴婦人と紳士が近づいてきたので、ルシアスの一家は脇へどいた。シンクレア卿が紹介をおこなった。しかし、フランシスは以前にその紳士を見たことがあった。ヒース卿だった。彼とレディ・ヒースに向かって、膝を折って挨拶した。

「ミス・アラード」ヒース卿はいった。「ご存じかもしれませんが、わたしは年に一度、クリスマスの時期にコンサートをひらいております。友人および慎重に選んだ招待客のために、イギリス全土とヨーロッパ大陸から集められるかぎりの超一流の音楽家を集めるのです。できれば、あなたのお許しを得たうえで、いつものわがルールに例外を作り、社交シーズンのあいだに一度だけ音楽の宵を持ちたいと願っております。ステージに立つのはあなた一人です。今夜あなたの歌を聴いた人々はみな、もう一度聴きたいと思っているにちがいありません。そして、噂が諺《ことわざ》の野火のごとく広まることでしょう。出席を願う人々をすべて受け入れられる広さの部屋が、わが家にはないでしょうな」

「だったら、ロデリック」夫の袖に手をかけ、笑みをたたえた目でフランシスを見て、レディ・ヒースがいった。「コンサート・ホールを借りることをお考えにならなくては」

「名案だ、ファニー！」ヒース卿はいった。「それなら大丈夫だ。ミス・アラード、あとはあなたの同意があればいい。あっというまに、あなたを偉大な歌手にしてさしあげましょう。いや、いまの愚かな意見を訂正させてください。わたしなど必要ない——あなたはすでに偉大なのだから。しかし、あえて申しあげるなら、わたしにおまかせくだされば、あなたをヨーロッパでもっとも高い人気を誇るソプラノ歌手にすることができます。もっとも、わたしはそのささやかな権力を楽しめるうちに楽しんでおかなくては。長くはつづかないでしょうからな。あなたはじきに、わたしの援助も、ほかの誰の援助も必要としなくなる」

ヒース卿の言葉がその場に健全な現実味を添えてくれた。

フランシスにとっては耐えがたいほどの興奮だった。あまりにも短い時間のあいだに、あまりにも多くの光が彼女の人生に流れこんできた。一歩しりぞき、〝待って〟と手をあげてから、じっくり考えてみたくてたまらなかった。この瞬間、そばに集まった人々のなかにクローディア・マーティンの冷静で思慮深い顔をみつけることができたなら、何と引換えにしても惜しくなかっただろう。アンとスザンナにもそばにいてほしかった。

だが同時に、横にいるシンクレア子爵の存在も意識していた。彼は無言のまま表情をこわばらせ、燃えるような目で彼女をみつめていた。

「ありがとうございます、ヒース卿。このうえなく光栄に存じます。でも、わたくしは教師です。バースの女学校でいくつかの科目とともに音楽も教えております。それがわたくしの選んだ職業であり、いまこの瞬間も、わたくしを必要としている生徒たちのもとに、そして、もっとも大切な友人である同僚の教師たちのもとにもどりたくてうずうずしているのです。自分の満足のために歌うのは大好きです。ときには、聴衆の前で歌うのも楽しいことです。今夜のように大人数の聴衆であっても。でも、それを職業にしたいとは思いません」

フランシスの言葉にはたしかに真実が含まれていた。すべての真実ではないかもしれないが、しかし……。

「残念なお返事です」ヒース卿はいった。「きわめて残念です。だが、わたしが思いちがいをしていたようだ。シンクレアが今夜ここにくるようにといってくれたときは、あなたの要請によるものだと思いました。世に出ることを願っておられるのだと思いました。そのお気持ちがないとすれば、それも理解できます。わたしには妻の連れ子がおりまして、これがまたすばらしく甘い声をしているのですが、妻はわたしが息子に野望を託すことをきびしく戒めています。じつに賢明なことです——息子はまだ子供ですからね。あなたのご決断を尊重しますが、お気持ちを変えられたときには、いつでもかまいませんからお越しください。わずか五カ月のあいだに、最高に清らかなボーイソプラノの声と、最高に華麗な女性ソプラノの声を聴くことができて、わたしにとってはまさに至福のときでした」

夫妻が離れていったあとで、フランシスはシンクレア卿を見あげた。

「いまだに、きみの歯をガタガタ揺すってやりたい気分だ、フランシス」

「あなたがわたしに託した野望を、わたしが共有していないから？」

「共有しているからだ」ルシアスはいいかえした。「だが、きみと口論するのはもうやめよう。もう二度ときみを操ったり脅したりしない。それを知れば、きみもうれしいだろ。今夜が終われば、きみはぼくから自由になれるんだ」

フランシスはその瞬間、どういう理由からかわからないが、手を伸ばして彼の袖に触れたくなった。しかし、彼女と話をしようとする人々、祝いの言葉を述べようとする人々、歌を褒め称えようとする人々が、まわりに集まってきた。フランシスは笑みを浮かべ、この瞬間の単純な喜びに身を委ねようとした。

たしかに、喜びが存在した。それは否定しようがなかった。自分のやったことが、楽しんでやったことが、人々を喜ばせ、多くの人に喜び以上のものを与えたのだということを知って、なんとなく心が温まり、いい気分になれた。歌に感動して涙があふれたほどだと、何人かがフランシスに告げた。

だが、シンクレア子爵からボルダーストン卿夫妻と若い貴婦人を紹介された瞬間、フランシスの喜びの一部が砕け散ってしまった。

「ミス・ポーシャ・ハントです」ルシアスがいった。

まあ。

彼女はうっとりするほど美しく、〝イギリスのバラ〟と呼ばれる美人の典型だった。少女時代のフランシスはこういう美女にずっと憧れていたが、やがて、自分はけっしてそうなれないことを悟った。また、ミス・ハントは美貌に加えて服装の趣味もすばらしく、姿勢は完璧で、立居振舞いに品があった。

この人を見て恋に落ちない男がいるだろうか。

ルシアスだって……。

ミス・ハントの微笑は優雅で洗練されていた。

「とても立派なお歌でしたわ、ミス・アラード。学校の校長先生も、教師の方々も、あなたを心から誇りに思っておいででしょうね。あなたのような先生がいらして、生徒さんたちもお幸せですこと」

彼女の口調は丁重ながらも偉そうだった。偉そうな感じは最初から明白だった。

「恐れ入ります」フランシスはいった。「若い人たちの知性と才能を育てていく機会を持てて、名誉なことだと思っております」

「ルシアス」ミス・ハントが彼のほうを向いた。「コンサートが終わったから、わたくしがエイミーを二階のお部屋まで連れていくことにするわ」

ルシアス。ミス・ハントは彼を〝ルシアス〟と呼んだ。しかも、家族と親しくて、マーシャル館の間取りにもくわしいようだ。だって、彼と結婚するんだもの。ルシアスはまだ彼女と婚約していないという事実にしがみついて、それを否定するかもしれないが、現実はフランシスのすぐ目の前にあった。

でも、どうでもいいことじゃない？

「そこまで心配するにはおよばないよ、ポーシャ。そろそろエイミーを寝かせなくてはと判断したときに、母が自分でベッドへ連れていくだろうから」

ミス・ハントはふたたび微笑してから、向きを変え、レディ・シンクレアと話をしている両親の仲間に入った。だが、目だけは笑っていなかったことに、フランシスは気づいていた。

シンクレア卿のほうを向くと、彼は片方の眉を吊りあげてこちらを見ていた。

「最悪の悪夢のなかから、耐えがたい瞬間のひとつがよみがえった」といった。「だが、われを見よ。試練のあともこうして無事に立っている」

たぶん――フランシスは推測した――わたしとミス・ハントが顔を合わせたことをいってるのね。

「きれいな方ですこと」

「完璧な人だ」彼の反対の眉も吊りあがって、最初の眉の仲間入りをした。「ところが、困ったことに、ぼくは完璧ではないし、そうなりたいと思ったこともない。完璧なんて地獄のようなものだ。きみは完璧からほど遠い」

フランシスは思わず笑いだし、向きを変えて大伯母たちのところへ行こうとしたが、そこに二人の人物が近づいてきたので、笑みを湛えたままそちらを向いた。

まさか！

女性の前を歩いてきた紳士はやわらかな金色の髪に青い目、丸みを帯びた顔をしていて、いまも少年っぽいハンサムな感じが残っていた。また、顔がいくらか青ざめていて、目にはかすかに傷ついた表情があった。

「フランソワーズ」彼女だけに目を据えて、紳士はいった。「フランソワーズ・アラール」

シンクレア卿の腕に手をかけて音楽室に入る前から、フランシスはこのような事態がおきるかもしれないと覚悟していた。おきなかったらそれこそ小さな奇跡だと考えていたことすら思いだした。しかし、歌いはじめた瞬間からいままで、その恐怖を忘れていた――そして、ここにきてはいけなかったのだという思いも。

なのに、ぜったいに会いたくなかった相手が目の前にいた――もっとも、その栄誉は彼のうしろに立つ女性に与えられるべきだった。

「チャールズ」フランシスは片手を男のほうにさしだした。男はその手をとってお辞儀をしたが、唇に持っていくことも、握りしめることもしなかった。

「へえ、フォントブリッジ伯爵と知りあいだったの?」かつて愛した男、三年以上前に結婚の一歩手前までいった男を前にして、長く暗いトンネルを見おろしているような気分になっているフランシスに、シンクレア卿が尋ねた。「それから、母上の伯爵夫人とも?」

フランシスは男の背後に立つ女性に目を向けた。フォントブリッジ伯爵夫人は大柄なところも気の強そうなところも昔と変わらず、そばにいる息子が小さく見えたが、それは夫人の背が高いからではなく、胴まわりの寸法とその存在感のせいだった。

「レディ・フォントブリッジ」フランシスは挨拶した。

「マドモアゼル・アラール」伯爵夫人は顔に浮かんだ敵意も、声ににじんだ辛辣《しんらつ》さも、隠そうとしなかった。「ロンドンにもどってらしたのね。これから先、コンサートをおひらきになるときには、シンクレア、招待客の前で歌や演奏を披露する人々の素性を公表していただきたいものだわ。そうすれば、コンサートに出席する価値があるかどうか、客のほうで知識にもとづいた判断ができますもの。もっとも、今夜のような場合ですと、ミス・フランシス・アラードがかっての不愉快な知人であったマドモアゼル・アラールと同一人物だなんて、息子にもわたくしにもたぶんわからなかっただろうと思いますけど」

「フランソワーズ」母親のいまの言葉など耳に入らなかったかのように、彼女をみつめて、伯爵がいった。「いままでどこにいたんだ? きみが姿を消したのは、もしかして——」

しかし、母親が彼の腕をしっかりつかんだ。「さあ、チャールズ。ほかへまわらなきゃいけないから。ご機嫌よう。シンクレア」

フランシスのことはツンと無視した。

チャールズは傷ついた表情でためらいがちにフランシスをみつめていたが、やがて、羽根の髪飾りを腹立たしげに揺らしながら右も左も見ずにつかつかと部屋から出ていく伯爵夫人にひきずられて、しぶしぶ去っていった。

「きみ自身の耐えがたい瞬間も悪夢のなかからよみがえってきたのかい、フランシス」シンクレア子爵がきいた。「それとも、フランソワーズと呼ぶべきかな。フォントブリッジは昔きみに捨てられた恋人なんだね」

「そろそろお暇《いとま》しなきゃ」フランシスはいった。「たぶん大伯母たちも帰る支度をしてるころでしょう。二人にとっては忙しい一夜でしたもの」

「ああ、なるほど、逃げるんだね。きみのもっとも得意とすることだ、フランシス。だけど、その前に、すこしだけ機嫌を直してもらえると思うよ。レディ・ライルのところにお連れしよう」

「レディ・ライルがここに？」フランシスは思わず笑いたくなった。あとは、ジョージ・ラルストンもここにきていることを知らされれば、今宵の悲劇は完璧なものになる。

「レディ・ライルもきみの歌を聴きたいだろうと思って」ルシアスはいった。「それから、きみも彼女との再会を望んでるだろうと思って。ぼくが招待したんだ」

「あなたが？」フランシスは笑顔で彼を見あげた。「ほんとに？　わたしがレディ・ライルとのやさしい再会を望んでいたなら、とっくに自分で彼女を訪問していたとお思いにならない？」

ルシアスは大きなためいきをついた。

「いま思いだしたけど、数カ月前に雪道で、ぼくの馬車に乗っていくよう勧めたら、きみはぴしゃっとはねつけた。あのとき、フランシス、ぼくは人生最大のミスをしてしまったんだ。騎士道精神に負けて——しぶしぶではあったけどね——その場にとどまって口論を始めた。さっさと馬車で走り去って、きみのことはきみの運命に委ねるべきだった」

「ええ、そうなさるべきだったわ。そして、わたしは最初の決心を貫くべきだったわ」

「それ以来、二人はおたがいの人生にとって疫病神となった」

「あなたがわたしの人生の疫病神だったのよ」

「そして、きみはぼくにとって、やさしさと光以外の何者でもなかったってわけだね」

「あなたの何かになろうなんて、考えたこともないわ。その点は最初からはっきりしてました」

「思い出に残る一夜をのぞいてね」ルシアスはいった。「あの夜、きみは三回もぼくとひとつになったんだよ、フランシス。あれが強姦だったとは、ぼくには思えない」

ああ、どうしよう——フランシスは思った——舞踏室にあふれんばかりの人々の前で口論を始めてしまった。そして、ちょうどそのとき、レディ・ライルの姿が目に入った。舞踏室に入ってすぐのところに、ほかの人々からわずかに離れてすわっていた。昔に変わらぬエレガントさで、特徴のある銀色の髪は高く結いあげられ、鳥の羽根に飾られていた。また、かすかに愉快そうな表情を浮かべて、フランシスに視線を据えていた。

「レディ・ライルと話をする気はありません」フランシスはいった。「それから、これ以上ここにいる気もありません。大伯母たちのところへまいります。今夜のご尽力にお礼を申しあげます、シンクレア卿。わたしを喜ばせようとお思いになったのね。たしかに、しばらくは喜ばせていただきました。でも、明日か明後日にはバースに帰ります。これでお別れよ」

「また？」ふたたび眉の片方を吊りあげて、ルシアスは微笑した。だが、それにもかかわらず、目に悲しげな色が浮かんでいるようにフランシスには思われた――自分の心にも同じ悲しみが広がっていた。「そのセリフ、ちょっと飽きがきてるんじゃないかな、フランシス」

フランシスとしては、ルシアスがよけいなお節介を慎み、ガートルード大伯母が死の床についているように思わせてフランシスをロンドンに呼び寄せてはどうかと、マーサ大伯母に入れ知恵などしなければ、今回の別れの言葉は必要なかったのだと、彼にいってやりたいところだった。

「さよなら」フランシスはいった。その言葉を口にしたとき初めて、ささやき声になっていることに気づいた。

ルシアスは二、三度うなずくと、不意に向きを変え、大股で舞踏室から出ていった。

フランシスはその姿を見送りながら、ついに本当の最後がきたのだろうかと思った。

でも、これで終わりにするしかない。

ロンドンにもどってきたことをフォントブリッジ伯爵夫人に知られてしまった。

チャールズにも。
レディ・ライルにも。
ジョージ・ラルストンに知られるまでに、そう時間はかからないだろう。
あとはもう、バースがいまも安全な避難所であることを祈るしかない。

22

今度こそフランシスを自由にするという誓いを、ルシアスはきっちり守るつもりだった。自分の感情と意向を彼女に伝えた。彼女もこちらに無関心ではないということを、最大限の努力の末に彼女に認めさせた。さらには、利己心を捨てて、二人のあいだにロマンスの花を咲かせることができないとしても、ずっと昔に彼女のものになっているべきだった歌手の座を与えるために努力しようとした。

だが、彼女はあいかわらず頑固だった。

黙って彼女を行かせるしかなかった——これまで以上に恥さらしなまねをするだけの度胸が彼にないかぎりは。

あとは結婚の計画に没頭するしかなかった。

ぼくの結婚——仕方がない！

しかし、コンサートの翌日、ポーシャやその母親とともに午後を過ごしたときには、楽しいとは思えず、あきらめの境地にすらなれず、まるで罠にかかったような気分に陥ってしまった。このとき、ルシアスはエイミーを連れてロンドン塔へ出かけ、帰ってきたばかりだった。今夜の夕食はいらないと母親に告げるために、客間のドアに首をつっこんだ。

　つぎの瞬間、母のところに誰かきていないかどうかを召使いに確認しなかった自分を罵った。だが、その罵りも（心のなかでつぶやいただけではあったが）無駄になってしまった。全員がそろっていた――彼の母親、マーガレット、キャロライン、エミリー、そして、レディ・ボルダーストンとポーシャ。救助を待つかのように期待をこめた目でドアのほうを見ているテイトがいなかったら、ルシアスは短い挨拶をしただけでひっこんでいただろう。だが、義兄を見捨てて孤独な運命に委ねるだけの勇気はルシアスにはなかった。

　そのため、二分後にはポーシャとならんでソファにすわり、お茶のカップを手にしていた。

　どうやら、ボンネットに関する長たらしい議論を邪魔してしまったようだった。おしゃべりが再開すると、ルシアスは人に気づかれない程度の渋面をテイトとかわした。

　ボンネットに関する話題が出つくしたところで、ポーシャが彼のほうを向いた。

「母がレディ・シンクレアに申しあげたんだけど、ゆうべのコンサートにエイミーの同席をお許しになったのはとんでもない過ちでしたわね」

「そう？」ルシアスはたちまち苛立ちに包まれた。

「それどころか、すべてが過ちでしたわ」ポーシャは話をつづけた。「これから何日かのあいだ、あなたはきっと恥ずかしい思いをなさるでしょう。でも、たぶん何もご存じなかったんでしょうし、そう弁明なさるしかありませんわね。わたくしもあなたのためにそう弁明いたします。でも、過ちというものはさほど致命的ではありませんのよ。そこから教訓を得ることを拒みさえしなければ。ルシアス、あなたもきっと、用心深さという教訓を得ることでしょう。とくに、思慮分別のある人間がそばにいて助言をしてさしあげればね」

ルシアスは両方の眉を吊りあげて彼女を見ていた。いったい何がいいたいんだ？　自分の思慮分別をぼくの未来の助言者にしようと提案してるのか。もちろん、そうに決まっている。ただし、提案ではない——すでにそう決めているのだ。

「これからは、ご自宅のコンサートにお呼びになる音楽家をもっと慎重にお選びにならなくては」ポーシャは親切そうにいった。「ミス・アラードの経歴を慎重にチェックなさるべきだったわ、ルシアス。もっとも、学校の教師なら尊敬に値する人間にちがいないと、誰もが思うに決まってますものね。父も母もわたくしも、あの方にご紹介いただいたときは、そう思いこんだぐらいですもの」

もちろん、誰もが耳を傾けていた。しかし、みんな、安心してポーシャに話をまかせている様子だった。

ルシアスの目が細められた。苛立ちはすでに消えていた。そこを通り越して、もっと危険な領域に入りこんでいた。だが、感情に流されないよう自制していた。

「で、何を根拠に、ポーシャ」ルシアスはきいた。「ミス・アラードが尊敬に値しない人間だというんだい。どんなゴシップを仕入れてきたの？」

「信じられませんわ、シンクレア卿」抑えつけた憤りに声をこわばらせて、レディ・ボルダーストンがいった。「わたくしたちのことを、ゴシップに耳を傾けるほど卑俗な人間だと非難なさるなんて。ゆうべ、レディ・ライルご自身の口からうかがいましたのよ。レディ・ライルはかつて親切心から、うかつにも、あのフランス女に家庭をお与えになったのです。あの女、いまではイギリス婦人で通そうとしているようですけど」

「で、それが」両方の眉を吊りあげて、ルシアスはいった。「ミス・アラードの罪状というわけですね。一部の人が彼女の苗字をアラールと発音することが？　フランス人の父親と、イタリア人の母親のあいだに生まれたことが？　赤ん坊のころにこの国に連れてこられ、フランスのスパイになるよう育てられたことが？　なんと刺激的なことでしょう！　すぐさま彼女をとらえにいき、鎖でつないでロンドン塔へひきずっていき、運命を待つようにと告げるべきかもしれませんね」

テイトは思わず吹きだしそうになったのを、咳払いでごまかした。

「ルシアス」彼の母がいった。「冗談をいってる場合じゃありません」

「おや、誰が冗談だといったんですか」ルシアスは母のほうへ目を向け、その向こうにいるエミリーが目を輝かせ、えくぼをくっきり刻んでこちらを見ていることに気づいた。

「あたし、あの苗字をフランス風に発音するときの響きが好きだわ」キャロラインがいった。「どうして変えてしまったのかしら」

「じつはね、ルシアス」ポーシャがいった。「レディ・ライルはミス・アラードをご自宅から追いだすしかなかったのよ。だって、怪しげな人たちとつきあってて、まともな淑女なら、参加することはもちろん、その存在を知ることすら許されないような個人的なパーティで歌い、外聞をはばかる風評が立っていたんですもの。ほかにどんなことをしてたか、わかったものじゃないわ」

「ねえ、ポーシャ」彼女の母親がいった。「そういう話はしないほうがいいわ」

「こんなことを話すのはつらくってよ、お母さま」ポーシャはいった。「でも、ゆうべはレディ・シンクレアと妹さんたちを危うく醜聞に巻きこむところだったということを、ルシアスに知ってもらう必要がありますもの。エッジカム伯爵にご報告するときは、なるべく婉曲に申しあげなくては。この午後もベッドで休んでらっしゃるでしょ。レディ・ライルは思慮深い方だから、ゆうべわたくしたちに話してくださったことを、ほかの方にはぜったい口外なさらないと思います。それに、わたくしたちももちろん、こんな噂を広めてはなりませんわ。極秘にしてほしいとレディ・ライルがおっしゃいましたけど、わたくしたちがこんな話を人にするなんて、夢にも考えられません」

「極秘にといったんだね」ルシアスの目がふたたび細められた。

「面倒をみていた相手に裏切られたことがあるなんて、レディ・ライルだって人に知られたくないのよ。そうでしょ」ポーシャはいった。「でも、うちの父と母には知らせておかなきゃとお思いになったのね。それと、わたくしにも」

「どうして？」ルシアスはきいた。

ポーシャは珍しくも、途方に暮れた表情を見せた。だが、すぐさま立ち直った。

「たぶん、両家の親密な結びつきをご存じだからでしょ、ルシアス」

「どうしてぼくに直接いってくれなかったんだろう」

「わたしが思うに」マーガレットがいった。「レディ・ライルはゆうべのミス・アラードの独唱を自分の手柄にできなかったものだから、くやしさのあまり、わたしたち一家の耳に悪意に満ちたゴシップを吹きこむ方法を考えだしたんじゃないかしら。そうすれば、わたしたちがミス・アラードとのおつきあいをやめると思って」

「同感だわ、お姉さま」エミリーもいった。「ミス・アラードが以前に何をなさったとしても、どうだっていいじゃない」

「あたし、いつでもまた喜んで伴奏をさせてもらうつもりよ」キャロラインがいった。「ポーシャ、あなたがこんなバカな話をしにいらしたなんて驚きだわ」

「あら、でも、レディ・ボルダーストンとポーシャが耳になさった噂をこちらに届けてくださったことに感謝しなくては」如才のなさを発揮して、レディ・シンクレアがいった。「陰でこそこそ噂されるより、そのほうがいいでしょ。でも、ミス・アラードはレディ・ライルのもとで暮らしていたあいだに、生まれついての性格の欠点をお直しになったようね。立派なものだわ。それに、ゆうべ、ミス・アラードのすばらしい声を聴く機会を逃さずにすんだことを、わたくしは一生うれしく思うことでしょう。ねえ、エミリー、どなたかお茶のお代わりをご希望じゃないかしら」

　ルシアスはいきなり立ちあがった。

「どこかへ出かけるの、ルシアス？」彼の母がきいた。

「ええ」ルシアスはぶっきらぼうにいった。「ミス・アラードを訪ねなくてはいけないと、いま気がついたものですから」

「ゆうべのお礼を申しあげるために？」母がきいた。「それはいい考えだと思うわ、ルシアス。おじいさまも、午後の昼寝からお目ざめになったら、ご一緒なさりたいんじゃないかしら。エイミーだって——」

「一人で行ってきます」ルシアスはいった。「お礼ならゆうべいってあります。今日はべつの用なんです」

　ルシアスは言葉を切ったが、いいかけたことを途中でやめたくともすでに手遅れだった——全員が、一人の例外もなく、何事かといいたげに彼を見ていた。

「結婚の申込みに行ってきます」

　客間の床は一面に分厚い絨毯《じゅうたん》が敷きつめられていたが、ルシアスが部屋から出ていったときは、ピンが落ちてもその音がきこえそうなほどだった。

　さてさて、おまえは何をやらかしたんだ？——階段を一度に二段ずつのぼって自分の部屋へ向かいながら、ルシアスは自分に問いかけた。

　とんでもない失言をしてしまったんだよ、要するに。

だが、ふしぎなことに、すこしも後悔していなかった。

フランシスは忙しい午前中を送った。前夜の興奮と動揺と大混乱のあとだけに、そんなことになるとは思ってもいなかった。おまけに、朝までほとんど眠れなかったのだ。

しかし、大伯母たちがなかなかおきてこないので、朝食の間で一人で食事をしていると、そこにチャールズからの手紙が届けられた。

もう一度会いたいと懇願する手紙だった。きみがなぜ何もいわずに去ってしまったのか、ぼくにはどうしても理解できなかった。最後に会ったときに口論したのはたしかだが、喧嘩《けんか》をしても、それまではいつも仲直りしてきたじゃないか。ぼくはもう怒っていない。きみの心配しているのがそのことなら。きみが姿を消してから立派に生きてきたことはよくわかった。ロンドンを離れて以来、バースで教師として尊敬に値する静かな暮らしを送ってきたことは、ぼくにも理解できる。

フランシスは手紙を折りたたんで皿の横に置いた。しかし、食欲は失せていた。

彼女がフォントブリッジ伯爵と出会ったのは、社交界にデビューしたてのころで、二人はたちまち恋に落ちた。彼は結婚を望んだ——しかし、フランスの亡命貴族の娘を息子の嫁として迎えることを母親に承知させるには、かなり時間がかかりそうだった。やがて、フランシスの父が亡くなった。そのため、フランシスには財産がないという事実を母親に受け入れてもらう必要が生じた。また、彼のほうは、未来の妻が生活のために歌っていた歌手だったという評判を立てられることを望まなかった。いつどんな状況で結婚すればいいかを彼のほうで果たして考えてくれるのだろうかと、フランシスは疑問に思いはじめ、それと同時に彼への恋心が消えていった。やがて、彼女があるパーティに出て歌ったことが彼の耳に入ったあと、二人は大喧嘩をした。フランシスはまだ正式な婚約もしていないのだから、自分には好きなように行動する権利があると主張し、これで終わりにしましょう、二度とお目にかかりたくありません、と彼に告げた。

そして、二度と彼には会わなかった——ゆうべまで。また、ある人物に対して、二度と彼に会わないという約束をした。もっと愚かなこともやってきた……。

それゆえ、名誉にかけても、手紙に返事をすることは許されない。

フランシスは思った——わたしは説明しなくてはならないときに口を閉ざしてしまうという、卑怯《ひきよう》な過ちを重ねてきた。おまけに、父が亡くなったあとの二年間はわたしの誤解や判断ミスだらけだった。わたしを世間の荒波からかばい、教え導き、ほとんどの決断をわたしに代わって下してくれた父のもとで、甘やかされ、かわいがられて育ったせいだ。

目を閉じ、皿を遠くへ押しやった。あの二年間のことは考えないようにしてきた。それからあとは精一杯生きてきた。自分の人生に責任を持つようになったし、そこから得たものを誇りにしてきた。しかし、もちろん、意志の力だけで心のなかから何かを完全に追いだしてしまうのは無理なことだ——その〝何か〟が、愚かに過ごした二年間という重大なものであればなおさらだ。あのころにもどって、もう一度やり直したいと、しばしば思ったものだった。いまもそう願っている。

とにかく——目をひらき、白いテーブルクロスをみつめて、フランシスは思った——わたしはもどってきた。誰にも見られずこっそりもどってきたけど、同じようにこっそりロンドンから出ていこうとしても、もう手遅れだ。いちばん会いたくなかった人々——チャールズ、フォントブリッジ伯爵夫人、レディ・ライル——に姿を見られてしまった。いまごろはきっと、ジョージ・ラルストンもわたしがロンドンにもどったことを耳にしているにちがいない。

誰にも見られずこっそり出ていこうとしても手遅れなら、忍び足で歩きまわるのももうやめよう。

もしかしたら、やり直せるかもしれない。たとえ行動をおこすのが遅すぎたとしても。

一時間後、フランシスはフォントブリッジ伯爵夫人を訪ねるために、たった一人で歩いて出かけていった。社交的な訪問にふさわしい時間ではなかったが、考えてみれば、社交のために訪ねるわけではない。

グローヴナー広場にある伯爵邸の玄関に通されたフランシスは、伯爵夫人はご在宅でしょうかと尋ね、チャールズに宛てて書いた短い手紙を、当人の手に渡してほしいという指示とともに執事にあずけた。タイル張りの玄関ホールに立ったまま残されたが、伯爵夫人に目通りを拒まれることはないだろうと予想していた。数分後、上の階にある小さな居間に案内された。

どちらからも挨拶の言葉はなかった。伯爵夫人は首を傲慢にかしげ、両手を腰にあてて、小さなデスクの前に立っていた。客に椅子を勧めようともしなかった。

「約束を破ってもかまわないとお思いになったわけね、マドモアゼル・アラール。けさ訪ねてらしたのは、何か弁明なさるためなんでしょうね。何もききたくありません。ロンドンにもどろうと決心なさったからには、その結果に責任を持つ覚悟でいらっしゃるよう願いたいものだわ」

「わたしがロンドンにきたのは、大伯母の一人が病気だったからです」フランシスはいった。「エッジカム伯爵のご希望により、ゆうべマーシャル館で歌うことを承諾したときは、ほかのお客さまも招かれているなんて夢にも思いませんでした。大伯母の具合はよくなり、コンサートは終わりました。これ以上ぐずぐず居残るのはやめて、バースにもどることにします。でも、ここにうかがったのは弁明をするためではありません。三年以上前にあなたとあんな取決めをしたのが、そもそもまちがっていたのです。なぜあんなことをしたかというと、あなたがチャールズの人生を冷酷に支配し、彼が結婚しようと望んだ女をお金で追い払えると思ってらしたことに、チャールズに代わって怒りを覚えたからです。苦々しい軽蔑の思いからやったことです。あのとき、わたしにはもうチャールズと結婚する気はありませんでした。彼にもそういったぐらいです」

「あなたが取決めを破ったとなれば、困ったことになりますよ」伯爵夫人が指摘した。

「ええ、覚悟のうえです」そのことでフランシスはいまも胸を痛めていたが、恐怖に支配されるのはもうごめんだった。シンクレア卿が口実をでっちあげて自分をロンドンに呼び寄せたのは、結果的に見れば、恩恵だったのかもしれない。こういう展開が必要だったのかもしれない。「お望みなら、履行してくださってかまいません。わたしはあなたを止められる立場にはありませんもの。そうでしょ？　でも、なぜわざわざそんな手間をかけようとなさるのかしら。わたしは三年前にあなたと約束をして、それを守り抜くつもりでいました。でも、どのような取決めであれ、永遠というのは長すぎます。あなたの目的は息子さんからわたしをひき離すことにあった。あなたがあれだけの大金を払ってくださる前に、わたしの心は冷めていたのですが、それはとるに足りないことです。わたしの目的は厄介な借金を返済することにありました。返済はすでに終わり、過去のことになっています。わたしは近いうちにバースにもどり、そこで教師をつづけるつもりです。ただ、ロンドンに二度とこないというお約束はできません。もう誰の指図も受けません」

フォントブリッジ伯爵夫人は目を細めてきびしい視線をよこしたが、何かいうつもりだったとしても、ひと言もいえずにいるうちに、フランシスのほうが向きを変えて部屋から出ていってしまった。

フランシスは軽いめまいを覚えながら階段をおりて、表の歩道と新鮮な大気のなかに出た——そして、チャールズが姿を見せなかったことに大きな安堵《あんど》を覚えた。留守だったにちがいない。

一瞬、大伯母の家にもどりたい誘惑に駆られた。去年のクリスマス以前の三年間に体験したよりも多くの心の動揺を、この二十四時間のうちに——いや、それより短時間のうちに！——体験したにちがいない。でも、ここで足を止めてしまっては意味がない。しばらくのち、フランシスはさきほど立ち去ったばかりの部屋よりはるかに豪華な居間に通されていた。そして、彼女を迎えたレディ・ライルは帰れといわんばかりの態度で突っ立ってはいなかった。ソファにゆったりもたれて、片手で膝の小型犬をなで、どことなく愉快そうな顔をしていた。

「あら、フランソワーズ」耳になじんだベルベットのような低めの声で、レディ・ライルは挨拶した。「やはり、わたくしを無視することはできないと気づいたのね。光栄に思うべきかしら、お嬢さん。なかなかおきれいだこと。もっとも、そのお洋服はぞっとするほど田舎っぽいし、ゆうべのドレスもひどかったけど。おまけに、その髪！ 見ただけで泣きたくなるわ」

「わたしは教師です」フランシスはことわった。

レディ・ライルは、縄張りに入りこんできた見知らぬ人間に向かって吠え立てている愛玩犬を黙らせた。

「そうですってね、フランソワーズ」レディ・ライルはいった。「ずっとバースにいて学校の先生をしてたなんて、ずいぶん愉快だこと。退屈でたまらなかったでしょうね」

「わたしは教えることを楽しんでいます」フランシスはいった。「教師の仕事のすべてが好きです」

レディ・ライルはふたたび笑い声をあげ、片手でまさかといいたげなしぐさを見せた。

「あなたがもどってきたことを知ったら、ジョージ・ラルストンが興味を持つでしょうね。あなたを許して、ふたたびあなたの力になることでしょう。あなたがひと言の挨拶もなしに姿を消してしまったのは無作法なことだったけど。わたくし、すでにラルストンに手紙を書いて、あなたのための仲裁に入っているのよ」

「わたしはバースにもどります」フランシスはいった。

「バカなことを。まあ、おすわりなさい。あなたを見あげたままでいると、首がこわばってしまう。もどるつもりなんかないくせに。あなたは巧みに策略をめぐらして、つい最近バースに滞在していたエッジカム伯爵とシンクレア子爵にとりいった。そして、二人の後押しを得て、ヒース卿の興味を惹くことに成功した。褒めてあげるわ。二、三年かかったけれど、あなたはみごとにやってのけた。それに、声もさらにすばらしくなったわね。ゆうべの独唱は感動的だったわ。でも、いくら策略をめぐらしたところで、所詮は無駄なのよ。わかってるでしょ。ヒース男爵を後援者にできる立場にはないという事実はべつとしても、いずれは有力者のお友達を失うに決まってますもの、フランソワーズ。シンクレアの婚約者になろうとしている若い令嬢とそのご両親の耳に、ひと言でも噂が入ったなら、あなたが歌手の道を進むためには、よそへ目を向けるしかなくなるのよ。そうそう、ついでにいっておきますけど、お嬢さん、その噂はゆうべのうちに三人の耳に入っているわ。さほど過激な内容ではないのよ。でも、あの若い令嬢にはそこまで話す必要もありませんもの。とてもしっかりしてらして、哀れなシンクレアを意のままに動かせる人ですからね」

きのうまでのフランシスならすくみあがったことだろう。しかし、けさ、心のなかで何かがはじけ飛び、死のような長い眠りのあとでようやく生き返ったような気がしていた。これまでの彼女は、自分の手で築きあげた新しい人生のなかで自由に生きていると思っていた。だが、本当は自由ではなかったのだ。自分は自由だといえるようになる前に、過去を清算しなくてはならないのだ。

フランシスは椅子にすわってはいなかった。

「あなたに借りはありません、レディ・ライル。もっとも、あなたはたぶん、わたしを昔のように束縛したくて、借りはまだ返してもらっていないとおっしゃるおつもりでしょうけど。借りなんかありませんわ。あるとしても、ここでお世話になっていたころの生活費だけ。父が亡くなったあとで、あなたがぜひにとおっしゃったから、ここに移ってきましたのよ。でも、そのお金だって何倍にもしてお返ししました。ジョージ・ラルストンにも縛られてはおりません。もっとも、わたしがロンドンに居残ってラルストンから連絡を受けるようなことにでもなれば、あの男のことだから、おまえは生涯わたしの奴隷だというでしょうけど」

「奴隷！」レディ・ライルはふたたび愉快そうな顔になった。「ジョージも気の毒に！　あなたのためにあんなに尽くしたというのに、フランソワーズ。あなたはもうすこしで名声を手に入れられるところだったのよ」

「〝悪名〟のほうが適切な言葉だと思いますけど」フランシスはいった。「ミス・ハントやシンクレア卿に、さらには、ヒース卿にも、お好きなようにおっしゃってくださいませ。わたしには関係ありません。バースにもどります――自分で決めたことです。そこにわたしの家があり、職業があり、友人がいるのです」

「まあ、かわいそうなフランソワーズ」レディ・ライルは犬を床におろし、まっすぐにすわり直してから、かたわらのソファのクッションを叩いてみせた。「まだ自分への罰が足りないと思っているの？　ここにすわって。愚かな論争にケリをつけてしまいましょう。昔からおたがいに好意を持ってたでしょ。それに、わたくしはあなたのお父さまを崇拝してたのよ。あなたはいまも歌手の道に進みたくてうずうずしている。否定してもだめよ。ゆうべ、はっきり顔に出ていたわ。ね、夢がまた手に入るのよ、バカなお嬢さん。いったん投げ捨てておいて、自分の力でとりもどすべく策略を練る必要なんかなかったのよ。ラルストンと話しあって――」

「そろそろ失礼します。けさはほかにも用がありますので」

「まあ」レディ・ライルはいった。「その言い方、お父さまにそっくり。お父さまも頑固で、とてもプライドの高い方だった。でも、ハンサムで、颯爽《さっそう》としていて、たまらなく魅力的だったわ」

フランシスは向きを変えて出ていこうとした。

「ラルストンがこころよく思わないでしょうね、フランソワーズ。わたくしも同じよ。でも、どこへ行けばあなたに会えるのか、ちゃんとわかってますからね。あなたが教えている学校の名前と場所を見つけるのも、学校の理事長だか、校長だか、とにかく、あなたを雇っている人物の身元を突き止めるのも、そうむずかしくはないでしょう。バースは大きな町ではないし、女学校の数もそれほど多くはないはず」

フランシスは一瞬、氷のごとく冷たい指につかまれたような気がした。だが、彼女ももう三年前の小娘ではなかったから、脅し文句にいちいち震えあがるようなことはなかった。

「ダニエル通りにあるミス・マーティンの学校です」ふりむきもせず、そっけなくいった。「ご機嫌よう」

表の通りにもどるまで冷静さを保っていたが、外に出たとたん、肩ががっくり落ちた。フォントブリッジ伯爵夫人とレディ・ライルに真っ向から挑戦状を叩きつけたのは、じつに喜ばしいことだったが、その高揚感から生まれた安心は偽りのものだった。現実には、彼女の世界はいまにも崩壊しようとしていた。住まいと職場をフォントブリッジ伯爵夫人に知られてしまった。それから、レディ・ライルにも。二人とも意地の悪いことでは人後に落ちない。フランシスの暮らしをめちゃめちゃにしてやろうと、二人のどちらかが思ったら、フランシスはバースを去るしかない。ミス・マーティンに自分の過去を秘密にしているわけではない。だが、まっとうな女学校の教師たるもの、清廉潔白の身でなくてはならない。自分に関するスキャンダルらしきものが、生徒の親の――あるいは、匿名でミス・マーティンを後援してくれている人物の――耳に入ったら、学校にとどまることはできなくなる。

それもすべてシンクレア子爵の責任！　彼のお節介さえなければ、自分がロンドンにくることはなく、このような事態を招くこともなかったのに。

あんまりだわ。

フランシスはマーシャル館を訪ねることも考えてみたが、それが何になるだろう。館を訪ねてシンクレア子爵と話をさせてほしいと頼むなんて、とんでもないことだ。

手紙を書いたほうがよさそうだ。しばらくのあいだ、彼は煩わしい厄介な存在だったが、結婚をことわった理由について、こちらから正直にくわしく説明しておくのが彼に対する義理というものだ。

しかも、フランシスは彼に苦しいほどの恋をしている。ぜひとも彼にわかってもらいたかった。

でも、このロンドンから手紙を出すのはやめておこう——歩いて家に向かいながら、フランシスは決心した。彼のことだから、おそらく、ふたたび衝動的にポートマン通りに押しかけてきて、こちらを説得し、当人も心の奥では無理だと思っていることをさせようとするだろう。

とにかく、ゆうべの様子からすると、ミス・ハントとの婚約が間近に迫っていることは明らかだ。

バースにもどるまで黙っていて、向こうから彼に手紙を書こう。

最後の別れの手紙。

フランシスはそう思って弱々しく微笑した。

あとは、考えなくてはならないのは大伯母たちのことだけだ。

かつて、チャールズには何もいわずに立ち去って二度ともどってこないとフォントブリッジ伯爵夫人に約束したのは、夫人への皮肉からだけではなかった。危惧《きぐ》の念もあったのだ──自分自身ではなく、大伯母たちの身を危惧したのだ。大伯母たちが傷つくことは、考えただけで耐えられなかった。二人の大伯母からはしばしば、あなたを実の娘のように思っているのよ、おたがいの存在をべつにすれば、わたしたちが世界でいちばん愛しているのはあなたなのよ、といわれていた。

伯爵夫人はこの先も悪意をぶつけてくるかもしれない。

家にもどると、大伯母たちは二人ともおきていた。裏庭に造られた小さな東屋にすわり、うららかな陽気を楽しんでいた。

フランシスは大伯母たちのところへ行きながら、ある決心をした。

それから三時間もしないうちに、バースへの帰途についていた。すでに午後になっていた。大伯母たちの説得を受け入れて朝まで待ったほうが賢明だっただろうが、いったん決心してしまうと、バースにもどりたい、健全で多忙な学校生活の日課にもどりたい、友人たちのところにもどりたいという思いで、胸が締めつけられそうだった。

途中、どこかで一泊せねばならないことはほぼ確実だったが、フランシスも無一文ではなかった。宿屋にひと晩泊まるぐらいの金は持っていた。

しかし、唐突に旅立ったのは、早くバースにもどりたいという焦りのせいだけではなかった。ロンドンを離れたい、ルシアスが口実を作って話をしにくる前に立ち去りたいという焦りもあった。ゆうべは逆のことを断言した彼だが、かまわず押しかけてきそうな気がして、フランシスはひどく不安だった。

もう一度彼に会うことには耐えられない。繕《つくろ》いを始めるチャンスを自分の心に与えたかった。

もちろん、大伯母たちは失望していた。ヒース男爵のことはどうするの？——二人はフランシスにきいた。歌手の道に進むことは？　シンクレア卿のことは？　あの方、わたしたちのかわいいフランシスに夢中なのよ。二人はゆうべ、そういう結論に達したのだった。

だが、最後は二人ともフランシスの決心を受け入れて、自分たちに会うために遠路はるばるロンドンまで出かけてきて、一週間近く滞在してくれたことに感謝していると、彼女に告げた。

自家用馬車でバースまで送らせるといってきかなかった。

そして、涙ながらの長い別れの言葉と、熱烈な抱擁ののちに、フランシスは帰路についたのだった。

クリスマスのあとの旅立ちとすこし似てるわね——ロンドンの街並みが徐々に田園風景に変わっていくなかで、馬車のなかで楽な姿勢を見つけようと苦労しながら、フランシスは思った。骨の髄まで疲れはてていた。このような終わりを迎えるのが、たぶんふさわしいことなのだろう。

だが、今回は雪がまったくない。

そして、今回は速い馬車でうしろから迫ってくるルシアス・マーシャルもいない。

フランシスは自己憐憫《れんびん》と悲しみの涙をほんのすこし流してから、きっぱりと涙を拭き、洟《はな》をかんだ。

23

フランシス・アラードと接する機会がもっとあったなら——ルシアスは思った——歯ぎしりしすぎて、いまごろは歯茎《はぐき》だけになっていたかもしれない。

ルシアスは彼女を震えあがらせるつもりで、ポートマン通りの家に押しかけたのだが、わずか三十分前に旅立ってしまったことを知らされる結果になった。そのあと、涙にむせぶ大伯母たちに十分も付き添っていなくてはならなかった。大伯母たちはこういった——もっと早くいらして、大事なフランシスをひきとめてくだされよかったのに。でも、あの子、学校を長いこと留守にしてしまったので、今日じゅうにバースに着くのは無理としても、とにかくすぐに出発しなくてはと決心しましたのよ。

「じゃ、お宅の馬車にお乗せになったんですね」メルフォード夫人に向かって、ルシアスはきいた。

「もちろんですわ」夫人は答えた。「乗り心地の悪い乗合馬車で旅するなんてこと、あの子にはさせられませんもの、シンクレア卿。わたくしどもの姪《めい》ですのよ――そして、相続人でもありますし」

それからしばらくして、ルシアスは暇を告げた。そして、もちろん、これで終わりにすべきだった。

物語の終わり。

別れ。

おしまい。

しかし、大見得を切ってマーシャル館の客間を飛びだしてきただけに――計画も準備もまったくしていなかったのだが――フランシスが街を去ってしまったので求婚の計画はあきらめたなどといって、こそこそ家に舞いもどったりしたら、周囲が拍子抜けしてしまうだろう。

前に彼の求婚をことわり、それ以来、考えを変えた様子もないフランシスに、またしても結婚を申しこもうとするとは！

回復不能の恋の病に冒されていると思われてしまいそうだ。

徒歩でマーシャル館にもどった彼は、階段を二段ずつのぼって自分の部屋へ行こうとした――すくなくとも、本人はそのつもりだった。ところが、最初の階段のてっぺんに、まぎれもなき人の壁ができていた。きっと、客間の窓から彼を見ていて、呼び止めるために出てきたにちがいない。

そのなかにポーシャもいるものと、ルシアスは薄々覚悟したが、彼女の姿も、レディ・ボルダーストンの姿もなかった。だが、祖父をのぞいて、あとは全員そろっていた。エイミーまでも。

「どうだった、ルース」みんなからまだ六段も下にいるルシアスに、エイミーがきいた。「イエスっていってくれた？　どうなの？」

「エイミー」母がたしなめた。「口を慎みなさいルシアス、いままで何をしてたの？」

「無駄足に終わりました。フランシスはいなかった。」

「あんな恥ずかしい思いをしたのは生まれて初めてだったわ」母がいった。「ポーシャはもうあなたの花嫁にはなってくれませんよ。レディ・ボルダーストンはお許しにならないだろうし、ボルダーストン卿だってさっきのことを耳になされば、たぶん許してくださらないでしょう。そして、たとえお二人が許してくださっても、ポーシャはだめでしょうね。あなたが出ていったあと、とても気高い態度を崩さず、エミリーに、明日の夜ローソン家でひらかれる舞踏会にどんなドレスを着ていけばいいかまで助言してくれたのよ。でも、あなたがうちの家族の前でポーシャに恥をかかせたことはまちがいないわ」

「ぼくがですか、お母さん」ルシアスが階段の上まで行くと、テイトが一歩脇に寄って彼のために場所をあけた。ルシアスはこの義兄にひそかにニッと笑いかけるだけの余裕があった。「どんなふうに？　ゴシップ好きな女だって遠まわしにいったこと？　もうすこし如才ない言い方をすべきだったかな。けど、ほんとのことしかいってませんよ」

「お兄さまに賛成」エミリーがいった。「ポーシャったら、あたしが自分のドレスを選ぶこともできないみたいな言い方するんですもの！」

「わたしは以前からレディ・ライルが好きになれなかったわ」マーガレットが口をはさんだ。「いつも薄笑いを浮かべてて。信用する気になれない」

「あらあら、お願いだから静かにしてちょうだい」レディ・シンクレアがいった。「あなたったら、わざととぼけてみせてるのね、ルシアス。ポーシャが一カ月以上も前からあなたの求婚を待ちつづけていたことは、よく知ってるくせに。誰もがそれを期待してたのよ」

「じゃ、誰もが誤解してたわけだ。ぼくはこの春に〝花嫁〟を選ぶと約束しただけです。ポーシャ・ハントではなくて」

エイミーが拍手した。

「うれしいわ、ルース」キャロラインがいった。「この春のポーシャの態度に、あたし、うんざりしてたの。好きになれなかった」

「で、あなたはミス・アラードこそ自分にふさわしい女性だと信じているの？」眉をひそめて、母はいった。

「当然じゃありませんか」ルシアスはいった。「ただ、すでに何回もことわられてますけど」

「なんですって？」これはエミリー。

「ミス・アラードはどうかしてるんじゃない？」これはマーガレット。

テイトはしかめっ面になった。

「そんな、嘘でしょ、ルース」エイミーがいった。「嘘よ！　あの人がそんなことするはずないわ」

「ちょっと、静かになさい、みんな」レディ・シンクレアがいった。「おじいさまをおこしてしまうじゃありませんか」

「まだ昼寝中？」ルシアスはきいた。

「体力をひどく消耗なさったのね。今日はどうもお加減がよくないの。おまけに今度はこれ。きっと愕然《がくぜん》となさるわよ、ルシアス。あなたがポーシャと結婚するものと思いこんでらっしゃるもの。今日の午後の行動、いつもほど衝動的ではなかったといいきれる？　バークレイ広場に出向いて謝罪したければ――」

「いやです」ルシアスはいった。「ここに突っ立ってしゃべっているあいだも、ぼくは貴重な時間を無駄にしていることになる。失礼して着替えてこなくては。三十分以内に玄関のところに二輪馬車を用意させてください」

「どこへ行くつもり？」母は苦悩の表情になった。

「フランシスを追いかけるんです、もちろん」ルシアスはそういって、つぎの階段へ向かった。「ほかにどこへ行くんです？」

エイミーが歓声をあげ、母親に「シーッ」とたしなめられるのが、ルシアスの耳に届いた。

フランシスは身体の節々が痛くてたまらなかった。馬車の固い座席ですわり心地のいい場所を見つけるのは不可能だった。せっかくいい場所が見つかったと思うたびに、馬車が固い轍《わだち》の上でバウンドしたり、穴の上を通ってグラッと揺れたりするため、かつては上等なスプリングがついていたとしても、いまはそれがまったく効かなくなっていることを思い知らされた。

それでも、夜が近づくにつれて、うとうとしはじめた。もうじき日が暮れて、どこかで馬車を停めるしかなくなるだろう。世間体があるからメイドに供をさせるようにという大伯母の勧めを、フランシスはことわった。一人旅でも平気だった。繁盛している宿や上流向けの宿は避けるつもりだし、こちらの実用的な服装を見れば、宿の主人や泊まり客もさほど噂にはしないだろう。

明日になれば学校にもどれる。もちろん、ゆっくり休んでいる暇はない。臨時の教師がどんな授業をしていたかをチェックして、翌日からひきつぐための準備をしなくてはならない。簡単なことではないだろう。これまでは一日たりとも休暇をとったことがなかったのだから。しかし、また忙しくなるという思いは歓迎すべきものだった。

そして、日々がすぎていくなかで、ゆうべのコンサートの輝かしい喜びや、ルシアスに最後の別れを告げた辛い瞬間は、記憶の彼方へ遠ざかっていき、やがて、この一週間に体験した感情の昂ぶりも落ちこみも意識にのぼらぬまま、一日が終わるようになるのだろう。

フランシスは夢を見ていた——雪のかたまりのなかに入りこんでチャールズから身を隠し

ている夢。歌をうたい、高い音程を保っていたときに、雪玉を口にぶつけられ、にこやかに笑いながら熱っぽく拍手しているルシアスの姿を目にした夢。上級生のマドリガルの合唱団がヒース卿の前で歌っているのだが、全員が下手くそで、歌うテンポもバラバラなため、フランシスが秩序を回復しようとしてむなしく腕をふりまわしている夢。

そのほか、無意味で、支離滅裂で、鮮明な夢をいくつも見ているうちに、馬車がコントロールを失ったのか、揺れて傾き、フランシスはビクッと目をさました。

頭上のすり切れた革紐《かわひも》をつかんで、惨事の到来を覚悟した。ドドドッという蹄《ひづめ》の音と叫び声がきこえ、やがて、馬の姿が目に入った。こちらの馬車と同じ方角に向かっている。馬がひいているのは紳士の乗った二輪馬車だと気づいて、フランシスは怒りのあまり目をむいた。バースへ向かう道路に二輪馬車？　こんな危険なスピードで？　このあたりは道幅がひときわ狭く感じられる区域で、二輪馬車は轟音《ごうおん》とともに追い越しをかけようとしていた。反対側から何かがやってきたらどうするつもり？

フランシスは窓に顔を押しつけて、高い御者台にすわった御者を見あげた。その男は長い黄褐色の乗馬服を粋に着こなし、ケープを何枚か重ね、シルクハットを軽く傾けてかぶっていた。

フランシスは目を皿のように丸くして、見たような顔かどうか断言できずに迷っていた。見覚えのある男かどうかを判断しかねていた。高い場所にすわっているため、彼女の視界からはみだしている。男のうしろにいる従僕も同様だった。軽蔑しきった表情で何事かわめいていた——たぶんトマスに向かってだろう——ありがたいことに、その言葉はフランシスの耳には届かなかった。だが、その表情を見ただけで、称賛の言葉ではないことが推測できた。

では、見まちがいではなかったのだ。あの従僕がピーターズだとすれば、御者はまちがいなくシンクレア子爵。

わたしったら、どうして驚かないの？

二輪馬車が通りすぎたあとで、フランシスは座席にもたれた。目を閉じ、憤慨と、この場にそぐわない浮かれ気分にはさみこまれた。

ルシアスは英語の辞書から〝楽しい〟という単語を削除すべきだといっていた。しかし、彼のほうはすでに、個人的な辞書から〝さようなら〟という単語を完全に消してしまったようだ。

フランシスは革紐を握った手を放そうとしなかった。トマスが馬車を急停止させたときには、そのあとの揺れと衝撃を受けとめるべく身構えていた。この準備ができていなかったなら、向かいあった座席のほうへ投げだされ、背もたれに鼻をぶつけてぺちゃんこにしていたことだろう。

フランシスは窓から顔を出して道路の前方を見た。予想どおりの光景が目に入った。二輪馬車がいまはピーターズ一人の手に委ねられ、道路をふさぐ形で停止していた。シンクレア子爵が長いコートの裾《すそ》をぴかぴかのブーツの上でひるがえし、乗馬鞭《むち》をその両方にぶつけながら、大股でこちらの馬車に向かって歩いてくるところだった。ひどく不機嫌な顔をしていた。

「天下の公道を旅するのに、古ぼけた船よりもひどい代物はやめて、代わりに馬車を使いさえすれば」ドアを乱暴にあけたあとで、彼はいった。「いまごろはバースとロンドンのあいだを往復できていただろうに。さ、すこし詰めて」

フランシスはなすすべもなく彼をみつめ、腰をずらした。

古代の化石に乗って走らなくてはならないことが、ルシアスの伊達《だて》男魂を傷つけた。だが、その運命を避けるわけにはいかなかった。プライバシーを確保するには、二輪馬車よりこちらの四輪馬車のほうが向いている。二輪馬車のうしろにピーターズがいるとなればとくに――さらに厄介なことに、ピーターズの耳があるのだから。だが、バースめざして馬車を走らせている友達が誰もいないよう必死に祈った。こんな乗物に乗っているところを見られてはたまらない。屈辱から永遠に立ち直れないだろう。

「きみのせいで、ぼくは今日、申し分なく完璧な花嫁を失ってしまった」ルシアスはそういいながら、馬車の扉を勢いよくしめて、フランシスのとなりにすわった。座席に心地よくもたれる代わりに、硬い姿勢を崩さなかった。「償いをしてもらいたいね、フランシス」

フランシスは無理からぬことながら、隅のほうへ腰をずらして、敵意に満ちた目で彼をにらんでいた。

外では不機嫌などなり声がつづいていた。たぶん、ピーターズとトマスがふたたび家系を罵倒しあっているのだろう。やがて、ピーターズが指示されていたとおり、二輪馬車で走りだしたようだった。一台の駅伝馬車が怒りで顔を紫に染めた御者を乗せて、反対方向へガラガラと走っていき、つぎに、ルシアスがフランシスとともに乗った馬車がガタピシいいながらゆっくりと動きだし、道路を進みはじめた。

「ミス・ハントがことわったとおっしゃるの？」ようやく、フランシスはいった。「驚きだわ。でも、どうしてわたしのせいなの？」

「ことわってないよ」ルシアスはいった。「ポーシャにはことわるチャンスもなかったんだから。ぼくが彼女と彼女の母親の前で、きみに結婚の申込みをするためにポートマン通りへ行ってくるといったものでね。きみが旅立ってしまったことを知り、すごすご自宅にもどってみると、貴婦人二人はひどく腹を立ててマーシャル館から去ったあとだった。母の意見によれば、ぼくが彼女のところまで両手両足で這《は》っていき、泥を食べてみせても、臓物パイを食べてみせても（どちらも「恥を忍んで謝る」という意味がある）――どっちでも手近にあるほうで間に合わせるつもりだけどね――ポーシャはぜったい許してくれないそうだ」

「そういう機会が与えられたら、どうなさるつもり？」

「両手両足で這う機会？　いやだね、おことわりだ。従僕がその場で暇をとるだろう。あいつのクラヴァットの結び方がぼくは大好きなんだぞ。それに加えて、フランシス、ポーシャ・ハントと結婚する気はまったくない――これまでもなかったし、これからもない。彼女と結婚するぐらいなら、死んだほうがましだ」

「とてもきれいな方なのに」

「あんな美人はちょっといない」ルシアスも同意した。「だけど、この会話はゆうべもしたよ、フランシス。できれば、きみの話をしたいな」

やたらと饒舌《じょうぜつ》になっていることは彼にもわかっていた――おもしろくもなんともないことを冗談にしている。はっきりいって、彼にはこんなところにいる権利はない。しかし、それを認めるつもりはなかった。

「わたしの話なんて、何もないわ。二輪馬車を呼びもどしてロンドンへお帰りになったほうがいいと思いますけど、シンクレア卿」

「とんでもない。話すことはいっぱいある。たとえば、本当はフランス女なのに、イギリス女の仮面をかぶっているとか。きみがスパイでないと、どうしていいきれる?」

フランシスは舌打ちをした。

「わたしがフランス人だってことはご存じでしょ。フランソワーズ・アラールと名乗ろうが、フランシス・アラードと名乗ろうが、いいじゃありませんか。世間の人はなぜだか、フランス女は派手で、手ぶりをまじえてしゃべり、感情が激しいと思っている。外国人っぽさを期待してるのね。わたしはイギリス育ちよ。あらゆる点でイギリスの女です」

この馬車で遠くまで旅をしたら――ルシアスは思った――背骨が永遠の損傷を受けることになるだろう。尻はいうにおよばず。

「では、スパイの嫌疑はとりさげるとしよう。しかし、教師になる以前、乱痴気パーティで歌っていたという事実はどうだい、フランシス。興味深い逸話がいくつもあるにちがいない」

ルシアスは不意に気分が暗くなるのを感じた。彼女のほうも口もとをこわばらせた。

「乱痴気パーティ」そっとつぶやいた。

「レディ・ライルがそのものズバリの言葉を使ったわけではないけどね。相手がポーシャだったから、表現をやわらげなくてはと思ったのだろう。だが、いわんとしたのはそれだった」

フランシスは首をまわして窓の外をみつめた。ボンネットはかぶっていなかった。向かいの座席に置いてあった。横顔はまるで大理石を刻んだかのようだ。色も大理石とそっくりだ。

「そういう言い方をなさるなら、シンクレア卿、こちらも申しひらきをする必要はありません。いえ、そういう言い方をなさらなくても、必要ないわ。わたしの大伯母の馬車をおりて、ロンドンにお帰りください」

ルシアスはきこえよがしに怒りのためいきをついた。

「いや、それはできない。すごすご立ち去るわけにはいかないんだ、フランシス。ぼくたちの物語が完結しないかぎりは。いまでも子供のころに読んだ本のことを思いだす。祖父の書斎にあった大きな本だった。ぼくは物語に夢中になって、とても気持ちのいい夏だったたのに、まる二日間家にこもってひたすら読みつづけた。ところが、突然、話がとぎれてしまった——最後の何ページ分かがなくなってたんだ。救助の望みもなく、崖の縁に指をかけてぶら下がってる気分にさせられたよ。何人かにきいてみたけど、そのいまいましい本を読んだ者はいなかった。書斎の向こうへ本を投げつけたら、本は窓を破って大きなガラスのかけらと一緒に飛んでいき、ぼくはその後すくなくとも半年間、小遣いをもらえなくなった。だが、あのときの怒りと鬱屈《うっくつ》を忘れたことはない。最近になって、それが再燃しはじめた。ぼくはちゃんと完結する物語が好きなんだ」

「わたしたち、本のページのなかに住んでるわけじゃないわ」

「だったら、こっちの好きなように物語を完結させられる。ぼくはもう、〝いついつまでも幸せに暮らしました〟なんて終わり方は要求しないよ、フランシス。幸せな結婚生活を築くためには二人の人間が必要なのに、いまのところ、その気になってるのは片方だけのようだ。だが、どうしても理由を知りたい——きみがなぜぼくをはねつけたのか。ヒースがゆうべさしだしたチャンスが手に入るなら、きみの半分の才能しかない音楽家だって、命を捨てても惜しくないと思うだろうに、きみはなぜそのチャンスを拒んだんだ？　正直にいってくれ、過去に何があったのかを。箪笥《たんす》のなかにどんな骸骨を隠してるんだ？」

フランシスは傍目《はため》にもはっきりわかるほど、座席の隅にぐったりもたれかかった。

「おっしゃるとおりね。あなたには説明しておかないと。シドニー・ガーデンズのときに、あなたの申込みが真剣なもので、ロマンチックな衝動に突き動かされただけではないとわかっていれば、たぶん、ちゃんと説明してたでしょうね。ハイドパークを一緒に歩いたときに打ち明けるべきだった——でも、黙っていた。バースから手紙を出すつもりだったのよ。でも、ここで直接お話しすべきね」

「バースから？　どうしてロンドンからじゃないんだい？」

「だって」フランシスはためいきをついた。「手紙を読んだら、わたしを問いつめようとして、あなたが押しかけてくると思ったから。分別をなくしてしまうと思ったから」

フランシスが彼を見あげると、彼はその視線を受け止めた。フランシスの唇の端に微笑が浮かんだ。

「そもそも、あなたに分別はあるのかしら」

「分別と愚行のあいだには細い線がひかれてるだけだよ。自分がその線のどっちにいるのか、いまだによくわからないんだ、フランシス。箪笥に隠してある骸骨のことを話してくれ」

「そうね」フランシスはいった。「大邸宅にある箪笥をすべて一杯にできるぐらいあるわ。ひとつの出来事じゃなくて、いくつもつながってるの。父が亡くなったあと、わたしは自分の人生をめちゃめちゃにしてしまった。ひと言でいえばそういうことね。でも、幸いにもそこから抜けだして、自分の手で新たな人生を築きあげることができた。いまからそこにもどろうとしているの。あなたと一緒に歩むことはできない人生に」

「たぶん、ぼくが子爵だからだね」ルシアスはいらだたしげにいった。「そして、伯爵の跡継ぎだから。人生の多くをロンドンで送って、上流社会で生きてるから」

「ええ。そのとおりよ」

「ぼくはルシアス・マーシャルでもあるんだよ」彼女が自分の手に視線を落とす前に、涙で目がきらめいたのを見て、ルシアスは満足を覚えた。

馬車がガタガタ揺れながら道路のカーブを曲がり、夕日が彼の横の窓から斜めに射しこんでフランシスの髪を輝かせた。

「レディ・ライルのことを話してくれ。彼女の家で二年間暮らしたというのに、ぼくがゆうべ、彼女をコンサートに招待したといったとたん、きみはぼくに食ってかかった。また、レディ・ライルは想像力豊かなポーシャの耳にある噂を吹きこんだ。悪意からだったとしか思えない」

「あの方、うちの父に好意を持っていたの。きっと愛してたんだわ。もしかすると――いえ、たぶん――父の愛人だったんでしょうね。わたしが社交界にデビューしたときは、いろいろと世話をしてくれたし、ほかの点でも親切にしてくれた。父が亡くなったとき、一緒に暮らそうといってくれたので、わたしもあの家へ行くのが自然なことだと思ったの。あちらも悪気はなかったと思うのよ。ところが、父は莫大な借金をこしらえていて、その一部はあの方に借りたものだった。わたしは無一文だった。でも、玉の輿に乗るという希望を持ちつづけていた」

「フォントブリッジ？」

フランシスはうなずいた。

フォントブリッジはお母さん子で、腰抜けの部類に入る。フランシスが彼に恋をするなどとは想像しにくい。だが、彼女のやることはどれも理解するのがひどくむずかしい。しかも、それは数年前のことだ。それにフォントブリッジは女の母性本能をくすぐるタイプのハンサムでもある。

「レディ・ライルに生活の面倒をすべてみてもらっているのが、わたしは心苦しかった。彼女がある男性にひきあわせてくれて、その人から、わたしが歌手としてやっていくための後援者となり、マネージャーもひきうけようといわれたときには、心から感謝したし、とても幸せだった。その人はわたしの歌を褒めちぎり、かならずわたしに名声と富を与えると約束してくれた。わたしは彼との契約書にサインした。ついに夢が叶ったんだと思った。歌手になり、父の借金をすべて返済し、チャールズと結婚して、いつまでも幸せに暮らすことができる。ずいぶん世間知らずな娘だったのね。甘やかされて育ったから」

「誰なんだ？」ルシアスがきいた。「その後援者というのは」

「ジョージ・ラルストン」

「そりゃだめだ、フランシス！」ルシアスは叫んだ。「あの男は無力で愚かな女たちを食いものにするのが商売なんだぞ。そんなことも知らなかったのか。いや、知るわけないよな。レディ・ライルも知らなかったのかねえ」

「レディ・ライルはこういったわ——あなたが歌えば、わたくしがお父さまにお貸ししたお金も、あなたがここで暮らしていたあいだの生活費も、すべて返済できるのよって。わたしは返済するのが義務だと思った――もっとも、それはあとになってからの話だけど。最初は、ずっと夢見てきたことが叶って、やっと歌えるようになったんだと思うだけで有頂天だったから、収入だの借金だのは二の次だった」

「そこで、乱痴気パーティで歌うことになったわけだね」

「ただのパーティよ。でも、すぐに失望してしまった。歌う場所も、曲目も、さらには身につける衣装すら、自分では選べなかった――契約書のなかに、それらについてはジョージ・ラルストンに一任すると書かれていたの。しかも、聴衆はほとんど男性だった。乱痴気パーティだったかどうか、わたしにはわからないわ。でも、たぶん、そうなんでしょうね。エージェントを通じていくつか話があったわ――どれも結婚話ではないのよ、わかるでしょ――ラルストンは、富と権力を持つ男たちから持ちこまれた話だから、自分なんかに頼るより、そっちに鞍替《くらが》えしたほうが歌手としてずっと早く有名になれるといって、わたしを説得しようとした。じきに大きなコンサート・ホールで歌えるようになるし、芸術家として、歌いたい曲を自由に選べるようになると、何度もわたしにいったものだった」

「やれやれ、フランシス」ルシアスは彼女の片手をとり、彼女がひっこめようとすると、強く握りしめた。「きみが隠しつづけてた悲惨な過去って、それだったのかい。なんてバカなんだ」

「わたしは社交界への出入りをつづけていた。上流のパーティにも出かけていた。でも、しだいに噂が広まりはじめた。どんな場所で、どんな人の前でわたしが歌っているかが、チャールズの耳に入ってしまった。彼がわたしを問いつめ、歌うのはやめろと命じたものだから、二人で大喧嘩になったわ。でも、わたし、その前からすでに、彼とは結婚できないって決心してたの。お母さんの支配から逃れることができない人だし、根本的に弱い性格だってこともわかってたから。しかも、わたしに向かって、伯爵夫人になったあとは人前で歌うなど言語道断だといったのよ」

「最低の男だな」

「でも、あなたとなんの変わりもないわ」フランシスは鋭い目でルシアスを見あげ、馬車がふたたびカーブを曲がって彼女の顔を影のなかに包みこむ前に、ほんの一瞬、目を細めた。「わたしがヒース卿の申し出を受け入れて——ジョージ・ラルストンとの契約にいまも縛られていなければの話だけど——ヒース卿がイギリスや大陸の一流のコンサートで歌えるように手配してくださったなら、あなたはもうわたしを妻にしたいとは思わなくなるでしょう。子爵夫人はそんなことしませんもの」

「バカいうな、フランシス」

だが、怒りのあまり、ルシアスはそれ以上の言葉を思いつくことができなかった。代わりに、腕のなかに彼女を包みこみ、唇を押しつけ、彼女が身体の力を抜いてキスを返してくるまできつく抱きしめていた。

「きみはいつだって、ぼくのことなら何もかもお見通しだと思いこんでる」ようやく顔をあげて、ルシアスはいった。「そりゃ、ぼくは衝動的で節操のない男になることも多いよ、フランシス、だけど、きみが望んでいる歌手への道とぼくとの結婚は両立しえないと、ぼくが思ってるなら、結婚の申込みをする一方で、ヒースにきみの歌を聴いてもらう手筈を整えるなんて、支離滅裂もいいとこじゃないか。きみにも困ったものだ。なんでもないことを大袈《おおげ》裟《さ》に騒ぎ立てるんだから」

「なんでもないことだとは思えなかったわ」フランシスは彼の手から逃れ、ふたたび隅にひっこんで、苦々しくいった。「父の借金は想像以上の額だったし、わたしは永遠に破棄できない契約を結んでしまったし、こちらが文句をいいはじめたら、レディ・ライルの態度が冷たくなっていった」

「契約か」ルシアスはいった。「きみ、何歳だったの、フランシス」

「十九だったわ。それで何かちがいがあるの？」

「大ありさ。契約にはなんの効力もない。きみは未成年だったんだから」

「まあ。そんな重大な意味があるなんて思ってもみなかった」フランシスは両手をしばし顔に押しつけ、首をふった。「事態はどんどん悪化していった。やがて、最悪の事態になった。チャールズと喧嘩したあと、フォントブリッジ伯爵夫人がわたしに会いにきたの。喧嘩のことはきいてなかったようだけど、わたしたちを別れさせようと決心してやってきたのよ。チャールズに何もいわずにロンドンを離れ、二度ともどってこないと約束するなら、お金を――莫大なお金を――渡そうと、夫人はいったわ」

「で、その金を受けとったの？」ルシアスは信じられないという顔で彼女を見た——彼の顔には薄笑いも浮かんでいた。

「ええ。すごく腹が立ったから。でも、その選択しかなかったのも事実よ——すくなくとも、自分ではその選択しかないと思ってた。で、つぎにこう考えたの——いいじゃない。息子と結婚するつもりがなくたって、この人のお金をもらっておけばいいのよって。だから、もらうことにしたの。自由になるお金が必要だったから、自分の決心にもっともな理屈をつけたのね。お金はすべてレディ・ライルに渡して、カバンに荷物を詰めて、レディ・ライルが夜のパーティへ出かけてるあいだに家を出た。あとのことは考えてなかったけど、つぎの日、ミス・マーティンの学校で教師を募集してるって広告を目にして、その翌日、ロンドンにいるミス・マーティンの代理人からバースへ面接に行くよう指示されたの。街を出ていく必要があったのよ、ルシアス。で、それを実行に移したの。ロンドンに未練はなかったわ。忌まわしい契約に縛りつけられてると思ってたし、いやな噂が立ちはじめていたし、レディ・ライルやレディ・フォントブリッジにかかれば、あっというまに噂が広まってしまいそうだったから。再出発のチャンスがほしい、自分の手でより良い人生を築くチャンスがほしいと、藁《わら》にもすがるような思いで、この街を出ていったのよ。そして、信じられないことに、その願いが叶えられたの。それ以来、わたしは幸せに暮らしてきたわ。あなたに会うまでは」

「ああ、ぼくの愛する人」ルシアスはふたたび彼女の手をとったが、今回の彼女は巧みに手をひっこめてしまった。

「いいえ、あなたはわかってないわ」彼女がそういった瞬間、馬車は急カーブを切って、小さな田舎宿の厩《うまや》に面した石畳の中庭に入っていった。ピーターズがすでに到着して、二輪馬車の横に立っていた。「なぜわたしがフォントブリッジ伯爵夫人に約束しなきゃいけなかったのか、あなたにはわかっていない。伯爵夫人はレディ・ライルからあることを耳打ちされていたの。わたし自身ですら知らなかったことを。レディ・ライルはおそらく、わたしがチャールズと結婚して、歌をやめ、莫大な借金の返済もやめてしまうことを――その借金もおかたレディ・ライルのでっちあげでしょうけど――阻止しようとしたんでしょうね。でも、わたしの頭にあったのは、大伯母たちにはぜったいに真実を知られちゃいけないってことだけだった。大伯母たちに耐えがたい痛手を与えることになると思いこんでいたの」

フランシスは馬車が停まったことにも気づいていない様子だった。ルシアスは片手をあげて、扉をあけようとするピーターズを押しとどめた。

「わたしはあなたが思ってらっしゃるような人間じゃないのよ」

「フランソワーズ・アラールでもなく、フランシス・アラードでもないの?」ルシアスはやさしくきいた。

「フランス人の血なんて流れてないの。イギリス人の血もね。母はイタリア人だった。そして、おそらく、父も。じつをいうと、父親が誰だったのか――あるいは、誰なのか、わたしは知らないの」

膝に両手を広げてそれを見おろすフランシスの横顔を、彼はみつめた。

「母は歌手だった。わたしの父は母に恋をして、すでにほかの男の子供をみごもってたにもかかわらず、母と結婚したの。わたしが産まれて一年後に母が亡くなると、父はわたしを連れてイギリスに渡り、自分の娘として育ててくれた。本当のことはひと言もいわなかったわ。わたしが初めてそれを知ったのは、三年ちょっと前のことだった」

「たしかなの？」ルシアスがきいた。「ほんとに事実なの？」

フランシスは自分の手をみつめたまま微笑した。

「心の一部ではいつも、悪意に満ちた捏造《ねつぞう》じゃないかって思ってた。でも、今日、大伯母たちが事実だってことを裏づけてくれたわ。ロンドンを発つ前に本当のことを話したの。そしたら、父がわたしを連れて初めてイギリスに着いたとき、すでに打ち明けてたんですって。大伯母たちは最初から知ってたの」

膝に水滴が落ちてドレスの生地が黒ずんだ瞬間、ルシアスは彼女が泣いていることに気づいた。ハンカチを渡すと、フランシスは受けとって目頭を押さえた。

「おわかりになったでしょ。わたし、身分の高い人とは結婚できないの。あなたの花嫁にはなれないの。あわてて反論する前に、ルシアス、落ち着いて考えてちょうだい。あなたはおじいさまとご家族のすべてに約束したのよ。わたしはご家族に会い、みなさんと一緒にいるあなたを見た。ご家族を大切にしているのがわかったわ。いえ、それじゃ足りないわね。あなたはご家族を〝愛してる〟のよ。そして、あなたの衝動的な行動も、その多くは愛情から生まれたんだってことがわかったわ。ご自分で思ってらっしゃるより、はるかに尊敬に値する人なのよ。ご家族のためにも、わたしと結婚してはいけないわ」

その瞬間——ばかげたことだが——ルシアスは泣きたくなった。本当だろうか。自分はとんでもないやくざ者だと思うことがよくあったが、じつはそうではなかったのだろうか。〝あなたの衝動的な行動も、その多くは愛情から生まれたんだってことがわかったわ〟

「ずいぶん暗くなってきた」ルシアスはいった。「この宿で夕食にうまいビーフパイを出してくれなかったら、ヘソを曲げてやるからな。きみ、お茶を一杯飲む用意はできた？」

フランシスは洟をかみ、道路をガラガラ走るのをやめたことにいま初めて気づいた様子で、あたりを見まわした。

「まあ、ルシアスったら」震える声で笑った。「二杯のほうがいいわ」

「ひとつだけいっておく」扉をあけてステップをおろすようにという合図をピーターズに送る前に、ルシアスはいった。「今夜は、ぼくたちはマーシャル夫妻だ。ひとつの馬車でやってきて、シンクレア子爵とミス・アラードなどと名乗ったら、宿の主人がショックを受けるからね」

ルシアスは彼女に返事する暇も与えなかった。馬車から飛びおり、ふりむいて、彼女がおりるのに手を貸した。

「心配になってたとこなんだ、若さま」ピーターズはいった。「老いぼれトマスのやつがのろのろ通りすぎたりせずに、この宿にちゃんと入れるよう、あっしから合図を送ってやるために、夜更けまでずっとここに立ってなきゃいかんのじゃないかって」

ルシアスはその冗談を無視した。

24

「問題だわ」フランシスはいった。「大きな問題よ、ルシアス」

「なんの問題もないことだ」ルシアスはいかにも腹立たしげな様子で彼女を見た。「いい加減にしてくれ、フランシス。二人でシドニー・ガーデンズへ行ってて、雨で足止めを食ったときに、きみがすべてを打ち明けてくれてれば、いまごろはもう結婚して、〝いついつまでも幸せに暮らしました〟という人生を歩みはじめてただろうに」

「そんなの無理よ」しかし、胸が痛んでならなかった。「じっくり考えるってことをしない人ね、ルシアス」

そのあとは、会話をつづけることができなくなった。宿には個人的に使える談話室がなかったので、二人は一般用のダイニング・ルームにいた。客はほかにひと組だけで、二人は部屋の反対側のテーブルにつき、話に夢中になっていた。だが、そこへ宿の主人が料理を運んできた――ローストビーフと野菜。フランシスはバターつきパンとお茶だけにしておけばよかったと後悔した。

ルシアスはハンサムでエレガントだった。ディナーのために着替えていて、髭も剃《そ》ったばかりだった。髭剃りは、二人の部屋の大きなベッドに腰をおろし、両腕で膝をかかえた彼女の見ている前でおこなわれた。ルシアスはそのとき、シャツを脱いでいた。

その光景は息苦しくなるほど家庭的だった。そして、彼の腕と肩と背中で波打つ筋肉を、フランシスは残らず目にすることができた。じつにみごとな体格だった。といっても、彼に対するフランシスの観察が純粋に科学的なわけではなかった。彼のセクシーさを痛いほど意識していた。

また、二人がこの部屋で――そして、このベッドで――一夜をすごすということも、強く意識していた。はしたないという思いはまったくなかった。

「きみにとっては問題なの？」ナイフとフォークをとり、ローストビーフにナイフを入れながら、ルシアスは訪ねた。「アラードが――いや、アラールというべきかな――実の父親ではないことが？」

「最初は大きな問題だったわ。信じまいとしたわ。でも、レディ・ライルがそんな嘘をでっちあげるとは思えなかった。欲の深い人で、意地悪をすることも多いけど、根っからの悪人ではなかったもの。やがて、最初のショックから立ち直ったあとは、血を分けた子供じゃないとわかっただけに、父からいつもふんだんに与えられていた愛情が、以前よりさらに貴重なものに思えてきたわ。でも、ほかの点ではやっぱり問題だった。わたしは社交界の詐欺師ってわけですもの。チャールズへの愛が消えていなかったとしても、彼と結婚するのは無理だったでしょうね。しかも、いまだに過去形になっていない。あなたとは結婚できないのよ」

フランシスはフォークに刺した料理を口に運び、それを嚙むことすらいまの自分の能力を超えていることを知った。

「きみ、そこまで世間知らずなの？」ルシアスがきいた。「社交界には、親は誰それでございといってても、ほんとは実子じゃないって例がたくさんあるんだよ。夫のために跡継ぎとその弟一人を産んだあとは、目立たないように気をつけさえすれば、女は以後の人生を好きなように楽しんでかまわないっていわれてるのを、きいたことはない？　大いなる熱意をもってそれを実行し、夫のタネではない優秀な子供たちを何人も夫にさしだす女が、上流社会にはおおぜいいるんだよ。この件に関して、大伯母さまたちはどうおっしゃってた？」

「大伯母たちの話によると、初めてわたしに会ったとき、わたしは大きな目をした小さい子供だったので、二人とも、ひと目でわたしに恋をしてしまったんですって。わたしの血筋について父が本当のことを打ち明けたときも、二人はなんとも思わなかったそうよ。父は大切な甥《おい》で、その父がわたしを実の娘として認めていた。だから、わたしを甥の娘として認めるのはいやだなんて考えは、まったくなかったそうよ。目に入れても痛くないほどかわいいって、大伯母たちはいってくれたわ」

「今日の午後、お二人を訪ねたとき」ルシアスはいった。「きみのことを相続人だといっておられた」

「まあ」フランシスはナイフとフォークをカタンと置いて、食べるふりをすることすらやめてしまった。

「また泣きだすんじゃないだろうね、フランシス。あらかじめわかってれば、きれいなハンカチを一ダース用意してきたんだが、予想しなかったからな。泣いちゃだめだよ」

「あら、泣いてなんかいないわ。でも、三年前にフォントブリッジ伯爵夫人が脅迫しにやってきたとき、わたしが真っ先に考えたのは大伯母たちのことだった。ずっとだまされてたんだって大伯母たちに思われるのが、わたしには耐えられなかった。あの二人の愛情を失うことにも、きっと耐えられなかったでしょうね。でも、今日、真実を告白するために東屋へ出ていったら、わたしが本当のことを知ってたものだから、大伯母たちは困惑の表情でこちらを見たわ。それから、わたしを抱きしめて、キスして、一瞬でも大伯母たちのことを疑ったわたしをバカな子だっていったわ」

「ほらみろ」ルシアスはいった。彼の皿はほとんど空っぽだった。「ぼくと同じ意見だ、フランシス――まったくバカな子だね。脅迫に屈しても、なんの解決にもならないんだよ。レディ・フォントブリッジを捜しにいって、きみが望むなら、顔にパンチを見舞ってこようか――ご婦人にそのような暴力をふるうことが、紳士にふさわしからぬことではないというなら、ぜひそうしたいものだ」

「まあ、ルシアスったら」フランシスは笑いだした。「わたし、けさ、伯爵夫人のところを訪ねて、バースにもどる予定だけど、三年以上前の約束に縛られてるなんて考えは今後いっさい捨てることにするっていってきたの――ただし、チャールズとは結婚しないって約束だけはべつ。だって、どっちみち、彼と結婚する気はなくしてたんですもの。そして、つぎはレディ・ライルを訪ねて、彼女への借金が残っているとか、ジョージ・ラルストンに恩義があるなどと考えるのはもうやめにすると宣言してきたわ。わたしをバースまで追ってきて残酷な噂を広めてやると向こうが脅したので、学校の名前と所在地を教えておいたわ」

彼が口へ運ぼうとしていたフォークが途中で止まった。ニッと笑いかけられて、フランシスは胸のなかで心臓がひっくりかえったことを確信した。

「ブラボー、愛する人！」ルシアスがいった。

フランシスはためいきをついた。「ルシアス、この一時間ほどのあいだに、その呼び方を三度か四度なさったわよ。やめてちょうだい。お願いだから。おじいさまとの約束を果たすことに専念なさらなきゃ。ミス・ハントがもう花嫁候補じゃないのなら、誰かほかの人を見つける必要があるわ」

「もう見つけた」

フランシスはふたたびためいきをついた。「花嫁になる人は、あなたのご家族に受け入れられる女性じゃなきゃいけないのよ。それはわかってるでしょ。エッジカム伯爵が健康を損ねてらっしゃることを知ったとたん、あなたは約束をした。なぜそんな約束をしたのかわかる？　義務感から？　そうよ。あなたは義務を重んじる人だもの。おじいさまや、お母さまや、妹さんたちを愛してるから？　そうよ。結婚して、腰を落ち着け、子供を作ることを自分に課した。なぜなら、自分を育ててくれた家族を愛していて、安定した人生を送ることが家族への義務だと思ってるから」

「今日のきみは、ぼくの行動にいちいち感傷的な動機をつけようとはりきってるんだね」ルシアスはいった。皿は空っぽになっていた。ナイフとフォークを置き、ワイングラスを手にとった。「だけど、きみの言葉のなかに多少の真実があるとすれば、フランシス、ぼくがいまからいう言葉も真実なんだよ。ぼくは愛のために結婚する。そう決めたんだ。おかげで、きみは困難な立場に立たされることになる。だって、ぼくはきみを愛してるんだもの。だから、ほかの女性じゃだめなんだ。しかも、夏が終わる前に結婚するという約束を守らなきゃならない」

宿の主人が皿を下げにやってきた。そのうしろにつづくメイドが、湯気の立つプディング二人前を運んできた。フランシスは手をふって自分の分をことわり、お茶を頼んだ。

「父上はきみが生まれた瞬間から、わが子として認めておられたんだね？」二人きりになるが早いか、ルシアスは尋ねた。「母上と結婚しておられた？　きみに自分の苗字を名乗らせた？」

「ええ。もちろんよ」

「だったら、きみは嫡出子だ。教会と法律にいわせれば、きみはフランシス・アラードだ――いや、フランソワーズ・アラールというべきかな」

「でも、真実を知ったら、わたしと結婚したがるような厳格な貴族は一人もいやしないわ」

「やれやれ、フランシス。きみはなぜ厳格な貴族なんかと結婚しようというの？　ぞっとするほど暗い運命だね。代わりに、ぼくと結婚してくれ」

「堂々めぐりで議論が進まないわね」

ルシアスはプディングから顔をあげ、彼女に笑いかけた。

「いまふっと思ったんだが」といった。「ビーフパイのあとに食べるはずのスエットプディングのカスタード添えを作ってくれなかったね、フランシス。けど、これだけはいえる。ビーフパイが絶品だったから、もしきみがプディングを作ってくれても、ゴミ箱行きになってただろう」

この人をとても、とても、愛している――テーブル越しにルシアスをみつめながら、彼女は思った。彼に恋してしまったにちがいない……。

「ぼくはきっと」ルシアスはいった。「あのパイを初めてかじった瞬間、きみに恋してしまったんだ、フランシス。いや、ひょっとすると、台所へ入っていって、パイ皮を伸ばしているきみを見て、ひと口盗もうとしたとたん、手をピシャッと叩かれたときだったのかもしれない。あるいは、きみを馬車のなかから抱きあげて道路におろし、ぼくを煮えたぎった油につけるべきだというきみの意見をきかされたときだったのかもしれない。そんな愛らしいことをいってくれた女はそれまで一人もいなかった」

フランシスは彼をみつめつづけた。

「どうしても知りたいことがある、フランシス。お願いだから教えてほしい。ぼくを愛してる？」

「そんなこと、どんなことにも無関係だわ」ゆっくりと首をふりながら、フランシスはいった。

「とんでもない。あらゆることに大いに関係がある」

「もちろん愛してるわ。愛してますとも。でも、結婚はできない」

ルシアスはプディングを半分残したまま椅子にもたれ、前にも見せたことのある、燃えるような目と、真一文字に結んだ唇と、角ばった顎で彼女をみつめた。とうてい微笑と呼べるようなものではなかったが、なのに……。

「明日」ルシアスはいった。「きみはあの古ぼけた船でバースへの旅をつづけてくれ、フランシス。きみには教師という仕事があり、それを大切にしていることはぼくにもわかっている。ぼくは二輪馬車でロンドンに帰る。用事が待っていて、それはぼくにとって大切なものなんだ。今夜は二人で愛しあおう」

フランシスは乾いた唇をなめ、彼の目がその舌の動きを追っていることに気づいた。

じゃ、議論をあきらめたのね。

フランシスの心臓がまたすこし痛んだ。

でも、今夜がある。

「ええ」フランシスはいった。

彼女を愛したおかげで自分がどれほど変わったか、ルシアスには信じられないほどだった。強烈な肉欲に惹かれて魅惑的な女体とベッドをともにするという単純なものではなく、心の底から彼女を愛するようになっていた。

ディナーの席でフランシスに語ったように、ルシアスはたぶん早くから彼女に恋していたのだろう。でなければ、先の見通しは何もなく、彼女をロンドンへ連れていけばひと騒動持ちあがることがわかりきっているときに、一緒にきてほしいと頼むわけがないではないか。フランシスに拒絶されたあとの三カ月間、自分では彼女を忘れたつもりでいても、どうしても忘れられないことに気づくわけがないではないか。バースで衝動的に結婚の申込みをするわけがないではないか。そして、以後ずっと執拗《しつよう》に彼女を追いつづけるわけがないではないか。

しかし、その途中のどこかで——いつ、なぜ、そうなったのかという正確なところはわからないが——フランシスへの想いが変化し、深まり、単に恋をしているだけではなくなっていた。心から愛するようになっていた。容姿と心の美しさ、ときに方向を誤ることもあり、ルシアスから見れば癪《しゃく》にさわることも多い強烈な義務感と自尊心（彼女はこれに導かれて人生を歩んできたのだ）、首を軽くかしげ、憤慨《ふんがい》の表情のなかに無意識のやさしさをにじませて彼女を見るときの様子、われを忘れた瞬間に楽しげに顔を輝かせる様子、喜びと遊びと笑いに夢中になれる才能——そう、ルシアスが彼女を愛するようになったのは、彼女に数えきれないほど魅力があったからだし、彼女がルシアスの愛した唯一の女性となったのは（それは今後も変わらないだろう）、やはり数えきれないほどの目に見えない魅力があったからだ。

宿の部屋の大きなベッドの真ん中に裸になって二人で横たわると、ルシアスは彼女のほっそりした温かな身体を両腕で包んで抱き寄せ、自分がいまにも震えだしそうなことに気づいた。下手をすれば彼女を失うかもしれないと思うと、それだけでつらくてたまらず、ひらいた唇を彼女の唇に重ねて、この瞬間に集中することにした。

いまこの瞬間、フランシスが一糸まとわぬ熱い身体を彼の腕にあずけている。いま大切なのはそれだけだった。

ようやくひとつになれた。

そして、フランシスは愛しているといってくれた。彼には前からわかっていた――心のなかでわかっていた。しかし、彼女がそれを言葉にしたのだ。

〝もちろん愛してるわ。愛してますとも〟

「ルシアス」唇を重ねながら、フランシスがいった。「わたしを愛して」

「さっきから愛してるつもりだったんだが」ルシアスは頭をひき、下の中庭で燃えているランプの光が窓から射しこんで、ほのかにあたりを照らすなかで、笑みを浮かべて彼女を見おろした。「あまり上手じゃないのかな」

フランシスの全身が笑いに震えた。そんなときの彼女が、ルシアスは愛しくてたまらなかった。

「おや」ルシアスは彼女を仰向けに横たえて上からのしかかり、片腕を彼女の頭の下にまわし、片膝を腿のあいだに割りこませた。「きみの身体、ずいぶん熱いよ、フランシス。熱く燃えてる。さわっただけで火傷《やけど》しそうだ。まさか、熱病にやられたんじゃないだろうね」

フランシスはまたしても笑いだし、彼のうなじに手を伸ばした。ふたたび彼の唇を自分のほうへひきよせて、彼の胸に乳房を押しつけた。

「そうみたい。治る前にさらに悪くなりそうよ。でも、ひとつだけ治療法があるわ。治してちょうだい、ルシアス」

かすれた声で低くささやかれて、ルシアスの腕と背筋に鳥肌が立った。

「承知しました」ルシアスは彼女の顎と喉を羽根のように軽く唇でなでた。「今回、前戯は省略しますか」

「今回?」フランシスは彼の髪に指をからませながらいった。「じゃ、次回もあるの?」

「夜の時間はあとどれぐらい?」

「八時間?」

「だったら、何回もできる。一回につき一時間、あいだの休憩が一時間。じゃ、あと三回?いや、今回はすぐ終わるから、たぶんあと四回だ」

「じゃ、今回の前戯は省略しましょう」フランシスはそういって、ふたたび低く笑った。

彼が身体を重ねてきて、フランシスの身体の下に両手をすべりこませ、腿のあいだに彼自身をあてがってから、熱く潤った女芯の奥深くへ強引に押し入った。

初めてのときから、彼女が情熱的な女であることはわかっていた。だが今夜、彼女はすべての恥じらいを捨てた。熱くてさわれないほどだといったルシアスの言葉は嘘ではなかった。挿入のあとにつづいたものは、純粋で、無意識で、うっとりするような肉の歓びだった。彼が入っていくと彼女がねっとりからみつき、二人は息をあえがせ、熱と汗がまじりあうなかで狂おしくひとつになり――やがて、同時にめくるめく絶頂に達した。

最後の瞬間に、ここが宿屋であることと、壁の厚みも防音効果も不充分かもしれないことに気づいて、ルシアスはひらいた唇を彼女に押しつけ、最後の叫びを封じこめた。

やがて、首を横に向け、身体の力を抜いて彼女に体重をあずけ、ためいきをついた。

「夜通し遊ぼうと思ったら、そのコツは体力を温存しておくことにある。一回目は控えめにしておいて、夜が明けるころ、最後の回で淫《みだ》らなクライマックスを迎えるんだ」

「あら、それって、いまわたしたちがやってることじゃなくて？」彼の耳に温かな息を吹きかけて、フランシスがやわらかく尋ねた。「その最後の回が楽しみだわ、ルシアス。きっと地球が砕け散って、わたしたち、宇宙へ放りだされるわ」

「天よ、われを救いたまえ」ルシアスはいった。「そして、天よ、世界を救いたまえ」

そして、彼女の上からどこうともせず、そのまま寝入ってしまった。

こんなことってあるのかしら――その夜、愛をかわすのでもなく、まどろむのでもない、物憂いひとときのなかで、フランシスは思った――毎日のように、毎週のように、さらには毎年のように、こんな悦びに満ちた人生を送っている人々がいるのかしら。自分に与えられたいまの貴重な瞬間以外は、結果も、未来も、いかなることもすべて大胆に無視して、悦びを与え、与えられている人々が。

頭のなかの用心深い部分が「おまえは愚かだ。不道徳といってもいい」と告げていた。しかし、魂のなかの何かは、手を伸ばさなければ悦びはけっして手に入らず、生涯を終えるときになって、人生が贈物としてさしだしてくれた貴重な機会から無理に顔を背けてしまったことを悟るだろう、ということを承知していた。

ルシアスと結婚することはできない。というより、ルシアスと結婚する気にはなれなかった。なぜなら、家族の祝福がなければルシアスが本当に幸せにはなれないことを、フランシスは知っていたからだ。彼が花嫁にと望む女がイタリア人の歌手と名前もわからぬイタリア人の男のあいだにできた娘だとわかったら、家族のほうもどうして祝福できよう。

彼と結婚することはできないにしても、今宵一夜、彼を愛することはできる。

だから、彼に寄せる情熱のすべてに身を委ねて、フランシスは愛の行為に溺《おぼ》れたのだった。二人は何度も何度も愛しあった。ときには、夜の最初にやったように短時間で濃厚な愛をかわし、ときには、ゆっくり時間をかけて、おたがいを焦らしつつ、苦しいほどの前戯を楽しんでから、長いリズミカルな性行為へ移っていった。それは耐えがたいほどなまめかしく魅力的だったので、興奮が解き放たれて二人が断崖から放りだされ、堪能と安らぎと眠りのなかへひきこまれていく瞬間を、ルシアスもフランシスも暗黙の了解のうちに先延ばしにしていた。

彼の手、胴体、力強い脚と腕、口、髪、匂い——夜の時間が過ぎるにつれて、そのすべてが彼女自身の身体と同じぐらい馴染み深いものになっていった。そして、愛しいものになっていった。男と女が一心同体になるという考えが理解できるようになった。彼がなかに入っているときは、どこまでが自分でどこからが彼なのか、はっきりしなくなる。ひとつになるために、愛の行為をおこなうために、ともにくつろぐために、二人の身体が作られているように思われた。

「幸せ？」夜明けの光に部屋が白みはじめるころ、ルシアスが彼女の耳もとでささやいた。片方の腕を彼女の首の下にまわして、指をからみあわせながら、反対の手でみぞおちをゆるくなで、片脚を彼女の両脚にだらりとのせていた。

「そうね……」

しかし、夜明けのあとにはかならず朝の光が射してくる。

「仕事にもどれてうれしい？」ルシアスがきいた。

「そうね……」ふたたび彼女はいった。だが、本当のところはうれしかった。学校で教えるようになってからずっと幸せだったし、教える仕事がつねに満足をもたらしてくれた。仲間の教師たちはこよなき親友だった。彼女たちのことが大好きだった——そういう素朴なうれしさだった。

「学期が終わるまで忙しい？」ルシアスがきいた。彼女の耳たぶを歯でくわえ、舌で耳の先端をそっとなめると、フランシスの爪先が思わず丸まった。

「期末試験をやって採点しなくちゃ。卒業する上級生のためにお別れのお茶会があるし、慈善事業であずかってる生徒たちには、成績と当人の好みに合った就職先を探してやらなきゃいけない。来年の新入生を選考する仕事もあるわ——クローディアはいつも、すべての教師を選考に参加させるのよ。それから、親御さんやお友達を招待して、年度末の授賞式とコンサートの夕べをひらくことになっている。わたしが音楽の個人レッスンをしている生徒の何人かと、合唱団全員が出演する予定なの。いまから当日まで、毎日練習に励まなきゃ。ええ、忙しくてほかのことを考えてる暇なんかないわ」

「きみにとってはそのほうが楽かな」

フランシスは目を閉じ、しばらくは返事をしなかった。

「ええ」

ルシアスはからみあわせた手で彼女の首をまわして、唇を重ねた。

「あなたも忙しくなるわね。社交シーズンのあいだ、舞踏会やパーティに顔を出さなきゃいけないでしょ」

「母も妹たちも、ぼくをひきずりまわすのを心から楽しんでるみたいだ」

「それに、誰か新しい人を見つけなきゃいけない。たぶん——」

ルシアスはふたたび唇を重ねた。

「バカなことをいわないでくれ。いや、何ひとついわないでくれ。またエネルギーの波が押し寄せてきたのを感じる」

ルシアスは彼女のあいたほうの手をとって、自分のもののところへ導いた。フランシスは彼がふたたび硬く勃起するのを感じて、手で包みこんだ。

「だけど、ぼくは怠け者だから、きみの上に乗るのが面倒なんだ。きみをぼくの上に乗せるのもね。怠け者の愛し方ができないかどうか、やってみよう」

彼女を横向きにして、片方の脚を自分の尻の上にかけさせ、自分のものをあてがい、ちょうどいい姿勢をとってから、なかに押し入った。フランシスは尻をくねらせて、彼がさらに奥まで入ってこれるようにした。

ゆっくりと、怠惰に愛しあい、数分後には、温かくゆるやかなクライマックスが訪れた。ルシアスが尻の上から彼女の脚をはずし、挿入したままで、しばらくのあいだともに眠りに落ちた。

つぎにフランシスが目ざめたときには、太陽がのぼっていて、その光が目にまばゆかった。

〝明日になったら、きみはバースへの旅をつづけてくれ……ぼくはロンドンに帰る……〟

議論の余地なく、明日という日がやってきた。

できることなら彼と一緒にロンドンにもどりたかった。大伯母たちのところにもどり、二人の大伯母に大騒ぎされながら、夏が終わるまでに婚約祝いのパーティと結婚式の支度を進めたかった。

ヒースと話をするためにロンドンにもどり、彼がフランシスのために計画しているコンサートの手筈を整えたかった。歌の練習をし、手を伸ばしさえすればつかみとれる歌手の道へ進む準備をしたかった。

しかし、フランシスにはそれよりはるかに大切な義務があった。バースに、ミス・マーティンの学校に、生徒と、教職と、この三年半のあいだ人生に豊かさと意味を与えてくれたすべてのもののところにもどらなくてはならなかった。

かつては、フォントブリッジ伯爵夫人から最後通牒を突きつけられ、ラルストンとレディ・ライルから二年にわたって才能を無慈悲に利用されたおかげで、破滅してしまってもおかしくなかったはずだ。

しかし、過保護に育てられたにもかかわらず、破滅にはいたらなかった。むしろ、大人の世界の悲惨なスタート地点に背を向けて、自分の力で新たな人生を築いていけるだけの性格の強さと意志の強さを身につけた。

彼女を臆病者呼ばわりしたのも、ぼくと一緒になれば――そして歌の道を進めば――幸せになれるというのに、きみは満足だけに甘んじている、といって彼女を非難したのもまちがいだったと、ルシアスはいまになって気がついた。

フランシスは古い生活から逃げたのではなかった。新しい生活に向かって走っていったのだ。

フランシスが彼を愛していて、彼が彼女との結婚を望んでいるというだけの理由で、彼女に新しい生活を捨てさせようとするのはまちがっている。歌手として成功することが一生の夢であるとしても、歌の道へ進むためにいまの生活を捨てさせようとするのはまちがっている。

ルシアスにとっては、長年味わったことのないつらい経験ではあったが、一緒にロンドンにもどろうと彼女を説得することもなく――さらには、七月になったら迎えにくることを許してほしいと頼むことすらなく――彼女を旅立たせることにした。

なぜなら、彼女の意見が正しいからだ。好きでもない女と結婚することはできないとわかったいまも、家族に――祖父はもちろんのこと、母からも、姉や妹からも――祝福してもらうのが大切であることを、彼は知っていた。

家族に反対された場合、フランシスへの愛がそれに打ち勝つかどうか、ルシアスにはわからなかった。たぶんそうなるだろうと思ってはいる。だが、家族の賛成を得るために全力を尽くさねばならないことだけはわかっていた。

そのためには一人でもどったほうが、家族に既成事実を突きつけないほうが、やりやすいだろう。

そこで、朝食をすませたあと――食べた量からすると、そんなに注文する必要はなかったのだが――彼とフランシス・アラードは厩のある中庭で別れを告げた。

トマスはすでに彼女の馬車の御者台にすわり、従順そうな二頭の馬が馬車につながれて出発の合図を待っていた。一方、ピーターズは二輪馬車につながれたもっと活発な二頭の前に立ち、早く出発したくてじりじりしている様子だった。だが、けさは自分で馬車を駆ることができないと知らされて、がっかりした顔になった。

ルシアスはひらいた馬車の扉の外でフランシスの両手をとった。きつく握りしめ、片方の手を唇に持っていき、目を閉じてしばらくそのままでいた。

「オ・ルヴォワール、愛しい人。道中気をつけて。あまり働きすぎないように」

フランシスのつぶらで表情豊かな黒っぽい目が、喉の渇きを夜までやわらげておくためにルシアスの姿を呑みこんでおこうとでもいうように、彼の目をみつめ返していた。

「さよなら、ルシアス」フランシスはいった。ぎごちなく唾を呑みこんだ。「さよなら、最愛の人」

そして、手をひっこめると、助けを借りずに一人で馬車に乗りこんだ。ルシアスが扉をしめるあいだ、荷物の整理に没頭し、ルシアスがトマスに合図を送り古い馬車がゆっくりと動きだすあいだ、顔をあげようとしなかった。

馬車が道路に出て向こうから見えなくなる瞬間まで、フランシスは顔を伏せたままだった。やがて、あわてて顔をあげて別れの手をふったが、すでに遅かった。

そして、彼女は去っていった。

だが、永遠にではない。

これは別れではない。

ルシアスは二度と彼女に別れを告げるまいと決めていた。

それでも、二輪馬車のほうへ大股で歩いていき、高い御者台にすわり、ピーターズの手から手綱を受けとりながら、ルシアスは思った——なんだか永遠の別れのようだ。

いまいましいことに、涙があふれてきそうだった。

「しっかりつかまってろよ」うしろに乗りこむピーターズに、ルシアスは警告した。「道路に出たら、すぐさま飛ばすからな」

「だろうと思ってましたよ、若さま」ピーターズはいった。「田舎の朝メシを食うのがいやな連中は、ロンドンで昼メシにしたがるもんだ」

ルシアスは馬を全速力で走らせた。

25

マーシャル館の客間でルシアスが衝撃的な宣言をしてから二週間たっても、ロンドンの新聞にシンクレア子爵の婚約の記事がのらなかったため、レディ・ボルダーストンはほのめかしの言葉や遠まわしな表現を使って、もしシンクレア子爵のほうに腰を低くして謝罪する気があるなら、許しと理解を示してもいいという気持ちを伝えてきた。なにしろ、コンサートにきていた紳士の半分はミス・アラードに恋をしたというもっぱらの評判だし、シンクレア子爵がしばしば衝動的な言動に走ることは周知の事実なのだから。

それから二週間たっても、腰を低くした謝罪が――いや、さらにいうなら、いかなる謝罪も――なされなかったため、レディ・ポーシャ・ハントは不意にロンドンの上流社会の客間で噂の的となり、アンビュリー公爵の子息にして跡継ぎのアッティングズバラ侯爵から交際を申しこまれたためにシンクレア子爵の求婚をことわったというゴシップが、しきりと流れるようになった。そして、突然、そのゴシップが嘘ではなかった証拠に、いたるところで二人の姿が見られるようになった――ハイドパークを馬車で走り、劇場の桟敷席にならんですわり、あちこちの舞踏会で踊る姿が。

その一方、ルシアスのほうはふだんほど行動的ではなかったものの、けっして怠惰な日々を送っていたわけではなかった。祖父の部屋にすわって何時間もすごしていた。ベッドのそばについていることもあれば、祖父の体調が上々でベッドから出られるときには、祖父専用の居間ですごすこともあった。

医者の話によると、祖父は再度の軽い心臓発作をおこしたとのことだった。

ルシアスはロンドンにもどった日の午後、祖父のベッドのそばにすわり、冷たくぐったりした祖父の片手を自分の両手でこすって温めた。

「おじいさま、もどってくるのが遅くなってすみません。バースへの道の半分を往復してきたんです」

祖父は眠そうにルシアスに笑いかけた。

「きのうの午後、メルフォード夫人とミス・ドリスコルを訪ねたところ、フランシスはバースへ出発してしまったと知らされました。それで、あとを追いかけたんです」

「すると、結局、歌をやっていく気はないわけだな」伯爵はきいた。「ヒースがあれほど感動していたのに？」

「やる気はありますよ」ルシアスは祖父にいった。「でも、フランシスは教師で、彼女にとっては、いまのところ、学校と生徒と同僚の先生たちが何よりも大切なんです。これ以上そこから離れていたくないと考えたんです」

祖父の目がじっとルシアスにそそがれていた。

「で、おまえのことは求めていないのかね、ルシアス」

ルシアスは祖父の手をさすって、さらに温かくしようとした。

「求めてますよ。ぼくに劣らず、熱烈に求めてくれてます。でも、ぼくにふさわしい女じゃないと思ってるんです」

「で、おまえは彼女を説得できなかったんだね」祖父はクスッと笑った。「せっかくの伊達男が形無しだな」

「ええ、だめでした。だって、彼女を説得する権限がぼくにはないんですから。ぼくの家族の賛成が得られないかぎり、結婚はできないというんです」

祖父は目を閉じた。

「彼女、ぼくと同じようによく知ってるんですよ。おじいさまがぼくとポーシャの結婚を望んでおられることを」

鋭い目がふたたびひらかれた。

「わしは遠い昔に、そうなるのが望ましいと思い、ゴッズワージーと話しあったのだ。だが、クリスマスのときのことを思いだしてもらいたい、ルシアス。わしはあのとき、おまえの意思で花嫁を選ぶようにといった。結婚というのは親密な結びつきだ——身体と、心と、さらには魂の。夫婦が友愛と優しさと愛情で結ばれていれば、大きな喜びがもたらされ——

そうでないときは、大きな苦しみがもたらされる」

「じゃ、ポーシャと結婚しなくても、おじいさまはがっかりされないんですね」ルシアスはきいた。「正直いって、ポーシャとは結婚できません。あらゆる点で完璧な女性だけど、ぼくはちがう」

祖父はふたたびクスッと笑った。

「わしが若い男で、おまえの祖母と会う前だったなら、ルシアス、きっとミス・アラードに恋をしたことだろう。おまえがミス・アラードに惹かれていたことには、わしも気づいておったのだよ」

「深窓の令嬢として育てられた人ですが、父親が亡くなったあと、無一文になったんです。こともあろうに、レディ・ライルとジョージ・ラルストンの策略にひっかかってしまった。ラルストンにだまされて、歌手活動のマネージメントを一任するという契約書にサインさせられた。やつが彼女のためにどのような歌の仕事を見つけてきたのか、おじいさまにも想像がつくでしょう？　まともな仕事とはとういて呼べないものでした。金はやつとレディ・ライルのふところに入っていました――たぶん、借金の返済ということだったのでしょう。フォントブリッジが彼女に求婚していましたが、母親である伯爵夫人が気むずかしくて、フランスの亡命貴族の娘との結婚など認めようとしませんでした。やがて、レディ・ライルが二人の仲を引き裂く工作を始めました――結婚後は歌をやめてほしいとフォントブリッジがフランシスにいっていたからです。レディ・ライルはきっと、収入の道が断たれることを恐れ功しすぎてしまった。レディ・フォントブリッジの耳に毒を吹きこみました。ところが、策略は成功しすぎてしまった。伯爵夫人がフランシスを脅して息子からひき離したのみならず、フランシス自身がそれまでの生活を捨てる結果になったのです。誰にもひと言もいわずにバースへ去り、以来、そこで教師をして暮らしてきました」

「ミス・アラードへの尊敬の念がさらに深まったよ」伯爵はいった。「それに、ヒースやわしらの熱意に流されることなく、ミス・アラードがバースにもどったという事実は、ルシアス、堅実で強い性格を示すものだ。わしはミス・アラードがますます好きになったぞ」

「ただ、フランシスがいちばん気にしているのは、伯爵夫人の耳に吹きこまれた毒でして」ルシアスはいった。「そのため、ぼくの花嫁になる資格がないと思っています。フランシスはアラードの実の娘じゃないそうです。もっとも、父親はフランシスが生まれる前に彼女の母親と結婚したわけですし、べつの男の子供を身ごもっていることは、その時点で知っていたようですが。フランシスは実の父親が誰なのか知りませんが、母親と同じイタリア人ではないかと想像しています。アラードは出産と同時に娘を認知し、自分の娘として育て、本当のことはいっさい口にしませんでした。ただ、メルフォード夫人とミス・ドリスコルだけには打ち明けていました――それと、レディ・ライルにも。彼女はおそらくアラードの愛人だったのでしょう。ですから、法律的にいえば、フランシスは嫡出子です」

祖父は横になったまま、長いあいだ目を閉じていた。眠ってしまったのではないかとルシアスが思ったほどだった。皮膚がかすかな土気色を帯びていて、見た感じが羊皮紙のように薄かった。ルシアスは泣きたくなった——一日のうちに二度もだ。自分の手にはさんだままの手をそっとなでた。

「ルシアス」目を閉じたままで、ようやく祖父がいった。「ミス・アラードとの結婚を祝福しよう。あちらにそう伝えるがよい」

「おじいさまから直接いっていただけませんか。学期末に授賞式とコンサートがあるんです。フランシスの合唱団の全員が歌いますし、個人レッスンを受けている生徒も何人か出演します。みんなで出かけてはどうかと思ってたんですが」

「よし、そうしよう。だが、すこし休ませてくれ、ルシアス」

ルシアスが祖父の手を毛布の下に入れる前に、祖父は軽いびきをかいていた。

レディ・シンクレアとその娘たちを説得するのはあっけないほど簡単だった。

ルシアスの母親は、彼がマーシャル館で暮らすようになり、責任ある行動をとり（ほとんどの場合）、祖父を気遣い、いたわり、妹たちの外出に喜んでつきあうようになったので、それまでは放蕩《ほうとう》暮らしを一生やめないのではないかとあきらめていただけに、息子の選んだ嫁なら誰でも喜んで迎える気になっていた。ミス・アラードの生まれに疑問があるとしても——まあ、社交界には似たようなケースがたくさんある。上流の人々はそのようなことを口にしないだけなのだ。

一週間後、ルシアスは、母親が前夜エミリーを連れて出かけたオールマック邸のパーティでフォントブリッジ伯爵夫人をつかまえて、話をしたことを知った。母親はフランシス・アラードのことに話題を持っていき、彼女の生まれや家族関係についてきわめて率直に語ったが、それと同時に自分の意見として、あんなに控えめで、上品で、みごとな才能を持った若い女性なら、友達になるのにうってつけだし、ひょっとすると――先のことは誰にもわかりませんでしょ？――いずれは家族の友人以上の存在になるかもしれないと述べた。

そうそう、ミス・アラードがメルフォード夫人とミス・ドリスコルの、ほら、クリフトン男爵の大伯母さまにあたる方たちですけど、その相続人だということを、レディ・フォントブリッジはご存じでいらっしゃいます？　大伯母さまたちとミス・アラードは愛情あふれる親しい関係で結ばれていて、三人のあいだに秘密というものはいっさいございませんのよ。

「お母さまがあんな言い方をなさるの、初めてきいたわ」エミリーは誇らしげにいった。「甘い口調も、毒のある言葉も、どこの意地悪おばさまより上だったわ、ルース。伯爵夫人のこわばった高慢ちきな顔を見れば、お母さまの言葉をとってもよく理解してたことは一目瞭然」

「エミリー」母親がぴしっといった。「言葉に気をつけなさい。母親のことを意地悪おばさま呼ばわりするなんて、とんでもありません！」

しかし、朝食のテーブルを囲んだ家族はみんな笑っただけだった。

マーガレットは、クリスマスのころにはポーシャが弟の花嫁になることに大賛成だったが、テイトと愛情あふれる結婚をしているおかげで、いまでは、ミス・アラードがルシアスの愛する女性であるなら、自分としては反対するつもりはないという意見を述べるまでになっていた。しかも、テイトからずっと以前に、ルシアスはしかるべき時期がきたらポーシャと結婚するより自分の喉を掻き切るだろうと警告されてもいた。

キャロラインは婚約以来、ふわふわと夢のような毎日を送っているため、心の底から愛する女性を選んだ兄にひたすら拍手を送るだけだった。それに、ミス・アラードの歌の才能にいまも畏敬の念を抱いているので、義姉として彼女を迎えることは大きな喜びだった。

エミリーは今年の春に入ってからポーシャに会う回数がふえたことで、彼女にひどい幻滅を覚えていた。ルースにふさわしい女性だとは思えなくなっていた。それに反して、ミス・アラードのほうは申し分なかった。たとえば、ルースが追いかけていって、一緒にロンドンに帰ろうと説得したにもかかわらず、バースの学校へもどるだけの気概を備えていることも、そのいい証拠だ。

エイミーはただもう有頂天だった。

オールマック邸でフォントブリッジ伯爵夫人と顔を合わせた一週間後、レディ・シンクレアはキャロラインとエミリーを伴って出かけたガーデン・パーティでレディ・ライルとばったり出会い、フランシスのことについて前とそっくりの会話をおこなった――それを会話と呼べるならの話だが。なにしろ、レディ・シンクレアが一方的にまくしたてて、レディ・ライルは口もとにいつもの薄笑いを浮かべて耳を傾けるだけだったのだから。

「でも、とにかく話をきいてらしたわ」あとになって、キャロラインが報告した。

だが、ルシアスも母にすべての戦いをまかせたわけではなかった。ある朝、ジャクソンのボクシング・サロンでジョージ・ラルストンに出くわした。ふだんなら、二人は完璧に無視しあう間柄だった。べつに敵意を持っているわけではないが、交友範囲がまったくちがうからだ。しかし、この朝だけは、ルシアスはラルストンのことをろくでもない下司《げす》男だと思い、相手にそう告げ――ラルストンの友達連中に驚きと当惑を与えた。それから、片眼鏡を目にあて、ラルストンのトップブーツの片方に泥が飛んでいるのを見つけて、「こんなだらしない従僕を使っている人間は、もともと本人がだらしないんだ」と、きこえよがしにつぶやいた。

そのあとで、ふと思いついたかのように、ラルストンにスパーリングをしないかと持ちかけた。

ラルストンの友達連中の反応はいまや驚きから狼狽《ろうばい》に変わっていた。遊び半分のスパーリングとはとうてい呼べないものだった。ラルストンは社交界きっての伊達男として尊敬されている人間から侮辱を受けて頭にきていたし、ルシアスはルシアスで、目にもの見せてくれようと決意していた。

予定の十ラウンドのうち六ラウンドが終わって〝ジェントルマン・ジャクソン〟その人が試合にストップをかけたときには、ルシアスは頰骨のあたりが赤く腫《は》れ、指関節と脇腹もさらに赤く腫れあがっていて、数日間は試合の後遺症として残りそうだったし、ラルストンのほうはといえば、片目が腫れあがって細い亀裂のようになり、反対の目の上には切り傷をこしらえ、鼻は赤く光って骨折している疑いが大きく、腕も胴体も打ち身だらけだった。夕方ごろにはたぶんひどいあざになり、眠ることもできず、身体を動かすのも不自由な時期がこれから幾日も幾晩もつづくことだろう。

「ありがとう」すべてが終わったところで、ルシアスはいった。「楽しかったよ、ラルストン。今度ミス・フランシス・アラードに会ったら、きみとばったり顔を合わせて……ええと……楽しく世間話をしたという報告を忘れないようにしなくては。いや、きみが覚えてるのは、マドモアゼル・フランソワーズ・アラールって名前のほうかな。ヒース卿が彼女の歌の後援者になることを熱望してるんだ――噂《うわさ》をきいてない？　申し出を受け入れるのもいいかもしれない。フランシスは自由な立場なんだから。きみ、彼女が未成年だったときに会ったんじゃなかったっけ？　ずいぶん昔のことだ。ひょっとしたら彼女のことなんか覚えてないかもしれないね。おや、歯が一本抜け落ちそうだ。ぼくだったら、揺すらないようにするね。そっとしておけば、もとどおりに落ち着くだろう。じゃ、失敬」

「どういうことなんだ、いまのは？」ラルストンにきこえないところまで行ってから、ルシアスの友達のなかの鈍感な一人がきいた。

「なるほど、そういうことだったのか、シンクレア」もうすこし勘のいい友達がニッと笑っていった。

たしかにそうだった。

バースにあるミス・マーティンの学校で年度末のコンサートがひらかれるまでの二カ月間

は、永遠にも思われた。そして、ルシアスにとってはもちろん、不安に満ちた日々だった。フランシスが彼に再会して喜んでくれるかどうか、あるいは、家族一人一人の賛成を武器にして乗りこんだところで、彼女が求婚を受け入れてくれるかどうか、なんの保証もなかったからだ。

フランシスのやることは予測がつかない。

じっさい、彼女の頑固さを考えただけで、ルシアスはひどい苛立ちに襲われる。今度彼女がノーといったら、誘拐して、連れて逃げるしかなさそうだ。

あるいは、膝をついて懇願するか。

あるいは、恋の病で寝こんでしまうか。

だが、失敗の可能性については考えないことにした。祖父がもう一度バースの温泉水を飲んでみる気になり、ロンドンの暮らしに退屈しきっていたエイミーが同行することになった。テイトとマーガレットも行くといいだした。いい場面を見逃してなるものかというのが二人の意見だった。すくなくとも、テイトはそういった。マーガレットのほうはもっと上品に、バースへはもう五年も行っていないので、ぜひとも街を見物したいといった。

また、メルフォード夫人とミス・ドリスコルもバースへ行くことになった。田舎の屋敷へ帰る道筋からさほど離れていないし、大切なフランシスが学校で働いているところを見たくてたまらなかったからだ。それに、前々から、ミス・マーティンを初めとするフランシスの友達に会い、フランシスが指導している合唱団の歌を聴きたいと思っていたのだ。

自分が行くことを耳にしたあとで、あの二人もバース行きを決めたのではないかと、ルシアスは強く疑っていた。ルシアスと姪との結婚を二人は望んでいるのだ。
彼としては大歓迎、喜んで従うつもりだった。

学校の年度末の月というのは、毎年、猫の手も借りたいほど忙しい。今年も例外ではなかった。試験を実施して採点し、フランス語の口答試験をおこない、通知表をつけ、受賞者を選び——そして、学期末コンサートの準備をしなくてはならない。最後に挙げたこのコンサートの準備が、勉強と食事と睡眠以外のあらゆる時間を通じて、みんなのエネルギーを消耗させていた——しかも、コンサートの一週間前からは食事と睡眠時間すら切り詰めなくてはならなかった。

フランシスがたぶんもっとも多忙だっただろう。なにしろ、カントリー・ダンスを除く音楽関係のことをすべて準備し、仕上げなくてはならなかったから。しかし、どの教師にもそれぞれの役割りがあった。クローディアは司会をやることになっていて、最後のスピーチの準備もしなくてはならなかった。スザンナは学校生活を題材にした寸劇の脚本を書き、配役を決め、演出をし、舞台監督を務め、生徒たちと長時間にわたって極秘に下稽古をしていた——教室からきこえてくる物音から判断するに、大笑いしながらやっているようだった。アプトン先生はコンサート全体の舞台装置をデザインし、アンが何人かの生徒を使って——デイヴィッドも加え——午後と夕方、授業と宿題から解放される時間に、その舞台装置の製作を進めていた。

フランシスはすでに、年度末の日付を入れた辞職願いをクローディアに提出していた。三年以上前にここにきたときは、以前の暮らしから逃げてきたのではなかった。よりよき人生を築き、自分自身を見つけるためにきたのであり、どちらも成功を収めたことを誇りにしていた。しかし、いくたびか眠れぬ夜をすごし、いくたびか友人たちと率直に話しあったあとで、ここに残れば、現実から身を隠すことになると判断したのだった。

現実と夢がついに一致したのだから、ここで背を向けたりしたら、運命を否定したことになり、夢を叶えるチャンスには二度とめぐりあえないかもしれない。

ヒース卿に会いにいこう。彼に後援者になってもらい、自分の歌声でどこまで進んでいけるか試してみよう。

夢を追いかけることにしよう。

アンもスザンナも涙を流したが、フランシスは正しい道を選んだのだと熱っぽく断言した。だが、二人とも彼女と別れることがつらくてならなかった。フランシスがいなくなったら、学校の生活も以前と同じではなくなるだろう。

でも——スザンナが彼女にいった——あなたが行くのをやめたら、わたしたち、二度と口をきいてあげない。

いつかあなたの出世と名声を耳にして——アンがいった——みんな、誇らしくて胸がはちきれそうになると思うわ。

辞職願いを受けとるつもりはありませんからね――クローディアがきっぱりいった――クリスマスまで臨時の教師を雇うことにするわ。そのときになって、学校にもどりたいと思ったら、遠慮せずにもどってきてちょうだい。もどる気がない場合は、代わりの教師を正式に雇わなくてはね。

「何があっても、あなたは失敗なんかしないわ」クローディアはいった。「プロの歌手として歌いつづけるなら、それがあなたに与えられた運命だったことになる。その生き方はやりそぐわないと思ったら、すばらしい手腕を発揮してきた職業にもどればいい。この三年間にわが校で学んだ無数の少女たちが、生涯にわたって、あなたのすばらしさを証言してくれるでしょう」

そうこうするうちに、コンサート当日となり、例年のごとく、さまざまな不都合が生じて土壇場で危うく回避というパターンのなかで過ぎていった――踊りの生徒たちはダンスシューズを見つけることができず、歌の生徒たちは楽譜を見つけることができず、そして、誰一人としてマーサ・ライトを見つけることができなかった。マーサは最年少の生徒で、最初にステージに登場して客に歓迎の辞を述べる役だったのだが、ようやく、掃除用具置場に閉じこもって、目をぎゅっとつぶり、耳に指をつっこんで、セリフを暗唱しているのが見つかった。

プログラムの始まる直前に、スザンナが舞台のカーテンの陰から顔をのぞかせて、誰がきているか見ようとした――こういう夜は最後まで不安がつきまとうものだ。

った。「超満員よ」
「キャー、大変」譜面台に楽譜を置いているフランシスに向かって、スザンナは肩越しにい
もちろん、それは毎年のことだ。
「わ、ちょっと見て！」カーテンをもとにもどすかに見えたその瞬間、スザンナはつづけて
いった。「見にきてよ、フランシス。六列目の左のほう」
フランシスは客席をのぞきたいという誘惑にいつも抵抗してきた。のぞいているのを客の
誰かに気づかれるのが怖かったからだ。しかし、スザンナが目をまん丸にし、頬を紅潮さ
せ、そのあとにいたずらっぽい笑みを浮かべてフランシスを見た瞬間、誘惑に抗しきれなく
なった。
のぞいてみた。
最初に目に入ったのは、ふしぎなことに、大伯母たちだった。もっとも、左のほうという
より中央に近いところだった。だが、胸に湧きあがった喜びを嚙みしめる前に、フランシス
は、大伯母たちと一度も会ったことのないスザンナにその顔がわかるわけはないと気がつい
た。視線を左へ移した。
マーサ大伯母のとなりにエッジカム伯爵がすわっていた。それから、レディ・テイトとテ
イト卿、エイミー、それから……。
フランシスは長くゆっくりと息を吸いこみ、カーテンを放してもとにもどした。
「フランシス」舞台の袖で忙しくしている何人かの少女の好奇の視線も気にせずに、スザン

ナはフランシスを抱きしめた。涙ぐんでいた。「ああ、フランシス、あなたが幸せになる。わたしたちの一人が幸せになる。あたしもすごく……幸せよ」

フランシスは呆然とするあまり、困惑以外何も感じられなかった。

しかし、感情に溺れている暇はなかった。ちょうど七時、クローディアはつねづね、学校行事は時間きっかりに始めなくてはならないと主張している。アンがマーサ・ライトを連れてあらわれ、細い肩を抱いて頰にキスまでしてから、舞台へ送りだした。

午後の本稽古のときは、目もあてられないほど惨憺《さんたん》たるものだった。しかし、ミス・マーティンは生徒と教師の両方に向かって、これはいい前兆と決まっていて、夜の本番が大成功することを予告しているのだと、明るい声で請けあった。

彼女の言葉はまさに正しかった。

合唱団はリズムもハーモニーも完璧だったし、踊りの生徒たちは軽やかにステップを踏み、ただの一度もリボンをもつれさせたりしなかったし、集団朗読のグループは熱っぽくドラマチックな表現力を駆使して、全員がひとつの声ででもあるかのように暗誦をおこなったし、エレイン・ランデルと幼いデイヴィッド・ジュウェルはそれぞれにみごとな独唱を披露したし、ハナ・スワンとヴェロニカ・レーンは一度も音をまちがえることなく古いピアノで二重奏をやったし（もっとも、ピアノが相当に古ぼけていて、もうそんなにもたないだろうということは、聴衆のなかのもっとも音楽に疎い者がきいても、はっきりわかったにちがいない)、スザンナの生徒たちが演じた寸劇はコンサートの準備をする教師と少女たちを登場させて、観客の笑いを誘い、終わる前から拍手を受けていた。

ミス・マーティンのスピーチが夜をしめくくって、一年間の重要な出来事がざっと述べられ、そのあとに授賞式がつづいた。

フランシスはどうやってこの夜を乗り切ることができたのか、あとになって考えてみてもわからなかった。舞台に出て合唱団の指揮をし、観客の拍手に応えるために客席のほうを向くたびに、笑顔でこちらをみつめる大伯母や、伯爵とエイミーの姿が目に入った。ルシアスのほうへは一度も目を向けなかった。その勇気がなかった。

しかし、彼が目にきらめきを浮かべ、キッと結んだ唇に四角い顎という、誇りと優しさと欲望のこもった表情で、こちらに向かって微笑していることはわかっていた。

そして、愛のこもった表情で。

彼が愛してくれていることを、フランシスはもはや疑っていなかった。

あるいは、自分が彼を愛していることを。

ひとつだけ不安なのは、二人に未来はあるのかどうかということだけだった。

しかし、エッジカム伯爵が一緒にきている。エイミーも、テイト卿夫妻も。大伯母たちも。

それはどういう意味?

自分の問いかけに答える勇気がフランシスにはなかった。

問いかけることすらやめようとした。コンサートに神経を集中し、生徒のことだけを考えようとした。無意識のうちに、ふだん以上の熱意をそそいでいたため、生徒たちもそれにつられてふだん以上の実力を発揮した。

しかし、ついに最後の賞の授与が終わって、最後の拍手が消えていった。あとは、生徒やほかの教師と一緒に大広間へ出ていって、盆にのったビスケットとレモネードが配られるあいだ、客たちのあいだに入って話をすればいいだけだった。

マーサ大伯母とガートルード大伯母が大広間で待っていてフランシスを抱きしめ、どの音楽もすばらしかったと声を大にしていった。そのすぐうしろにエイミーがいた。テイト卿はフランシスに向かって頭を下げ、レディ・テイトは優雅さ以上のものをその態度にこめて微笑した。エッジカム伯爵はいつもよりやや前かがみの姿勢でフランシスの両手をとり、握りしめ、教師としての彼女も歌っているときに劣らずすばらしいといった——まさに最高の賛辞だ。

ルシアスはうしろに控えていて、焦って前に出てこようという様子はなかった。しかし、フランシスは彼のほうを見た瞬間、膝から力が抜けてしまいそうな気がした。彼の目が食い入るようにこちらを見ていた。

「フランシス」ようやくルシアスが彼女のほうに手を伸ばし、彼女が手をさしだすと、それを唇に持っていった。「ぼくはこの前、きみに最後のさよならをいった。今後はもう二度といいたくない。きみがどうしてもいやだというなら、捨てゼリフも残さずに黙って去ることにする」

フランシスは頬が赤く染まるのを感じた。大伯母たちが聞き耳を立てている。ルシアスの祖父も、姉妹も、義兄も。うしろに近づいてきたアンとデイヴィッドも。

「ルシアスったら！」フランシスはやさしくいった。

ルシアスは彼女の手を放そうとしなかった。目にはっきりと笑みが浮かんでいた。

「最後の障害がとりのぞかれた」スザンナが背後に近づいてきたとき、ルシアスはいった。

「家族全員の賛成を得ることができた。きみの大伯母さまたちの意見はまだきいていないが、賛成してもらえるほうに賭けてもいいと思う」

「ルシアス！」

フランシスはひどくきまりが悪くなった。人々がこちらに視線を向けはじめていた。少女たちの多くが小突きあい、クスクス笑いはじめていた。自分たちの先生が、ミス・アラードが大広間の真ん中にいて、粋でハンサムな紳士の心臓の近くに片手を置き、紳士は先生に向かって微笑している。その表情を見ただけで、紳士の心のなかにあるのが喜びだけでないことは明らかだった。

クローディアが気づいて二人のほうにやってきた。

フランシスは無言で懇願するようにルシアスを見た。

その瞬間、向こう見ずで、衝動的で、困り者で、魅力的なルシアスは、これまでの人生で最大の暴挙に出た。すべてを危険にさらした。

「フランシス」声を低めようともせず、二人きりの場を設けようともせずに、彼はいった。「最愛の人、お願いだからぼくと結婚してくれませんか」

息を呑む声、甲高い声、シーッという声、そして、ためいきが流れた。誰かが洟をすった。エイミーか、はたまた大伯母の一人か。

こんなプロポーズを受けるなんて――フランシスの脳のなかの冷静な部分が考えた――どんな女の人も夢見たことがないでしょうね。それはあらゆる女が憧れそうなプロポーズだった。

フランシスは唇を噛んだ。

それから、輝くような笑顔を浮かべた。

「うれしいわ、ルシアス。ええ、お受けします」

フランシスはまちがっていた。今宵最後の拍手はまだ消えていなかった。声の届く範囲にいた全員がふたたび拍手を始めたため、彼女の頬は赤く染まった。

シンクレア子爵は頭をかがめ、ミス・アラードの手の甲にくちづけするかに見えたが、代わりに、唇に短いながらも熱烈なキスをした。

つぎの瞬間、二人は家族や友人やキャーキャー騒ぐ少女たちの祝福を受けていた。

「こうなったら」ついに、クローディアが温かな微笑を含んだ目にはそぐわないためいきをついていった。「あなたの辞職願いを受けとるしかなさそうね、フランシス。でも、わたし、いつもいってたでしょ――立派な目的のためであれば、喜んでそうしますって」

26

公衆の面前でのプロポーズと受諾から一カ月後、ミス・フランシス・アラードとシンクレア子爵の結婚式がバース教会堂《アビー》でとりおこなわれた。レディ・シンクレアは——ほどなく先代子爵夫人という肩書きになる予定だが——ハノーヴァー広場にある聖ジョージ教会で式を挙げてほしいと望んでいた。メルフォード夫人はサマセット州ミクルディーンにある村の教会での挙式を希望していた。

しかし、大伯母たちがいくら身内であっても、フランシスにとっては学校の友人たちも同じぐらい大切だった。それに、アンは夏休みの何日かをコーンウォールですごす計画だったが、学校には慈善事業であずかっている生徒が九人いるため、スザンナもクローディアもバースを離れることができなかった。三人の親友が婚礼に出席できないというのは、フランシスには想像もできないことだった。

また、ルシアスも反対しなかった。

「きみがそばにいるかぎり、式を挙げる場所が納屋であろうと、遠いヘブリディーズ諸島であろうと、ぼくは最高に幸せさ」

おかげで、フランシスは学校の住み慣れた自室で花嫁衣装に着替えて——ここを自室と呼べるのは今日が最後だ——教会へ出かける前に同僚の教師たちに内輪だけで別れを告げることができた。一階の応接室へおりていくと、遠い親戚にあたるクリフトン男爵が、彼女を教会までエスコートして花婿にひき渡すために待っていた。

「フランシス」上品な水色の新しいドレスと、花に縁どられたボンネットを見ながら、スザンナがいった。「ほんとにきれい。そして、今日、あなたは子爵夫人になるのね。あたしにいえるのは、シンクレア卿が公爵でなくて幸いだったってことだけよ。あなたと彼を奪いあうことになってたかもしれない」

スザンナは自分で自分の冗談に笑いころげたが、目には涙が光っていた。

「公爵はあなたのために残しておいてあげる」フランシスはスザンナを抱きしめていった。「きっと近いうちにあらわれて、スザンナ、あなたをさらっていくわよ」

「でも、向こうはどうやってあたしを見つけるの？」スザンナがきいた。「住まいも職場も学校の塀のなかだというのに」

軽い口調の問いかけではあったが、フランシスには、スザンナが若くて美人なのに、自分の結婚も、さらには恋人を作ることすらあきらめていることが推測できた。

「かならず見つけてくれるわ」フランシスは彼女を元気づけた。「ルシアスもわたしを見つけたんですもの。そうでしょ？」

「そして、その後も何回もあなたを見つけた」スザンナはふたたび笑いだし、アンに順番を譲った。

「ああ、ほんとにきれいよ、フランシス」アンがいった。「ドレスとボンネットもすてきだけど、あなたがきれいなのは幸せに輝いてるからよ。お幸せに！　でも、幸せになるに決まってるわね。熱々の結婚なんだし、花婿になるのは、歌手の道へ進むことを許してくれた理解ある男性なんですもの――それどころか、後押ししてくれてるんでしょ」

「あなたもきっと幸せになるわ、アン」抱きあいながら、フランシスはいった。「わたしにはわかってる」

「まあ」アンはいった。「いまだって幸せよ。デイヴィッドがいて、ここでの暮らしがあるんですもの。以前に比べればずっとましよ、フランシス。ここがわたしの家なの」

アンは微笑していて、友達の幸せを心から喜んでいる様子だった。しかし、フランシスはいつも、アンの温かな微笑の陰に一抹の悲しさを感じとっていた。

しかし、ここでクローディアが応接室のドアのところに姿を見せた。

「ああ、フランシス、あなたがいなくなったらどんなに寂しいことか。でも、自己憐憫に浸ってる場合じゃないわね。あなたのために心から喜んでるのよ」

クローディア・マーティンはやたらと相手を抱きしめるタイプではなかった。また、どんな理由であれ、泣くタイプでもなかった。ところが、今日はその両方をやった――というか、泣きくずれこそしなかったが、二粒の涙が頬を伝ったのはたしかだった。

「ありがとう」クローディアの腕に抱きしめられたまま、フランシスはいった。「わたしが絶望のどん底にあったときにチャンスをくださったことに感謝しています。あなたのおかげで本物の教師らしくなれたし、親しくしていただき——さらには妹のようにかわいがっていただきました。クローディア、あなたにもいつか幸せになってもらいたい。心からそう願っています」

だが、やがて、みんなが出発する時刻になった。

それからほどなく、フランシスがバース教会堂で式を挙げるために出かける時刻になった。

参列者の数はそれほど多くはなかった。とはいえ、驚くほど多くの人が式に出るためにロンドンからやってきていて、そのなかには、ヒース男爵夫妻と妻の連れ子も含まれていた。何よりうれしいのは——花嫁の到着を祭壇の前で待ちながら、ルシアスは思った——フランシスの身内と友達全員（日曜の晴着をまとった生徒まで含めて）、そして、自分の家族全員が参列していることだ。

わずか一年前なら、家族全員をそばに呼ぶことを考えただけで、ぞっとしたことだろう。今日——いや、いつの日にしろ——自分が愛にあふれた結婚をしようなどとは、信じられなかったにちがいない。

ああ、だが、〝愛〟という言葉ではまだまだ足りない。ルシアスはフランシスを崇めていた。恋愛感情と官能の疼《うず》きに加えて、好意と称賛の念も抱いていた。

やがてフランシスがあらわれた。クリフトン男爵の腕に手をかけて、ほっそりした、エレガントな、浅黒い肌の美女が身廊に足を踏み入れ、近づいてきた。

ルシアスは彼女を初めて見たときのことを思いだした——吹雪の最中に彼女の馬車を追い越した瞬間、ちらっと顔が見えたのだ。また、雪のなかへ突っこんだ馬車から彼女をひっぱりだしたときの、あの二度目の出会いも思いだした——口から火と硫黄を吐いていた、くたびれた格好のガミガミ女。

ビーフパイやパンを作っていた彼女を思いだした。

雪だるまににこやかな口を刻んでから、一歩あとずさり、首を軽くかしげて、うれしそうな満足の表情でみつめていた彼女を思いだした。

二人でワルツを踊り、曲をハミングしていた彼女を思いだした。

レナルズ家の客間の戸口まで行き、彼の魂を奪った歌手はフランシス・アラードだったとわかったときのことを思いだした。

思いだすことはまだまだあった……。

しかし、今日は、喜びをひきだすために思い出に頼る必要はなかった。今日、二人は家族と友人の前にこうして立ち、生涯をともにすることを誓おうとしているのだ。

フランシスが横にいて、この瞬間の感動に黒い目を輝かせている。

いまこの瞬間の喜びを、彼は味わい尽くすつもりだった——そして、生涯にわたって記憶に刻みつけておくつもりだった。

フランシスに笑顔を向けると、彼女も笑みを返した。

「お集まりのみなさん……」司祭が口をひらいた。

この朝は曇っていて、いまにも雨になりそうだった。しかし、シンクレア子爵が子爵夫人になったばかりの女性と腕を組んでアビーヤードに出てきたときには、澄みきった青空に太陽が輝いていた。

「二人で極端な悪天候をいろいろと体験してきたね」フランシスを見おろして、彼はいった。「だけど、いまはお日さまが出ている。いい前兆だと思う?」

「なんの前兆でもないわ。ただ、お天気がいいだけ。わたしたちに前兆なんていらないのよ、ルシアス。運命をつかんで自分の人生にする意志の力さえあればいいの」

ルシアスが彼女の手をとり、アビーヤードを走りだした。保養会館《ポンプ・ルーム》から出てきて興味深そうに見ている小さな人だかりの前を通りすぎ、アーチをくぐって、ピーターズが御者台で二人を待っている馬車まで行った。この馬車で学校にもどるのだ。学校では結婚披露の朝食会が新郎新婦と招待客を待っている。

「この二日間、わたしは大広間に立入禁止だったのよ」フランシスが説明した。「でも、クローディアとアンとスザンナが生徒たちと一緒に、長時間あそこにこもってたわ。たぶん飾りつけをしてたんでしょうね」

ルシアスは彼女と指をからみあわせた。

「きっと芸術的な出来栄えだよ。二人で褒めちぎろう、フランシス。そして、招待客に挨拶して、ともに楽しいときをすごそう。今日、ぼくは約束を果たし、祖父が元気なうちに婚礼の場面を見てもらうことができた。そして、今日、ぼくらは年配の姉妹を、つまり、きみの大伯母さまたちをとても幸せにした。だけど、いまは、この瞬間は、ぼくたち二人だけのものだ。無駄にしたくない。おっ、これは好都合だ」

馬車が急カーブを切ってパルティニー橋に入ったため、二人同時に投げだされた。

「ええ、とっても」フランシスは笑いを含んだきらめく目で彼のほうを見た。

ルシアスは片方の腕で彼女の肩を抱き、うつむいて、長く熱いくちづけをした。

窓にカーテンがかかっていないことなど、二人ともすこしも気にならなかった。

世間の人々が望むなら、この幸せを喜んで分けてあげたい気分だった。

訳者あとがき

小さな村で迎える、真っ白な雪に包まれたクリスマス。休暇で田舎の大伯母たちの屋敷を訪れたフランシスが夢見ていたのは、そんなロマンチックなクリスマスだった。でも……神さまは意地悪。どんより曇った空と、くすんだ色をむきだしにした地面。雪はちらつきもしない。なのに、皮肉にも、クリスマス休暇が終わり、フランシスがバースへの帰途についた日、雪がちらちら舞いはじめたと思ったら、どんどん激しさを増して、あたり一面、あっというまに純白の雪景色になってしまった。

雪の街道をのろのろ走るフランシスの馬車。そこに無茶な追い越しをかけてきた青い馬車。乗っているのは傲慢そうな若い紳士で、フランシスはムッとする。おまけに、その後ほどなく、フランシスの馬車が雪だまりに埋もれて走れなくなり、皮肉にもその紳士に助けられ、片田舎のちっぽけな宿に泊まって雪がやむのを待つことに……。

それがバースの女学校で教師をしているフランシスと、貴族の御曹司ルシアスの運命の出会いだった。

なに、この偉そうな男！　口うるさい女だな。干しスモモみたいで、魅力も何もありゃしない。

とまあ、反感を持ち、憎まれ口を叩きあう二人だったが、心の奥ではなぜか強烈に惹かれあっていて、人里離れた宿で過ごすうちに、おたがいに忘れられない人になっていく。

雪に埋もれたサマセット州の田舎、風光明媚な保養地バース、きらびやかなロンドンの社交界を舞台にくりひろげられる、ロマンチックで、華麗で、微笑ましい愛の物語は、読者のみなさんの心にも、きっと忘れがたい印象を残すことだろう。

著者メアリ・バログはウェールズ生まれ。大学卒業後、教職に就くためにカナダへ渡り、そこで現在の夫ロバートと出会って結婚。三人の子供に恵まれ、その子たちが独立した現在は、カナダのサスカチェワン州で夫と二人の生活を楽しみながら、摂政時代（のちのジョージ四世が摂政位にあった時代。一八一一～一八二〇）、および、ジョージ四世時代（一八二〇～一八三〇）の英国を舞台にした数々のロマンス小説の執筆に専念している。

趣味は読書で、仕事をしていないときは、ひたすら読書に明け暮れているという。好きな作家は、ジェイン・オースティン、スー・グラフトン、ジョーゼット・ヘイヤー、アン・ペリー、バーナード・コーンウェル、ジャネット・イヴァノヴィッチなど。

彼女の作品が日本で紹介されたのは、『十九世紀の聖夜――クリスマス・ストーリー2004四つの愛の物語』（ハーレクイン社）に収録された「金の星に願いを」という短編が初めてだった。牧師の父親を亡くしたあと、病気の妹の治療費を稼ぐために踊り子になったヴェリティ。クリスマスを一緒に過ごしてくれたら五百ポンド払おうという若き子爵があらわれる。この子爵の置かれている立場には、本書のヒーローであるルシアスと共通するものがあって、なかなかに興味深い。

メアリ・バログは自分の作品について、つぎのように語っている。

「わたしは愛がこの世でもっとも強いものだと信じています。愛には癒しの力があります。わたしの作品に登場するヒーローやヒロインは、けっして完全な人間ではありません。男と女が助けあい、苦難を乗り越え、愛によって癒され、そしてようやく、おたがいの手に自分の人生を委ねることができるようになるのです」

本書に登場するフランシスとルシアスも、まさに、バログが生みだしたカップルの典型といえるだろう。

楽しみなことに、フランシスの大の仲良しとして本書に登場した三人の女性教師をそれぞれ主人公にして、さらに三つの物語が書き継がれることになっている。まずは *Simply Love*。ブルーの瞳に金髪の美女、アン・ジュウェルが主人公で、これは二〇〇六年の秋にデラコート・プレスから出版されている。そして、二〇〇七年には、鳶色の髪に緑の目の愛らしいスザンナ・オズボーンを主人公とした *Simply Magic* が、二〇〇八年には、校長先生のクローディア・マーティンが主人公の *Simply Perfect* が出版される予定になっている。

フランシスを温かく見守る三人のやさしさに感動した訳者にとって、彼女たちに再会できるのはこのうえない喜びで、この三作を早く読みたいものだと、いまからすでにワクワクしている。

二〇〇七年一月

ただ忘れられなくて

著者　メアリ・バログ

訳者　山本《やまもと》やよい

2007年1月20日　初版第1刷発行

発行人　鈴木徹也

発行元　株式会社ヴィレッジブックス
〒102-0074 東京都千代田区九段南2-1-30
電話 03-3221-3131(代表) 03-3221-3134(編集内容に関するお問い合わせ)
http://www.villagebooks.co.jp

発売元　株式会社ソニー・マガジンズ
〒102-8679 東京都千代田区五番町5-1
電話 03-3234-5811(販売に関するお問い合わせ)
03-3234-7375(乱丁、落丁本に関するお問い合わせ)

印刷所　中央精版印刷株式会社

ブックデザイン　鈴木成一デザイン室

 ISBN978-4-7897-3038-9 Printed in Japan

華麗なるマロリー一族

ジョアンナ・リンジー　那波かおり＝訳

最新刊

風に愛された海賊

結婚など絶対にしたくなかった。
あの男装の美女に出会うまでは……

定価：903円（税込）

『令嬢レジーナの決断』『舞踏会の夜に魅せられ』につづき、名匠リンジーが流麗な筆致で織り上げた不朽のヒストリカル・ロマンス！

19世紀の英国貴族たちが繰り広げる珠玉のヒストリカル・ロマンス。

令嬢レジーナの決断

舞踏会の夜に魅せられ

定価：各819円（税込）